LOS NIÑOS DE LA CASA DEL LAGO

LOS NIÑOS DE LA CASA DEL LAGO

GREGG DUNNETT

1.ª edición: marzo 2025
2.ª edición: mayo 2025

Editado por HarperCollins Ibérica, S. A.
Avenida de Burgos, 8B - Planta 18
28036 Madrid
www.harpercollinsiberica.com

Los niños de la casa del lago
Título original: The lake house children
© Gregg Dunnett, 2025
© 2025, para esta edición HarperCollins Ibérica, S. A.
© De la traducción del inglés: M. L. Chacón

Diseño de cubierta: Henry Steadman
Imagen de cubierta: Shutterstock

ISBN: 978-84-1064-295-9
Depósito Legal: M-28389-2024
Impreso en España por: BLACK PRINT

*A los niños con recuerdos,
los científicos con teorías, y a mi hermano,
para quien todo esto es demasiado.*

Capítulo 1

No ocurría siempre, pero había veces en que Jim McGee tenía un agudo sentido del olfato. Se detuvo fuera de la sala de interrogatorios y ya lo percibía: un aroma a quemado, a carne asada, a cabello chamuscado. Olía como lo hacía la oficina después de una de las famosas barbacoas de su compañero, que invitaba a media comisaría y luego se dedicaba a servir bebidas mientras la carne se calcinaba. Sin embargo, aquel día no había habido ninguna barbacoa y McGee sabía que el olor procedía de ella, de la mujer que había cruzado el umbral de la comisaría momentos antes. Tampoco era por falta de higiene. Los días anteriores, mientras esperaban a que se recuperara de la conmoción lo suficiente como para ser capaz de mantener este interrogatorio, McGee había percibido el intenso aroma del jabón de hospital. Pero, de algún modo, aquel hedor a quemado, con vestigios de tragedia y muerte, persistía. Era penetrante.

Siguió dudando, con la mano en el picaporte, pero sin bajarlo. Había algo más en este caso que le inquietaba, aunque no lograba comprender qué.

Todo había comenzado una semana antes, al recibir el tipo de alerta que uno pide a Dios que haya sido un accidente. Dado que el sufrimiento de todos los implicados era tan grande, le resultaba cruel que su papel fuera extraer aún más miseria de aquellos que habían salido con vida. Pronto quedó claro que el incendio no había sido un accidente. Había sido provocado y premeditado para que los ocupantes de la casa no tuvieran posibilidad alguna de escapar. No había duda de que se trataba de una investigación por asesinato. Y ahora se preguntaba: ¿era la mujer que esperaba tras la puerta la asesina?

Había algo más en este caso que lo hacía diferente. McGee había interrogado a cientos de sospechosos, había pasado miles de horas escuchando sus historias, desentrañando sus mentiras. ¿Por qué lo perturbaba entonces aquella mujer? ¿Qué tenía de especial este caso? ¿Podría ser la magnitud de la tragedia? Cuatro personas habían fallecido incineradas. Pero no podía ser eso. McGee había trabajado en muchos casos de asesinatos múltiples a lo largo de los años. ¿Sería la insólita crueldad del crimen? La mayoría de los asesinatos ocurren en el calor del momento, cuando las acciones del asesino pueden achacarse, al menos en parte, a la irracionalidad de la ira; sin embargo, quien había provocado este incendio esperó a que sus víctimas estuvieran dormidas antes de atacar. Aunque aquello tampoco era tan insólito. ¿Quizá fuera por estar a punto de jubilarse? Había deseado, con cierta esperanza, poder terminar su servicio sin tener otro caso importante. Cuando se había detenido con la mano en el picaporte, supo que no se trataba de nada de eso. Lo que le inquietaba era, sin más, el misterio que rodeaba al caso. Las cosas que tanto aquella mujer como la gente de su entorno alegaban no podían ser ciertas. Sin embargo, ella insistía en que lo eran. ¿Por qué? Y, de ser así, ¿cómo era posible? Quizá el interrogatorio de hoy desvelara algunas cuestiones. O tal vez no.

—¿Qué tal? —saludó.

Billy Robbins parecía preocupado. Robbins, el de las barbacoas, era el compañero de McGee desde hacía más de siete años, lo cual parecía difícil de creer. McGee aún lo consideraba joven e inexperto, pero lo cierto era que, cuando él se jubilara, Robbins se convertiría en el investigador veterano de la pareja que le asignaran.

—¿Se te ha ocurrido algo? —preguntó Robbins con una buena dosis de esperanza. Los últimos días habían arrojado muchas más preguntas que respuestas.

—Por desgracia, no.

—¡Qué lástima! —Robbins hizo una mueca—. Porque tengo el presentimiento de que nos van a contar la mayor sarta de gilipolleces que hemos tenido la mala suerte de oír.

McGee no comentó nada. El olor era más intenso ahora y notó que su compañero también lo desprendía. No le cabía duda de que él también lo hacía. El día anterior, por fin, después de que el fuego ardiera durante varios días, los bomberos habían declarado el sitio seguro. Robbins y él lo habían visitado, abriéndose paso con cuidado entre las vigas medio quemadas y los restos carbonizados de muebles, de vidas humanas. Dejó que su mente volviera a recorrer el lugar, como si aún estuviera allí.

—¿Seguro que estás preparado para esto? —insistió Robbins, mirando a McGee a los ojos—. Puedo tomar la iniciativa yo, si lo prefieres.

Pero McGee no estaba dispuesto a ser un mero observador y Robbins aún no estaba listo para liderar.

—Estoy bien —afirmó, bajó por fin el picaporte y entró.

Capítulo 2

La mujer estaba sentada a la mesa, lista para empezar. Iba vestida con lo que McGee supuso que era ropa prestada del hospital. Una camisa beis suelta y unos pantalones anchos de color marrón chocolate. Volvió a notar el aroma, más fuerte incluso, a madera quemada y plástico. Con un incendio de tales dimensiones quizá era imposible quitarse el olor de encima, por mucho que frotaras.

Kate Marshall estaba casada, aunque no había adoptado el apellido de su marido. Era una mujer atractiva de unos treinta años, morena y de figura esbelta y atlética. A McGee no se le pasó por alto que había llamado la atención de varios agentes en la comisaría de policía donde la vio por primera vez, a pesar de tener el rostro deformado por el dolor. No obstante, no era el aspecto de la mujer lo que destacaba ahora, sino lo derrotada que parecía. Estaba desplomada en la silla, con la espalda encorvada. Los mechones de pelo que se le habían escapado de la coleta colgaban sin orden ni brillo. El único movimiento que McGee observó fue el de sus ojos, que se movían de izquierda a derecha por la mesa, como un gato persiguiendo un rayo láser. Luego los cerró, quizá en busca de alivio.

McGee sacó una silla enfrente de ella y se sentó. Siguió observándola, pensativo. Entonces, ella levantó la cabeza poco a poco y lo miró a los ojos. Sostuvo la mirada de McGee de un modo que él no se esperaba. El agente la estudiaba, intentando vislumbrar lo que había detrás de sus ojos mientras aún percibía vestigios de olor a quemado. Los ojos de ella tenían unos filamentos verdes que atravesaban el marrón de sus iris. Él sintió una punzada de compasión por la mujer y tomó aire para apartar tal sentimiento.

Robbins se sentó a su lado y dejó un grueso archivador lleno de papeles sobre la mesa con un sonoro golpe que hizo que Kate lo mirara; McGee se dio cuenta de que, por alguna razón, aquel gesto le había hecho enfadar, aunque solo fuera un poco. La falta de sutileza de Robbins a veces tenía ese efecto. McGee echó un vistazo a la sala. En una esquina había una cámara de vídeo sobre un trípode, grabando. En otra mesa, pegada a la pared, había una bandeja con tazas bocabajo, un termo de café y unas botellas de agua. Alargó la mano, dio la vuelta a una taza y la llenó. Se la ofreció, pero ella negó con la cabeza. Él enarcó una ceja y se encogió de hombros. Tomó un sorbo. Estaba amargo y demasiado caliente.

—¿Cómo está, Kate? —preguntó, al tiempo que dejaba la taza con cuidado para que el asa apuntara en ángulo recto al borde de la mesa. Su voz era suave, comprensiva. Tanto si la mujer había cometido un delito como si no, estaba claro que había pasado por mucho—. ¿Ha podido dormir?

Por un momento, Kate se quedó allí, con la cabeza agachada y los hombros inclinados hacia delante. Luego levantó la cabeza y volvió a clavar en él aquellos ojos castaño-verdosos.

—Un poco.

—Muy bien. ¿Está en ese hotel frente a la gasolinera? —Habían considerado retenerla en las celdas, pero decidieron que no había

13

riesgo de fuga. No sin su hijo. Ella asintió con la cabeza—. ¿Qué tal es? Me refiero a la habitación. Espero que no esté mal.

—Está bien. —Kate intentó sonreír.

Fue solo un instante, pero McGee dedujo lo que pudo. O bien ella estaba enviando una señal, consciente o inconscientemente, de que quería ayudarlos a entender aquella locura, de que estaba dispuesta a cooperar, o tal vez era la máscara de una psicópata fría y manipuladora que le ofrecía lo que creía que él quería ver. Había visto muchas de ambas cosas a lo largo de los años. Dejó que la curva de sus propios labios se desvaneciera.

—¿Está segura de que no quiere un café? Puede que estemos aquí un buen rato. —La mujer no contestó. McGee la observó, antes de continuar—: ¿Entiende por qué estamos aquí? ¿Qué necesitamos que haga?

—Tengo que contárselo todo. —E hizo un gesto de asentimiento con la cabeza.

—Así es. Desde el principio. —Dio otro sorbo a su café y sintió el golpe de la cafeína.

—Entonces, creo que tomaré agua.

McGee asintió con la cabeza y volvió a acercarse a la mesa, donde había unas cuantas botellas de plástico de agua mineral junto al termo de café. Eligió una, le quitó el tapón y se la dio. Volvió a ver aquella media sonrisa en la mujer al coger la botella. Era la cortesía que cabría esperar de una señora agradable que no se merecía el horrible giro que el destino le había ofrecido. ¿O era el gesto de una asesina calculadora que había urdido aquella situación y ahora intentaba salir indemne de ella? A él le tocaba decidir cuál de las dos versiones era la verdadera.

Vio cómo tomaba un pequeño sorbo de agua. Luego, la mujer dejó la botella encima de la mesa y la giró sobre su base para que la etiqueta apuntara hacia ella. McGee observó la acción, igual que la suya, y la archivó. Dejó que sus ojos se posaran en el rostro de ella y esperó a que por fin lo mirara.

—Estoy lista —anunció.

Capítulo 3

—Katherine Marshall, en este momento no está detenida —comenzó Robbins formalmente el interrogatorio y procedió a leerle sus derechos—: No está bajo juramento, pero debe saber que hacer declaraciones falsas a un agente federal es un delito federal, incluso durante este interrogatorio. Según el artículo 18 del Código de los Estados Unidos, sección 1001, es ilegal hacer, a sabiendas y de forma deliberada, cualquier declaración falsa, ficticia o fraudulenta. La violación de esta ley podría resultar en multas o encarcelamiento. ¿Lo ha entendido?

Kate tardó unos instantes en responder, pero luego asintió:

—Sí.

Robbins se quedó callado, sin dejar de mirarla. McGee tomó el relevo:

—¿Está segura? Esto significa que, si nos miente, incluso aunque no la acusemos de lo que pasó la otra noche, irá a la cárcel. —Esperó—. ¿Seguro que lo entiende?

Kate le sostuvo la mirada.

—No voy a mentir.

McGee se la quedó mirando también y estudió sus ojos.

—Muy bien —concluyó.

Tomó otro sorbo de café, satisfecho por un rato con seguir observándola, y se preguntó si ella apartaría la vista. Como si le hubiera leído el pensamiento, ella así lo hizo.

—¿Por dónde quieren que empiece? —preguntó Kate mientras observaba la botella de agua que tenía delante.

McGee fingió sopesar la respuesta y acabó reclinándose en su silla. A veces se podía identificar a un sospechoso desde el principio. Otras, no. En esta ocasión, estaba convencido de que aquello iría para largo.

—Por la casa del lago. Empecemos por ahí. No hace mucho que pasó a ser de su propiedad. ¿Cómo sucedió? —Volvió a observarla. Los pensamientos y las emociones parpadeaban en su rostro como una vela en la brisa.

—No era solo de mi propiedad —respondió ella.

McGee levantó una mano, reconociendo esta rectificación.

—Cuéntenoslo de todas maneras.

—Sucedió hace unos dos años.

—De acuerdo. Entonces, empecemos por ahí.

Hubo un largo silencio durante el cual Kate se mantuvo con la cabeza agachada. De pronto, levantó la vista y empezó a hablar:

—Hace dos años fuimos a la casa del lago a visitar a mi padre. Aunque he dicho «visitar», la verdad es que fue él quien nos convocó.

—¿A quiénes convocó? —la interrumpió Robbins, con el bolígrafo sobre un cuaderno abierto—. Necesito que quede claro de quiénes está hablando en cada momento porque…

—A mi familia —lo interrumpió Kate—. Mi marido, Neil, y nuestro hijo Jack, que entonces tenía poco más de dos años. —Se quedó callada, como si lo estuviera recordando a esa edad—. No éramos solo nosotros. Mis dos hermanas también fueron. Amber es la mayor. Vino con su marido Brock y sus mellizos, Aaron y Eva. Tendrían unos... —Hizo una pausa en ese momento, al notar que Robbins se estaba quedando atrás—. Lo siento. Iré más despacio.

—Por mí no se preocupe —pidió Robbins.

Kate retomó la historia, aunque lo hizo un poco más despacio:

—Los mellizos, Aaron y Eva, tendrían entonces unos dieciocho años. Bea, mi hermana mediana, es dos años menor que Amber y seis años mayor que yo. Bea vino en avión porque no tiene coche y la casa del lago está muy lejos de donde vive ahora.

Volvió a detenerse. Robbins levantó la vista, junto con esas cejas oscuras suyas, como si no supiera por qué se había detenido, pero Kate casi parecía estar en otro lugar. Ahora que había empezado su historia, ya se estaba perdiendo en ella.

—Tris no la acompañó. Es la pareja de Bea, o expareja, mejor dicho. Fue por lo que pasó con Zack. A ver, ella niega que la separación se debió a lo que le pasó a Zack, pero no hace falta ser un genio para darse cuenta de la verdad. —Kate volvió a detenerse, quizá al darse cuenta de que estaba utilizando el tiempo presente para referirse a personas que ya no estaban vivas—. En fin, estábamos las tres, Bea sola, y Amber y yo con nuestras familias. Todas convocadas por nuestro padre. De puertas para fuera disimulábamos como si no supiéramos de qué se trataba, pero en realidad teníamos una idea bastante clara de lo que estaba pasando.

—¿Y qué era? —quiso saber McGee—. ¿De qué se trataba?

Ella vaciló, mirando a la cámara, como si fuera consciente por primera vez de que todo lo que decía estaba siendo grabado para ser analizado más tarde.

—Fue Amber quien lo destapó todo. O eso creía ella. Unas tres semanas antes había visitado a nuestro padre y descubrió que estaba viviendo con su nueva novia, una mujer por lo menos veinte años más joven que él. Se llamaba Susan. Al parecer, papá se había mostrado evasivo acerca de Susan, lo cual no era propio de él. —Kate hizo una pausa y se mordió el labio, recordando—. Al principio pensé que era una buena noticia. Nuestra madre había fallecido hacía unos años y habíamos estado animando a papá a encontrar a alguien que pudiera acompañarle en sus últimos años. Pero Amber lo veía de otra manera, no confiaba en la tal Susan. Decía que había algo raro en ella. Y pensó que esta relación estaba en realidad motivada por el dinero de nuestro padre. Nuestro dinero, supongo. Nuestra herencia. —Se tomó un momento antes de continuar—: Amber estaba convencida de que Susan iba a quedarse con todo.

Capítulo 4

Antes

—Amber cree que papá va a anunciar su compromiso con la tal Susan —le digo a Neil, que me mira desde el asiento del conductor, con sus ojos marrones un poco aumentados por las gafas. No me contesta—. Está bastante enojada.

Quiero forzarle a responder, porque Neil suele ser muy comedido y cauto, es su naturaleza. Esta vez funciona, más o menos. Se encoge ligeramente de hombros.

—Amber siempre está enojada por algo. —El americanismo suena raro con su acento inglés.

Es curioso. Neil no podría ser más británico si estuviera emparentado con la mismísima reina y, sin embargo, se esfuerza por encajar. Más que yo. A mí no me importa estar siempre a caballo en algún lugar del Atlántico, al ser hija de madre inglesa y padre de Nueva Inglaterra.

—Si a él le hace feliz, eso es lo importante, ¿no?

Hago una mueca.

—Amber cree que lo importante es recibir su parte de la herencia.

Neil me mira con el ceño fruncido. Es demasiado noble para hablar de estas cosas.

—Bueno, supongo que se podría argumentar que ella tiene que considerar su situación. Tiene que pensar en su familia, en los mellizos. No está solo ella.

La mención de los mellizos nos hace girar la cabeza. Yo vuelvo la mía y Neil echa un vistazo por el retrovisor, ambos necesitados de confirmación visual de que nuestra propia familia, que va en el asiento de atrás, está ahí, sana y salva. Nuestro pequeño está dormido, con los ojos bien cerrados. Es curioso cómo te cambia tener un hijo. Antes de que llegara Jack, pensaba que pelearse por una herencia era pura avaricia, sobre todo, cuando no la necesitabas. Pero ahora que tenemos una nueva vida en la que pensar, ¿quizá no sea codicia? ¿Quizá haya algo más noble en ello?

Neil me devuelve la sonrisa y compartimos el pensamiento mágico de que hemos creado a la personita que duerme en el asiento trasero. La hemos creado nosotros con la fuerza de nuestro amor.

Una hora más tarde llegamos a la entrada de la casa de mi padre. Ahora la llamo la casa de mi padre; antes era la casa del lago. Cuando éramos pequeñas, pasábamos aquí todos los veranos. Pero, cuando murió mamá y papá se jubiló, él se mudó aquí de forma permanente, así que ahora ha pasado a ser la casa de mi padre.

Se la llame como se la llame, es una casa antigua, preciosa. Creo que se podría decir que es de estilo colonial, con techos altos y grandes ventanales, rodeada de porches y balcones por todos lados para aprovechar al máximo las vistas. Pero lo mejor es su ubicación. En la parte de atrás, una amplia zona de césped desciende con suavidad hasta encontrarse con una pequeña franja de playa en la orilla de un lago que tiene ocho kilómetros de largo y unos ochocientos metros de ancho. Hay un embarcadero que se adentra en el agua y un cobertizo para botes. Cuando éramos niñas estaba lleno de canoas, barcas de remos y el orgullo de papá: un velero de madera que a veces llevaba al pueblo para participar en regatas. A mí me gustaba más cuando nos amontonábamos todos a la vez y nos íbamos de pícnic a la isla, o de acampada a asar malvaviscos en una hoguera bajo las estrellas.

No quiero dar una idea equivocada. El entorno es precioso, pero no es una mansión. Tiene tan solo cuatro dormitorios y es más pequeña que las casas vecinas de ambos lados. Pero tampoco me quejo; fue un lugar maravilloso donde pasé los veranos de mi infancia. Ahora observo la casa, sin moverme del asiento del coche. Hemos estado tan ocupados con Jack que hacía tiempo que no veníamos; me sienta bien estar aquí y observar el entorno familiar con los tonos otoñales de los árboles. Sin embargo, la casa se encuentra un poco deteriorada: algunos marcos de las ventanas están descascarillados y hay que podar la hiedra. Amber me ha estado dando la lata con eso.

Por los coches aparcados a nuestro alrededor, supongo que somos los últimos en llegar. Veo el gran BMW de Brock, y Bea debe de haber cogido el Ford de alquiler en el aeropuerto. El Jaguar de papá también está aquí, por supuesto, aparcado en el garaje. Las puertas dobles del garaje están abiertas porque la madera se ha hinchado y ya no cierran con facilidad. También hay un pequeño vehículo de marca japonesa que no reconozco, con una pegatina en la parte de atrás en la que pone: «Los animales son mis amigos, y yo no me como a mis amigos». Supongo que debe de pertenecer a Susan.

—Bueno, aquí estamos —dice Neil, aunque, al igual que yo, aún no ha salido del coche.

A Neil no le van los grandes eventos sociales y sé que, para él, venir aquí con toda la familia es una pequeña odisea. Sin embargo, la razón por la que no se mueve tiene más que ver con nuestro hijo, que sigue durmiendo detrás de nosotros. Solo que ahora ya no lo está. Jack se despierta y da un hermoso bostezo. Miro a Neil, esperando que sonría, pero frunce el ceño. Imagino que porque no hay razón para seguir posponiendo nuestra entrada.

En cualquier caso, ya no hay posibilidad de retrasarlo más. La puerta principal se abre y mi familia al completo sale a la grava del camino de entrada. Intento por un momento pedirles que se callen, hacerles ver que Jack acaba de despertarse, pero ya es demasiado tarde y, de todos modos, a mi pequeño no parece importarle. Tiene los ojos muy abiertos y mira con atención las caras de toda esta gente que lo arrulla, mientras casi nos sacan del coche y nos abrazan; mi familia es más americana que inglesa en lo que se refiere al contacto físico. Con tanto alboroto estoy distraída, aunque me doy cuenta de que papá está más envejecido que la última vez que lo vi. Me viene a la cabeza la idea de que ahora da la sensación de estar entrando a marchas forzadas en la vejez. O tal vez no sea eso; tal vez estoy demasiado acostumbrada a la tersura del rostro de Jack. En cualquier caso, me encuentro mirando a papá más tiempo del que debería y tengo que inventarme una excusa para que no lo note.

—Te has cortado el pelo —le digo.

—Así es. —Me tranquilizo porque su voz suena igual, cálida y amable—. Una amable señora del pueblo me lo cortó. —Se refiere a Stonebridge, el pueblo a orillas del lago, a unos cinco kilómetros.

—Te queda muy bien.

—Gracias, Kate. Tú también tienes muy buen aspecto, aunque un poco cansada. —Los ojos le brillan mientras habla.

Ya sabe lo difíciles que son las cosas ahora mismo con Jack. Siento que me invade el amor. Sonrío y abrazo a mi padre. Lo noto más delgado y frágil de lo que esperaba, y se me pasa por la cabeza el mismo pensamiento de antes, pero esta vez más claro. Este hombre, que siempre ha estado aquí para mí, no va a estar toda la vida. Y ¿cómo voy a sobrevivir yo a su ausencia?

—¿Qué tal el viaje? —Amber se inclina para darme un beso.

Me lanza su mirada de «te lo dije» cuando se retira, inclinando la cabeza hacia el coche de marca japonesa de la novia de nuestro padre. Hemos hecho casi el mismo trayecto, ya que ambas vivimos en Oakton, la ciudad al sur de Maine, a unas tres horas al sur de aquí.

—Bien. ¿Y el tuyo?

—Hemos encontrado un poco de tráfico al salir, pero nada más. —Señala con la mirada hacia la puerta principal, donde una mujer nos observa.

Es Susan. Tendrá unos sesenta años, o eso pensamos, edad que me pareció la de una mujer mayor cuando Amber me habló de ella, pero ahora, al verla en persona al lado de papá, se nota la diferencia de edad.

—Esta es Susan. —Papá la llama para que se acerque—. Es una… —Hace una ligera pausa antes de decir—: Amiga.

La saludo, pero no nos besamos. No sé por qué, pero tengo la sensación de que no hacerlo es una decisión mutua. La observo mientras papá le presenta a Neil. Tiene el pelo rubio salpicado de canas. Lo lleva demasiado largo, el estilo es más apropiado para una mujer más joven. Amber la llamó cazafortunas la semana pasada, y hay algo en ella que parece hecho a la medida de esa descripción. Una especie de frialdad. En cualquier caso, trato de enterrar ese pensamiento. La forma en que murió mamá fue muy dura, y no va a volver, así que no voy a privar a papá de ser feliz.

—Papá os ha puesto en el ala este —dice Amber mientras observa a Susan. Por cierto, es una broma. La casa no tiene alas. Se refiere a la habitación del fondo, que, resulta, es mi favorita, ya que tiene las mejores vistas del lago—. ¿Os parece bien compartir habitación los tres?

—Claro. —Sonrío—. Jack suele acabar en nuestra cama de todas maneras.

Beso a Brock en las mejillas y recibo una dosis doble de su colonia cuando una habría sido más que suficiente. Entonces veo a los mellizos. Eva me saluda entre dientes, sin apenas mirarme a los ojos, y Aaron me dedica una supersonrisa antes de dirigirse a Neil y preguntarle por el coche.

—¿Es nuevo? ¡Vaya cochazo! —exclama, y asiente con entusiasmo con su gran cabeza—. ¿Cuánto tiene, dos litros? ¿Dos y medio?

Me doy la vuelta, contenta de saber que la pregunta no es para mí, aunque es posible que Neil tampoco lo sepa. No lo es, por cierto. Un cochazo. El Toyota de Neil no es más que un coche familiar de tamaño normal, y tiene un motor híbrido porque Neil quería algo sostenible para el medio ambiente. Pero así es Aaron. Podrías llamarlo carismático, la mayoría de la gente lo hace, pero yo siempre lo he visto de otra manera. Para mí es como si tuviera que exagerarlo todo a su alrededor, hacerlo más grande, más ruidoso y vibrante, solo para que coincida con su propia personalidad. No tengo nada en contra de Aaron; es solo que siempre me ha resultado más fácil estar con Eva. Ella siempre ha sido casi tan callada como él es ruidoso.

Por último, saludo a Bea. Al igual que papá, parece haber envejecido y tiene un gesto de resignación. Siempre ha sido de las que se quedan en segundo plano (Eva y ella son parecidas en ese sentido), pero aun así me llama la atención que esté pegada a la pared dejando que los demás saluden primero. Avanzo hacia ella.

—Hola, Bea, ¿cómo estás?

Me responde con un encogimiento de hombros y, aunque me mira a los ojos solo un instante, veo que el dolor sigue ahí. Me invade un gran sentimiento de culpa. No he estado ahí para ella. Tan ocupada con mi propia vida, con Jack, que la he ignorado…, pero entonces el autocastigo se interrumpe, me confunde. Fue ella la que se marchó después de lo que le pasó a Zack. E intenté llamarla, y lo sigo intentando, pero casi nunca contesta… Sacudo la cabeza y me detengo. Solo pensar en el pobre Zack me hace mirar a mi alrededor para ver dónde está mi hijo. Está bien; Neil tiene a Jack en brazos. Presume de él con ese orgullo tranquilo que tanto me gusta, porque sé que demuestra lo buen padre que va a ser, que ya es. Aun así, también hay un momento de, no sé, ¿miedo? Porque ninguno de nosotros sabemos lo que nos depara el futuro. Todos pensamos que estamos a salvo, que estamos construyendo nuestras vidas, ladrillo a ladrillo. Sin embargo, todo puede venirse abajo en cualquier momento. Después de todo, a Bea le pasó.

—Venga, entrad. Hace frío aquí fuera —anuncia papá.

Capítulo 5

Ya he mencionado que pasábamos los veranos aquí, pero también veníamos en invierno, para las Navidades y el Día de Acción de Gracias. En esas ocasiones la nieve lo cubría todo, incluso a veces hasta se congelaba el lago. Papá cortaba leña y encendía la chimenea abajo, y a nosotros nos tocaba esperar a que el calor subiera hasta los dormitorios. Ahora, han puesto radiadores eléctricos en cada habitación, pero nunca han funcionado muy bien. Por eso me alegro de ver grandes llamas crepitando en la chimenea del salón. Me dirijo a abrir las puertas dobles que dan al comedor, quizá para ver si la chimenea está encendida ahí también, o más bien por costumbre porque nunca las cerramos. Pero Amber me detiene.

—No te atrevas. Al parecer, no se nos permite entrar hasta esta noche.

—¿Por qué no? —pregunto con el ceño fruncido.

—Papá está preparando una cena especial. O, mejor dicho, tiene a una empresa de *catering* preparándola. —Me echa otra de sus miraditas para recordarme por qué estamos aquí.

Me alejo de las puertas. Me gustaría que mi hermana dejara de insinuar que algo no va bien.

—Es casi como si tuviera algo importante que decirnos. —La voz de Amber rezuma sarcasmo y con su mano en mi brazo me lleva hacia la chimenea.

De las tres, ella es la más emotiva. O, al menos, la que más expresa sus emociones. Me digo a mí misma que no debo dejarme llevar por sus insinuaciones. Nuestro padre no es tonto y se preocupa por su familia. Si de verdad va a casarse con Susan, habrá pensado en firmar un acuerdo prematrimonial, o comoquiera que se llame el documento legal ese que se hace cuando quieres proteger tus bienes en este tipo de situaciones. Al menos, espero que lo haya hecho. El hombre que solía ser lo habría hecho. Sin embargo, hay algo en su aspecto frágil actual que me hace estar menos segura de ello de lo que me gustaría.

Acuesto a Jack y, en honor al evento especial de papá, nos cambiamos para la cena. No es que sea una ocasión formal, pero elijo un vestido por la rodilla en tono verde bosque, e incluso me arriesgo a ponerme un par de pendientes una vez que Jack está dormido de verdad. Cuando está despierto, siempre intenta agarrarlos, fascinado por el brillo. Neil se pone una camisa de cuadros marrón y blanca, que hace que sus ojos parezcan casi dorados tras las gafas. Neil no es llamativo como Brock, ni ruidoso como Aaron, pero tiene algo. Cuando éramos novios, lo llamaba Superman, porque estaba muy guapo cuando se quitaba las gafas. Creo que podría estar guapo con gafas si quisiera, pero estoy convencida de que, cuando va a la óptica, elige el primer par del mostrador, sin importarle siquiera cómo le sientan.

Bajamos al piso de abajo, yo con el vigilabebés en la mano, y en ese instante me pongo nerviosa. Tal vez se deba en parte a que no estamos solos en familia: la empresa de *catering* ha traído personal para atendernos a todos, lo cual me parece un poco extravagante. De hecho, es del todo inaudito; al menos para esta familia. Con la excepción de Brock, puede que él tuviera cenas así de pequeño. Intuyo que Bea también se siente incómoda, y capto sus cejas levantadas cuando acepto una copa de champán de un joven no mucho mayor que Aaron. Entonces me doy cuenta de que mi sobrino está bebiendo alcohol, dando sorbitos de una copa de vino tinto. No sabía que Amber lo permitiera, pero los mellizos están creciendo muy deprisa, Aaron ya parece un hombre. Me sorprendo a mí misma preguntándome si ya tendrá relaciones sexuales, luego me pregunto por qué narices se me ha ocurrido eso, ya que está claro que no es asunto mío. Intento distraerme y oigo a Brock contarnos cómo ha ganado un contrato de *marketing* esta semana. Al parecer, él y su equipo de ventas convencieron a los posibles clientes durante una competición para ver quién podía beber más rápido. Cuando termina de contar la anécdota, suelta una gran carcajada y le tiende el vaso al joven camarero para que se lo rellene.

—¡Venga, por fin estamos listos! —anuncia papá un rato después, y abre de un tirón las puertas dobles del comedor.

Tiene un aspecto increíble. La sala está iluminada con velas y el resplandor parpadeante de un fuego de leña perfecto, la cristalería brilla con mil reflejos. Entramos en fila y cada uno de nosotros se sienta donde ve su nombre impreso en una pequeña cartulina doblada sobre el plato. Nos han colocado a las tres hermanas en el lado que mira hacia el lago, donde la luna llena se refleja en la superficie inmóvil del agua. Neil, Brock y Aaron están frente a nosotras, mientras que papá ocupa la cabecera de la mesa. Eva y Susan comparten el otro extremo. Total, que me veo sentada junto a Susan, que está en una esquina. Aparte de decirme que es una «amiga», papá no ha contado nada más para explicar su presencia, y no estaba con nosotros mientras esperábamos para cenar. Me pregunto si se sentirá incómoda, aunque la verdad es que he estado demasiado ocupada poniéndome al día con mis hermanas, además de con Jack, como para pensar mucho en ella. Me giro para mirarla. Ahora que estamos sentadas una al lado de la otra no nos queda más remedio que hablar, aunque solo se me ocurre un tema de conversación.

—La mesa está preciosa —digo, como si nos conociéramos de toda la vida—. Y la cena huele de maravilla.

—Sí —responde. Su voz es cortante y fría—. Tu padre se ha tomado muchas molestias. —Se vuelve hacia el frente y se endereza en la silla, lo que corta la conversación.

Por un momento me quedo inmóvil. «Ya sé que se ha tomado muchas molestias», pienso, y siento los ojos de Amber fijos en nosotras. Espera unos instantes, justo hasta que Brock ha rellenado las copas de todos, antes de tomar el mando:

—Entonces, papá, estamos muy contentos de verte, claro, y todo esto es muy bonito, pero estoy segura de que hablo en nombre de todos cuando digo que nos morimos de ganas por saber a qué se debe la ocasión. —Se inclina hacia delante para mirar a Susan mientras dice esto.

Papá no contesta, así que Amber vuelve la mirada hacia Brock:

—Sé que mi marido se lo ha estado preguntando, ¿verdad, cariño?

Conociendo a Amber, no me extrañaría nada que en este momento le esté dando una patada a Brock bajo la mesa para que le siga la corriente. En cualquier caso, él parece avergonzado, lo cual es impresionante, ya que es casi imposible.

—Y Kate ha barajado un montón de teorías. —Amber se vuelve hacia mí, pero tengo la suerte de que papá interviene en ese momento:

—¿Puedes creer, querida Amber, que solo quería que mi adorada familia viniera a cenar? —pregunta sin apartar los ojos de ella.

Amber responde desviando la mirada hacia Susan, que lo observa todo, antes de responder a papá:

—Creo que, como familia que somos, tenemos derecho a…

—¡Ya me lo imaginaba! —Papá suelta una carcajada. No es que se esté riendo de Amber, y lo hace de un modo tan bondadoso que aligera el ambiente de inmediato. Pero luego adopta un tono más serio—: Tienes toda la razón, y no debería haber imaginado que conseguiría evitar tus preguntas, las de todos vosotros. —Nos sonríe—. Pero, como anciano que soy, os pido indulgencia. He organizado esta velada para que sea especial y quiero que gire en torno a vosotros, y no a mí. No quiero que esta noche nos preocupemos por lo que acabe pasando este fin de semana. —Agita una mano, como para descartar algo sin importancia—. Así que, aunque os voy a contar por qué os he convocado a todos aquí, revelaré el gran secreto, si insistís en etiquetarlo así, mañana. Esta noche me haréis muy feliz si podemos tan solo disfrutar de esta maravillosa cena y pasar un buen rato en mutua compañía.

Tras una pausa, Brock interviene:

—Claro, Donny, por supuesto. Me parece una idea estupenda, ¿verdad, Amber? —La fulmina con la mirada y me pregunto cuánta lata le habrá dado Amber a él, dado lo pesada que ha sido conmigo—. Mañana Don nos pondrá a todos al corriente de… lo que está pasando con… —Brock mira a Susan, pero enseguida vuelve a apartar la mirada—. Pero esta noche se trata de comer, de beber ¡y de pasarlo bien!

Si Neil se encontrara más a gusto en este tipo de eventos, aquí es donde saltaría con un «¡bien dicho!» o algo por el estilo. Pero no es así, así que intervengo yo en su lugar y levanto mi copa:

—¡Por papá, por lo que sea que vaya a suceder este fin de semana, y por lo bonito que es estar aquí todos juntos!

Todos los demás levantan sus copas. Entonces, me fijo en la mirada de Bea y me doy cuenta de cómo le habrán sentado mis palabras. No es solo lo que pasó con Zack, sino que también falta Tristan. Maldita sea. A veces es muy complicado estar en familia.

Capítulo 6

Una carta con el menú encabezada con nuestro nombre indica que el primer plato es una «ensalada de cosecha otoñal». A continuación, se explica que se trata de una mezcla de rúcula y espinacas con remolacha asada, nueces confitadas, rodajas de manzana crujiente y queso de cabra desmenuzado. Todo ello regado con una vinagreta de sirope de arce y vinagre balsámico. Cuando los camareros lo traen, tiene un aspecto delicioso.

—Amber, ¿por qué no empezamos contigo? —pregunta papá, una vez que nos han servido a todos.

—¿Qué quieres decir? —Hace una pausa, con el tenedor cargado de manzana y queso de cabra en el aire.

—¿Por qué no empiezas contándonos qué pasa en tu vida? ¿Qué te traes entre manos?

—No te entiendo. —Ella lo mira a los ojos—. Sabes a la perfección lo que pasa en mi vida.

—Solo hasta cierto punto. Me gustaría saber más.

Amber baja el tenedor; está claro que se siente confusa.

—Sé algunas cosas, por supuesto —continúa papá—. De tu vida y de la vida de todos. Pero en realidad no sé mucho. Me gustaría que me lo contarais vosotros, cada uno de vosotros. Porque estoy seguro de que hay partes que os parecen rutinarias y que a mí se me han escapado por completo. E, incluso si no las hay, me gustaría oírlas de vuestra propia boca.

Todos alrededor de la mesa miramos a Amber, pero ella permanece callada.

—Por eso pensé que estaría bien —intenta papá de nuevo, su voz todavía afable y tranquila— si te tomas unos minutos para contarme qué tal te va la vida. Qué es importante en este momento. No solo Amber, sino todos vosotros —añade mientras nos sonríe.

Amber sigue con el ceño fruncido; por un momento me doy cuenta de que yo también lo tengo así, y entonces lo entiendo. Entiendo, o creo entender, lo que papá pretende. No sé si es porque Susan es muy tímida o es que es un poco rara (bueno, rara está claro que lo es). Y esta noche es la forma que tiene papá de que su amiga nos conozca a cada uno sin tener que hablarnos directamente. O quizá es para que le resulte más fácil charlar después, cuando sepa un poco más de nosotros. Es como una extraña forma de romper el hielo. Y tiene mucho sentido. Así es papá. Él piensa mucho en estas cosas, aunque Amber no parece haberlo pillado.

—No te entiendo —dice Amber con calma—. Lo sabes todo de mí…

Papá solo abre las manos como si fuera una deidad bondadosa.

—Sígueme la corriente, Amber. Síguele la corriente a un viejo tonto como yo. Dime qué está pasando en tu vida.

—Muy bien… —Amber lanza una mirada a Brock como diciendo «te lo dije», y luego comienza—: Bueno, me llamo Amber Langford, de soltera Marshall, y soy la hija mayor de un viejo loco que vive en una casa junto a un lago en… —Mira a su alrededor, luego finge saltar, como si acabara de darse cuenta de dónde está—.

¡Ah! Si estamos aquí. —Le ofrece a papá una sonrisa sarcástica, pero ahora le está cogiendo el tranquillo—. De sus tres hijas, muchos dicen que soy, con diferencia, la más lista y la más guapa…

Brock suelta una carcajada y golpea la mesa, pero Amber lo interrumpe:

—¿Qué? Es la verdad. Todos los chicos del pueblo lo pensaban cuando éramos pequeñas.

—Según recuerdo —interrumpe papá mirando ahora hacia Bea y hacia mí—, cada una de vosotras tenía sus admiradores…

—Yo seguía siendo la más guapa. —Amber levanta la barbilla fingiendo desafío, y papá se retracta:

—No dudo, Amber, que, si la belleza fuera una virtud por la que se repartieran medallas, tú estarías en la carrera por el oro, aunque la joven Eva va a poder reclamar pronto tu corona. —Se vuelve hacia ella con una sonrisa que parece sorprenderla mientras juega con la llama de la vela, pasando el dedo de un lado a otro. Eva se detiene enseguida, como si la hubieran pillado haciendo algo que no debía. Papá se gira de nuevo hacia Amber—: Pero me interesa más saber de ti. Qué haces en tu vida. Si eres feliz, por decirlo de alguna manera. —Papá la mira esperanzado, pero como ella aún parece desconcertada él continúa, volviéndose hacia Brock—: Brock, ayúdala si quieres.

Hay otro medio silencio, y luego Brock comienza a hablar:

—Vale… —Piensa un momento antes de continuar—: Ya sabes que montamos Rocket! hace casi diez años. Ha crecido hasta convertirse en la mayor agencia de *marketing* del estado, con más de ciento cincuenta clientes. Tanto Amber como yo estamos muy involucrados, dirigimos el negocio juntos, pero ahora también tenemos una plantilla de casi cuarenta personas, así que eso nos quita presión. Tenemos diseñadores, gestores de cuentas, compradores de anuncios…

—Rocket! —lo interrumpe papá pensativo—. Con una exclamación…

—Con un signo de exclamación, sí.

Papá parece reflexionar un momento.

—¿Sabes? Siempre me he preguntado para qué sirve exactamente el signo de exclamación.

A Brock se lo ve sorprendido, como si nadie le hubiera hecho esa pregunta antes. Pero parece seguro de su respuesta:

—*Rocket* significa 'cohete', ¿no? Y los cohetes están llenos de energía. Son dinámicos, se mueven rápido. Llegan a su destino. Veloces. —Cierra el puño y lo agita—. De ahí el signo de exclamación. Demuestra que somos una empresa dinámica, que se mueve con rapidez.

—Ah, vale, claro. —Por primera vez, papá mira a Susan de una manera que no consigo descifrar. Luego le dice a Brock—: Muy bien. —Entonces se vuelve hacia Amber, pero mira más allá de ella, a los mellizos—: Y mis nietos mayores, Eva y Aaron, ¿qué hay de vosotros? Los dos estáis en la universidad, ¿no?

Nos giramos todos a una para mirar a los mellizos. Por alguna razón, Aaron ha estado muy callado esta noche. Normalmente es el que más alborota. Aun así, es Aaron quien habla por los dos:

—Acabamos de empezar nuestro primer año. —Se encoge de hombros, como si no fuera gran cosa—. Nos va bien.

—¿Te has adaptado bien al nivel de trabajo de la universidad?

—Creo que lo que quieres preguntar —interrumpe Brock— es cómo se ha adaptado la Universidad de Dartmouth a Aaron. —Y sonríe cuando este se quita una gorra imaginaria y la inclina hacia su padre.

—Estudiar no es tan difícil. Levantarse temprano para las clases es más duro, pero nos las arreglamos. —Aaron sonríe. Sus dientes son perfectos y de un blanco relucientes incluso a la luz de las velas.

—¿Sigues nadando? —pregunta ahora papá.

—Sí, me dieron una beca de natación. Estudio Empresariales y Relaciones Internacionales. Podría haber entrado de todas formas con mis notas, pero fue más fácil hacerlo por medio de la natación. —Hace una pausa para dejar espacio para otra sonrisa—: Tengo la brazada más rápida en los cien metros de toda la Costa Este. Y todavía tengo tiempo para salir de fiesta. —Se inclina hacia delante para rellenarse la copa de vino tinto.

—Bueno, espero que no te estés divirtiendo demasiado —sonríe papá y se vuelve hacia Eva antes de que Aaron tenga oportunidad de replicar—: ¿Y tú, querida? Recuérdame: ¿estás estudiando…?

La voz de Eva es tranquila. Vuelve a juguetear con la vela, la inclina y deja que la cera caiga por el lateral. La aparta hacia un lado, para que esté lejos de su alcance.

—Yo solo estudio Administración de Empresas.

—No, no —responde papá ofendido.

Eva parece sorprendida, por lo que él continúa:

—Yo no diría «solo» Administración de Empresas. En realidad, aprender a llevar una empresa, no solo a dirigirla, es igual de importante. Si no más. —Le dedica una sonrisa para animarla a continuar, pero ella no lo hace, solo le devuelve la sonrisa y baja la mirada hacia su plato de pan, que ahora tiene una gota de cera pálida en su superficie.

Los camareros vuelven para retirar los platos. Puedo oler lo que sigue: pato a la naranja. Siempre ha sido uno de los platos favoritos de papá. Él espera a que lo sirvan ya trinchado en dos fuentes que colocan en el centro de la mesa. Dos patos grandes, cada uno cubierto con rodajas de naranja. Luego, traen también las verduras. Esta vez hay un plato aparte para Susan, que supongo que es vegana.

—¡Vaya, papá! —exclamo—. Esto tiene una pinta buenísima.

—¿A que sí? —Le brillan los ojos al verlo—. Buenísima de verdad.

Estamos ocupados un rato sirviéndonos y al rato papá vuelve a la carga:

—Y ¿qué vas a estudiar, Aaron?

Este deja lo que está haciendo y coge otro trozo de carne. Por una vez no parece tan seguro de sí mismo.

—¿Cómo? —pregunta.

—Ya te lo ha dicho, papá —interviene Amber.

Esta vez es papá quien frunce el ceño. Parece preocupado por un momento. Resopla, como si estuviera congestionado, pero, cuando intenta recuperarse, solo empeora las cosas.

—Y ¿practicas algún deporte? Te dedicaste a la natación durante un tiempo, ¿no?

Por un segundo nadie sabe qué decir, pero en momentos como este la confianza en sí mismo de Aaron puede ser una bendición. La sonrisa vuelve a dibujársele en el rostro.

—Hago mis pinitos, ¿sabes? Chapoteo un poco, aquí y allá. Gano algunas medallas. —Sonríe ampliamente y mira a Brock para ver si ha ido demasiado lejos.

Papá parece darse cuenta de que se burlan de él, pero no sabe muy bien cómo.

—Yo sigo jugando al *hockey* —interrumpe Eva, lo que cambia el tono al instante.

Eva es inteligente, sabe interpretar los estados de ánimo y siente la misma necesidad que yo de reconducir ciertas situaciones. Es la más joven de los dos. Aunque siempre me he preguntado por qué eso se considera importante, dado que se llevan solo quince minutos.

—Ah, y ¿dónde juegas? ¿En qué posición? —pregunta papá.

—Soy defensa central.

Papá enarca las cejas; recupera el aplomo.

—Y ¿qué hace una defensa central, además de defender, supongo?

El fino rostro de Eva se quiebra en una sonrisa rara.

—Estoy colocada detrás de los defensores, soy la última línea de defensa cuando alguien ataca.

—Ah, ahora lo entiendo. —Papá se toma un momento para masticar un trozo de carne, después se mete un dedo en la boca para quitarse un trozo de entre los dientes. Al fin lo consigue y lo examina entre sus dedos, frunciendo el ceño. A continuación, se lo limpia en una servilleta—. Bea, ¿por qué no pasamos a ti? ¿Cómo va todo?

Es una pregunta bastante abierta, teniendo en cuenta todo lo que le ha pasado en la vida en los últimos años, y no me sorprende que mantenga los ojos en su plato y continúe comiendo. Al cabo de unos segundos, sé que no tiene intención de responder, así que decido intervenir:

—Si quieres sigo yo.

Esperaba que papá me dedicase una sonrisa de agradecimiento, pero en lugar de ello parece molesto. Reconozco enseguida mi error. Cuando tienes hermanos y sabes que tus padres los quieren tanto como a ti, aun así, sigues imaginando que te quieren un poquito más a ti. En este momento, papá de verdad deseaba oír a Bea, y yo he metido la pata.

—Vale, Kate —dice con amabilidad, como si me perdonara al instante—. Adelante.

Respiro hondo antes de empezar.

—Bueno, Jack tiene dos años y medio y, como ya sabéis, ha sido el niño más difícil del mundo… —exagero, para hacer una broma—. Pero creemos que las cosas están cambiando. —Hago un gesto hacia el vigilabebés que puse en el aparador cuando entramos. Jack ha estado dormido toda la cena. Temo que se vaya a despertar para demostrarme que me equivoco, pero no lo hace—. Todavía no conseguimos que se bañe sin que se caiga la casa con sus gritos, pero ya duerme del tirón. Casi todas las noches.

—Y ¿qué hay del habla? ¿Está progresando?

—Bueno… —En cierto modo, no quiero hablar de esto delante de todos—. Va con un poco de retraso, pero el pediatra no está preocupado.

—Tú tardaste mucho en hablar. —Papá me sonríe—. No pronunciaste una palabra hasta que cumpliste tres años, entonces un día le dijiste a Amber que había venido el cartero. Nos quedamos todos boquiabiertos.

Había oído esta anécdota antes, y sí que ayuda. Quiero decir, así está claro que ahora ya puedo hablar de que el hecho de que Jack se esté tomando su tiempo no es nada malo.

—Ya dice algunas palabras —explico—. Dirá quizá unas veinte. «Mamá», «papá», «ack»…; ese tipo de cosas. —Sonrío al pensarlo.

—¿«Ack»? —pregunta papá.

—Sí, es su manera de decir «Jack».

—«Ack» —repite papá, y mueve un poco la cabeza, como si disfrutara con esto—. Bueno, no tardará mucho en chapurrear igual que vosotras. —Nos mira a todos—. Si no recuerdo mal, las tres comenzasteis a hablar muy temprano.

De nuevo, se hace un silencio un poco incómodo al ver cómo acaba de contradecir lo que había dicho un momento antes. ¿O quizá se refiere a todos menos a mí? Otra vez parece preocupado por nuestra reacción y prosigue:

—Neil, ¿cómo va tu trabajo? —Se vuelve hacia mi marido. Los

dos son profesores universitarios. Papá era catedrático y escribió un manual de filosofía que tuvo mucho éxito; con él pagó esta casa. Neil es más de laboratorio, aunque también da conferencias. A papá siempre le ha interesado el trabajo de Neil—. Leí tu artículo, o lo intenté. Era fascinante.

—Ah, ¿sí? ¿Cuál leíste? —Neil se inclina hacia delante, su timidez ahora olvidada. Preguntarle por su trabajo es una forma segura de sacarle de su caparazón.

Por un momento me preocupa que papá vuelva a flaquear. Después de todo, el trabajo de Neil es bastante técnico, pero me demuestra lo contrario.

—Uno en el que usabas… A ver, déjame que recuerde… Modelos computacionales para trazar árboles evolutivos, para descubrir cómo las diferentes especies están relacionadas entre sí. ¿Es un buen resumen?

Neil parece pensar.

—Ah, ese artículo. —Se ríe de algo; no tengo ni idea de qué—. Sí…

Espero que no diga que es una simplificación excesiva, aunque sé que es lo que está pensando.

—Ensayabas con algoritmos informáticos para acelerar la secuenciación del ADN de distintas especies.

—Así es. Ya llevamos miles de algoritmos, de hecho… —Por un instante parece que Neil va a lanzarse a brindarnos una explicación detallada, a explayarse, como hace cuando estamos en casa solos. Pero entonces parece recordar que está delante de toda mi familia, y en lugar de ello encuentra la explicación más concisa—: Empezamos con muestras de tejidos de distintas especies. Luego, utilizamos programas de alineación para hallar la forma óptima de emparejar el ADN con la especie correcta. A partir de esos datos construimos lo que llamamos árboles filogenéticos, que son representaciones gráficas de las relaciones evolutivas.

—Fascinante. En serio —dice papá—. Y ¿qué pasa después? ¿Adónde os lleva todo eso?

En ese momento Neil pasa de parecer contento a confuso.

—¿Perdón?

—¿Adónde conduce? ¿Cuál es el objetivo final de la investigación?

Aquí es donde Neil y papá difieren. En el mundo de papá todo está orientado a encontrar una aplicación práctica: adquirir conocimientos, escribir un libro, venderlo para comprar una bonita casa… El mundo de Neil es mucho más teórico.

—Bueno, no está enfocado a responder a una pregunta concreta, si te refieres a eso. —Neil echa un vistazo a la sala; su personalidad es una mezcla extraña en momentos como este, tímido a la vez que muy orgulloso de lo que hace—. Nuestro trabajo ayudará a responder preguntas más amplias sobre la biodiversidad, el origen de las enfermedades, o quizá la trayectoria futura de la vida misma.

—Se sonroja un poco, mi tímido supermarido científico.

—El bueno de Neil —dice Brock—. Ahí fuera curando el cáncer por el bien de la humanidad.

Aaron y él se ríen. Papá también, pero menos.

—De hecho, me han ofrecido un nuevo puesto —añade Neil cuando se quedan en silencio, y yo lo miro sorprendida.

Creía que lo había rechazado, y, aunque no lo hubiera hecho, no esperaba que lo mencionara aquí.

—Ah, ¿sí? —pregunta papá—. Y ¿dónde?

Neil elige ese momento para quitarse las gafas y limpiarlas con una servilleta. Vuelvo a pensar en Superman.

—Es una empresa de biotecnología. Está empezando, pero se

encuentra respaldada por una de las farmacéuticas multinacionales más grandes. Están estudiando la creación de OMG, organismos modificados genéticamente, para ayudar, entre otras cosas, a curar el cáncer.

Esta vez hay un silencio impresionado.

—Suena muy bien, Neil —dice Amber, con los ojos abiertos por la sorpresa.

—Sí. Bueno, no está todo tan… bien. —Neil se pone las gafas y, al instante, vuelve a ser Clark Kent, compungido, buscando y encontrando el aspecto negativo—. Hay varias cuestiones. Las terapias génicas serían extremadamente caras y tendrían que aplicarse durante mucho tiempo, por lo que solo estarían al alcance de los más ricos, lo que tiene implicaciones morales que me preocupan. Además, no sabemos cuáles son los riesgos para la salud a largo plazo. Es difícil, no he… —Me mira antes de corregirse—. Aún no hemos decidido qué camino tomar.

Se hace otro silencio, esta vez más confuso.

—Pero apuesto a que el sueldo será bueno, ¿no? —pregunta Brock—. Si estamos hablando de las grandes farmacéuticas…

A Neil se le tuerce un poco el gesto, así que respondo por él:

—Ofrecen bastante. Sin embargo, como dice Neil, también exigen mucho, así que no es una decisión fácil. Ahora, nos las arreglamos bien, y siempre está la opción de que yo vuelva a dar clases, con jornada reducida.

—La vida tiene la costumbre de plantear cuestiones difíciles —dice papá, de forma un tanto enigmática, pero no parece dispuesto a ofrecer ninguna ayuda con la solución. En lugar de eso, se vuelve hacia mí, como si Neil ya hubiera dicho bastante—: ¿Y tú, Kate? ¿Echas de menos la enseñanza? Siempre dijiste que querías volver cuando acabara tu baja por maternidad.

—Echo de menos algunas cosas —respondo.

Enseñaba historia en un instituto antes de quedarme embarazada de Jack. La mayoría de las veces estaba bien, pero a veces los estudiantes eran insoportables, y eso no lo echo de menos.

—¿Te han guardado la plaza? —pregunta Amber—. Dijiste que, si querías volver, te la iban a guardar.

—Sí. Tienen una plaza. Pero Jack es tan pequeño todavía… Creo que necesita que esté con él. —Sonrío.

Espero que lo entienda. Después de todo, ella estuvo varios años sin trabajar cuando nacieron los mellizos. En cambio, su expresión parece de desaprobación, como si Jack ya no fuera tan pequeño.

Ya nos hemos terminado el pato. Hemos hecho un buen esfuerzo para acabarlo. Aun así, está claro que va a sobrar. Papá nos dice que la empresa de *catering* va a guardar lo que no nos comamos en la nevera, así que habrá bocadillos de pato para almorzar al día siguiente. Entonces, el personal del *catering* se lleva los platos y vuelve con unas tartaletas muy bien presentadas. Según el menú, se trata de pera especiada con helado de vainilla y nuez moscada. Uno de los camareros sirve individualmente una *quenelle* de nata espesa en cada plato. No sé cuánto le habrá costado a papá esta cena. Pero no creo que haya sido barata.

—Bea, querida. Sé que esto es muy duro para ti, pero también me gustaría oír de ti —dice papá.

Ha empezado su postre y ha vuelto a dejar la cuchara en el plato. Su voz es suave, y los demás estamos un poco ocupados con las tartas; el hojaldre se rompe con solo tocarlo, lo que hace difícil cogerlo con la cuchara. Levanto la vista y veo que Bea asiente con la cabeza.

—Vale.

—¿Cómo estás? —La voz de papá se mantiene suave, comprensiva—. ¿Cómo estás sobrellevando las cosas?

Bea cierra los ojos un momento antes de responder.

—Sigue siendo duro —contesta por fin.

—Sí. Lo sé —dice papá—. Lo será. Pero ¿se está haciendo más fácil? Han pasado… ¿Cuánto? ¿Casi siete años?

—Seis años y diez meses. —Levanta la vista, su voz casi desafiante.

—Pero es duro, por supuesto —añade papá—. Lo entiendo hasta cierto punto, claro. Nunca he perdido a un hijo. —Parece contemplar ese pensamiento por un momento, luego continúa—: Pero sigue siendo difícil para mí ahora que tu madre ha fallecido. Y eso era, no querría decir esperado, pero ella vivió una vida larga y plena. Zack nunca tuvo esa oportunidad; por eso, lo que le pasó fue una tragedia.

Nos hemos quedado en silencio. No hablamos de Zack tan abiertamente en esta familia. No es que sea tabú; es solo que, no sé, hemos actuado así para superarlo. Algo me hace mirar a Susan. Debe de ser raro para ella oír a papá hablar así de mamá.

—Sin embargo, igual que yo tuve los años que tuve con vuestra madre, tú tuviste el tiempo que tuviste con Zack, y eso nadie te lo puede quitar. Eso es tuyo, para siempre. —Ahora papá parece serio—. Dime, ¿estás instalada en tu nueva casa? Kate me ha dicho que has vendido unos cuadros.

Bea vacila ante esto, y no es lo que he contado. Le dije a papá que un par de galerías de arte habían accedido a exponer algunas de sus obras. Bea vivía cerca de Amber y de mí, en Oakton. Neil solía llamarlo «el triángulo Marshall». Sin embargo, después de lo de Zack, decidió mudarse a la costa. En cierto modo, lo entiendo; es una zona muy bonita, pero no es fácil llegar y está un poco despoblada. Es solitaria. Amber se muestra muy despectiva con la decisión de Bea; dice que ha renunciado a la vida.

—No los han comprado —aclara Bea—. Han accedido a incluirlos en la exposición.

—Seguro que no tardan en venderse —asegura papá—. Son muy buenos.

Supongo que es cierto. Al menos, el trabajo de Bea se está volviendo bueno de verdad. Pero el arte no funciona así, ¿no? Incluso la mayoría de los pintores famosos nunca ganaron dinero hasta después de muertos. Además, la obra de Bea no es el tipo de cuadro anodino y agradable que podrías poner en una estancia. Son todo cielos enfadados, tormentas a lo lejos, playas vacías y malhumoradas.

—Y ¿qué hay de Tristan? —continúa papá. Parece que ningún tema está vetado esta noche—. ¿Se acabó para siempre, o hay alguna posibilidad de reconciliación?

Bea abre la boca para responder, pero no parece saber qué decir.

—Está de gira en este momento, ¿no? —insiste papá, como si eso explicara por qué no ha venido. No es porque su hijo muriera y no puedan soportar estar juntos por lo mucho que se acuerdan de él.

—Creo que sí —consigue decir Bea.

—Tris es músico —explica papá para que se entere Susan—. Sabe tocar casi de todo, y ha tocado para algunos nombres bastante importantes, ¿no es así? —Mira a los mellizos en busca de su apoyo—. Desde R.E.M. a… los Food Fighters (¿se llaman así?).

Es Eva quien le corrige, subrayando el fallo con una mirada avergonzada.

—Los Foo Fighters, eso es —se corrige papá.

Susan levanta las cejas para mostrar que está impresionada.

—Creo que, después de lo de Zack, ha preferido centrarse en su música —explica Bea.

—Bueno, vosotros dos hacíais una buena pareja, a vuestra

manera —dice ahora papá con ternura—. Espero que encontréis el modo de solucionarlo. O, en su defecto, espero que encuentres a otra persona con quien compartir tu tiempo. Es muy importante tener a alguien. —Al decir esto, parece que no puede evitar volver a mirar a la mesa, hacia Susan.

Todos la miramos. Pero ella no nos presta atención y continúa comiendo su tartaleta de pera. Papá se ríe para sus adentros, como si aquello tuviera algo de gracioso.

Una vez terminado el postre, papá parece haber acabado su interrogatorio. Se le están cerrando los ojos. Por fin se levanta y comenta que al menos ninguno de nosotros tendrá que lavar los platos. No sé, me da la impresión de que tenía planeado un gran discurso, pero no lo pronuncia. Se limita a decirnos que se va a acostar, y luego se dirige a cada una de nosotras, a Amber, a Bea y a mí, y nos da un beso en la coronilla, como solía hacer cuando éramos niñas.

—Que durmáis bien, queridas —dice, y de nuevo es como si nos hablara solo a nosotras tres, las hermanas.

Entonces sale de la habitación arrastrando los pies.

Capítulo 7

—¿De qué coño iba todo eso?

Está claro que Amber ha estado mordiéndose la lengua toda la noche, y ahora no se va a contener.

Estamos solas las tres hermanas. Neil está arriba con Jack y los mellizos han salido con sus amigos. Me sorprendió, dado lo tarde que es, pero Amber dice que ahora son prácticamente criaturas nocturnas. Entonces Brock se une a nosotras. Se ha servido un buen vaso de brandi y ha traído la botella para rellenar. El fuego se había apagado, pero aún hay brasas, y me agacho para reavivarlo. Primero formo un lecho de palos pequeños y observo atenta hasta que prenden, entonces echo un par de troncos más grandes. Tengo una extraña sensación al verlos arder, como si estuviera siendo desleal, o algo parecido. No puedo rastrear su procedencia, hasta que recuerdo que papá mencionó que toda esta leña proviene del viejo sauce llorón que había junto al lago. Todavía está ahí en mi recuerdo de la casa. De pequeñas jugábamos al escondite bajo sus ramas caídas, pero, cuando dejó de producir hojas, papá lo hizo talar para que no cayera sobre el cobertizo para botes. Eso fue hace un par de años. No sé por qué la emoción que desencadena este pensamiento es la deslealtad.

Papá ha sido cuidadoso con la leña. Los troncos están bien secos y se prenden con facilidad, arden rápido y sin chispas.

—Kate, ¿qué piensas?

Me levanto, consciente de que no me he enterado de nada de lo que han dicho mis hermanas.

—¿Sobre qué?

—Sobre papá. ¿Crees que nos va a joder?

No es una conversación que quiera tener. Sobre todo, ahora, con todo lo que está pasando en mi vida.

—Creo que deberíamos alegrarnos por papá —comienzo—. Si esto es lo que quiere, ¿quiénes somos nosotras para decir nada? —Me encojo de hombros.

—Venga, que te jodan —responde Amber—. Estás contenta, ¿verdad? ¿De que papá se lo vaya a dejar todo a una mujer que casi no es capaz ni de dirigirnos la palabra? —Hay una vitrina en la pared donde guardamos los vasos, y Amber se acerca a grandes zancadas para coger uno. Luego, se sirve de la botella de Brock.

—No. —Le tiendo la mano, quiero avergonzarla por no haberme ofrecido una copa.

En respuesta, me entrega su brandi y procede a prepararse otro para ella. Supongo que alguien del servicio de *catering* ha dejado una cubitera de plata llena de hielo. Añado unos cubitos a mi vaso y les doy unas vueltas antes de beber. El alcohol me cambia, como si su calor lavara mi incertidumbre. Hace que tome una decisión.

—Claro que no me alegro. —Mientras hablo, pienso en Jack, ya mayor, y prácticamente desahuciado por lo que papá pueda estar haciendo ahora. Es ridículo, pero es la imagen que me proporciona mi cerebro.

—Entonces, ¿qué vamos a hacer al respecto? —continúa

Amber. Se une a mí en la mesa y se sirve hielo, con una mirada de despecho porque no le ofrecí la cubitera.

—No veo qué podemos hacer —respondo—. Si quiere casarse con ella, se casará. Aunque en realidad no ha dicho que vaya a hacerlo. De hecho, no ha dicho gran cosa.

—Podría ser alzhéimer —sugiere Brock. Se ha acomodado en el mejor sillón, el que recibe más calor del fuego—. Por la forma en que ha hablado esta noche, me ha dado la sensación de que estaba tratando de fijarnos a todos en su memoria, ¿entendéis lo que quiero decir? Si es así, y se casa o cambia su testamento ahora, tal vez podamos anularlo cuando muera.

—No hables de su muerte —le regaña Amber—. No estamos hablando de eso.

Brock se encoge de hombros, mirándola.

—Entonces, ¿de qué estamos hablando, según tú?

—Estamos hablando de que ha tomado una decisión tonta, porque una joven depredadora le ha hecho perder la cabeza. De eso es de lo que estamos hablando —dice Amber—. De un anciano vulnerable que necesita de nuestra protección.

Se hace el silencio mientras reflexionamos.

—Si no le damos nuestra bendición, ¿creéis que eso lo va a detener? —pregunto. No estoy nada segura.

Nadie me responde. En cambio, Bea hace su propia pregunta:

—¿Cuánto dinero tiene, de todos modos?

Me sorprende la franqueza con la que lo pregunta. No es un tema que hayamos discutido abiertamente hasta ahora. Al menos, yo no. Sin embargo, por la forma en que Amber responde, no cabe duda de que ella sí lo ha considerado:

—No sé lo que tendrá en sus cuentas, pero estoy segura de que es un buen pico —explica, con la mirada puesta en Brock—. Y tiene la cartera de acciones, de la que me ha hablado, dado que yo soy la… —Se detiene, pero de algún modo sé que iba a decir «la mayor»—. Las acciones son rentables. Aunque lo más valioso es, por supuesto, esta casa. No querríamos venderla, no cabe duda, pero eché un vistazo rápido, y una propiedad junto al lago de este tamaño valdría más de un millón. Esa cifra es mucho menor de lo que podría ser debido a todo el trabajo que necesita.

Me he llevado dos sorpresas seguidas. Primero, lo elevada que es esa cifra. No es algo que yo haya investigado nunca. Ni siquiera lo había pensado. Y luego lo que ha dicho del trabajo que necesita. No veo que necesite tanto. Abro la boca para preguntarle qué quiere decir con esto, pero Bea es más rápida:

—¿Qué significa «un buen pico»? ¿De cuánto estamos hablando?

Hay una pausa, quizá en respuesta a la crudeza de la pregunta de Bea, pero por fin Amber responde:

—Es un poco más complicado decir una cifra exacta —advierte—. No sabemos cuánto tiene en sus cuentas ni el valor de las acciones, pero…

—Pero a grandes rasgos —interrumpe Bea—. Me gustaría saberlo, y sé que tú lo sabes. Sé que lo has calculado. —Se detiene, y casi a regañadientes se ablanda un poco—: Lo siento. Sé que el dinero no es un gran problema para vosotras. Pero yo estoy sola. Apenas gano lo suficiente para salir adelante. Me ayudaría tener alguna idea de la cifra de la que estamos hablando. —Levanta las manos, como diciendo: «Adelante, júzgame». Luego me mira.

Me vuelvo hacia Amber a tiempo de ver cómo una serie de expresiones recorren su rostro a la luz del fuego. Es como si le estuviera agradecida a Bea por reconocer su débil posición en la vida y como si, para Amber, se tratase más de principios que de dinero. O tal vez estoy interpretando de más.

51

—Bueno —empieza de nuevo Amber—, podemos hacer algunas suposiciones. Por lo que papá me ha contado, yo estimaría que tiene alrededor de cien en sus cuentas. En líquido.

—¿Cien qué? —pregunta Bea.

Amber tuerce el gesto, molesta.

—Cien mil dólares. —Niega un poco con la cabeza ante la necesidad de responder a semejante pregunta—. Y luego hay unos ciento cincuenta más en acciones. Está claro que su valor varía según fluctúe el mercado; además, a papá le gusta hacer sus pinitos. Y luego, la casa, supongamos que un millón. En total, un millón doscientos mil.

—¿Qué hay del impuesto de sucesiones? —pregunta Bea—. ¿Cómo afecta eso a las cosas?

Doy un sorbo a mi bebida y permanezco callada. Brock se une ahora a la conversación.

—El impuesto federal no se aplica hasta que se superan los diez millones. Así que solo queda el impuesto estatal, que aquí es del diez por ciento, pero solo por encima del primer millón. —Asiente para sí mismo—. Así que, suponiendo que os lo deje todo a las tres, el Estado se quedan con veinticinco mil dólares y vosotras tres os repartís el resto.

En mi cabeza estoy haciendo cuentas, pero la voz de Bea me interrumpe, impaciente:

—Bueno, ¿cuánto es eso? —Nunca se le dieron bien las matemáticas.

—Algo más de cuatrocientos mil dólares, por cabeza —dice Brock. Chasquea la lengua contra la mejilla—. Pero eso solo si el viejo no hace ninguna tontería, como casarse… Si lo hace…, entonces todo cambia.

—¿Por qué? —Oigo mi propia voz uniéndose a la conversación, y luego siento el calor en las mejillas cuando todos se vuelven hacia mí.

Es Brock quien continúa explicando. Coge aire antes de contestar.

—En primer lugar, tienes los derechos conyugales, que entran en vigor. Eso significa que ella tendría derecho al cincuenta por ciento de toda la herencia, incluso aunque él no hiciese nada con el testamento. Así que, en el mejor de los casos, cada una de vosotras perdéis la mitad de vuestra parte. De cuatrocientos mil a doscientos mil. —Hace una pausa, el tiempo suficiente para que lo consideremos.

Y lo hago. Doscientos mil dólares. Nunca he pensado en lo que podría heredar. Quiero decir, eso no es del todo cierto; de alguna manera, la certeza de que en algún momento las tres recibiríamos algo de dinero siempre ha estado ahí. Pero nunca me he parado a calcular cuánto. Así que es un poco chocante escucharlo. Doscientos mil dólares. Incluso aunque se case con Susan. Podríamos hacer muchas cosas con esa cantidad, Neil y yo. Y Jack también.

—Doscientos mil dólares es mucho dinero —opino, pero Amber hace un gesto de impaciencia, mira hacia otro lado e indica a Brock que continúe.

—He dicho que ese era el mejor de los casos. —Parece como si estuviera disfrutando con esto—. Eso, suponiendo que no cambie su testamento. Lo más probable, si esta mujer consigue que se case con ella, es que cambie el testamento. Entonces, es muy posible que se lo deje todo a ella.

—De ninguna de las maneras. Él jamás haría eso… —empiezo, pero él habla por encima de mí:

—No lo has pensado bien, Katy. No tiene por qué suceder de inmediato. Ella es, al menos, quince años más joven que él. A ver, no sé si estarán… —Hace un gesto con las manos que al principio no entiendo, pero Amber me ayuda.

—Ay, por dios, ¡no seas asqueroso! —le reprocha Amber.

—… durmiendo juntos. No iba a decir «follando»; iba a decir

«durmiendo juntos»… —Se detiene y se recompone—. Pero no sabéis el poder que una mujer puede tener sobre un hombre…

—¡Brock!

—¡Solo digo las cosas como son! Ella puede obligarlo a hacer muchas cosas solo con negarle ciertos privilegios. —No me convence y niego con la cabeza, pero Brock continúa—: Vale, piensa esto. ¿Qué pasa si acaba cuidándolo, si se pone enfermo? Eso le daría tiempo de sobra para convencerlo de hacer cambios. Además, y aquí viene lo bueno, si eso ocurre, puede alegar que tiene derecho a la mayor parte de la herencia, aunque él no se la deje. —Nos quedamos calladas. Creo que estamos un poco conmocionadas—. Lo sé, parece una locura, pero hay precedentes.

—¿Lo has comprobado? —pregunta Bea.

—Sí. —Brock asiente con la cabeza.

Bea baja la cabeza y maldice en voz baja.

—¿Te parece posible? —le pregunto.

Bea era abogada, antes de dedicarse a la pintura.

—No lo sé. —Niega con la cabeza—. Mi especialidad eran los derechos de autor, que tienen poco que ver con esto.

—Ya os lo digo yo —continúa Brock—. Lo he investigado. Hay precedentes. Eso significa que ha sucedido antes, muchas veces. Y ya sabéis cómo son los abogados. Unos putos buitres. Cuanto más lío hay, más se llevan. —Mira a Bea—: Excluyendo a los presentes, claro.

Bea le echa una buena mirada, pero no dice nada, y él apura su bebida antes de proseguir.

—Yo creo que si estamos aquí es porque Donny está considerando el matrimonio, por lo que el mejor de los casos para vosotras sería recibir doscientos mil cada una. Sin embargo, siendo realistas, diría que tendréis suerte si conseguís la mitad de eso. Y, por supuesto, podéis olvidaros de esta casa. —Mientras dice esto, echo un vistazo a la sala. A esta estancia tan familiar, que he conocido durante casi toda mi vida.

—¿Vamos a perder la casa? —Vuelvo a oír mi voz.

—¿Estás de coña? Pase lo que pase, de la casa despídete. ¿No la habéis visto? ¿Crees que esa señora va a compartir esto con vosotras tres?

Pienso en lo fría que ha estado toda la noche. En que no nos ha hecho ni una sola pregunta. Era como si no le importáramos.

—¿Lo veis ahora? —Amber se vuelve de nuevo hacia mí—: Si se casa con ella, perdemos la casa. Adiós a las reuniones familiares, a Acción de Gracias, a las Navidades. Se acabaron las vacaciones de verano. Es impensable.

Es impensable. Literalmente, es demasiado para pensar en ello. Así que me vuelvo hacia Bea. Entonces, noto que hay una mirada extraña en su rostro. Y por fin entiendo algo a lo que no había prestado atención durante mucho tiempo. Sé a ciencia cierta que perder esta casa no es tan desastroso para ella como lo sería para Amber o, tal vez, para mí. La razón, cuando lo pienso, no podría ser más clara: lo que le ocurrió a Zack sucedió aquí mismo. Cada vez que viene, se ve obligada a enfrentarse a ello, una y otra vez. A mí me pasa lo mismo, así que sé algo al respecto. Cuando voy al lago, sigo teniendo recuerdos de aquel día. Veo su pequeño cuerpecito tendido en el césped, su bañador azul, la expresión de su cara casi como si siguiera allí, aunque ya no lo estuviera. Y esa sensación de absoluta irrealidad mientras los técnicos sanitarios lo metieron en esa gruesa bolsa de plástico negro para cadáveres antes de subirlo a la ambulancia. Zack, muerto, para no volver jamás. Para Bea, aquellas imágenes deben de reproducirse en su mente cada vez que se acerca a este lugar.

—Kate, tú lo entenderás mejor —me dice Amber, lo que me hace dar un respingo.

—¿El qué?

—Ahora que tienes a Jack, debes de ver lo importante que es que la casa siga siendo de la familia... Por su bien, y por el de los mellizos.

Intento concentrarme en sus palabras, aunque solo sea para quitarme de la cabeza el recuerdo de Zack muerto en el césped. ¿He pensado en ello? ¿En Jack creciendo, pasando los veranos aquí, al igual que lo hicimos nosotras? ¿En verlo aprender a nadar en el lago, explorar la isla en el viejo velero de papá? Sí, lo he hecho, pero ¿quién no? Me he imaginado cómo será Jack de mayor. Me he preguntado con quién jugaría. Los mellizos serán demasiado mayores para entonces, pero los vecinos acaban de tener un nieto. ¿Quizá sea un posible compañero de juegos? En cualquier caso, Amber tiene razón, sea cual sea el futuro que prevea, siempre girará en torno a esta casa. La idea de perderla me produce casi un dolor físico.

—Entonces, ¿qué podemos hacer? —pregunto.

Brock y Amber vuelven a compartir miradas cómplices, pero es él quien responde:

—Mirad, puede que haya una cosa... —Hace una pausa, da vueltas a los cubitos de hielo en su vaso y mira a Amber, la cual asiente con la cabeza para que continúe—. Si padece alzhéimer o algo parecido (cualquier tipo de demencia sirve), se puede argumentar que no pudo tomar ninguna decisión en su sano juicio. Para demostrarlo, hay que someterlo a un examen. Y eso tiene que ser antes de cualquier boda; cuanto antes, mejor. —Brock se detiene, y tardo un segundo en darme cuenta de por qué.

Es porque Neil ha entrado. Casi sin hacer ruido. Brock vuelve a mirar a Amber, como si comprobara si debe continuar.

—Hola, Neil. ¿Cómo está Jack? —pregunta Amber, y, por medio de ello, responde a su marido.

Neil asiente.

—Ya se ha dormido. —Me mira—. Estaba despierto y refunfuñando, así que le he leído un rato, pero se ha dormido antes de que terminara.

Le devuelvo una sonrisa de agradecimiento, mezclada con una pizca de culpabilidad. Casi había olvidado que estaban ahí arriba.

—¿Te preparo una copa? —le pregunta Brock a Neil, aunque no se mueve del sillón para hacerlo.

Neil mira a su alrededor y se da cuenta de que yo también estoy bebiendo, mi vaso, ya casi vacío. Tal vez lo tome como una señal.

—No, me voy a acostar. —Nos dedica una sonrisa rara y fácil—. Nunca se sabe con Jack, podría ser una noche larga. —Me toca el brazo. Solo por un segundo, siento los ojos de mis hermanas clavados en mi apuesto marido. Los ojos de las dos—. ¿Vienes?

—Claro. —Levanto el vaso—. Me termino esto y ahora subo.

No es la respuesta que Neil espera, y duda un momento antes de asentir torpemente con la cabeza y marcharse. Los demás guardamos silencio un momento.

—¿Qué estabas diciendo? —le pregunta Bea a Brock, cuando Neil ya no puede oírnos.

Brock se inclina hacia delante.

—A ver. —Se golpea la rodilla con el pulgar mientras reordena sus pensamientos—. Lo que pasa con el alzhéimer y otras enfermedades similares es que se diagnostican por la forma en que la gente se comporta. Si hay pruebas de que, por ejemplo, una familia cree que un pariente mayor no está en sus cabales, que dice o hace locuras, entonces es mucho más probable que un tribunal concluya que no podría haber tomado una decisión sensata para hacer algo como casarse. —Se encoge de hombros—. Si hubiera pruebas de que nos preocupaba cómo se comportaba el viejo, me refiero a correos electrónicos, mensajes de WhatsApp que nos enviásemos, en los que habláramos de las cosas raras que hacía; lo pongo como ejemplo exagerado. Bueno, pues esas pruebas podrían jugar un papel importante, más adelante.

Mira a Bea con complicidad y Amber hace lo mismo conmigo. Luego ella se incorpora a la conversación.

—Y, si conseguimos que vaya a ver a un médico, hay uno que hemos encontrado que podría estar más dispuesto a dar un diagnóstico… favorable.

En ese instante, noto que esto es demasiado para mí. Dejo lo que queda de mi bebida sin terminármela.

—Estoy cansada. Yo también me voy a la cama.

Y salgo antes de que nadie pueda detenerme.

Capítulo 8

—¿Afirma que planeaban impugnar el testamento? —McGee se reclinó en la silla y se acarició la barbilla. Kate guardó silencio, con la cabeza inclinada—. Kate, ¿iban a montar una especie de fraude para que diagnosticaran a su padre incapaz de hacer ningún cambio en el testamento?

—No lo sé —respondió al tiempo que levantaba la cabeza con lentitud—. No sé si de verdad lo habrían hecho, o si solo estaban considerando la idea. Yo solo le estoy contando lo que dijeron aquella noche. —Se mordió el labio inferior—. Antes de que todo ocurriera. —Kate arrastró la mirada por la sala de interrogatorios, como si en ese instante se sorprendiera de encontrarse allí—. Intento demostrarle que estoy diciendo la verdad, acerca de esto y de todo lo demás. —A continuación, levantó los ojos y los fijó en los de McGee.

Durante unos segundos, este le sostuvo la mirada, intentando leer lo que había detrás de aquellos ojos verdosos. Habrían permanecido así más tiempo si Robbins no los hubiera interrumpido:

—¿Antes de que ocurriera qué?

Kate rompió el contacto visual. Miró a Robbins y luego volvió a bajar la vista a la mesa.

—Antes de que se desatara la locura.

Ambos agentes esperaron. Como ella no continuó, McGee se vio obligado a decir:

—Continúe, por favor.

La noche no ha estado mal. Jack se ha despertado un par de veces, otra vez con sus pesadillas, pero no fueron de las malas de verdad y no tarda mucho en volver a dormirse. Aun así, a las siete ya está despierto y lo llevo a la cocina. Preparo el desayuno para él y café para mí. Me sorprende ver que Susan ya está levantada, preparando la mesa para el desayuno. Se me ocurre comentarle que no hace falta que se moleste, pero me resulta casi tan incómodo decirlo como el hecho de que ella lo esté haciendo. Y, sin embargo…, por otro lado, siento que algo en ella ha cambiado. Sigue siendo rara, pero esta mañana no está tan fría. Es más como si estuviera ansiosa, expectante. Parece desprender una especie de energía nerviosa.

Le doy de desayunar a Jack en la mesa de la cocina mientras Susan entra y sale con un impresionante despliegue de platos para poner la mesa en el comedor. Es incuestionable que papá y ella han planeado este desayuno casi tanto como la cena de anoche. Hay bollería recién horneada, zumo de naranja natural y una cafetera francesa llena de café. Me sirvo otra taza de café antes de que Susan se lleve la cafetera al comedor. Poco a poco el resto de la casa se va levantando, bajan las escaleras medio dormidos, y entonces es como si la casa de papá se hubiera convertido en una especie de hotel, con Susan indicando a todo el mundo que se dirija al comedor. Cuando Jack termina de desayunar, yo me uno a los demás, que ahora están sentados a la mesa en los mismos sitios que anoche. Todos, excepto papá, que no está. Aún no ha bajado.

Entonces es cuando sucede.

* * *

He dicho que todos ocupamos los mismos asientos que anoche, pero eso no es del todo cierto. Susan no se ha unido a nosotros; ha estado más bien de camarera y ahora vuelve a entrar, solo que esta vez se acerca a cada una de nosotras, las hermanas, y nos entrega un sobre. Nuestros nombres están escritos en el exterior, de puño y letra de papá. Antes de abrirlos, Susan se aclara la garganta. Su voz es ronca y suena nerviosa.

—Esto es para vosotras de parte de vuestro padre. Ha pedido que los abráis ahora.

Por alguna razón la miro mientras dice esto y la expresión de su cara me asusta; tiene los ojos desorbitados. Parece una yonqui.

—¿Qué es esto? —exige Amber mientras agita el sobre que le acaba de entregar.

—¿Por qué no lo abres y lo averiguas? —sugiere Brock.

Yo miro más allá de mi carta, a Bea, que ya ha abierto la suya y la está leyendo en voz baja para sí misma. Entonces, sus ojos se abren de par en par y aspira con sorpresa.

Miro a Neil y veo líneas de preocupación alrededor de sus ojos. Asiente con la cabeza, suavemente, entonces yo deslizo una uña bajo la solapa. Saco una carta manuscrita, sin duda escrita por papá con su letra pulcra y compacta. Empiezo a leer, y la habitación que me rodea se desvanece.

Mi queridísima Katherine:

Gracias por la encantadora velada de anoche. Está bastante claro para mí que tienes una familia maravillosa, y un niño magnífico que es el pequeño Jack. Estoy seguro de que continuará colmándote de felicidad a medida que crezca y se convierta en un buen hombre. También tengo muy claro que has hecho una excelente elección de marido con Neil. Estoy orgulloso de cómo le apoyas en su trabajo y agradecido de que él te apoye a ti en la aventura de la maternidad y quizá en tu carrera como profesora, o en cualquier otra cosa a la que te dediques. Os deseo toda la felicidad del mundo.

Por desgracia, ahora debo tratar otro asunto. Os he ocultado a ti y a tus hermanas una verdad bastante incómoda. Hace algún tiempo que no me siento bien y los médicos han llegado a una conclusión definitiva sobre el motivo. No quiero explayarme aquí con la naturaleza exacta de mi dolencia; basta decir que tanto los médicos como yo hemos agotado todas las opciones posibles. Incluso con el mejor, y más caro, tratamiento médico disponible, mi enfermedad acabará matándome y lo hará de forma gradual, dolorosa y mientras me roba la movilidad que me queda. A su vez, también erosionará quién soy, llevándose mis recuerdos, incluidos los más preciados para mí, los de mi familia. Cambiará mi personalidad, impidiéndome siquiera ser el hombre tolerante y reflexivo cuyo recuerdo deseo que guardéis. Me convertirá en un hombre enfadado y resentido.

No te deseo eso. De hecho, no lo deseo para mí tampoco. Por lo tanto, después de dejaros a todos anoche y escribir estas cartas, he tomado una dosis letal de morfina, que me permitirá irme lejos de estos lazos terrenales de una manera indolora y casi eufórica. Por favor, créeme: esto es lo que deseo hacer. Esta es la forma que elijo para poner fin a mi vida, para evitar causarme a mí mismo, y a mi familia, más dolor del necesario.

No voy a ser tan iluso de pensar que esto va a ser fácil de aceptar, quizá ni siquiera de entender. Por esa razón, he elegido hacerlo cuando estéis todos aquí, juntos, y confío en que os apoyaréis mutuamente con amor y comprensión. Además, he dado instrucciones a Susan para que se ocupe de los aspectos prácticos inmediatos, con el fin de que este difícil momento sea lo más llevadero posible.

Mi querida Kate, ojalá hubiera otra manera, pero sencillamente no la hay. No podría haber pedido mejores hijas que tú y tus hermanas, y mi amor por vosotras ha sido la constante más importante de mi vida. Pero todo lo bueno se acaba. Adiós, cariño, y vive con valentía, porque la vida es corta.

Con amor de tu padre,

Don

Al terminar, una gota golpea el papel, lo que hace que la tinta se corra. Me doy cuenta entonces de que estoy llorando. Levanto la vista y veo que la sala es un caos. Amber está de pie, casi gritando, y Brock y Neil se preguntan qué demonios está pasando. Eva parece aterrorizada, e incluso Aaron está asustado. Le doy la carta a Neil y me quedo mirándole mientras él también la lee. Intento acallar el ruido, pero no puedo. Hay palabras que resuenan en mi cabeza.

—¿Se ha suicidado? ¿Papá se ha suicidado?

Entonces me doy cuenta de que no está solo en mi cabeza. Es lo que Amber también grita, y se dirige a Susan, que ha repartido los sobres. Así que ella debe de saberlo.

—¡¿Quién coño eres?! ¡¿Tú estás detrás de esto?! —le grita Amber.

Susan retrocede hasta casi salir por la puerta, y Amber va tras ella, agitando la carta de papá. En medio de tal locura, me pregunto si esto será una especie de broma. Por un segundo me lo imagino, esperando que papá entre en cualquier momento gritando: «¡Sorpresa!». Pero por supuesto no lo hace. Tendría que ser un psicópata para hacer tal cosa. En lugar de ello, Brock abraza a Amber, rodeándola con los brazos por detrás y consiguiendo que por fin se siente. Neil ya ha terminado de leer la carta. Se le ha quedado el rostro más blanco que el papel.

—Me llamo Camilla Evans. —La voz de Susan acalla el ruido—. He estado usando un seudónimo hasta este momento para evitar cualquier posibilidad de que me investigaseis, lo cual podría haber llevado a frustrar los planes de vuestro padre. Pero ahora estoy autorizada a contaros la verdadera razón por la que estoy aquí.

Nos quedamos en silencio de inmediato, mientras escuchamos boquiabiertos.

—Soy voluntaria de una organización de discriminación positiva llamada Iniciativa por una Elección Final Libre. Trabajamos con determinadas personas seleccionadas que han expresado su deseo de controlar la manera en que van a fallecer y las ayudamos a hacerlo de un modo que sea legal, pero también acorde con sus deseos.

La observo con detenimiento y veo a una mujer con ojos fríos como el hielo.

—Entonces, no eres… —Cierro los ojos y trato de encontrarle sentido a esto—. ¿Papá y tú no estáis… juntos?

—En absoluto. —Sacude la cabeza y se pasa una mano por el pelo rubio entrecano—. Tu padre optó por dejaros creer que éramos amigos, para que yo pudiera pasar aquí el tiempo necesario ayudándole a preparar su fallecimiento. Y yo diría que nos hicimos amigos durante ese tiempo. Sin embargo, no cabe ninguna duda de que no fue más que eso. No habría sido ético.

Se hace otro silencio, hasta que Amber casi se atraganta al romperlo:

—¿Que no es ético, dices? ¿ÉTICO? ¡Pero ¿qué me estás contando?! ¿Qué coño has hecho?

—Anoche asistí a vuestro padre para asegurarme de que se cumplieran sus últimos deseos, pero no le ayudé en modo alguno en el proceso de su muerte. Eso no sería legal, y no es a lo que nos dedicamos. Sin embargo, estuve con él y le cogí de la mano mientras fallecía, para que no estuviera solo en sus últimos momentos.

Ante esto, Amber explota de nuevo:

—¿Que hiciste QUÉ? —Tiene la cara roja y la respiración agitada—. ¿Estabas con él? ¿Podrías haberlo detenido? ¿Podrías haber llamado a una ambulancia?

—Ese no era el deseo de tu padre…

—¡A la mierda sus deseos! —suelta Amber al tiempo que intenta liberarse de los brazos de Brock—. Tú estabas allí. Podrías… —Su voz se apaga, y esta vez se da media vuelta y aparta las manos de su marido. Pero no arremete contra Susan… o Camilla, o como se llame. Se queda mirándola—. Dios mío, lo has asesinado.

—No. Eso es categóricamente incorrecto. En Iniciativa por una Elección Final Libre trabajamos con sumo cuidado para garantizar que el «viajero» sea plenamente capaz de tomar sus propias decisiones, libre de cualquier presión que nosotros, o cualquier otra fuente, pueda ejercer. Lo que tu padre ha hecho es quitarse la vida, pero en sus propios términos, y por las razones que ha expresado en sus cartas.

Amber vuelve a quedarse con la boca abierta y mira a los mellizos. Eva está llorando. A Aaron parece como si le hubieran dado un puñetazo en el estómago.

—No puedo creer que estés haciendo esto. —Amber se vuelve

hacia Susan/Camilla—. Que me digas esto delante de mis hijos. —Hace una pausa, niega con la cabeza y vuelve a empezar—: Pedazo de bruja hija de puta. —Su voz ha subido de tono. Entonces se desploma sobre un asiento y empieza a llorar. Un momento después se detiene, casi tan rápido como empezó. Se le ha ocurrido otra idea—. Dios mío. ¿Cuánto te ha pagado? Joder, lo haces por dinero. ¡La herencia de papá! De eso se trata, ¿no?

—¡Amber! —La voz urgente y aguda de Brock la interrumpe.

La coge de la mano y tira de ella hacia él para que no pueda ver más a Susan/Camilla. Yo sigo observando a la mujer. Sigue nerviosa, y ahora entiendo por qué. Sabía lo que le esperaba. En ese momento me pregunto cuántas veces habrá hecho esto.

—¿Es verdad? —pregunta Neil ahora, su voz extrañamente tranquila.

Me giro para mirarlo; es la primera contribución que ha hecho, y ella parece apreciarlo.

—Sí, me temo que sí —responde Susan/Camilla y, tras un silencio, prosigue—: Os acompaño en el sentimiento. Disfruté mucho de nuestra velada de anoche y parecéis una familia encantadora. —Vacila, mordiéndose el labio. Es como si estuviera leyendo un guion mental—. Soy consciente de la conmoción que esto debe de suponer, y parte de mi papel aquí es ayudaros a todos a superar estas horas tan difíciles. Si tenéis alguna pregunta, estoy aquí para ayudar.

—En eso tienes razón: tengo muchas preguntas… —empieza Brock.

Parece haber olvidado su papel de mediador de Amber, pero la voz de Neil lo interrumpe. Todavía suena tranquilo, autoritario de alguna manera.

—La carta dice que Don ha tomado morfina. ¿Cuándo lo hizo? ¿Cómo la tomó y cuánta?

Susan/Camilla asiente.

—Anoche, pasada la medianoche, Don se inyectó 150 mililitros de morfina que, debo añadir, buscó y consiguió él mismo, sin mi ayuda ni la de Iniciativa. Luego se acostó en su cama mientras yo le cogía la mano. Unos diez minutos más tarde, se quedó inconsciente. Comprobé si tenía pulso o respiraba y no lo encontré. Creo que murió sobre las doce y veinte de la noche.

—Y ¿qué hiciste? ¿No llamaste a la policía, o a una ambulancia? —Brock parece más enfadado que Amber ahora. Su voz es cada vez más fuerte.

—No. Ese no era el deseo de Don. Pidió que dejase su cuerpo en la cama, hasta que fuerais informados durante el desayuno.

—¿Puedo ver el cuerpo? —pregunta Neil.

Lo miro a los ojos, y él me tranquiliza con su mirada.

—¿Para qué? —pregunta Amber a mi lado.

No la miro.

—Necesito confirmar que lo que dice es cierto —responde Neil.

—Sí. Si quieres. —Susan/Camilla asiente—. Pero… —Mira a Eva, que está sollozando y nadie la está consolando. Amber parece darse cuenta por fin. Suelta el brazo de Brock y corre hacia ella para abrazarla—. Será mejor que no subáis todos.

—No. —Neil me mira de nuevo—. Estoy de acuerdo. Iré yo solo. —Empieza a caminar hacia la puerta y veo lo rígido que está su cuerpo, como si no pudiera creer lo que está pasando y le esté costando incluso caminar. Pero, aun así, se va.

Nos quedamos sentados, esperando en silencio, el desayuno olvidado por completo, hasta que Neil vuelve unos minutos después. Me hace un gesto con la cabeza y se coloca a la cabecera de la mesa.

—Siento mucho confirmar que lo que ha dicho… Camilla parece ser cierto —empieza a decir Neil—. Don está tumbado en su cama. Ha dejado otra nota en la que explica a la policía qué ha tomado y que fue un acto realizado por voluntad propia. También he comprobado si hay señales de vida, y no hay ninguna. Me temo que Don ha fallecido.

Capítulo 9

—Madre de dios… —empezó a decir el agente Robbins, pero se detuvo.

Hubo un momento de silencio en la sala de interrogatorios que la voz de McGee rompió:

—Debió de ser una experiencia muy difícil. La acompaño en el sentimiento. —Mientras hablaba, Kate cerró los ojos y se obligó a contener las lágrimas. Cuando volvió a abrirlos, McGee le ofreció un pañuelo. Respiró hondo y miró con cuidado el expediente que había traído a la sala—. Las cartas, las que dijo que su padre había escrito para usted y sus hermanas, ¿las leyó todas?

—Pues… Disculpe, pero ¿por qué lo pregunta?

—Podría ser relevante.

Kate negó con la cabeza.

—No. —Las lágrimas habían desaparecido y ahora parecía enfadada—. No. Todo eso se miró en su momento. La policía habló con nosotros. Se interesaron por Camilla, por si había infringido alguna ley, pero…

—¿Qué decidieron? ¿Presentaron cargos? —interrumpió Robbins.

Kate negó con la cabeza de manera leve, casi imperceptible.

—No. La organización para la que trabajaba Camilla (bueno, en la que era voluntaria) tenía mucho cuidado de mantenerse en el lado correcto de la ley, así que la policía no pudo hacer nada. Pero lo investigaron todo en su momento. No... No está relacionado con lo que ha pasado desde entonces.

McGee se recostó en su silla y observó a Kate mientras contestaba. Luego se inclinó hacia delante para encontrar el marcador de posición correcto en su archivo de papeles.

—Entonces, las cartas, ¿las leyó todas? —insistió.

El rostro de Kate volvió a mostrar un gesto de enojo.

—Creo que sí que las vi, y al menos me contaron lo que decían.

—Y ¿qué decían?

—La de Amber era parecida a la mía. Le deseaba lo mejor, le decía lo orgulloso que estaba de su empresa y le explicaba por qué sentía que no tenía otra opción.

McGee asintió.

—Esa fue la de Amber. ¿Y la de su otra hermana? ¿La de Bea?

—Lo mismo. —Kate hizo una pausa—. Volvió a decir lo mucho que sentía lo de Zack y... —Se encogió de hombros, abatida—. Dijo que lamentaba que tuviera que ser así.

—¿Eso fue todo?

—Creo que sí.

McGee volvió a hacer un gesto de asentimiento y abrió la pila de papeles para mostrar la fotocopia de una carta manuscrita.

—Tengo copias de las cartas aquí —explicó—. Su padre escribió algo en la carta de Bea que me pareció extraño, dadas las circunstancias.

—¿El qué? —preguntó Kate.

McGee habló despacio, con cuidado:

—Dijo que esperaba poder encontrar a Zack y cuidarlo por ella.

—Kate no dijo nada y, al cabo de un rato, McGee continuó—: Supongo que tengo curiosidad por saber qué pensaba su padre de estas cosas. ¿Cómo las educó? ¿Era un hombre religioso? ¿Qué las animaba a pensar sobre la muerte?

Kate tardó un poco en contestar, pero cuando lo hizo su respuesta fue meditada:

—A mi padre lo educaron como católico, a mi madre también, y creo que eso los puso a ambos en contra de la religión organizada. No hablábamos mucho de ello, pero, por lo que sé, ambos eran prácticamente ateos. —Mientras hablaba, los ojos de Kate se detuvieron en la cruz que Robbins llevaba colgada del cuello.

McGee la vio fijarse en ella.

—Y ¿cómo las educaron? ¿Las animaron a ser católicas?

—No. Mi padre nos educó a poner nuestra fe, sobre todo, en la ciencia. Pero siempre fuimos libres de creer lo que quisiéramos.

—Vale. Suena bastante justo.

—Sí. —Kate sonrió un momento, y luego esperó.

McGee volvió a mirar la copia de la carta. La giró y la empujó hacia ella, apoyando un dedo en la frase que ya había subrayado.

—Así que esta frase sobre encontrar a Zack ¿qué cree que está diciendo aquí, si él no cree que sea verdad?

—No lo sé. En aquel momento supuse que solo pretendía ser reconfortante.

McGee asintió pensativo.

—¿Qué opina ahora? ¿Después de que haya pasado todo lo demás que dice que pasó?

Kate se lo pensó un buen rato antes de contestar.

—Quizá cuando llegó a contemplar su propio fallecimiento, como debió de hacer al prepararse para su propia muerte, se abrió más a la posibilidad de que no fuera el final.

—Ya. —McGee asintió para sí mismo, casi satisfecho.

Pensó en insistir, dadas las implicaciones del caso. Pero no veía adónde podría llevarlos en ese momento. Era mejor dejarla seguir a su aire.

—Me vendría bien un café ahora —anunció Kate, interrumpiendo los pensamientos de los agentes.

La mente de McGee volvió al presente y asintió con la cabeza, satisfecho por la oportunidad de tomarse otro él también. Se levantó y sus piernas se lo agradecieron. Después de colocar la taza delante de ella, Kate la cogió con las dos manos y la sostuvo frente a sí mientras soplaba en la superficie. McGee la observó mientras volvía a ocupar su asiento.

—Y ¿qué pasó luego? Después de que su marido, Neil, confirmara que su padre estaba muerto.

Kate hizo un gesto de asentimiento.

—Neil quería llamar a la policía, pero resultó que Susan… Camilla ya lo había hecho, y avisaron a un médico para que emitiera un certificado oficial, no sé cómo lo llaman; de defunción, me imagino.

—Y Camilla Evans, ¿qué pasó con ella? ¿La arrestaron?

—Pues lo cierto es que no estoy segura del todo. Se la llevaron esposada, pero, según tengo entendido, ella quería que así fuera. Cuando hacen estas cosas, dicen que quieren ayudar a la persona que se está muriendo, pero también quieren publicidad, intentar llamar la atención sobre su causa.

McGee se echó hacia atrás. Sabía la respuesta a sus preguntas, pero también resultaba útil ver si Kate las contestaba con sinceridad. O quizá no. Se pasó una mano por la barba incipiente de la barbilla mientras con la otra tamborileaba distraídamente sobre la carpeta de papeles. Gran parte del expediente contenía el extenso informe policial sobre la muerte de Donald Marshall, que incluía interrogatorios a todos los miembros de la familia presentes aquel día; el informe del forense, que había declarado formalmente que la muerte había sido un suicidio; y una nota del fiscal del distrito en la que exponía su decisión de no presentar cargos contra Camilla Evans ni contra nadie de Iniciativa por una Elección Final Libre, al considerar que eso solo les daría más juego. El expediente también contenía artículos de prensa que mostraban la división que se habría producido si el caso se hubiera llevado a juicio. McGee consideró todo esto y lo comparó con lo que había oído, buscando incoherencias. No encontró ninguna.

—¿Qué hizo con Jack? —preguntó entonces Robbins.

—¿A qué se refiere?

—Antes dijo que lo tenía en la cocina, donde le estaba dando el desayuno, pero luego pasó al comedor, donde Camilla había preparado el desayuno para toda la familia, y donde les dio las cartas de su padre. Pero no ha mencionado si se llevó a Jack con usted, o si lo dejó en la cocina.

McGee se preguntó a dónde quería llegar su compañero. Al parecer, Kate también, pues frunció el ceño en respuesta.

—No lo recuerdo… —Se detuvo, con la frente arrugada por el pensamiento—. Nos lo llevamos al comedor; claro que nos lo llevamos. No lo habríamos dejado solo en la cocina.

—En el comedor, ¿dónde? —Robbins abrió las manos encogiéndose de hombros—. ¿Estaba sentado en una trona, tal vez? ¿O estaba en brazos de alguien?

Kate abrió la boca y volvió a cerrarla.

—No… lo recuerdo bien. Creo que lo tenía Neil. Sí, Neil lo tenía en brazos.

Robbins miró sus notas y sacudió la cabeza:

—Pero usted ha dicho que después de leer la carta la sala se volvió un caos, le dio la carta a Neil y él también la leyó. ¿Cómo pudo hacer eso si tenía a Jack en brazos?

Los ojos de McGee se entrecerraron con discreción mientras observaba la interacción. Su rostro estaba inexpresivo, sin revelar nada.

El ceño de Kate se frunció aún más y McGee pensó que no iba a contestar, o que tal vez se limitaría a decir que no se acordaba, lo cual sería razonable; al fin y al cabo, de eso hacía ya varios años.

—Bea lo cogió —respondió por fin—. Con tantas voces, había empezado a llorar, y Bea siempre fue muy buena con Jack. Parecía que Jack siempre se calmaba con ella. Así que se lo llevó. Lo tenía en brazos cuando pasó todo.

Robbins se lo pensó un rato, sin dejar de mirar a Kate, pero sin decir nada.

—¿Está segura? —insistió una vez más.

Kate parecía inquieta, quizá esa era la intención tras la pregunta de Robbins, pero asintió:

—Sí.

Robbins se encogió de hombros, como si no estuviera satisfecho con su respuesta, o para recalcar que, en primer lugar, no había sido una pregunta importante.

—De acuerdo, entonces. —McGee volvió a tomar el relevo, ya que su compañero parecía haber terminado por el momento—. Todo aquel… drama familiar… ¿cómo acabó? La casa, la herencia, el problema de que su padre volviera a casarse…; supongo que al final se resolvió todo, ¿no?

Kate observó con la mirada perdida un momento, como si intentara recordar.

—No. De hecho, ahí es donde empezaron los problemas de verdad.

—Ya. —McGee se encogió de hombros—. Siga contándonos entonces. Somos todo oídos.

Capítulo 10

—Mi más sentido pésame, Kate, lo siento mucho. —El hombre que se dirige a mí parece, incluso más mayor que papá hace una semana, cuando aún vivía…

Aún no puedo creer que fuera hace solo una semana. Una semana complicada que al mismo tiempo se ha hecho lentísima y ha pasado volando.

—Ha sido una ceremonia preciosa —continúa el hombre mientras me aprieta el hombro.

Ahora lo reconozco; debería haberlo reconocido en el funeral que acabamos de celebrar. Es uno de los amigos de mi padre del club náutico de Stonebridge. Recuerdo que cuando era pequeña siempre era muy simpático con nosotras.

—Lo siento mucho —reitera él, y sacude la cabeza—. Y que sucediera en estas circunstancias…

No sé muy bien qué quiere decir con eso. ¿La forma en que murió papá? ¿La enfermedad que padecía?

—Es tan propio de Don solucionar las cosas por su cuenta. —El hombre encuentra la forma de aclarar a qué se refería, y su mirada es amistosa, pero no me apetece hablar—. Espero que puedas entender su elección. Cuando llegas a nuestra edad… —Se detiene, y siento que percibe que no estoy en condiciones de recibir la sabiduría que pensaba compartir conmigo—. Bueno, digamos que ciertas cosas se ven de otra manera cuando llegas a esta edad.

Se detiene y deja que su mano descanse sobre mi hombro unos instantes, como si el contacto me imbuyera de un poder curativo. Levanto el brazo con cuidado para librarme de él, con el pretexto de secarme una lágrima. En realidad, no es un pretexto. Llevo toda la semana llorando a ratos. Durante la ceremonia no podía apartar los ojos del ataúd de papá. «El ataúd de papá». Unas palabras que no deberían estar juntas, que no tienen derecho a estar juntas así, encajando con tanta perfección como dos piezas de un rompecabezas.

—Don estaría muy orgulloso de ti —dice ahora el anciano.

Con una última sonrisa sigue adelante.

A la mañana siguiente seguimos en la casa del lago, pero estamos haciendo las maletas para irnos. Me esfuerzo por desmontar la cuna de viaje en la que el pobre Jack ha pasado toda la semana, pero el maldito pestillo de la estructura plegable no se suelta. Mientras tanto, he dejado la puerta abierta y me preocupa que Jack se escape y se dirija a las escaleras. Son peligrosas para un niño de su edad. Entonces, noto que Amber entra en la habitación. No me incorporo para verla, pero sé de quién se trata por la forma en que cambia el ambiente.

—Tenemos que hablar de la casa —sisea, quizá para que Bea, que está en la habitación de al lado preparándose también para marcharse, no la oiga.

Levanto la vista.

—¿Te importa echarle un ojo a Jack mientras recojo esto? —le pregunto, y ella asiente con la cabeza.

Viene y se sienta en la cama. Pero no lo toca, solo mira cómo se acerca al lavabo y alarga la mano para abrir los grifos.

—La casa, Kate. —Se gira para mirarme—: Es importante que lo hablemos. —Sé que tiene razón, pero es desalentador. Todo esto es abrumador. Y todavía es tan reciente…—. En primer lugar, están las cosas de papá. Habrá que hacer algo con ellas. La mayor parte habrá que tirarlas a la basura, pero a lo mejor se puede regalar algo. Pero lo más urgente son las obras. Tenemos que decidir qué vamos a hacer y cómo se va a financiar.

—¿Qué obras?

—Kate, ¿has visto cómo está esto? —Amber suspira de manera melodramática cuando me hace la pregunta. No sé qué responder. Claro que lo he visto—. ¿Te has duchado esta mañana?

Siento que se me frunce el ceño.

—Supongo que no. No lo digo porque huelas —añade Amber enseguida, aunque no para ser amable—, sino porque sabes a la perfección que con tanta gente aquí a la vez no habría suficiente agua caliente.

—Me duché anoche, antes de irme a la cama.

Amber guarda silencio un momento, con los ojos fijos en Jack.

—Ya, pero no me refiero a eso. Brock tuvo que irse a trabajar temprano esta mañana y se fue sin ducharse porque la instalación necesita un buen repaso. Lo lleva necesitando varios años, pero papá no quería aceptarlo.

Me quedo mirándola. Quiero a mi hermana, pero a veces puede ser demasiado.

—Yo… ¿Tenemos que hacer esto ahora? —le pregunto, y ella se da la vuelta de inmediato para mirarme.

—No. Por supuesto que no. Eso no es lo que estoy diciendo. Lo que quiero decir es que no podemos dejarlo. Tenemos que hablar, las tres juntas. No podemos… —Deja la frase sin terminar, pero mira alrededor de la habitación, y casi se estremece—. Tenemos que afrontarlo.

—No, Jack, no.

Ha abierto el grifo y el agua ha salpicado la cama. El hecho de que las habitaciones tengan lavabos en vez de baños completos lleva fastidiando a Amber varios años. A mí en este momento me preocupa más que no haya vigilado a Jack, aunque se lo había pedido. Me levanto y lo llevo de vuelta al montoncito de juguetes que le hemos traído.

—¿Afrontar el qué? —le pregunto volviéndome hacia ella.

Chasquea la lengua, como si hubiera perdido el hilo. Pero no por mucho tiempo.

—Mira, en su testamento, papá lo dejó todo tan simple como pudo: todo lo que poseía, dividido en tres partes iguales. Pero lo cierto es que no es tan simple, ¿no? Quiero decir, ¿quién va a ser la encargada de tomar las decisiones? ¿Quién tiene el voto decisivo?

—Lo explicó en el testamento —respondo.

Papá lo planeó para que no hubiera retrasos a la hora de conocer sus deseos. Todos sus bienes se dividieron en tres; la casa se puso a nombre de las tres para que fuera necesaria una decisión mayoritaria si quisiéramos venderla.

—Estaba pensando que podríamos ir a visitar a Bea —sugiere ahora Amber—. Dentro de un par de semanas, cuando se le pase el *shock*. Podríamos ir en coche, las dos solas, y tal vez pasar la noche en un hotel de allí, ya que no tiene mucho espacio en esa pequeña casa con tejado de paja. Al menos podríamos llegar a un acuerdo sobre cómo vamos a proceder.

Asiento, entonces caigo en algo indiscutible.

—Los tres solos, ¿no? —Con los ojos hago un gesto hacia Jack.

—Claro, por supuesto. —Los labios de Amber se curvan con rapidez en una sonrisa.

En ese momento, el cierre de la cuna de viaje se suelta por fin, y esta se hunde sobre sí misma. Como si de un truco de magia se tratara, pasa de ser un armatoste a un paquete increíblemente pequeño.

—De acuerdo —afirmo. Supongo que tenemos que decidir qué vamos a hacer.

—Estupendo. —Amber sonríe agradecida—. Voy a aprovechar estas dos semanas para conseguir presupuestos para las obras. —Y, sin más, se levanta antes de que yo pueda responder.

Dado que cada una tiene su vida, acaba pasando casi un mes antes de que nos encontremos conduciendo hacia la costa en el enorme todoterreno BMW de Amber. Jack va atado en el asiento trasero y a su lado, afortunadamente fuera de su alcance, hay una carpeta que Amber ha traído. No sé lo que contiene. Ella tan solo la ha llamado «los planos».

El coche huele a cuero, ese olor inconfundible que indica que es un vehículo nuevo y caro. Es la primera vez que la veo conducirlo, pero ninguna de las dos hacemos ningún comentario al respecto. De hecho, el equipo de música se sincroniza de manera automática con el teléfono de Amber y empieza a sonar uno de los primeros discos de Adele, que sé que le encanta. Después de un rato conduciendo sin que ninguna de las dos diga nada, sube el volumen de la música para que no se pueda hablar. No me importa; me pierdo en mis propios pensamientos. No es fácil adaptarse a estar sin ninguno de tus padres, pero además Jack ha dado un paso atrás por las noches. No sé si tiene algo que ver con lo que pasó con papá, pero ha vuelto a tener pesadillas, y son peores que nunca. Por el momento tenemos que ir a verlo casi cada noche; a veces, más de una vez. Neil ha puesto más de su parte; en ocasiones incluso duerme en el suelo de la habitación de Jack, pero tiene que levantarse temprano para ir a trabajar, así que tiene sentido que sea yo la que acuda para que Jack se vuelva a dormir. Y es muy duro verlo así, ver cuánto está sufriendo y no poder ayudarlo.

Entonces, mi humor cambia de inmediato. A lo lejos, veo por primera vez el océano. El sol de la tarde resplandece en la superficie y por la forma en que brilla y se curva hacia el horizonte parece mágico, de otro mundo. Poso los ojos en el mar y siento cómo se me tranquiliza el alma mientras descendemos la última cuesta, larga y poco empinada, de la autopista. Luego desaparece de nuevo, oculto tras la llanura del terreno y el comienzo de esta extraña ciudad que Bea ha convertido en su hogar. Hay un poco de tráfico al pasar junto a un McDonald's y un pequeño centro comercial. Le han dado un toque náutico colocando un barco pesquero pintado de rojo a la entrada del aparcamiento. La carretera pasa por delante del puerto, donde hay más barcos, esta vez de verdad, pero del mismo tono rojo, y percibo un penetrante olor a océano, a pescado en mal estado. Acerco la cabeza a la ventanilla para ver el agua y vislumbro una negrura aceitosa y brillante en la superficie. Más allá de un gran muro de roca, un promontorio arbolado se eleva hasta una escarpada cresta.

Encontramos aparcamiento justo delante de la casita de Bea. Como era de esperar, Jack se ha quedado frito en su sillita, así que me siento con él, sin saber qué hacer, contemplando el lugar durante un rato. Amber tampoco se mueve, salvo para quitarse los guantes que usa para conducir y doblarlos con cuidado antes de colocarlos en la guantera. Se me ocurre que nunca había visto a nadie meter guantes en una guantera. Ni siquiera me había dado cuenta de que de ahí viene la palabra.

—¿Qué pinta Bea aquí? —pregunta Amber, casi para sí misma.

Antes de que naciera Zack, Bea era abogada. Estaba especializada en representar a músicos en casos en los que una u otra parte alegaba plagio. Así fue como conoció a Tristan. Él no estaba acusado de nada ni acusaba a nadie, pero, dada su habilidad musical, era un buen testigo para explicarle al jurado cómo se escriben las canciones y qué significa copiar una. Lo cual no es tan sencillo como parece. Hay mucho dinero en la industria de la música, y durante un tiempo pareció que Bea podría acabar siendo la más exitosa de las tres. Pero era imposible que Amber lo permitiera, y luchó como una gata en celo para mantenerse en la contienda. Recuerdo aquellos años; parecía que le exigía a Brock que triunfara en su negocio, no le dejaba otra opción. Entonces llegó Zack, y cualquier sensación de que Bea y Amber compitieran se desvaneció. Bea adoró la maternidad. Casi de inmediato declaró que quería ser ama de casa, y nos dijo que su carrera había sido bastante tóxica de todos modos. Además, los ingresos de Tris parecían suficientes para seguir adelante.

Pero, entonces, Zack murió y se torcieron las cosas. En nuestra familia nos preguntábamos si Bea volvería a la abogacía después de un tiempo, sobre todo, cuando anunció que Tristan y ella se iban a separar, pero en lugar de eso nos dijo que se iba a mudar aquí, a este pueblecito de la costa, y que se convertiría en una artista sin público. Os podéis imaginar lo que pensó Amber.

Al final, desabrocho el asiento de Jack y lo llevo sin que se despierte. Ya empieza a pesar bastante.

Para ser justos con Bea, su casa es muy bonita. El exterior está revestido de madera pintada de azul claro, con los marcos de las puertas y ventanas en blanco. También tiene un pequeño jardín bien cuidado con pequeñas plantas en flor, a pesar de que estamos a finales de temporada, que salpican un césped diminuto. No podía permitirse una casa junto al mar, o tal vez no quería eso después de lo de Zack; no conozco lo suficiente cómo está su situación económica. Pero está a un par de calles del puerto, en pleno centro de la ciudad.

Bea nos dice que la puerta está abierta y que entremos, y así lo hacemos. Dejo la silla del coche de Jack en el salón y ella baja las escaleras que dan a la cocina. Por su mono manchado de pintura, veo que ha estado trabajando. O tal vez, si soy un poco malpensada, eso es lo que quiere que pensemos.

—Hola. —Me besa en las mejillas, no me mira a los ojos y se quita el mono. Lleva una blusa sencilla debajo.

Saluda a Amber con la cabeza, luego susurra la palabra «Jack» y extiende las manos en señal de invitación. Le señalo y su expresión cambia al ver que sigue dormido. Ya es bastante grande para su sillita y tiene la cabeza caída hacia un lado. Durante un buen rato se queda mirándolo, como si no quisiera dejar de hacerlo.

—¿Cómo lo llevas? —se interesa Amber.

Bea sigue centrada en Jack y de mala gana se vuelve hacia Amber:

—Bien.

—¿Te fuiste con Tristan, después del funeral? —pregunta Amber, aunque sé que ya sabe la respuesta.

—Sí.

—¿Y?

—Y nada. Me trajo, tomó un té. Luego se fue. ¿Qué esperabas? ¿Que tuviéramos sexo salvaje de reconciliación justo después del velatorio de papá?

—No es del todo imposible.

—Lo que pasa es que no vivo en una de tus novelas estilo *Cincuenta sombras de Grey*.

—No creo que sea eso lo que ocurre en esos libros.

—No sabría decirlo; no los he leído.

Amber se calla y resopla un poco. Seguimos de pie en la cocina. Amber mira a su alrededor con reproche.

—¿Nos tomamos un té? —pregunto, antes de que Amber pueda encontrar algo que criticar.

—Claro. —Bea se dirige a un armario y lo abre de un tirón.

Mientras lo hace, echo un vistazo a la bonita cocina. Mis ojos se posan en la nevera. Hay un calendario sujeto con imanes. Hoy es 3 de noviembre, y no hay nada apuntado para el resto del mes.

Entonces me distraigo porque Jack empieza a revolverse. Ya me había dado cuenta de lo sensible que es a la tensión entre adultos. Es interesante; la mayoría de los niños no son conscientes de ello, pero Jack, por lo que sea, lo capta. Y ahora mismo hay mucho que captar. Bea y Amber son como dos leonas que se rodean con cautela. Ambas son conscientes de que se avecina una discusión, o quizá ya ha empezado. Me pregunto sobre mi decisión de acompañar a Amber hasta aquí. ¿Debería haber dejado que viniera sola y enterarme más tarde de lo que habían decidido entre las dos? Tal vez, pero ya es demasiado tarde. En cualquier caso, Jack se revuelve y enseguida se acomoda para volver a dormir.

Amber se sienta a la pequeña mesa de la cocina y deja caer su carpeta sobre ella.

Después de la muerte de papá, cada una nos quedamos con una llave de la casa, pero Amber se llevó el juego de papá, que era el único que tenía todas las llaves: no solo la de la puerta principal, sino también la de la verja lateral y la del pequeño cobertizo para botes. En aquel momento me pregunté para qué lo querría, pero no tuve ocasión de decir nada. En cierto modo, era útil: alguien tomaba el control. Pero ahora veo que había una razón para ello.

Hecho el té, todas tomamos asiento alrededor de la mesa. Es tan pequeña que nuestras rodillas se tocan. Amber aún tiene la carpeta y ahora la abre. A veces es ella quien presenta personalmente las propuestas de Rocket!, ya que a los clientes más grandes les impresiona que los dueños de la empresa les presten su atención personal. Esto desprende la misma energía.

—He hablado con tres contratistas diferentes y les he explicado lo que tenemos que hacer con la casa. Aquí tengo tres presupuestos. Lo que me gustaría que hiciéramos es tomar una decisión sobre cuál elegir.

Saca tres documentos distintos, de varias páginas cada uno y perfectamente grapados, y los pone delante de ella. Entonces veo que tiene tres copias de cada uno, así que no son tan extensos como me temía. Me entrega el primero y empieza a explicárnoslo. Enumera las reparaciones del tejado, la reconstrucción del cobertizo para botes con un patio con mesas de pícnic, la demolición y reforma de la terraza acristalada de la parte trasera y la redecoración de la mayor parte de la planta baja. El coste total asciende a 180 000 dólares.

—¿Por qué me enseñas esto? —pregunta Bea, antes de que pueda decidir lo que siento al respecto.

—Bueno… —empieza Amber, pero Bea la interrumpe:

—Sabes que ni de lejos puedo permitirme esto.

—No te estoy insinuando que puedas. Pero está el dinero que papá te dejó…

—Ya no. He pagado la hipoteca. —Bea mira hacia otro lado y luego continúa—: Sabes que ni siquiera quiero esto. No quiero tener nada que ver con ese sitio.

Amber frunce el ceño, como si estuviera pensando en varias formas posibles de responder. Formas en las que ya ha pensado.

—Sé que eso es lo que sientes ahora. Lo comprendo. Pero también creo que podrías sentirte diferente, con el tiempo. Dentro de unos años, cuando las cosas vayan mejor. —Amber no puede evitar volver a mirar alrededor de la pequeña cocina. Ella tiene una cocina enorme con una pared de cristal que da a un patio. Esboza una sonrisa—. Y, si entonces te sientes diferente, seguramente agradecerás tener la casa…

—Odio esa casa.

Nos quedamos en silencio.

—No odias esa casa —la corrige Amber.

—¿Cómo sabes tú lo que odio y lo que no?

Con un sobresalto, Jack se despierta y tira de las correas de la silla del coche. Me levanto para soltarlo; le ofrezco un libro para colorear y algunos lápices de colores, pero él niega con la cabeza y mira a su alrededor: está claro que quiere explorar. Lo vigilo de cerca mientras se mueve, curioso. Ya casi no se cae y hace poco que ha aprendido a dar saltos.

—¿Por qué no iba a odiar esa casa? —Vuelvo a prestar atención a mis hermanas, que siguen con el mismo tema—. Perdí a mi hijo allí. Y con él perdí mi vida.

Amber aspira hondo y me lanza una mirada, como diciendo: «Ya estamos otra vez».

—Bea, lo entiendo, intento entenderlo, pero a ti te encantaba esa casa. Solías adorar navegar en el lago con papá. También te encantaba llevar a Zack. Mi preocupación es que, si decidimos a vender la casa, desaparecerá y perderemos algo preciado para todos. Y creo que ya hemos perdido bastante…

Bea no contesta. Está mirando a Jack. Las habitaciones son pequeñas y parece que ya ha acabado con el salón. Ahora se pasea por la cocina, echa un vistazo a Amber y luego se acerca a Bea, y hace un ruido. Sigue sin hablar mucho, pero hay algo en su tono que indica que es una pregunta. De alguna manera Bea parece entenderlo. Se agacha, lo levanta y lo sienta en su regazo. Al instante, la cara de Jack se ilumina con una enorme sonrisa y, por un momento, parece que el rostro de Bea va a coincidir con el suyo. Pero al final es solo una pequeña sonrisa.

—Dime la verdad, Amber —dice después de pasar unos instantes acariciando la suave mejilla de Jack. Él se contenta con no explorar, con quedarse donde está—. ¿De verdad quieres hacer esto por mí, o es por tu familia?

—¿Qué quieres decir? —pregunta Amber con brusquedad.

—Creo que lo sabes. —Amber no responde, pero pone cara de asombro—. Tú quieres un sitio al que ir con los mellizos. Para que ellos lleven a sus hijos en un futuro, cuando eso suceda.

Por fin Amber asiente con la cabeza, pero luego también se encoge de hombros:

—Vale, lo entiendo, crees que soy una puta avariciosa, como siempre. Y no lo niego del todo; pienso en mi familia. ¿Qué tiene eso de malo? Es una tragedia horrible que Zack ya no esté entre nosotros; por supuesto que lo es. Pero aún quedan otras personas en esta familia, y esa casa es importante para ellos también. ¿Se la negarías, solo por tu propio dolor?

Contengo la respiración; pienso en cómo me gustaría que Jack no se viera en medio de esto, pero Bea se mantiene muy tranquila. Juega con Jack dejándole que casi le agarre el dedo y luego se lo aparta.

—Recuerdo que a Zack le gustaba este juego —dice de manera distraída—. Cuando tenía esta edad. —Le sonrío, aunque mi sonrisa no es del todo sincera.

—Bea —continúa Amber—, tener un lugar donde reunirnos como familia ha forjado quienes somos como personas. Si lo tiramos ahora por la borda… —se encoge de hombros de nuevo—, sería una falta de respeto hacia papá y mamá. Y, una vez perdido, no lo podremos recuperar. El dinero se esfumará. Nos acabaremos distanciando.

Nunca lo había pensado y me vuelvo para mirar a Amber. Ella se da cuenta y me dedica una sonrisa alentadora, como si ya lo hubiéramos hablado y estuviéramos de acuerdo.

—Kate, estás de acuerdo, ¿a que sí? Ahora que tienes a Jack, seguro que te das cuenta de lo importante que es mantener la casa.

Me siento en un aprieto y hago un gesto de asentimiento más por obligación que de manera sincera.

—Claro que no es solo por Jack —me oigo, pero en realidad no sé qué decir.

No quiero decir nada, así que me callo. En respuesta, Amber extiende la mano y me la pone en el brazo, como si lo entendiera. Luego se vuelve hacia Bea y observa cómo esta deja que las manitas de Jack se agarren a sus dedos.

—Piénsalo, Bea, ¿dónde vamos a poder reunirnos todos en familia? Aquí, desde luego, no.

Puede que sea un golpe bajo, pero Amber tiene razón. La casa de Bea tiene dos dormitorios, uno de los cuales se ha convertido en su estudio, e incluso ese es diminuto. Nosotros tenemos una habitación libre en nuestra casa, pero Neil la utiliza como despacho. Entonces pienso en la casa de Amber. Nunca me la ha enseñado, la verdad. Pero sé que es grande.

Bea se queda callada. Coge uno de los presupuestos. Muestra un diseño para la terraza acristalada. Es precioso, pero ¿no lo son siempre estos bocetos?

—¿Qué piensas de esto, Jack?

Él coge el papel, con el ceño fruncido. Es cómico, parece que se lo está pensando de verdad. Al cabo de un momento se aburre y lo tira al suelo. Me agacho para recogerlo de nuevo.

—¿Por qué tiene que ser tan caro? —pregunta Bea.

—Porque la casa está muy deteriorada.

—¿Por qué no la arreglamos y nada más? ¿Por qué hay que añadir tantas cosas nuevas?

Amber da un pequeño suspiro exasperado.

—Como he intentado explicarte, he pedido varias opciones en cada presupuesto. Incluyen desde la realización de los trabajos más básicos necesarios, que, por cierto, tendríamos que hacer incluso si estuviéramos pensando en vender la casa, hasta la incorporación de algunas pequeñas mejoras, que es sensato considerar mientras tenemos a los contratistas *in situ*. La idea de venir aquí hoy es para que analicemos cuál de estas opciones funciona, para cada una de nosotras.

Amber se calla y la atención de Bea vuelve a Jack.

—«Eche» —dice él mirando a Bea a la cara.

Decido traducir el lenguaje de Jack.

—Esa es la palabra que usa Jack para decir «leche». Ha visto nuestro té y quiere su propia bebida.

Me levanto a por la bolsa donde tengo todas las cosas de Jack. Mientras lo hago, Jack vocaliza mejor:

—«Eche, eche», mami. Mami. —Sé que suena un poco atrasado, pero es solo porque está un poco rezagado con el habla.

Rebusco en la bolsa de Jack mientras la voz de Amber llega flotando desde la otra habitación.

—No, Jack, esta no es tu mamá; esta es tu tía Bea. Tu mami vuelve enseguida. —Suena brusca, como si estuviera hablando de negocios.

Se me ocurre que nunca ha sido muy maternal con Jack. No tiene por qué serlo, no es su madre. Pero recuerdo el cambio que dio cuando llegaron los mellizos. Fue como si se transformara, casi de la noche a la mañana, de la chica despreocupada y fiestera que había sido, a la madre superdedicada cuya vida entonces giraba en torno a ellos. Supongo que ya ha superado esa etapa.

Vuelvo con el vaso de Jack y, aunque tengo intención de llevármelo y dárselo yo misma, parece tan cómodo en el regazo de Bea que lo lleno y se lo doy. Su atención se desvía del papeleo que Amber quiere que mire y se centra en Jack. Acaricia los cortos mechones de pelo rubio que tiene mientras este engulle la leche.

—Tengo juguetes en alguna parte —me dice Bea—. Juguetes viejos de Zack. —Dudo, porque los juguetes de Zack serán para niños mayores, y Jack podría atragantarse con algo o hacerse daño. Creo que ella lo intuye, porque añade—: La mayoría son de cuando él era mayor, pero seguro que hay algo que le gustará a Jack.

Sonrío para darle las gracias y me quedo un rato en silencio, observando cómo bebe Jack. Al rato se termina el vaso y me lo tiende para que se lo coja. Entonces Bea me lo devuelve, de manera un poco reacia, y sube las escaleras. La oigo rebuscar en el piso de arriba y Amber suspira, frustrada porque ninguna de las dos estamos prestando demasiada atención a sus presupuestos. Pero se me ocurre otra cosa. Me parece extraño que Bea tenga un montón de juguetes viejos en esta casa, cuando se mudó aquí después de que Zack muriera…

Vuelve a bajar la escalera con una caja y cambio de opinión. Quizá no sea raro. ¿Quizá es lo que hace la gente cuando su hijo pequeño muere? Guardan todo lo que pueden, porque cada pieza de la que se deshacen es otro pedazo de su hijo que desaparece. Desde luego, es una caja lo bastante grande como para apoyar esta teoría. Bea la deja sobre la mesa, encima de los planos de Amber, y empieza a rebuscar. Saca varios aparatos electrónicos, una pizarra magnética y, como me temía, varios juguetes con piezas pequeñas. Entonces saca un tren, con el que recuerdo que Zack solía jugar. Y me refiero a todo el tiempo, como si fuera algo especial para él. Eso fue en los días en que Bea, Zack y Tristan residían justo al final de la calle donde vivíamos Neil y yo.

—¿Qué te parece entonces, Bea? —Amber vuelve a intentar que se interese por los planos, lo cual entiendo, porque, de alguna manera, tenemos que tomar una decisión; pero noto que mi hermana está en su mundo, murmurando para sí misma, preguntando, supongo, cómo llegó el tren a esta caja en lugar de estar en una caja aparte donde guarda las cosas más preciadas de Zack.

Entonces Jack nos coge a todos por sorpresa.

—«En» —dice mientras levanta la mano—. «En, mío».

—¿Qué dices, cariño? —le pregunto sorprendida por la urgencia de su voz.

—¡En! —repite. Ahora es insistente—. «En, mío».

Todavía no puede pronunciar los sonidos del principio de las palabras; es una especie de impedimento del lenguaje, pero el logopeda dice que se le pasará pronto. En cualquier caso, sé perfectamente lo que está diciendo: «El tren es mío».

—No, no es tuyo, cariño. Es el tren de Zack. —Dirijo una mirada de disculpa a Bea, con la intención de indicarle que puede guardarlo si es demasiado valioso para ella como para que Jack juegue con él y lo golpee contra la pata de la mesa.

—«En, mío» —repite Jack.

Ahora sí que se está enfadando, su cara se pone colorada. Observa cómo Bea coge el tren y lo pone en lo alto de un armario donde no pueda verlo. Entonces se echa a llorar.

—Por el amor de Dios —dice para sus adentros Amber, y luego levanta la voz—: ¿No puede jugar con otra cosa?

Y, justo cuando siento un arrebato de enfado hacia mi hermana mayor, Jack se detiene y empieza a explorar los otros juguetes de la caja. Es tan pequeño todavía que, cuando le quitan algo, es como si ya no estuviera allí. Y delante de él hay toda una caja de juguetes de colores y táctiles. Así que está contento.

—Los planos, Bea. ¿Qué te parecen? —Amber intenta una vez más captar la atención de nuestra hermana—. Como mínimo, tenemos que decidir algo. ¿Vamos a vender, o no?

Esto llama la atención de Bea, que deja lo que está haciendo y mira a Amber.

—En cuanto a esa pregunta —prosigue Amber—, creo que deberíamos celebrar una votación formal al respecto, como previó papá. Una simple mayoría de dos tercios. Si vosotras dos queréis vender la casa... —Abre las manos—. Bueno, yo estoy de acuerdo.

Es una gran concesión, sin embargo, ella sabe que no va a perder. Bea también lo sabe.

—Kate no quiere vender.

Ambas me miran. Tartamudeo en busca de una respuesta.

—La verdad es que no lo he pensado lo suficiente —respondo.

Amber y yo no hemos hablado de esto. Me ha puesto en un aprieto. Pero en el fondo sé que no quiero vender. Es nuestro futuro. Es donde Jack va a crecer. Bea mira hacia otro lado y dice que no con la cabeza con disgusto.

—Mira, entiendo que ahora mismo no tengas dinero —continúa Amber, que ya se huele su victoria—. Así que lo que propongo es que Brock y yo financiemos la mayor parte del trabajo en vuestro nombre, en el de las dos. Hemos tenido mucha suerte de que el negocio haya atravesado una buena racha, lo que significa que las dos podréis disfrutar de la casa, con sus mejoras, sin quedaros en la bancarrota.

—¿Cuánto? —La voz de Bea es cortante—. ¿Qué significa «la mayor parte»?

Se hace un silencio. Ahora estamos negociando.

—Bueno, digamos que Brock y yo financiamos dos tercios del coste de la reforma, y tú y Kate podéis repartiros el tercio final, ¿qué os parece?

Me sorprende la generosidad de la oferta, y más aún cuando hago cálculos. Esperaba tener que gastar casi todo lo que me dejó papá para pagar la obra, pero con esta propuesta me sobrará algo. Bea también se sorprende.

—Pero ¿la casa aún nos pertenece a nosotras, dividida en tres partes iguales?

—Por supuesto. —Amber tuerce el gesto, como si eso se diera por sentado—. Por supuesto. Eso no cambiará. Eso nunca cambiará.

Bea se queda callada un rato, pensando. Yo también.

—«En, mío» —se une Jack en ese momento a la conversación, mientras me tira de la pierna y señala el armario donde Bea había puesto el tren de Zack hace unos minutos. Ha rebuscado en la caja y, al parecer, no hay nada ahí dentro que le sirva—. «En».

Las tres miramos a Jack, inseguras de cómo responder. Entonces Bea se levanta. Saca el tren de donde estaba escondido y lo examina unos instantes. Luego mira a Amber.

—Tienes razón, me encantaba esa casa. Y odio el hecho de que ahora la odie. Y no creo que haya nada que puedas hacer para cambiar eso, pero supongo que es justo que te deje intentarlo. Así que vale, tú ganas. —Es gracioso entonces, porque Jack sigue esperando el tren y tira de la pernera de su pantalón para recordárselo. Ella lo mira—. Supongo que los dos ganáis.

Con una sonrisa, se pone en cuclillas y le tiende el tren a Jack, que espera ansioso para cogerlo, con los brazos extendidos hacia delante.

Debería ser un momento agradable, al haberse resuelto la discusión, e incluso Jack está feliz por un rato. Pero hay algo al verlos a los dos allí, tan cómodos juntos, que se me hace muy raro. No puedo explicar qué es y sé que, si lo intentara, nadie me creería. Todavía no. Porque la sensación que estoy captando de Jack, la señal que ahora inunda mi cerebro, tan clara como si estuviera iluminada por faros, no tiene sentido.

No tiene ningún sentido.

Capítulo 11

—Permítame que la interrumpa aquí —dijo McGee. Había cogido un lápiz y lo hacía girar entre sus dedos, pensando—. Me gustaría entender lo de Jack en ese momento.

Kate lo miró, recelosa ante la petición.

—¿Qué pasa con Jack?

—Ha mencionado usted que Jack tenía problemas para pronunciar el comienzo de las palabras. ¿Qué edad tenía Jack cuando ocurrió lo que acaba de contar? Y ¿podría, no sé, quizá dar una estimación de su vocabulario en esa etapa?

—Tendría unos dos años y medio. Tal vez fuera un poco mayor.

—¿Y su vocabulario?

Kate negó con la cabeza antes de contestar:

—No lo sé. Como he dicho, empezó a hablar tarde. ¿Quizá tendría unas cincuenta palabras en total?

McGee intentó recordar a sus hijas a esa edad. Le parecía que había pasado toda una vida y no consiguió rememorar nada tan lejano.

—Y, en alguna de esas palabras, ¿hizo alguna referencia a lo que acabaría diciendo?

Kate hizo una pausa en este punto.

—Hubo algunos momentos, momentos raros, pero no recuerdo que dijera nada en particular en aquel instante. Eso vino después.

McGee dejó que se hiciera el silencio.

—¿A qué se refiere con «momentos raros»?

McGee mantuvo su atención en Kate de forma casual, fingiendo que la pregunta no tenía ningún significado especial, pero en realidad la estaba observando detenidamente, buscando movimientos oculares para averiguar adónde iban sus pupilas. Calculó el ritmo de sus parpadeos y buscó signos de sequedad en la boca, como lamerse los labios o tragar saliva, que podrían deberse a la liberación de cortisol, la hormona del estrés. Hasta el momento no había nada que sugiriera que estaba mintiendo, pero ahora estaban llegando a la parte que sencillamente no podía ser cierta. ¿Significaba eso que su comportamiento cambiaría? ¿Habría ahora signos reveladores?

En efecto, sus ojos se movieron hacia arriba y a la izquierda. McGee sintió que sus ojos se entrecerraban. Algunos expertos afirmaban que se trataba de una prueba de que el cerebro estaba accediendo a una memoria visual y, por tanto, a la verdad, en lugar de a la memoria inventada que indicaría el movimiento de los ojos hacia arriba y hacia la derecha. No significaba gran cosa: la mejor manera de mentir de forma convincente es creer lo que se está diciendo. Aun así. Le decía algo.

—Hubo palabras raras.

—Continúe —pidió McGee sin dejar de mirarla.

Kate se humedeció los labios.

—Casi siempre decía las palabras normales de su edad: «mamá», «leche», «coche»… Pero luego había algunas palabras que parecían más… complejas.

—¿Como cuáles?

Otra vacilación. Parecía reacia a continuar.

—Solía decir «orante».

Robbins levantó la cabeza al instante, como si hasta ese momento no hubiera prestado mucha atención.

—¿«Orante»?

—Eso es.

—¿Una persona que ora? ¿Esa fue una de las primeras palabras de su hijo? —Su expresión mostraba claramente que no la creía.

—Sí y no. —Kate torció el gesto—. No decía «orante». Es solo cómo sonaba… Y había otras palabras que decía, palabras que no significaban nada en absoluto, o que pensábamos que no significaban nada.

—¿Como cuáles? —preguntó McGee.

Kate volvió a dudar, pero, llegados a ese punto, mejor era seguir.

—«Ak-ma-gué».

McGee la miró con el ceño fruncido.

—Así sonaba. Y lo decía mucho. Dado lo que pasó… Bueno. —Se encogió de hombros—. Empezó a parecer relevante.

Robbins volvió a intervenir antes de que McGee pudiera responder:

—¿Y lo era? Relevante, me refiero. —Esto iba más dirigido a McGee que a Kate, pero el objetivo parecía cambiar a medida que él continuaba—. Estamos aquí para determinar la causa de un incendio en el que murieron cuatro personas. No veo cómo eso puede estar relacionado con las primeras palabras de su hijo.

—Dejémosla terminar —dijo McGee—. Esa frase, «Ak-ma-gué», ¿cuándo la decía?

Otra pausa.

—Cuando le dábamos un baño o, mejor dicho, cuando lo intentábamos. —Los ojos de Kate estaban llenos de ansiedad—. Cada vez que intentábamos meterlo en el agua, o lo acercábamos al agua, se ponía a gritar muy fuerte, como presa del pánico.

Esta vez McGee fue capaz de evocar un recuerdo de sus propias hijas en la bañera, jugando felices juntas con sus patitos de plástico. Era difícil cuadrarlo con lo que decía Kate. Respiró hondo.

—Kate, tal vez sea buen momento para que nos hable de Zack, de lo que le pasó.

A Kate la sugerencia pareció pesarle. Sus ojos se abrieron de par en par, pero se mordió el labio.

—De acuerdo —dijo por fin.

Capítulo 12

—Zack era el hijo de Bea y Tristan. No estaban casados, pero vivían juntos; yo imaginaba que al final se casarían, pero no fue así. —Kate hizo una pausa para ordenar sus pensamientos—. Eran como cualquier familia normal en realidad, incluso a pesar de que Tris era así y tenía esa vida tan distinta, cosa que causó ciertas dificultades.

—¿A qué dificultades se refiere? —preguntó McGee.

—Supongo que me refiero a que Tris tenía que viajar mucho por su trabajo. Tocaba en giras y a veces eso conllevaba que estuviera varios meses fuera de casa. Era duro para Bea.

—Ya había mencionado antes que era músico. ¿Es famoso? —interrumpió Robbins.

—No. Trabaja como músico de sesión, una especie de sustituto. Puede entrar y salir de las bandas con las que toca. Pero lo aprecian mucho en el mundillo porque es muy bueno.

—¿Tuvo usted alguna vez la oportunidad de conocer en persona a algunas de las bandas famosas con las que trabaja?

—No, nunca llegué a conocer a nadie.

Robbins parecía un poco decepcionado.

—¿Cómo era Zack? —preguntó McGee ahora.

Kate vaciló, como si meditara la pregunta:

—Era simpático. Un chico tranquilo. Bastante… considerado, ¿sabe a lo que me refiero?

McGee abrió las manos en un gesto de duda.

—La verdad es que no. Era usted quien lo conocía.

Kate se enderezó un poco en la silla.

—Era un chico tranquilo. Se interesaba por la gente que le rodeaba. Me gustaba eso de él. La mayoría de los niños son mucho más egocéntricos.

McGee consideró el comentario y decidió preguntar:

—¿Tiene a alguien en particular en mente?

—No. Bueno…, tal vez. Supongo que es que lo recuerdo en el contexto de los hijos de Amber. Pasaban tanto tiempo juntos…

—Los mellizos Aaron y… Eva, ¿no?

—Sí.

—Eran ¿qué? ¿Tres años mayores? —Kate asintió con la cabeza—. Vale. ¿Cómo eran? ¿Cómo era su relación?

Por un momento pareció preocupada. Al final se encogió de hombros:

—Eva también era muy callada entonces. Siempre estaba a la sombra de Aaron.

—¿Le caía bien Eva?

—Sí. Por supuesto —respondió rápidamente—. Es mi sobrina… —Se detuvo, y su boca formó una «e» como si fuera a corregirse a sí misma, pero en lugar de ello negó con la cabeza, como si aquello pudiera borrar la verdad. Y continuó—: Quiero decir, los niños cambian mucho a esas edades. Así que es difícil saber si te caen bien o no cuando cambian tanto. —Tragó saliva y se quedó callada.

McGee no parecía estar del todo de acuerdo con ella.

—¿Y el chico, Aaron?

Kate volvió a encogerse de hombros, ya sin sonrisa:

—Era un niño grande que armaba mucho jaleo. Siempre lo fue. Es como si hubiera salido así, y eso significaba que acaparaba toda la atención. Daba la sensación de que… dominaba cualquier situación. Pero aun así necesitaba más atención.

McGee tamborileó con los dedos sobre la mesa.

—Bien. Volvamos a Zack. ¿Qué edad tenía cuando murió?

Hubo una pausa. Como si a Kate no le gustara que lo dijeran así de tajante.

—Tenía ocho años.

McGee notó su vacilación, pero siguió adelante:

—Y los mellizos tendrían… ¿Cuántos? ¿Once?

—Acababa de ser su cumpleaños.

—Entonces, tenían once. —Parecía satisfecho con esta respuesta—. ¿Por qué no retoma la historia a partir de ahí? Solo díganos lo que recuerda, lo que pasó aquel día.

Kate respiró hondo para ordenar sus pensamientos.

—Era verano. Fue varios años antes de que tuviera que preocuparme de esas cosas, pero Amber y Bea tenían el problema de qué hacer con los niños en vacaciones. Así que se fueron a la casa del lago para pasar allí por lo menos un mes. Neil y yo fuimos también, aunque nosotros solo íbamos a pasar una semana para ver… —La voz de Kate se apagó. Tragó saliva—. No fue tan idílico como podría parecer, porque ese fue el verano en que mi madre dio un buen bajón. Y lo estábamos pasando mal. Papá, por supuesto, pero también el resto de nosotros. Por eso fuimos Neil y yo, para intentar ayudar.

—¿Qué tenía su madre? —McGee empezó a rebuscar en el archivo, pero desistió y miró a Kate.

—Sufría una enfermedad llamada ELA, esclerosis lateral

amiotrófica. —Se mordió el labio—. Afecta a las células nerviosas del cerebro y a la médula espinal.

—¿En qué consiste?

—Es horrible. Hace que no puedas controlar tus movimientos. Al principio son solo los brazos y las piernas, así que no puedes andar, pero luego empiezas a tener problemas para comer. Más tarde afecta incluso a la respiración. Todo lo tienen que hacer por ti.

—Y ¿su madre estaba en el hospital en ese momento?

—Sí. Su enfermedad ya estaba avanzada. Murió unas seis semanas después.

—Ya. —McGee frunció los labios, pensativo.

La verdad era que tanto Robbins como él habían perdido la pista en las primeras fases de su investigación sobre quién había muerto en la casa del lago y cuándo, por lo que habían trazado una línea temporal para aclararlo. Primero fue Zack; luego la madre; más tarde, Donald. Y ahora… McGee despejó la mente y escuchó a Kate.

—Brock no estaba. Se había ido el fin de semana a jugar al golf; no sé a dónde, pero creo que era en un sitio que estaba por Florida. Sé que fue en avión, porque se montó todo un drama cuando no pudo conseguir un vuelo de vuelta. El resto nos quedamos en casa: mi padre, Neil, Tris, yo y, por supuesto, los niños. Era un momento superdifícil para mi padre, así que hacíamos turnos para ir con él al hospital la mayoría de los días. Sabíamos que a mamá no le quedaba mucho y pensamos que debíamos estar con ella todo lo posible para no dejarla sola. Aquel día fuimos mi padre, Tris, Bea y yo al hospital. Amber se quedó en casa cuidando a los niños. Y Neil también.

—¿Por qué no fue con usted al hospital? —preguntó McGee.

—Estaba trabajando. Estaba escribiendo un artículo para una

revista y tenía que cumplir el plazo. —Kate se encogió de hombros—. Al ser profesora, yo estaba de vacaciones de verano, pero él, en cambio, tenía que trabajar. Neil quería apoyarme y estar conmigo, con mis padres, así que trabajaba cuando podía. No fue fácil para él.

—Vale. Entonces…, ¿Neil se quedó trabajando en su habitación? —preguntó McGee—. La que daba al lago, ¿no?

—No, mi padre le dejó usar su estudio, que está en la parte delantera de la casa.

—Vale —asintió—. Muy bien. ¿Y Amber estaba en la orilla del lago, donde jugaban los niños?

—Sí.

—¿No se esperaba que Neil cuidara también de los niños?

—No. —Durante un instante, Kate pareció perdida en un pensamiento que la hizo sonreír—. Como he dicho, estaba trabajando. Y Neil no era…, al menos por aquel entonces, no era el tipo de persona a la que le pedirías que cuidara de los niños, sobre todo, cuando tenía la cabeza metida en sus libros.

—¿Qué significa eso? —preguntó McGee.

—Imagine un científico loco, inmerso en la loca teoría que estuviera investigando.

—Vale. —McGee siguió adelante—. Entonces, los niños, los mellizos y Zack, ¿dónde estaban? ¿Jugando en la orilla o dentro del lago?

Kate hizo una pausa.

—¿De verdad tengo que volver a hablar de esto? Ya se investigó en su momento. Tienen el expediente delante.

—Lo sé. Y sé que es duro, pero me gustaría oírlo de su propia boca.

Kate suspiró e hizo una pausa, como para recomponerse antes de continuar.

—Estaban en el lago. Pero es… —Pareció a punto de decir «seguro» y tal vez se dio cuenta de cómo sonaría, dado lo que había sucedido, por lo que cambió de táctica—: Hay una parte del lago donde el agua es poco profunda y ahí es donde estaban jugando los niños. Siempre habíamos jugado ahí de pequeñas. Solo más lejos se hace profundo.

—Muy bien. Continúe.

—Entonces, según nos contó Amber después, los niños estaban jugando en la parte poco profunda. Sabían que debían quedarse allí; ella los había advertido. Pero no lo hicieron. Al menos, Zack no se quedó, sino que siguió nadando hacia donde el agua era profunda.

McGee pensó un momento, repasando lo que ella ya había dicho.

—¿Era raro que Zack se portara así? Antes ha comentado que era un buen chico.

—Y lo era… A ver, no era un niño perfecto. A veces se alteraba demasiado, a veces se enfadaba. Lo normal en un niño de ocho años, ¿no?

—Entonces, ¿no cree que fuera imposible que estuviera forzando un poco las cosas? ¿Poniendo a prueba la autoridad de Amber? ¿Avanzando más de lo permitido?

—No, es imposible. Claro que no. —Kate sonó enfadada, y McGee lo aceptó.

—Vale, gracias. Por favor, siga.

Kate tomó aire para serenarse.

—Entonces, eso es lo que Amber dijo que siguió sucediendo. Volvía a llamar a Zack y él regresaba, pero en cuanto se daba la vuelta se adentraba de nuevo en aguas más profundas. Así que tuvo que volver a llamarlo.

—Supongo que los niños llevaban trajes de baño de algún tipo. ¿Y Amber? ¿Estaba en el agua o en la orilla del lago?

Kate se quedó quieta un momento.

—Llevaba un vestido. Recuerdo que estaba aún mojado cuando llegamos a casa, porque se había metido en el agua con él. Siguió ocurriendo, y Amber le dijo a Zack que, si no se quedaba en la parte menos profunda, no le permitiría meterse en el agua en absoluto. Los mellizos confirmaron que ella se lo advirtió y explicaron que él se enfadó y por eso volvió a adentrarse en el lago.

—Y ¿fue entonces cuando ocurrió?

Kate asintió. Permaneció un rato en silencio. Cuando por fin habló, su voz estaba casi vacía de emoción:

—Amber nos contó que la última vez nadó un buen rato y entonces se vio apurado. Sucedió muy deprisa. Empezó a gritar, a pedir ayuda, y ella supo que era de verdad, pero cuando estaba vadeando para llegar hasta él desapareció bajo el agua.

—¿Qué hizo su hermana entonces?

—Se puso a gritar tan fuerte como pudo para alertar a Neil, y funcionó, porque salió corriendo de la casa. Se dio cuenta enseguida de lo que pasaba y corrió al agua también.

—¿Y?

Kate volvió a echar un vistazo a los papeles que McGee tenía delante, como deseando de nuevo que aquella fuera una historia que no necesitara ser contada, pero no volvió a protestar.

—Neil vio a Zack flotando en el agua. Bocabajo. Amber se había metido en la parte equivocada del lago, no sé, quizá le entró el pánico, así que él fue el primero en llegar hasta Zack. Neil consiguió llevarlo a aguas poco profundas, y luego los dos tiraron de él hasta la orilla.

—¿Intentaron reanimarlo? ¿Hacerle el boca a boca?

—Sí, Neil lo intentó durante un buen rato. Dio la casualidad de que había hecho un curso sobre ello dos semanas antes, relacionado con su trabajo en la universidad. Los técnicos sanitarios dijeron que hizo exactamente lo correcto. Pero también dijeron que es muy raro que funcione. No es como en las películas. Supongo que ustedes ya lo sabrán.

Se hizo un largo silencio. McGee echó otro vistazo al expediente.

—Y a los mellizos ¿los interrogaron? ¿Confirmaron que fueron testigos de todo? ¿Verificaron el testimonio de Amber?

—Sí.

—¿Y Neil también? Quiero decir, él estaba dentro de la casa al comienzo del accidente, y donde estaba no tenía vistas al lago, así que no pudo haber visto el preámbulo. Sin embargo, ¿también confirmó la versión de Amber? ¿Las partes que vio?

—Sí.

McGee se acercó la pila de papeles por encima del borde de la mesa y la puso sobre su regazo para que Kate no pudiera ver su contenido. Ojeó unas cuantas páginas hasta que llegó a las fotografías del cadáver de Zack Marshall en el lugar del accidente. Tenía la cara blanca y los labios de un color azul enfermizo. A pesar de tener los ojos abiertos, estaba claro que la vida que debería haber tras ellos se había desvanecido. Incluso en la fotografía estaban vacíos y muertos.

—Gracias, Kate. Sé que no debe de haber sido fácil para usted.

Y McGee cerró el expediente.

Capítulo 13

—Kate… —dudó McGee, tratando de repasar en su mente los detalles de la tragedia—, necesito aclarar una cosa: ¿cuánto tiempo pasó desde que murió Zack hasta que nació Jack?

La atmósfera de la sala había cambiado con el relato de la historia de Zack. Incluso para los investigadores más curtidos resultaba doloroso oír hablar de la muerte accidental de un niño.

—Algo menos de tres años. Zack murió en el verano de 2016 y Jack nació en la primavera de 2019.

—Entonces, está claro que nunca se conocieron. —Hizo un gesto con la mano, como si descartara su propio comentario por ser demasiado evidente, aunque aún sintió la necesidad de decirlo—. Y ¿hablaban mucho de él? ¿Habría oído Jack mencionar el nombre de Zack? ¿Podría ser así como…? —McGee se detuvo esta vez, inseguro de cómo continuar.

Las breves conversaciones que habían tenido con Kate en el hospital y los interrogatorios con los miembros supervivientes de la familia le habían dejado un enigma y aún no estaba muy seguro de cómo abordarlo, de cómo sacarlo a relucir.

Kate respondió a la pregunta de todos modos:

—No es que nunca lo mencionáramos, pero Zack se había ido para siempre y hablar de él no lo traería de vuelta. —Frunció el ceño, parecía querer esforzarse en ser precisa—. Quiero decir, hay niños que mueren o enferman, y ocurren accidentes. Lo que le pasó a Zack fue horrible, sobre todo, para Bea, pero lo verdaderamente fuerte vino después.

—Ya. —McGee consideró la respuesta—. Bueno, ¿quizá podamos pasar a eso ahora? ¿Podría decirnos cuándo…? —Se preguntó cómo expresarlo— ¿Cuándo empezó a sospechar que había algo extraño en lo que decía Jack? ¿Puede hablarnos de eso?

Kate permaneció en silencio y McGee esperó, dándole tiempo para organizar sus ideas.

—En realidad, no hubo un momento concreto —comenzó por fin Kate—. No fue así… Eran cosas que se fueron acumulando con el tiempo. —Le dirigió una mirada interrogante—. Y no eran solo las cosas que decía. Era la forma en que no dormía, sus gestos… Pero, cuando aprendió a hablar, entonces sí fue cuando empezamos a entender lo que intentaba decirnos.

—¿Qué edad tenía entonces? —presionó McGee.

Kate se encogió de hombros.

—Tenía poco más de tres años cuando por fin empezó a hablar.

—Vale. ¿Por qué no nos cuenta qué pasó entonces?

Son las tres y cuarto de la madrugada. Veo los contornos de nuestro dormitorio iluminados por la pálida luz verde del vigilabebés de mi mesilla de noche. Su pequeña pantalla me muestra lo que ocurre en la habitación de mi hijo, que se retuerce en su cuna. Hemos bajado el volumen, como siempre, porque el sonido es casi constante. Además, suele hacer tanto ruido que le oímos a través de la pared.

Ahora mismo solo maúlla, excepto de vez en cuando, en que el sonido se eleva a un grito que me parte el corazón. Es imposible conciliar el sueño; incluso cuando está quieto y callado, acabo anticipando cuándo volverá a llorar.

No es nada nuevo; ha sido diagnosticado con lo que los médicos llaman «terrores nocturnos» casi desde el día en que nació. Al principio lo llevamos a todo tipo de especialistas, pero nada funcionó. Nos han aconsejado que no es raro y que se le pasará con el tiempo, pero eso no lo hace más fácil ahora. Los episodios vienen en oleadas. Durante unas semanas puede que no le ocurran en absoluto, y luego los tiene siete noches seguidas, dos o tres veces por noche. Ahí es cuando es duro de verdad. Cuando ni Neil ni yo podemos dormir.

—¿Quieres que vaya yo? —Neil se mueve en la cama, pero no abre los ojos.

Me imagino que querrá que le diga que ya voy yo para que él no tenga que despertarse del todo. No le culpo; yo he hecho lo mismo en otras ocasiones. Nos han dicho que no despertemos a Jack cuando tiene sus terrores, porque el miedo que experimenta puede durar más si lo hacemos. Por eso, solemos ir a sentarnos con él para asegurarnos de que está a salvo y de que no se hace daño mientras se contorsiona. A mí también me gusta hablarle, decirle que todo está bien, aunque no me oiga.

—No, tú tienes que trabajar mañana por la mañana. Ya voy yo.

De todos modos, ya estoy despierta, aunque me siento de todo menos fresca: es la segunda vez esta noche y juraría que Jack lleva así todas las noches desde hace dos semanas. Es como si estuviera intentado batir su propio récord.

—¿Segura? No me importa. —Su mano se mueve hacia mi vientre, busca mi mano, pero sé que ya se está volviendo a dormir.

Y no quiero que Jack se quede solo, así que me obligo a incorporarme, frotándome los ojos para quitarme el sueño.

Joder. Estoy agotada.

Giro el vigilabebés para que la luz no moleste a Neil, aunque ya se ha vuelto a dormir, y cojo la bata del gancho de la puerta. Me siento cansada, entumecida, actúo con una especie de piloto automático en el que una parte importante de mi cerebro no funciona, quizá la mayor parte. Sin embargo, soy capaz de ir a verle.

Sigo el ruido hasta la habitación de Jack y enciendo la luz lateral, contenta de sustituir el verde enfermizo del vigilabebés por el reconfortante resplandor amarillo que estalla sobre su cuna. Ahí está, maullando, y veo que empieza otro episodio. Sus pies comienzan a chocar con los límites de su saquito de dormir. Sus manitas golpean hacia el techo, se cierran en puño y se abren. Se enrosca, levanta las piernas y la cabeza en el aire y gira el cuerpo, como si hubiera recibido un golpe. Luego se relaja y se queda quieto un momento. Estoy tan cansada que si me tumbara aquí en el suelo podría quedarme dormida. Pero eso sería desleal, estar con él, pero de alguna manera no estar aquí al mismo tiempo.

—Eh, chiquitito. Hola, Jack. —Hablo en voz baja para no despertarlo—. Jack, no pasa nada. Soy mamá. Tranquilo.

Aprovecho su repentina quietud para ponerle el dorso de la mano en la mejilla, asombrándome incluso ahora de la suavidad de su piel, y él resopla en la cuna mientras se abre camino a través de otro episodio. A veces pienso que es como un avión luchando contra las turbulencias, en el sentido de que no lo ves venir, en la forma en que sacude su pequeño cuerpo, igual que las bolsas de aire que afectan a un avión. Ahora solo tengo que sentarme con él, estar aquí durante las sacudidas y los baches hasta que pase. Tengo que mantener la calma y no asustarme. No va a pasar nada malo, y tampoco está pasando nada malo. Es algo natural que a veces sucede.

De repente abre los ojos… Esto es nuevo. Los ojos se me abren de par en par y siento una aguda punzada de alarma. Hasta que me doy cuenta de que, por supuesto, lo que ocurre es que acaba de despertarse. Entonces me ve, su cuerpo se descarga de tensión y lo cojo en brazos. Tiene el pelo mojado de sudor y la espalda empapada hasta la tela del pijama. Lo acuno contra mi pecho, lo balanceo de un lado a otro. Solo quiero estar con él un rato antes de cambiarlo.

—Ay, Jack, ¿qué pasa? ¿Qué te preocupa?

—«Rande, rande». —Me mira. Tiene los ojos muy abiertos, ojos que parecen asustados, con las pupilas marrones, casi negras en la penumbra del dormitorio.

—«Rande» —respondo sonriendo.

No tengo ni idea de lo que significa, pero su vocabulario, después de un comienzo muy lento, se va ampliando poco a poco.

—«Rande. Era rande» —me dice y mi cansado cerebro comprende que quiere que le entienda. Necesita que le entienda—. «Rande». —Tiene los ojos redondos, asustados—. «Rande, mami. Era rande».

¿Qué está diciendo? Mi cerebro empieza a poner letras delante del sonido para formar la palabra que intenta decir. Pero no consigo que funcione.

En ese momento mi mente hace clic. La única palabra que podría ser.

—¿Grande? ¿Era grande?

Asiente con entusiasmo, aliviado de que por fin lo haya conseguido. Se agarra con fuerza a mí, con los ojos cerrados de nuevo. Ahora está más tranquilo; quizá consiga que vuelva a dormirse, y tal vez aguante hasta por la mañana. Tal vez pueda dormir hasta tarde.

111

Llegar hasta las ocho, eso me daría… Estoy demasiado agotada para calcular cuántas horas serían. Pero, en lugar de hacer cuentas, mis pensamientos van en otra dirección. La extrañeza de lo que Jack ha dicho se conecta en alguna parte.

—¿Qué era grande antes? ¿En tu sueño? ¿Qué es lo que era grande?

Ahora niega con la cabeza.

—«O. O era rande. Ack».

Siento que vuelve la tensión, como si él se hubiera desahogado y ahora yo se la estuviera devolviendo. Intento calmarlo.

—Vale, cariño, lo entiendo. Tú eras grande. Jack era grande. No pasa nada.

Se relaja de nuevo, esta vez no del todo, pero aun así el sueño pronto se apodera de él, alejándolo de mí y llevándolo a su mundo privado.

Me despierto con Neil inclinado sobre mí, tocándome los brazos.

—Buenos días, dormilona. —Me saca suavemente del sueño—. Tengo que ir a trabajar.

—¿Qué hora es?

—Son las diez. —Está vestido para trabajar.

Pone buena cara, pero su color es casi gris, de lo cansado que está. Parpadeo y saco de mi mente los restos ya olvidados del sueño.

—¿Las diez?

Sonríe.

—Pensé que te vendría bien descansar. Jack ha desayunado y está jugando abajo.

Una emoción me recorre, difícil de identificar. ¿Gratitud? ¿Culpa? Tal vez solo amor.

—Voy a levantarme.

Sonrío a mi marido y veo cómo va al baño a lavarse los dientes. Es increíble lo que unas horas de sueño pueden hacer por ti. La verdad es que no me siento tan mal. Voy a apartar las sábanas y entonces recuerdo lo que dijo Jack por la noche.

—Neil —empiezo a decir, sin pensar muy bien a dónde quiero llegar—, ¿te ha dicho Jack alguna vez alguna cosa extraña?

Al instante me doy cuenta de lo tonta que ha sido la pregunta. En el espejo, Neil sonríe.

—No, nunca. Siempre ha sido muy sensato —responde—. Es inusual en un niño de tres años, según tengo entendido. —Mientras habla empieza a cepillarse, lo que añade comicidad a su respuesta.

—No, en serio. —Me levanto de la cama. Todavía estoy en bata por la interrupción de anoche—. Algo que dijo anoche me sonó…, no sé, raro.

—¿Raro en qué sentido? —El intento de Neil de bromear se desvanece, y tengo una extraña sensación, como si supiera lo que voy a decir.

—Creo que me dijo que era grande.

Neil sigue de espaldas a mí, pero veo que sus hombros se ponen rígidos.

—Bueno, lo es —responde, sin darse la vuelta—. Está creciendo.

—No. Dijo que solía ser grande, que «era» grande.

Neil se inclina para escupir.

—¿Tal vez de eso se trataba su pesadilla?

—¿De qué, de que solía ser grande?

—Tal vez. Podría haber estado soñando que era un dinosaurio, o un elefante. ¿Algo así? —Neil coge el enjuague bucal, le quita el tapón y bebe un trago.

Le oigo enjuagarse los dientes con el líquido. Vuelve a darse la vuelta para escupir el enjuague bucal. Luego me mira con cariño:

—De verdad que me tengo que ir. ¿Seguro que estás bien para levantarte y echarle un ojo?

Es un ofrecimiento sincero el suyo; ha habido días en los que he tenido que dormir, y él se ha tomado todo tipo de molestias para reorganizar su trabajo y cubrirme. Pero hoy tiene que dar una clase, y siempre es difícil librarse de ellas.

—Sí, estoy bien. —Me pongo de pie, demostrándole que en gran parte es verdad.

Sin embargo, cuando voy a moverme, creo que voy a caerme al suelo. Tal vez necesite dormir más, después de todo.

Me observa un momento y luego se coloca frente a mí. Me agarra con delicadeza por los hombros y, sin yo esperármelo, me besa en la boca. Me deja un sabor a menta en los labios.

—Lo estás haciendo muy bien. Llámame si necesitas ayuda, ¿de acuerdo?

No me suelta hasta que asiento con la cabeza.

—Vale.

Vuelve a besarme, me aprieta los hombros y me dice que me quiere. Luego sale de la habitación. Unos instantes después vuelvo a oír su voz, que me llama desde el piso de abajo:

—Jack está viendo la tele, un programa adecuado para niños. Espero que pases un buen día.

Y la puerta se cierra. Me visto. Ojalá Neil me hubiera despertado un poco antes para darme una ducha mientras él vigilaba a Jack. Entonces me viene a la cabeza una pregunta que no acabé de formular: ¿Alguna vez le ha dicho Jack a Neil que solía ser grande?

Capítulo 14

Han pasado unos tres meses, quizá más, quizá menos. Es lo que tiene ser madre a tiempo completo, pierdes la noción del tiempo. Pero también hay rutinas semanales que te mantienen cuerda. Como hoy: es martes, las 10:30 de la mañana, así que es hora de la clase de gimnasia de Jack. Llenan el gimnasio local de barras de equilibrio, aros y túneles de tela, y las mamás corremos cogiéndolos de la mano mientras trepan, saltan y gatean. Es muy divertido y me gusta casi tanto como a Jack, solo que hoy llegamos tarde porque no encontraba las llaves del coche y después había un tráfico insoportable.

Llego al gimnasio cinco minutos tarde, y le meto prisa a Jack al atravesar la entrada y bajar los escalones hasta la sala principal. Ya oigo el chirrido de las zapatillas sobre el suelo pulido y los chillidos y risas de los niños. Llegar tarde no es un problema, pero me hace sentir una fracasada al entrar y ver a las demás madres que no se han retrasado y que están mucho más arregladas que yo.

—Katherine Marshall. —Me giro al oír una voz femenina severa y por un segundo temo haber transgredido alguna norma—. Aquí no se puede correr —me dice mi amiga Jan, con un tono de voz inexpresivo detrás de mí.

Cuando me giro, su rostro está serio, al igual que las expresiones de los dos niños que la acompañan. Daniel es de la edad que Jack; Holly es dos años mayor. Cuando Jan se acerca, se le escapa una sonrisa y me abraza con fuerza.

—¿Te unes a la pandilla de los tardones? —Se separa de mí y levanta una mano para que Jack choque los cinco. Cuando él lo hace, ella lo agarra y tira de él para abrazarlo, como si fuera un truco—. ¿Qué pasa, Jack?, ¿tienes ganas de entrar a jugar? —Jack se suelta y asiente con la cabeza—. Adelante entonces. Ve con Dan y Holl; ellos te mostrarán el camino.

Los tres niños corren juntos y nosotras los seguimos.

—¿Qué tal estás, guapa? Estás tan estupenda como siempre. —Jan pone el suficiente énfasis en la palabra «estupenda» para que sepa que me está tomando el pelo, pero de forma comprensiva. Siento que debería responderle, decirle algo sarcástico, pero no estoy lo bastante relajada para ello—. ¿Sigue despertándose todas las noches?

—Bueno —respondo—, quizá un poco menos. Creo que estamos mejorando. —Me detengo un momento al darme cuenta de que siempre doy la misma respuesta. Siempre estamos mejorando, pero nunca lo conseguimos del todo—. ¿Y los tuyos?

—No, los dos son perfectos. —Hace una mueca y siento una ráfaga de camaradería.

Holly tiene problemas: los médicos creen que está en el espectro, aunque es demasiado joven para un diagnóstico formal. Nos dirigimos a donde se dejan las mochilas y luego nos perdemos de vista la una a la otra, ya que cada una tiene que dirigirse a sus respectivos hijos y atenderlos.

Media hora más tarde me encuentro con un problema. A veces dividen el pabellón para permitir que se practiquen diferentes deportes al mismo tiempo, y hay una gran cortina que atraviesa la sala por la mitad. Hoy hay una sesión de cama elástica a la vez que la clase de gimnasia. Jack no se había dado cuenta porque estaba demasiado ocupado con los túneles y los aros, pero, cuando se aburre de ellos y ve a los niños mayores saltando en las camas elásticas, quiere participar. No para de empujar la cortina para intentar abrirse paso.

—No puedes hacer eso, Jack —le dice Jan—. Aún eres pequeño.

Enseguida se vuelve hacia ella, sacudiendo la cabeza. De nuevo intenta encontrar una forma de atravesar la cortina. Pero a Jan se le dan bien los niños. Deja caer la cabeza sobre un hombro. Le habla casi como si fuera un adulto.

—Claro que eres demasiado pequeño. Holly también quería apuntarse a saltar en las camas elásticas, pero me dijeron que hay que tener seis años. Y tú solo tienes tres.

Los alcanzo y Jack me coge de la mano.

—«Altaba». —Me mira implorante—. «O rande, altaba, altaba».

Sus palabras me inquietan, no por lo que dice, que ahora entiendo a la perfección: «Yo grande, saltaba, saltaba». Lo que me preocupa es que las diga delante de Jan. En general, se cuida de decir cosas así delante de otras personas. No, vaya locura, claro que no. Es solo una coincidencia que no diga estas cosas delante de la gente, unido al hecho de que no hagamos mucha vida social. En cualquier caso, no recuerdo que nadie le haya oído decir este tipo de cosas. Jack mira ahora a Jan, con desconfianza, como si también se hubiera dado cuenta de lo que ha dicho. Afortunadamente, sin embargo, no parece que Jan entienda aún el idioma de Jack. Se da la vuelta y vuelve a decirlo. Más desafiante.

—«O rande, altaba, altaba».

Tocan el silbato para decir que la sesión ha terminado y nos dirigimos a la cafetería, donde Jan saca una gran colección de táperes con fruta cortada y galletas bajas en azúcar mientras yo hago cola para pedir dos capuchinos. Cuando regreso y los coloco con cuidado en la mesa, los niños casi han terminado de comer y ya están impacientes por ir a la zona de juegos.

—Id, pero sin matar a los demás niños —les dice Jan, y se quita los zapatos de una patada mientras coge el café—. ¡Joder, necesitaba este café! —exclama antes de tomar un sorbo.

—Por casualidad, ¿exagerabas antes cuando decías que los tuyos duermen muy bien?

—Dios, no. De verdad que son unos angelitos. Es Gary; tenía una fiesta de trabajo y llegó tarde a casa anoche. Me despertó con ganas de una mamada.

Gary es el marido de Jan. Solo lo he visto un par de veces, pero conozco sus hábitos sexuales con cierto detalle. Me llevó un tiempo acostumbrarme a lo abierta que es, pero ahora apenas pestañeo.

—Y ¿se la hiciste?

Me mira como si ya debiera saber la respuesta.

—Sí, y luego él también se cuidó de complacerme. Tienes que aprovechar estas oportunidades cuando vienen, una vez que tienes el segundo hijo. —Se termina casi la mitad de la taza y busca más táperes en el bolso. Esta vez saca unas galletas cargadas de azúcar—. Venga, vamos a ponernos las botas antes de que vean lo que estamos tomando.

Cojo una galleta, pero no la muerdo. Hay algo que quiero preguntarle, ahora que estamos a solas. La verdad es que hace tiempo que quiero hablar de esto con Jan, pero nunca he encontrado el momento adecuado. Lo que ha dicho Jack en el gimnasio sobre las camas elásticas me da una excusa.

—Los tuyos ¿alguna vez…? —empiezo, y ajusto mi tono de voz

para hacerlo más casual—. ¿Alguna vez dicen cosas raras, Danny y Holly, sobre ser más grandes?

Me mira fijamente; sus inteligentes ojos se clavan en los míos.

—¿Como lo que ha dicho Jack antes, quieres decir?

Me invade un poco el pánico. Resulta que lo ha entendido.

—Sí, eso. —Después de la sorpresa, llega el alivio; es mi amiga Jan, y por un momento preveo que va a decir «sí, claro» y todo volverá a la normalidad. Pero no lo hace.

—A ver, todos los niños dicen cosas raras…, pero estoy de acuerdo en que eso ha sido bastante extraño. —Alarga la mano y coge otra galleta, la parte por la mitad y luego en cuartos. Se mete uno en la boca y continúa—: Quiero decir, viene de ti y de Neil, y los dos sois raros de cojones, así que es lo que me esperaba, pero, aun así… Me pregunto de dónde sacará esas ideas. —Se mete el segundo cuarto en la boca y mastica despacio, esperando mi respuesta.

—No lo sé. —Me siento inquieta ahora, más aún por lo interesada que Jan parece estar—. A veces dice cosas así.

—¿Como qué?

Hago una pausa para pensar.

—Dice que antes era más grande. Y últimamente ha empezado a hablar de su «otra mamá». No sé, pensé que quizá era algo que los niños decían de vez en cuando.

—Si lo es, nunca lo he oído. —Jan lo mira ahora; Jack está escalando en la zona de jungla-gimnasio, y parece el niño más normal del mundo—. ¿Quizá se ha reencarnado?

La miro de repente, sin saber si reírme o enfadarme.

—¿Qué dices?

—Pues que a lo mejor ha vivido antes. Y ahora es una reencarnación.

Todavía no sé cómo reaccionar.

—¿Por qué dices eso?

—Porque dice que antes era grande y que tenía otra madre. Si hubiera vivido antes, todo eso tendría sentido, ¿no? —Se come los últimos cuartos de su galleta y busca otra de inmediato.

—Tú no creerás en esas cosas, ¿no? —En cuanto hago la pregunta, me entra la duda.

Jan cree en todo tipo de locuras. Una vez al año, Gary y ella se van un fin de semana sin los niños y toman MDMA, la droga que se conocía como éxtasis cuando yo era joven. Nunca me atreví a tomarla, pero por lo visto te hace sentir sensaciones de amor muy fuertes. Jan dice que tienen el mejor sexo de su vida y que los efectos duran varias semanas.

—No lo sé. —Se encoge de hombros. Su lenguaje corporal es despreocupado, pero noto que me observa con intensidad—. Hay todo tipo de cosas en este mundo que desconocemos.

Entonces temo que estoy a punto de recibir uno de sus sermones sobre teorías conspirativas. Pasa demasiado tiempo en Facebook, que es donde se entera de todo esto. Pero ahora no estoy de humor. Me doy la vuelta y me termino la galleta. Luego miro el reloj, aunque sé que no tengo nada programado para el resto del día.

—Me tengo que ir.

Capítulo 15

Son las siete. Neil está abajo preparando la cena mientras yo acuesto a Jack. He estado esperando un momento como este, cuando él esté tranquilo a la hora de acostarse, yo no esté demasiado estresada y a él no se le estén cerrando los ojos del cansancio. Elijo un libro que sé que le gusta y me siento a su lado en la cama. Pero no lo abro. En su lugar, me quedo mirando la portada, mientras él se revuelve un poco con los pies y espera a que yo empiece.

—Listo, mami —dice, como si no supiera por qué no he empezado ya.

—Jack, cariño, me dices que solías ser más grande. ¿Qué quieres decir con eso?

Asiente, pero al mismo tiempo parece confuso. Me pregunto qué demonios hago metiéndole ideas así en la cabeza. Pero vuelve a hacer otro gesto de asentimiento.

—O rande.

—¿Eras más grande?

—Rande, como mamá.

—¿Cómo es que eras más grande? Porque antes eras un bebé muy pequeñito. ¿Te acuerdas de eso?

Ahora sacude la cabeza.

—Rande, antes de morir.

Siento una punzada de inquietud, pero me esfuerzo por mantener la voz clara:

—¿Antes de morir?

—Morí, mami; luego regreso. Te elijo a ti.

Tengo los nudillos blancos de tanto apretar el libro cerrado, pero me digo a mí misma que me relaje. Es Jack, mi Jack, y, aunque las cosas que dice no tienen sentido, debe de haberlas aprendido de algún sitio. De algún programa que haya visto en la televisión y al que yo debería haber prestado más atención. Aun así, sigue siendo una locura oírselo decir.

—¿Cómo que has muerto, cariño? —le pregunto.

—Morí. —Ahora sí que hace un esfuerzo para decir la siguiente palabra—: Antes. —Da golpecitos al libro, impaciente.

—¿Quién eras… antes?

—Rande —dice, y se esfuerza en el primer sonido de las palabras—: Más grande, yo. Ahora el cuento, porfa.

Y así, con la cabeza a punto de estallarme, llena de preguntas sobre qué demonios está pasando, le leo un cuento sobre un ratón que hace la maleta para ir a la aventura.

—¿«Yo grande»? —preguntó McGee, inclinándose ahora hacia delante. La conexión que acababa de establecer le obligó en ese instante a interrumpir—. «Orante», ¿verdad? Nos dijo que decía algunas palabras inusuales cuando estaba aprendiendo a hablar; ¿esta era una de ellas?

Kate se encogió de hombros.

—Sí. —Miró a Robbins a la cara, lo que hizo que McGee

también lo mirara a él. Robbins negó con la cabeza, dando a entender que no se lo creía—. Mire, no digo que tenga que creer lo que Jack estaba diciendo —insistió Kate—, pero debería creer que lo estaba diciendo.

McGee se volvió hacia ella:

—Y ¿hubo algo en la televisión, o en algún libro, que pudiera haberle metido esta idea en la cabeza?

Kate negó con la cabeza.

—Que yo sepa, no. Veía programas infantiles normales y corrientes, y durante un tiempo les presté más atención, para ver si mencionaban algo… Pero, por supuesto, no lo hacían. —Se encogió de hombros, con cara de frustración—. No suelen tratar sobre vidas pasadas.

Por un momento, McGee pensó en sus años como padre, pero hacía tanto tiempo de aquello que no pudo recordar ni un solo programa que vieran sus hijas.

—¿Qué hay de los libros? ¿Tiene algún libro sobre la reencarnación en casa? Para adultos, quiero decir. Supongo que mi pregunta es: ¿era este un tema que les interesaba a usted o a su marido?

—A ver, es posible —contestó Kate—, pero nunca encontré nada. Y, por supuesto, Jack no sabía leer en aquel entonces.

—¿Y en la televisión? —intervino Robbins—. En Netflix y en la Paramount siempre tienen programas de este tipo. Tal vez podamos investigar los programas que vieron en su casa. —La forma en que lo dijo sonaba más como una amenaza que como un ofrecimiento de ayuda. Kate no contestó y McGee se quedó largo rato mirando a su compañero, ensimismado—. Vale —dijo al cabo de un rato, volviendo al presente—. ¿Cómo se encontraba cuando decía este tipo de cosas? ¿Estaba emocionado, como si fuera un juego?

—No, lo normal era que estuviera tranquilo. Eso es lo que lo hacía raro. Era como si no fuera él de verdad, como si no estuviera del todo ahí.

—¿Qué pasaba? ¿Se volvía medio transparente? —interrumpió Robbins.

—¿Perdón? —Kate se volvió hacia él, y McGee también, pues sintió que su compañero había ido demasiado lejos.

Robbins levantó una mano en señal de disculpa.

—No tiene que responder a esa pregunta. Es que estas cosas me resultan un poco difíciles de tragar. —Robbins no apartó los ojos de Kate mientras hablaba—. Sobre todo, cuando cuatro personas han muerto achicharradas y estamos intentando averiguar quién es el responsable. —Se hizo el silencio. Kate no quería seguir y McGee no sabía si animarla o respaldar a su compañero—. Así que sí, solo pregunto si quiere abandonar lo del tema… —Robbins hizo una pausa, pero luego encontró la palabra que buscaba— sobrenatural, y decirnos quién provocó el incendio. Nos ahorraría mucho tiempo.

Kate contestó a esto, su voz mucho más tranquila:

—Se lo dije: no lo vi.

Mientras ella hablaba, no pudo mantener el contacto visual, y su rostro se sonrojó. La experiencia de McGee afloró de inmediato, como resultado de décadas de esperar esos momentos. Le transmitían mucho más que cualquier cosa que ella dijera.

Al mismo tiempo, algo más sucedió también. De algún lugar, no sabía de dónde, a McGee le surgió la idea de que no solo lo había visto, sino que estaba reviviendo el momento en su propia mente, en ese momento. Era extraño. Casi como si —si tan solo pudiera concentrarse de la manera correcta— él fuera capaz de ver los pensamientos que pasaban por la cabeza de Kate con la misma claridad que si se encontrara allí con ella.

—O tal vez solo dice eso —continuó Robbins— porque fue

usted quien provocó el incendio. Y todo esto, toda esta historieta, es un intento un poco raro de encubrirlo. —Kate no contestó—. Solo está tratando de manipularnos psicológicamente. Quizá está buscando el voto de simpatía. —Robbins se encogió de hombros, como si la razón exacta de su historia no fuera importante.

Ambos agentes se miraron fijamente, y la mente de McGee volvió a ser suya. Se tomó un momento para intentar examinar lo que acababa de ocurrir, pero, aparte de que había sido una semana muy larga y de que se estaba haciendo demasiado viejo para estas gilipolleces, no tenía ni idea.

—No —dijo Kate, y se echó hacia atrás en la silla.

Se hizo el silencio en la sala y McGee se dio cuenta de que tanto su compañero como Kate estaban esperando a que él hiciera avanzar las cosas. Decidió empezar de nuevo. Dejar que ella contara una parte de la historia que no fuera tan difícil de creer.

—Mencionó que había habido complicaciones con la casa. Algo sobre la situación económica en que su padre los había dejado y que puso mucha presión sobre usted y el resto de la familia. Sin embargo, no nos lo explicó bien del todo. ¿Podría hablarnos de eso ahora?

—Claro —contestó Kate, sin apartar los ojos de Robbins—. Pero, en realidad, el problema no vino de la casa.

—Vale, ¿de qué se trataba entonces? —preguntó McGee.

—De Aaron.

McGee frunció el ceño:

—¿Qué le pasó?

Kate se tomó un momento para mirar a McGee a los ojos antes de contestar.

—Lo arrestaron.

* * *

Amber me llama tres veces cuando estoy en la ducha y, mientras me seco el pelo con la toalla y veo los avisos, recibo un mensaje de texto. «¿Dónde estás? La policía tiene a Aaron».

Le contesto con un simple «¿Qué?» e intento llamarla; al no recibir respuesta, le vuelvo a enviar un mensaje diciéndole que esperaré a que me llame. Quince minutos después mi teléfono sigue sin sonar y la vuelvo a llamar. Esta vez contesta enseguida, pero está tan alterada que casi no entiendo lo que dice. Tiene algo que ver con una chica, una «chica tonta», en palabras de Amber.

—Lo tienen retenido para interrogarlo más a fondo —me dice; suena destrozada—. No consigo hablar con Brock, y Bea no contesta al teléfono. ¿Puedes venir?

—Por supuesto —respondo antes incluso de pensarlo. Tengo a Jack.

En cuanto cuelgo, hago una pausa para reflexionar. Jan está de vacaciones esta semana, así que no puede echarme una mano, y Neil está dando clase esta mañana. Me planteo esperar a que salga para que pueda venir a casa y cuidar de Jack, pero entonces recuerdo el dolor en la voz de mi hermana. La universidad de los mellizos está a solo dos horas en coche. Si me voy ahora, estaré allí para cuando Neil haya terminado. Así que le digo a Jack que nos vamos de aventura, un pequeño viaje en coche. Lo meto en el asiento trasero con unos juguetes y le aprieto las correas.

Intento llamar al número de Amber varias veces mientras conduzco, pero no lo coge, así que acabo siguiendo las indicaciones que me ha enviado por mensaje de texto sin poder volver a hablar con ella. Las indicaciones me llevan a un hotel. Reconozco el nombre; creo que Amber y los mellizos se alojaron aquí cuando estaban decidiendo a qué universidad querían ir, y me sorprende un poco lo caro que parece. Llevo a Jack en un brazo mientras me dirijo al mostrador de recepción, sin saber exactamente qué tengo que preguntarle a la chica que está allí. Entonces veo que Eva se levanta de los asientos del vestíbulo y viene a por mí. Está muy pálida.

—Están arriba —me dice a modo de saludo.

—¿Qué está pasando? —le pregunto, pero ella se da la vuelta sin contestarme.

Me doy cuenta de que el hotel tiene varios ascensores, todavía cargo a Jack en la cadera, y Eva me guía por una escalera ancha y alfombrada que domina el vestíbulo. Quiero volver a preguntarle qué pasa, pero su esbelta figura sigue dándome la espalda. Subimos a la segunda planta y luego me guía por un pasillo antes de introducir una tarjeta llave en la puerta de una habitación.

—Kate —dice Amber en cuanto me ve—. ¡Has venido! —Capto un atisbo de sorpresa en su voz. La habitación es grande; supongo que se podría decir que es una *suite*; tiene una zona de estar con un sofá y dos sillones, de uno de los cuales se levanta Amber. Me sorprende que Brock salga al mismo tiempo de lo que debe de ser el cuarto de baño. Debe de haber llegado después de que mi hermana me llamara—. Y Jack ¿también ha venido? —Amber vuelve a llamar mi atención.

—He tenido que traerlo. Neil está trabajando.

—Por supuesto. —Asiente, como si estuviera a la vez complacida y disgustada. Una sonrisa triste parece descartar la confusión y aprieta los mofletes de Jack—. Gracias por venir. —Me besa en las mejillas y me hace un gesto para que me siente.

Me planteo decirle a Jack que se vaya a jugar, quizá con Eva, que se ha tirado en una de las camas dobles y está mirando el móvil con una mirada sombría. Pero está un poco mimoso, así que me siento y me lo pongo en el regazo.

—¿De qué va todo esto? ¿Qué ha pasado?

Hago la pregunta abiertamente, y no estoy segura de si Amber o Brock van a responder. Creo que ellos tampoco están seguros, pero al final lo hace mi hermana.

—Lo van a tener detenido toda la noche —dice por fin—. En una celda.

—Es una celda de retención —la corrige Brock—. Mañana decidirán si lo acusan o no. —Camina hacia la pared, se gira y vuelve a caminar, como si no fuera consciente de lo que está haciendo.

Vuelvo a mirar a Amber:

—Pero ¿de qué se le acusa?

Antes de responder, Amber se alisa cuidadosamente la línea de una ceja, como preparándose.

—Es por una gilipollez. Una absoluta gilipollez, pero hoy en día se toman estas cosas muy en serio. —Me mira como esperando que le dé la razón. Pero no puedo. Sigo sin saber de qué se trata—. Siempre creen a la chica.

Sigo esperando, pero mi hermana mira hacia otro lado.

—¿De qué? ¿Qué ha he…? —Me detengo antes de decir la palabra «hecho» y rectifico. Pienso antes de que ella se dé cuenta—. ¿De qué se le acusa?

Mi hermana respira hondo.

—Anoche Aaron tuvo una cita con una chica de su clase. Fueron a un restaurante de la ciudad. Se tomaron unas *pizzas*. —Me lanza una mirada, como si esto demostrara lo normal que era todo—. Todo iba con normalidad. Lo que pasa es que Aaron dice que no fue nada del otro mundo. Ya había decidido que no iba a volver a verla, no iban a llegar a ninguna parte. Cuando terminaron, la llevó de vuelta a su residencia. Ella estudia aquí, igual que él. —Vuelve a hacer una pausa, como si se lo estuviera imaginando ahora, pero algo me llama la atención.

Lo digo antes de pensar:

—¿Aaron tiene coche?

Amber levanta los ojos y agita una mano con desdén.

—Uno pequeño. Compramos uno para cada uno de los mellizos. Los necesitan para moverse.

—Un par de BMW a juego —me dice Brock, sin dejar de pasearse.

—Eso no tiene importancia. —Mi hermana resopla, como si el llanto le hubiera taponado la nariz, y coge un pañuelo de papel de una caja que hay sobre la mesa—. La cuestión es que él la lleva a casa y, cuando llegan, ella espera más, quiere que la bese, igual quería que entrara con ella, pero él solo le da las gracias por la velada y espera a que salga del coche. —Amber se encoge de hombros—. No sé; ¿quizá eso la molesta?

Espero un momento, pero ella no continúa.

—¿Eso es todo?

—En cierto modo, sí, pero… —Frunce el ceño—. Al final, capta el mensaje, la muy tonta, y sale del coche. Entonces Aaron espera a que llegue a la puerta, se asegura de que entre sana y salva, porque así es como lo hemos educado… Ya sabes, para que sea respetuoso. —Mira a su marido y, por un segundo, él deja de caminar y asiente con la cabeza—. Ella entra en la residencia, y él se va.

Espero más, pero no llega nada.

—Lo siento, no…

Amber dice que no con la cabeza, con impaciencia.

—Es a la mañana siguiente cuando ocurre todo. Esta mañana, a primera hora, dos inspectores se han presentado en la puerta de Aaron. Le dicen que una chica ha puesto una denuncia contra él. Aaron se enfada, como haría cualquiera, y acaban arrestándolo.

En ese momento siento el peso de Jack sobre mi regazo. Me

pregunto cuánto de esto es capaz de entender, y qué puedo hacer para asegurarme de que no oiga nada más. Mientras mi hermana hablaba, y en realidad durante todo el tiempo mientras conducía hasta aquí, una sola palabra ha ido apareciendo en mi mente, y ahora está ahí, como si parpadeara en letras de neón. La palabra es «violación».

—¿Estamos hablando…, estamos hablando de una agresión sexual? —Digo la palabra en voz baja, intentando indicarle a Amber que Jack está presente y que no deberíamos decir nada demasiado explícito.

Pero en lugar de eso me frunce el ceño.

—¿Sexual?… ¡No! —Hace una mueca—. Dios mío, Kate. No. No es nada de eso. —Me mira incrédula, como si no pudiera creer que yo pudiera pensar algo así—. No, la chica tiene un par de pequeños moratones en la cara, eso es todo. Dice que Aaron y ella discutieron, él la golpeó y luego la echó del coche a empujones.

Ese relato no tiene sentido.

—¿Perdona? ¿Cómo dices?

—¡Exacto! Es una completa locura. La policía dice que la chica tiene una herida en la cara, y que fue Aaron quien la golpeó. Y ahora quieren acusarlo de agresión.

Estoy aturdida. No sé qué decir.

—Pero ¿por qué? Quiero decir, ¿por qué iba a pegarle Aaron?…

—No lo hizo. Por supuesto que él no haría eso. Y está totalmente desconcertado; no sabe por qué la chica lo ha acusado. A ver, como ya te he dicho, la cita no fue bien, así que tal vez ella esté molesta por eso. —Vuelve a encogerse de hombros—. Pero, para inventarse algo así, debe de estar muy loca.

Intento obligar a mi mente a entender bien lo que me dice mi hermana. De verdad que no tiene ningún sentido.

—Pero ¿Aaron no…? Quiero decir, ¿has hablado con él? Y ¿dice que no pasó nada?

—Por supuesto que no. Bueno…, decir que hemos hablado con él es quizá una exageración. Hemos pasado toda la mañana en comisaría, y nos han dejado verlo menos de diez minutos. —Amber se da la vuelta disgustada.

—Vamos a traer a nuestro abogado —interrumpe Brock—. Está de vacaciones en el Caribe, pero por supuesto las va a acortar.

—Por supuesto —repite Amber.

No respondo, pero me pregunto por un momento a qué se refieren en realidad. ¿Amber y Brock tienen un abogado al que tienen contratado? ¿O quieren decir que es alguien con quien la familia de Brock ha trabajado? Eso tendría más sentido; son ese tipo de familia, pero no sabía que Amber ahora también fuera así.

—La familia de Brock lo conoce desde hace años. —Amber me ha leído el pensamiento; al menos, en parte—. Es muy bueno.

El peso de Jack sobre mis muslos empieza a ser demasiado, así que lo levanto y lo siento a mi lado. Está claro que nota la tensión en la habitación y no quiere separarse de mí.

—Sigo sin entenderlo. Aaron dice que no le hizo nada a esta chica, así que ¿cómo es que ella ha puesto una denuncia? —Busco qué es lo que no tiene sentido—. A ver, ¿ella tiene lesiones reales?

Es Brock quien me responde:

—Tiene moratones. Nada demasiado serio.

No entiendo qué está insinuando, ¿que Aaron no debe de haberle golpeado demasiado fuerte?

—Pero Aaron en realidad no lo hizo… Quiero decir, ¿no le hizo nada?

—No —responde Amber. Sacude la cabeza, como para descartar la idea de que podría haberlo hecho.

—Y ¿no hay alguna cosa que la chica pueda haber malinterpretado? ¿Un malentendido? ¿Un accidente? —continúo.

—No. Nada de nada. Él dijo buenas noches, ella salió del coche y se dirigió a su residencia. Eso fue todo.

—Y ¿no estaba herida en ese momento?

—No.

—Entonces…, ¿estás diciendo que fue otra persona quien se lo hizo?

Esta vez Amber levanta las manos encogiéndose de hombros.

—No lo sé. No lo sabemos.

—¿Quieres comer algo? —me pregunta Brock cambiando de tema—. Puedo pedir que suban algo. —Me sorprende, ya que comer es lo último que tengo en mente, pero luego continúa—: ¿Algo para Jack, tal vez?

Me vuelvo hacia mi hijo y le pregunto. Jack, que a estas horas ya se habría comido su almuerzo, asiente con la cabeza. Así que Brock coge el teléfono y descubre que hay un menú infantil, y pide una hamburguesa. Entonces Amber interviene y dice que ella también quiere una, porque hoy no han comido nada. No tengo ni idea de cuánto tiempo voy a estar aquí, por lo que pido una para mí también y esperamos a que llegue la comida.

—Y ¿qué pasa ahora? —pregunto.

Es Brock quien parece haber tomado las riendas de la explicación:

—Jon, Jon Voight, nuestro abogado, aterriza a las ocho esta noche. —Comprueba su reloj y me sorprende enterarme de que son casi las cinco—. Mañana a primera hora intentará sacar a Aaron y luego tendremos que empezar a luchar.

—Y ¿qué significa eso exactamente? ¿Cómo se lucha contra algo así?

Brock no contesta por un momento; se encoge de hombros y sus ojos se abren de par en par. Sé por qué: esto no se parece a ninguna de las cosas a las que nos hemos enfrentado antes.

—Jon lo sabrá —dice Brock por fin—. Quién sabe lo que tendremos que hacer, pero Jon lo sabrá.

—Lo que no puedo soportar —interviene Amber— es que esto afectará a Aaron toda su vida. No ha hecho nada malo, excepto ser decente y llevar a esa chiflada a una cita, y ¿así es como se lo paga? Es repugnante.

La habitación se queda en silencio. Tengo más preguntas, pero no sé por dónde empezar. Además, comienzo a preguntarme por qué estoy aquí. Por teléfono Amber dijo que me necesitaba, pero, aparte de apoyo moral, no estoy segura de para qué. Estoy empezando a sospechar que me llamó cuando estaba en la etapa de pánico y ya lo ha superado.

Tal vez Brock también lo perciba porque me pregunta:

—¿Te vas a quedar esta noche? Puedo volver a llamar a recepción; seguro que tienen habitaciones.

Miro a mi hermana, pero su cara no ofrece ninguna pista de lo que quiere. Así que pienso en Jack y Neil. Neil se ha ofrecido a venir en cuanto termine de trabajar.

—Eva la conoce, por cierto —dice Amber de repente.

—¿A quién?

—A la chica, a la muy… —por un segundo parece que Amber va a soltar una palabrota, pero no lo hace— tonta que ha hecho estas acusaciones. Esas falsas acusaciones. —Respira con dificultad y tardo un momento en entender lo que ha dicho.

—¿Eva la conoce?

—No hemos hablado nunca —dice Eva ahora, desde la cama—. La conozco de vista, eso es todo.

—Y ¿cómo es? —continúa Amber.

—No sé. Ya os lo dije —protesta Eva—. Es un poco… engreída. Es muy guapa y todo eso. Pero estamos en clases diferentes. Solo la he visto por el campus.

Amber se da la vuelta, como si le disgustara que su hija no hubiera hecho un mejor trabajo de reconocimiento.

Llaman a la puerta y llega un hombre con un carrito. Brock se lo agradece y le da diez dólares de propina. Luego reparte la comida. Me viene bien tener algo con lo que distraer a Jack, y, además, ello me da tiempo para pensar. Cuando Brock vuelve a preguntarme si me quedo, esta vez tengo una respuesta.

—Amber, ¿necesitas que me quede? Neil está en casa y tengo a Jack…

Por un momento parece confusa, como si no entendiera por qué le he impuesto esta decisión, además de todo lo que está pasando. Pero luego esconde la mirada bajo una sonrisa afectuosa.

—No. A ver, si quieres, por supuesto que pagaremos la habitación, si prefieres quedarte hasta mañana. —Me sonríe—. Pero estamos bien. Jon llegará pronto y sabrá qué hacer. Gracias, Kate. Gracias por venir a vernos. Significa mucho para mí.

Capítulo 16

—¿Qué pasó después? —preguntó McGee cuando Kate pareció haber terminado.

Ella se pasó un dedo por una ceja antes de responder.

—Bueno, todo empeoró antes de mejorar. Yo no estaba involucrada en persona. Conduje hasta allí aquella vez, pero Amber me contó el resto en mensajes de texto y llamadas. Y tuve que reconstruirlo, todo lo que hicieron con el abogado.

—Vale. —McGee juntó los dedos de las manos y esperó.

Kate respiró hondo, como si toda aquella historia le resultara desagradable.

—Primero, nos enteramos de que Amber y Brock habían subestimado el alcance de las lesiones de la chica. Me dijeron que solo eran unos moratones, pero resultó que tenía la mandíbula rota. Fue lo suficientemente grave como para que la pobre chica no se recuperara del todo.

—Y, aun así, ¿él lo negó?

—Su versión nunca cambió. Dijo que ella estaba bien cuando salió del coche. La policía lo detuvo a la mañana siguiente y fue la primera vez que supo que estaba herida.

—Vale…, pero ¿una mandíbula rota? Eso sería… agresión con lesiones graves, ¿no?

—Sí, eso es lo que dijeron —asintió Kate—. Y, por supuesto, Amber enloqueció por completo. Lo único que veía era que el futuro perfecto de Aaron se esfumaba ante sus propios ojos.

McGee se quedó pensando un momento, tratando de averiguar qué piezas de aquel rompecabezas necesitaba encajar.

—Dijo que lo que le pasó a Aaron estaba relacionado con la casa de su padre, que eso ejerció presión en la familia. ¿Podría explicárnoslo?

Kate asintió con la cabeza, pero permaneció callada durante un rato, al parecer, ordenando la historia en su mente.

—Al principio, el caso contra Aaron parecía muy sólido. Voight, el abogado que contrataron, creía que querían que sirviera como lección. Pusieron a un fiscal muy importante, e iban a relacionarlo con todo el asunto de la represión de la violencia machista. Y parece que la familia de la chica estaba ejerciendo presión también. Amber los odiaba, los llamaba los activistas *hippies* locos; pensaba que todo era un montaje para perjudicar a Aaron. Pero la cosa era que, durante un tiempo, parecía que la defensa iba a costar miles de dólares. Quizá incluso cientos de miles. No solo necesitaban a Voight, sino a todo un equipo.

—¿Tenían tanto dinero? ¿Su hermana y su marido?

Kate negó con la cabeza.

—No. Ese era el problema. Alrededor de una semana después de que yo fuera a verla en coche, Amber me llamó. Me dijo que todos los planes de la casa se habían acabado. Íbamos a tener que venderla para pagar la defensa de Aaron.

—¿Se lo preguntó o se lo ordenó?

Kate sonrió con sarcasmo.

—Fue más bien una orden. Pero, dadas las circunstancias, yo la entendí.

McGee lo consideró:

—¿Está segura?

Ella le miró con el ceño fruncido.

—¿Qué quiere decir?

—Quiero decir que no era su hijo. Ya ha dejado claro que no le caía muy bien el chaval. Y solo tenía su palabra de que no agredió a la chica. Después se entera de que la casa que le dejó su padre va a tener que venderse para pagar su defensa. No le sentaría muy bien, ¿no?

—¡Claro que no! —estalló Kate—. Pero aun así quería apoyar a mi hermana. Seguía siendo lo correcto. Y, para ser sincera, no me importaba tanto. Estaba… preocupada con todo lo que estaba diciendo Jack.

McGee consiguió no mirar a su compañero.

—Volveremos a eso en un minuto. ¿Qué pasó después? ¿Presentaron cargos? ¿Fue a juicio?

Kate negó con la cabeza.

—No. Voight resultó ser muy bueno, muy astuto. Se le ocurrió una versión alternativa de lo que debió de pasar si no fue Aaron quien la golpeó.

—¿Qué versión?

—Bueno, si no fue Aaron, y si la chica no culpaba a nadie más, lo cual no hizo, entonces tuvo que haber sido ella misma. Ella tuvo que haberse causado sus propias heridas, y culparlo a él.

—¿Para tenderle una trampa?

—Correcto.

—Tendría que estar muy loca para romperse su propia mandíbula.

—Esa era la estrategia de la defensa de Voight. La mayoría de la gente suponía que, cuanto peores eran las heridas de la chica, más probable era que Aaron lo hubiera hecho, pero él sostenía lo contrario. Hay que estar loco para hacer una acusación falsa sin motivo, y ¿qué mejor prueba de estar loco que romperse la propia mandíbula? Empezó a buscar en su historial cualquier prueba de problemas de salud mental.

—¿Qué encontraron?

—No sé cómo, Voight tuvo acceso al historial de la chica en las redes sociales. —Kate suspiró—. Resultó que Darcy, la chica se llamaba Darcy, unos años antes, tuvo una amiga que se quitó la vida. Y Darcy se obsesionó con ello, publicó todo tipo de homenajes. No podía dejar de pensar en ella. Más de lo que era… normal. Voight lo usó contra ella.

—¿Cómo lo hizo?

—Al parecer, la pobre chica fue a terapia durante varios meses y estaba tomando antidepresivos cuando se produjo la agresión, la supuesta agresión. Voight presionó a la fiscalía y a la familia, y amenazaron con que todo saldría a la luz, con que presentarían a esa pobre chica como la verdadera agresora, y a Aaron, como la víctima.

McGee intentó ver cómo esta historia se conectaba, o se cruzaba, con lo que ya sabían. Pero no era más que otra pieza de un rompecabezas que no sabía dónde colocar.

—¿Qué pasó entonces?

—Un mes después se retiraron todos los cargos. Eso fue todo.

—Así que no hubo juicio… —McGee intentó atar cabos—. Supongo que así es como su familia consiguió conservar la casa del lago. Porque al final Amber no necesitó gastarse un dineral en abogados.

—Bueno, estoy segura de que el tal Jon Voight se llevó un buen pico a costa del asunto. Pero sí… En realidad, fue más que eso. Amber y Brock habían sacado todo el dinero del negocio cuando parecía que iban a necesitar hasta el último centavo. Y, cuando no tuvieron que gastarlo en defender a Aaron, decidieron invertirlo en la casa del lago. Pero esta vez no hubo consulta. No fuimos las tres hermanas juntas las que decidimos lo que íbamos a hacer. Esta vez Amber solo nos dijo que iba a mejorar los planos. Hizo que sonara muy generoso. Brock y ella iban a pagar, y las dos saldríamos beneficiadas. Seguíamos teniendo un tercio de la casa cada una; solo que iba a ser una casa mucho mejor. —Kate sonrió, pero sin alegría.

—¿Eso le molestó?

Se encogió de hombros.

—Supongo que un poco. Pero estaba más centrada en mi propia familia. En lo que Jack estaba diciendo, en lo que significaba.

McGee no dudaba de que volverían a esa parte de la historia. Pero decidió que aún no estaba listo para dejar atrás el papel de Aaron en los acontecimientos.

—¿Qué opinaba usted? —preguntó.

—¿Sobre qué?

—Sobre Aaron. Hay dos jóvenes en un coche. Ella dice que él la golpeó y le rompió la mandíbula. Él dice que no la tocó y que debió de hacérselo sola. ¿A quién cree?

—Yo… —Kate sacudió la cabeza—. Es difícil de responder. Yo no estaba allí.

—Yo no digo que estuviera allí. Pero conoce a Aaron de toda la vida. ¿Cree que ese era el tipo de cosas de las que era capaz?

Ella evitó su mirada durante unos instantes y luego se rindió:

—No lo sé, de verdad que no. Neil y yo lo hablamos, por supuesto, y no estábamos seguros. Ni siquiera queríamos considerar el hecho de que él pudiera haberlo hecho, pero ¿por qué iba a mentir la chica? Eso es lo que no podíamos entender. No estábamos seguros.

—Así que lo que está diciendo, si la estoy entendiendo bien —presionó McGee con gentileza—, es que no habría sido totalmente imposible, tratándose de Aaron, que hiciera aquello. ¿Podría haberle roto la mandíbula a aquella chica en un ataque no provocado?

Kate tardó unos segundos en contestar, y cuando lo hizo fue con un encogimiento de hombros evasivo.

Capítulo 17

—Bien, volvamos a Jack —dijo McGee entonces—. ¿Cómo iba todo en ese momento? ¿Seguía diciendo las mismas cosas?

—Sí, con más frecuencia.

—¿Qué me dice de su marido? Dado su trabajo como científico, ¿cuál era su punto de vista?

En respuesta, una media sonrisa asomó a los labios de Kate.

—Podría decirse que las cosas se complicaron. Tiene que entender lo de Neil: no es solo un científico; es un biólogo evolutivo. Toda su carrera se basa en cómo evolucionamos por suerte ciega a partir de sustancias químicas en una sopa primordial. Venimos de la nada; cuando morimos volvemos a la nada, ese tipo de cosas. Y está bastante seguro de que las pruebas son bastante claras. Así que lo que Jack decía, que había vivido antes, era como un desafío directo a Neil. Un desafío... incómodo.

—¿Cómo lo resolvieron?

—No estoy segura de que lo resolviéramos. Durante mucho tiempo creo que ambos intentamos evitarlo, pero era insostenible porque Jack seguía diciéndome cosas, cada vez más a menudo. Así que al final supe que tendría que volver a hablar con Neil de ello.

—Háblenos de eso. —McGee se acomodó en su silla—. Cuéntenos cómo fue.

—Toma, coge esto. —Neil me tiende una copa de vino blanco, con gotas de agua condensándose en el exterior del cristal—. Te lo has ganado.

—Gracias. —Sonrío, y mi mano roza la suya mientras cojo la copa, pero no es verdad: esta noche la hora de acostarse no ha sido difícil.

La única vez que Jack mencionó haber vivido antes fue cuando le leí el cuento, y me dijo que su otra mamá también le leía cuentos, pero que no lo hacía ni mejor ni peor que yo. Solo diferente. Neil lleva un delantal estampado con manzanas rojas brillantes; hay una sartén burbujeando en la encimera.

—¿Qué hay para cenar?

—Pasta —responde, e imita el acento italiano—. Espagueti a la carbonara. —Levanta un tenedor mientras habla—. Estará listo en tres minutos. ¿Cómo ha caído?

No contesto por un momento. Y, en ese instante, sé que voy a decir algo. No puedo guardarme esto para mí por más tiempo. No somos una pareja si no podemos hablar de una cosa como esta. Somos lo bastante fuertes y podemos afrontarlo juntos.

—Bien —digo, y continúo antes de que me abandone el valor—: Aunque dijo algo, otra vez.

Neil se detiene, claramente intrigado, y tal vez un poco preocupado también.

—¿Qué ha dicho?

Respiro hondo. No puedo mantenerle la mirada.

—Neil, me ha dicho que murió, que luego volvió y nos ha elegido. Creo que tenemos que hablar de esto.

Se hace un silencio repentino y pesado, con solo el ruido de la pasta burbujeando en la cocina, antes de que Neil responda.

—¡Vaya! Vale. —Sacude la cabeza—. ¡Vaya!

—No digo que le crea, pero desde que habló de que era mayor dice cosas raras cada vez más a menudo. No he querido molestarte con ello, pero… no podemos hacer como que no está pasando.

Neil tarda mucho en contestarme, pero cuando lo hace siento una oleada de alivio. Y de amor.

—Es verdad, tienes razón. —Se muerde el labio—. Tenemos que abordarlo.

Nos quedamos en silencio un momento; esto no es algo que nos esperásemos cuando soñábamos con ser padres. Sin embargo, aquí estamos.

—¿Qué piensas? —le pregunto.

No sé qué espero de mi marido científico. No sé si mis expectativas son poco razonables, pero no obtengo la respuesta que quiero. No hay un momento en el que siquiera considere la posibilidad de creerlo.

—Es interesante —empieza Neil—. Ha debido de oír esa idea en algún sitio y ahora la repite.

—¿Dónde habrá oído una idea así?

—La verdad es que no lo sé. —Neil toma un sorbo de su vino, y ahora parece actuar como si esto no fuera gran cosa, como si tal vez ni siquiera fuera el asunto más importante con el que ha lidiado hoy—. Podría ser algo que ha visto en la tele o que ha oído por casualidad. Si lo piensas, a su edad, cuando está empezando a conocer la vida, tiene cierto sentido que piense en lo contrario, en la muerte.

Intento reflexionar, pero nada tiene sentido.

—No lo entiendo.

—No, yo tampoco, no del todo. Pero piénsalo. Le decimos todo el tiempo que vino de tu tripa, y ve gente a su alrededor, de diferentes edades... Además, no hace mucho pasó todo ese asunto de la muerte de tu padre, así que ha estado expuesto a estas ideas. Supongo que esto es solo... solo la forma en la que él lo procesa.

No sé por qué, pero su explicación me decepciona. Es tan... banal.

—Así que ¿no le crees?

Neil se ríe de eso.

—¿Que si creo que vivió antes? No, claro que no.

—Pero ocurre —empiezo a insistir, aunque enseguida me arrepiento.

He investigado un poco y he descubierto que no es del todo inaudito que haya niños que cuenten recuerdos de vidas pasadas. O, al menos, es más común de lo que se cree. Pero es un error decírselo a Neil, dar a entender que la reencarnación en sí es real, cuando lo que quería decir es que algunos niños hacen esas afirmaciones de verdad, por la razón que sea. Pero por la expresión de su cara, no le preocupa ninguno de los dos puntos, y eso me hace intentar presionar.

—Hubo un caso en Oklahoma, de un chico que decía ser la reencarnación de un hombre que murió en un accidente que hubo en una mina. Y sabía todo sobre minería, incluso el trazado de los túneles. Y hay muchos más casos en la India.

Se ríe otra vez. Sin embargo, no es una risa de verdad, sino una especie de risita de autosatisfacción que utiliza cuando hablamos de gente que no es tan inteligente como nosotros. Como él, debería decir, ya que es él quien tiene el doctorado.

—Estoy de acuerdo en que es un fenómeno interesante, y algunas de estas historias pueden parecer convincentes a primera vista.

Pero, una vez que comprendes los mecanismos subyacentes que lo impulsan, no lo son…

—¿Como qué? ¿Qué mecanismos?

La conversación se torna un poco acalorada ahora, mi voz tensa, casi desafiante. Neil está alerta. Antes de responder, apaga el fuego de la pasta y escurre la olla en el fregadero. Luego echa un poco de aceite de oliva y lo mezcla con el tenedor. Para cuando habla, su voz es tranquila, compasiva:

—Kate, este es un tema que ha sido investigado hasta la saciedad. Hay todo tipo de factores psicológicos bien comprendidos que pueden explicar este fenómeno. Por ejemplo, los estudios han demostrado que los niños pequeños son especialmente receptivos a la creación e implantación de falsos recuerdos.

—¿Qué demonios es un falso recuerdo?

Neil mira alrededor de la cocina un momento antes de responder. Sus ojos se posan en su teléfono. Lo levanta para enseñármelo.

—Pensamos en nuestros recuerdos como si fueran vídeos o fotografías que grabamos en nuestros *smartphones*, pero los recuerdos no son grabaciones exactas de la realidad; son solo la interpretación que hacemos de ella, y pueden cambiar con el tiempo. —Frunce el ceño, no contento con su explicación—. Los recuerdos pueden verse influidos por la sugestión, por preguntas capciosas o incluso por las expectativas de la sociedad. A veces estas distorsiones son menores, pero otras pueden ser muy significativas y convencerte de que algo pasó de una determinada manera cuando en realidad no fue así, o incluso de que ocurrió cuando en realidad nunca sucedió. —Abro las manos para mostrar que no le sigo—. Elizabeth Loftus. —Neil chasquea los dedos para señalar con el dedo, lo cual sé que debería parecerme dinámico y convincente. Pero no tengo ni idea de quién está hablando—. La psicóloga cognitiva. Ha investigado mucho este tema. —Me mira como si aún esperara que hubiera oído hablar de ella. Pero niego con la cabeza—. Ha hecho un montón de estudios que demostraban lo fácil que es implantar recuerdos falsos. Basta un pequeño empujón, una pregunta sugerente o una afirmación capciosa, para que la mente rellene los huecos que faltan. Nuestro cerebro es capaz de crear recuerdos vívidos y verosímiles por completo. Es increíble de verdad.

Ahora estoy más tranquila, el corazón me late con más calma y estoy escuchando. Sinceramente, con Neil suele ser mejor así, sabe tanto…

—Pero ¿qué habrá oído Jack para decir que se ha reencarnado? —Mientras digo esto, no puedo evitar imaginarme a Jan y todas las cosas que ella podría haberle dicho a mi marido cuando le di la espalda.

—No estoy seguro de que hayamos llegado a esa fase. —La cara de Neil se arruga en fingida sorpresa ante las palabras que he elegido—. Está diciendo algunas cosas extrañas, de acuerdo, pero no está afirmando eso exactamente. —Hace una pausa, pensativo—. Incluso ese chico de Oklahoma que acabas de mencionar, ¿el que decía ser minero?, seguramente cogió pequeñas señales e indicaciones de su entorno, palabras y conversaciones que había oído por casualidad y que luego unió para formar una historia en su cabeza. El ser humano tiene una capacidad asombrosa a la hora de buscar patrones, a veces donde ni siquiera existen. Es un fenómeno conocido como pareidolia. Los padres del niño debían de ser igual de susceptibles. Sin ser conscientes, es probable que interceptaran declaraciones y acciones inconexas porque sus cerebros estaban programados para encontrar un patrón.

Me detengo un momento y bebo un gran sorbo de vino. Neil ha dejado la pasta humeando en el colador. Se me ha quitado el apetito.

—Ese chico de Oklahoma sabía el nombre del hombre que había sido antes.

—Del hombre que dijo que había sido.

Ignoro la corrección, enfadada.

—Sabía todo tipo de cosas sobre él, sobre su familia.

—Lo cual se puede explicar a la perfección por el fenómeno del sesgo confirmatorio. Una vez que se sugiere la idea de una vida pasada, una vez que los padres la buscan, cada declaración «correcta» se toma como confirmación, mientras que las declaraciones «incorrectas», las cuales son mucho más frecuentes, se ignoran u olvidan.

—¿Cómo explica eso que el chico les contara cosas que no podía saber?

—No lo explica, porque no las sabía. Las cosas que «sabía» eran simples coincidencias o suposiciones afortunadas.

—Pero el chico describió su muerte con todo detalle: tenía pesadillas sobre ella, igual que Jack.

Nos quedamos callados un momento.

—Jack no sueña con morir en un accidente minero —dice Neil en voz baja, y yo cierro los ojos.

—No me refería a eso.

Extiende una mano y la apoya en mi hombro, y lo aprieta suavemente.

—Lo sé, lo siento. La cuestión es que, por extraños que parezcan los casos como ese, en casi todos, el supuesto misterio se puede explicar con bastante facilidad.

Sigue sujetándome el hombro y yo bajo la cabeza, mirando al suelo. En ese instante siento el efecto acumulado de dios sabe cuántas noches seguidas sin dormir bien.

—Aun así, hay cosas que no se pueden explicar por coincidencia —protesto—. Hay detalles específicos. El chico de Oklahoma recordó que tenía una hermana, que el minero tenía una hermana. Recordaba su nombre y que tenía un perro llamado George. —Ahora miro a Neil; esta es la parte que no me entra en la cabeza.

Por un momento parece que a él tampoco, pero luego se encoge de hombros.

—La gente miente, Kate. Por todo tipo de razones. O por ninguna razón. Por lo que sabemos, el chico de Oklahoma nunca dijo esas cosas. O, si lo hizo, sus padres podrían haberlo entrenado para hacerlo:

—Pero ¿por qué? ¿Qué iban a conseguir con ello?

—¿Fama? ¿Notoriedad? Después de todo, hemos oído hablar de ellos; si no hubieran hecho esas afirmaciones, seguro que no. —Mira la pasta y se acerca a los fogones para remover la salsa—. Venga, debes de tener hambre. Vamos a cenar.

Capítulo 18

Es media tarde, llueve y Jack acaba de despertarse de la siesta. Neil sigue en el trabajo y no volverá hasta las seis, así que estamos los dos solos. Iba a llevar a Jack a dar un paseo, pero con este tiempo decido no hacerlo. En su lugar, voy a intentar que diga un poco más sobre quién cree que era. Si eso es lo que de verdad piensa.

Llora un poco al despertarse, pero enseguida se frota los ojos y quiere explorar. Ahora anda muy bien; de hecho, ya corre, y ese parece ser su método preferido de desplazarse. Tardo un rato en conseguir que se calme lo suficiente como para interesarse por sus bloques, aunque al final lo consigo y construimos una torre más alta que él, la derriba y volvemos a empezar. Le dejo hacerlo unas cuantas veces más antes de hacerle una pregunta:

—¿Construías torres cuando eras más grande?

Se detiene de inmediato y me mira con desconfianza. Siento una punzada de… ¿qué? De culpa, supongo. Como si no debiera hacerle preguntas así, como si fuera a meterle en un lío si lo hago. Y, si me dice algo, lo único que habré hecho es meterle la idea en la cabeza. Pero, por otro lado, ¿cómo voy a averiguar nada si no hago preguntas?

—Yo grande —responde, luego se vuelve hacia los bloques y empieza a apilarlos de nuevo.

—Tú grande —repito—. ¿Te gustaba hacer torres?

—A veces —me dice con displicencia, pero sé que ahora está recordando.

Hay veces en las que está claro que no recuerda nada y, cuando le pregunto, no tiene ni idea de lo que estoy hablando. Pero otras veces veo que lo sabe.

—¿A veces? ¿Las hacías con tu mami?

—Mami.

—Pero no yo. ¿Tu otra mami?

Se encoge de hombros, sin confirmar nada.

—Bloques azules no. —El juego que tenemos es de madera, y la mayoría están pintados en diferentes tonos de azul. Fue un regalo de la madre de Neil.

—¿De qué color entonces?

—Todos los «olores». —Por un momento vuelve a su vieja costumbre de no formar el comienzo de sus palabras.

—¿De todos los colores?

Asiente con la cabeza y me mira a los ojos. Le cojo la mano para que me siga prestando atención.

—¿Recuerdas quién eras cuando eras más grande?

Por un segundo mantiene la mirada fija en mí, luego asiente muy despacio con la cabeza, mirando hacia otro lado.

—¿Quién, Jack? ¿Quién eras?

—Ack —dice, su atención en los bloques de nuevo—. Torre, mami, haz una torre.

Jack. Él era Jack. ¡Claro que lo era! Él piensa que era Jack, pero de alguna manera más grande. Es solo su imaginación infantil. Como dijo Neil. Estoy aliviada y decepcionada a la vez.

Mi teléfono suena. Una llamada.

Compruebo la pantalla antes de descolgar y siento una ola de calor.

—Hola, Jan, ¿cómo va tu día?

—Horrible. Hemos ido al parque, con una lluvia horrible, porque Danny insistió, y luego no le gustó porque los columpios estaban mojados. Por supuesto que le avisé de que lo estarían. Así que nos hemos vuelto, y ahora voy a asesinar a mis dos hijos. A menos que quedes a tomar café conmigo. Te prometo que no diré palabrotas delante de Jack.

Me río. La verdad es que quería que me llamara.

—¿Quieres venir aquí?

—No, tu café está asqueroso. Quedamos en el Flagstaff.

La cafetería Flagstaff es popular entre las madres, pero ya es tarde y hay menos gente. Cuando llego, Jan ya está dentro; sospecho que incluso me habrá llamado desde allí, a juzgar por la cantidad de táperes y tazas de café vacías que hay sobre la mesa. Sus dos hijos están perdidos en la zona de juegos de plástico, y Jack está ansioso por participar.

—Quítate los zapatos —le digo.

Vuelve corriendo hacia mí para que yo se los quite. Luego, se va corriendo en calcetines a la zona de juegos.

—¿Qué le das de comer? —pregunta Jan con sarcasmo—. Cada día está más grande.

Llega una camarera, una chica, que lanza una mirada recelosa a la mesa. Se supone que aquí no puedes traer tu propia comida y, al parecer, Jan ha vaciado su despensa, pero la camarera toma la sabia decisión de no decir nada.

—¿Qué le sirvo? —se limita a preguntarme.

Pido un capuchino y, cuando me lo trae, me tomo un momento para disfrutarlo.

—¿Cómo va tu investigación? —Jan me mira mientras hace la pregunta. Hemos hablado, un poco, desde que hizo la sugerencia inicial de que los comentarios de Jack podrían tener algo que ver con el extraño tema de la reencarnación, y tengo la impresión de que ella también ha leído cosas sobre el tema—. ¿Sigue hablando de ello?

—Un poco… —Reflexiono un momento, dando otro sorbo a mi café. Si no fuera con Jan, yo no querría hablar de esto, pero hay algo en lo abierta que es con todo lo relacionado con su propia vida que me hace bajar la guardia—. Hoy le he preguntado si recordaba quién era en su vida anterior.

—Guau… —Jan se inclina hacia delante—. Venga, cuenta. No, déjame adivinar, era ese tío de Nirvana que se pegó un tiro… Eso molaría mucho, y tiene pinta de estrella del *rock*. —Se muerde el labio, una costumbre que tiene cuando habla de más y quiere callarse—. Sigue, ¿qué dijo?

Niego con la cabeza.

—Nada. Dijo que era Jack.

Jan parece decepcionada.

—Qué aburrido. ¿No puedes implantarle algo? ¿Decirle lo del tipo de Nirvana?

Ahora sé que ha estado leyendo sobre esto, como yo, porque no hay forma de que sepa lo de implantar recuerdos.

—Espera. —Jan levanta un dedo en el aire, interrumpiendo mis pensamientos.

—¿Qué?

—¿Dijo que era «Jack» o dijo «Ack»?

Sopeso la pregunta.

—No estoy segura. Igual dijo «Ack». Pero «Ack» significa «Jack». Es como se llama a sí mismo.

—Ah, ¿sí? —Espera un momento y sé lo que va a decir justo antes de que lo verbalice. No conocía a Jan cuando pasó todo lo de mi hermana, pero se lo he contado todo—. «Ack» podría significar «Zack».

Entonces, esta conversación, que hasta el momento había sido entretenida, me da náuseas. Intento disimularlo con el café, pero es como si alguien le hubiera echado lejía. Dejo la taza en la mesa y choca con el platito, salpicando sobre la mesa.

—Eso es absurdo. —Cualquier otro vería en mi cara que no debería continuar. Pero así es Jan.

—Ah, ¿sí? ¿No es eso lo que dicen los libros? ¿Que cuando un niño se reencarna, suele hacerlo en la misma familia?

—¿Qué libros?

Jan mueve la mano para quitarle importancia a la pregunta.

—Uno que encontré en Amazon. Un tal doctor Palmer encontró montones de casos en los que un niño renace tras una muerte repentina o inesperada en una familia. Como lo que pasó con Zack.

Quiero criticar su lógica. Pero al menos esa parte es cierta. Entre los varios miles de casos recogidos por los investigadores, un buen número corresponde a niños que afirman tener recuerdos de sus hermanos mayores o de familiares cercanos fallecidos, por lo general, recientemente.

—¿Cuánto tiempo transcurrió entre la muerte de Zack y el nacimiento de Jack? ¿Unos tres años? —Los ojos de Jan están vivos ahora, llenos de asombro—. «Ack»-«Jack»-«Zack». Piénsalo. —Me pone una mano en el brazo. Creo que por fin se da cuenta de que me estoy asustando—. Oye, no pasa nada, no hace falta que te pongas tan pálida.

Nos quedamos calladas un momento, pero Jan no lo deja estar:

—¿Por qué no se lo vuelves a preguntar? —Se muerde el labio, pero me observa. Oigo a Jack, jugando con los otros niños en el parque de bolas—. No vas a poder dejar de preguntarle. —Jan me lanza una mirada cómplice, y tiene razón—. Tarde o temprano vas a hacerlo, así que es mejor que se lo preguntes conmigo aquí, para que te dé apoyo moral.

No pensaba llamar a Jack para preguntarle aquí, en la cafetería, pero Jan me agarra del brazo, como si quisiera detenerme.

—No, tengo una idea mejor. En este libro que leí, el investigador les enseña fotos a los niños, y así pueden comprobar si el niño sabe de verdad quién era antes, o si solo lo está diciendo por decir algo. Podemos hacer la prueba.

—¿Cómo?

Antes de darme cuenta, Jan me tiene desplazándome entre mis viejas fotos de Facebook, buscando una imagen de Zack. No recuerdo si Jack ha visto alguna vez una foto de Zack. Le hemos dicho un par de veces que tenía un primo que murió, pero no sé si lo entendió del todo. O si nos prestó atención. En realidad, ni siquiera recuerdo si se lo dijimos o si solo pensábamos hacerlo en algún momento.

—¿Tienes una? —pregunta Jan mientras levanta la vista de su móvil—. Voy a sacar una foto de otro niño, uno al azar, y veremos cuál dice Jack que era él.

Retrocedo en el tiempo a través de mis mensajes. Tardo bastante, pero al final vuelvo al periodo en que Zack estaba vivo. En aquella época, Bea me mantenía bien informada con fotos, pero muchas de ellas estaban tomadas en la casa del lago, y no quiero usarlas porque Jack ha estado allí y el fondo podría darle una pista. Al final, selecciono una del séptimo cumpleaños de Zack, en la que sostiene un regalo justo antes de abrirlo. De hecho, era el regalo que le envié yo, una torre de agua para un juego de trenes que le gustaba mucho. Bea me pidió que se lo comprara y supongo que me envió la foto para darme las gracias. En la imagen, Zack mira a la cámara y parece feliz. El fondo es la antigua casa de Bea, que vendió antes de que Jack naciera. Mientras tanto, Jan bromea sobre cómo sus búsquedas en Google de imágenes de niños de siete años van a hacer que la arresten. No me apetece bromear ahora.

—Galletas de chocolate —anuncia Jan.

—¿Perdón?

—Galletas de chocolate, eso es lo que necesitamos ahora.

Saca otro táper de plástico de su bolsa. Luego se levanta y va al parque infantil, asoma la cabeza por el tobogán del túnel y llama a los niños. Atraídos por el chocolate, vienen corriendo, y Jan reparte las galletas. Los niños de Jan las comen y piden más, pero Jack chupa el chocolate de la suya con delicadeza. El gesto me asusta un poco porque acabo de rechazar, hace unos instantes, una fotografía de Zack sentado en el césped de la casa del lago, chupando el chocolate de una chocolatina.

—No, ya basta, vosotros dos, id a jugar y luego podéis comer una manzana. —Jan ordena a sus hijos que se vayan.

Por un momento se debaten entre suplicar más y el dudoso atractivo de la zona de juegos del Flagstaff, y gana lo segundo. Jack se queda con nosotras, chupándose los dedos. Jan sopesa su iPhone entre las manos, mirándome.

—Jack —empiezo, con la boca seca—, ¿recuerdas lo que hablamos en casa esta mañana cuando estábamos con los bloques? —Es como si no tuviera ni idea de lo que digo, pero se queda quieto, con chocolate alrededor de los labios—. Cuando te pregunté si recordabas quién eras antes, dijiste «Ack». —Ahora asiente. Vuelve a recordar. Siento cómo aumenta la tensión—. Tengo unas fotos aquí. Fotografías de dos chicos. Uno de ellos podría ser la persona que eras antes. ¿Te gustaría echarles un vistazo? —Miro a Jan para asegurarme de que lo estoy haciendo bien.

Ella asiente.

Jack está interesado ahora; lo noto. Se acerca y me coge el teléfono. Pero se lo quito. Esto tiene que hacerse de la forma más científica posible, necesito que vea las dos imágenes al mismo tiempo. Mantengo el teléfono fuera del alcance de Jack y aviso a Jan.

Ella hace un gesto de asentimiento. Lo entiende. Claro que lo entiende. Ha leído el mismo libro que yo. Ambas sostenemos nuestros teléfonos frente a Jack, nuestras manos tapan las pantallas, y cuando estamos listas yo asiento, y retiramos las manos. Lo hacemos como si fuera un juego. Y Jack se encuentra con dos imágenes. Zack en mi teléfono, y Daniel Radcliffe de diez años en el de Jan. Harry Potter.

—¡Jan!

¿Por qué demonios no comprobé a quién estaba buscando Jan? Jack no ha visto *Harry Potter*, es demasiado pequeño para ello, pero es posible que haya visto su cara. Por suerte no está vestido con el traje de mago. Sigo pensando que es mucho más probable que elija esa foto. Estoy molesta.

Pero eso no es lo que ocurre. En lugar de eso, Jack apenas echa un vistazo al teléfono de Jan antes de que sus ojos se posen en el mío. Parece fascinado. Luego lo señala con su fornido meñique, lo que hace que la imagen se mueva. Se lo quito y, al instante, sus brazos se levantan para recuperarlo. También hace un ruido, un gorjeo indignado, casi de pánico. Le devuelvo el aparato y esta vez se queda mirándolo. Entonces sé con certeza que es la primera vez que Jack ve una imagen de Zack. Tiene los ojitos muy abiertos y se me eriza el vello de la nuca. No sabía que eso fuera real.

—¡Ack! —Jack me mira, con una mezcla de deleite y confusión en su rostro—. Ack. Yo grande. ¡Ack!

Capítulo 19

Me lleva más o menos un día contárselo a Neil, pero tengo que hacerlo. No puedo fingir que algo así no está pasando. E intuyo que él lo sabe de todos modos; se nota en la forma en que no me mira cuando hablamos y en cómo evitamos cualquier tema que se acerque siquiera de soslayo a las cosas que Jack dice. Aun así, espero al fin de semana, cuando no tenga que salir corriendo al trabajo o no pueda hacerlo para escaparse.

—Oye, ¿quieres huevos para desayunar? —Es una especie de ofrecimiento de paz, aunque en realidad no hemos discutido, solo hemos estado algo enfadados.

Entonces me doy cuenta de que Neil lleva puesta su ropa de ciclista. No es que vaya mucho a montar en bici y cuando va no se viste de licra de los pies a la cabeza.

—Iba a dar una vuelta en bici.

Una vuelta en bici. Lo que en realidad quiere decir es que no quiere hablar de esto.

—Por favor. Tenemos que hablar.

Parece culpable por un momento, pero asiente. Luego se muestra servicial, pone la mesa y está superatento con Jack, que insiste en ayudar también y lleva los platos desde la cocina, parloteando todo el rato. Lo sentamos en su trona y le damos un huevo. Cuando terminamos, pongo la tele para Jack y el café para Neil.

—Jack me dijo quién creía que era antes —le digo a Neil, manteniendo el tono de voz neutro.

Neil acaba de coger un ejemplar de la *Journal of Evolutionary Biology* que le han mandado esta semana. No se me escapa la ironía del contraste.

Durante unos instantes sigue sosteniendo la revista frente a su cara, antes de bajarla poco a poco.

—Ah, ¿sí? ¿Quién?

Me planteo hacerle adivinar la respuesta. Me pregunto si ya lo sabe. Estoy segura, en este momento, de que Neil también le habrá preguntado a Jack, pues es demasiado curioso para no hacerlo. También sé que es más listo que yo. Habrá averiguado la respuesta.

—Zack —respondo.

Se hace un silencio entre nosotros.

—Sí, no me sorprende.

Me enfada lo informal de su respuesta.

—¿No te parece interesante?

—Sí. Mucho. Te lo dije: creo que es fascinante.

—¿Crees que es posible?

Se ríe.

—No. Claro que no. —Por un segundo sus ojos vuelven a la revista, como si prefiriera perderse en ella antes que tener esta conversación conmigo. Pero entonces las comisuras de sus labios se levantan en una sonrisa, y ese gesto me recuerda que es una buena persona, una persona amable, que me quiere, y a quien yo quiero—. Ven aquí —me dice, y al cabo de un momento entiendo para qué quería que me acercara.

Me rodea con los brazos y me aprieta. Yo no sabía que lo que necesitaba era contacto físico, pero ahora que lo tengo me pierdo en él. Absorbo su fuerza. Me envuelvo en ella.

—No pasa nada, Kate. Sé que es... raro de cojones, pero está bien. No significa que hayamos hecho algo mal como padres, que tú hayas hecho algo mal. Tampoco significa que Jack tenga nada malo. Estas cosas pasan a veces. —Me acaricia el pelo y lo alisa en mi espalda.

Siento sus dedos en la tira de mi sujetador, y el gesto me recuerda que ha pasado mucho tiempo desde la última vez que hicimos el amor. Sus dedos se detienen un momento, como si tuviera el mismo pensamiento. Luego, me aparta con cuidado, pero sigue sujetándome los hombros con las manos.

—¿Estás bien?

Para mí el momento ha pasado. Es bueno, necesario, a veces, conectar físicamente. Pero quiero hablar con él de esto. Quiero que lo acepte.

—¿Por qué no te lo crees?

No contesta de inmediato, pero indica que lo hará. Coge su café y le da un sorbo, antes de exhalar un ruidoso suspiro:

—El concepto de la reencarnación requiere que haya alguna parte de ti, o de mí, o de cualquiera, que exista separada de nuestro cuerpo. Sin embargo, esa idea no está respaldada por ninguna prueba. De hecho, todas las pruebas existentes sugieren que no es así. —Vuelve a coger la revista como si fuera a enseñarme algo, pero la deja caer sobre la mesa—. Hay innumerables experimentos que demuestran cómo todo lo que sabemos sobre la conciencia, la memoria y la personalidad puede remontarse a procesos bioquímicos del cerebro, y solo del cerebro. Por el contrario, todos los intentos de demostrar la existencia del alma, o algo parecido, han fracasado de manera estrepitosa. —Abre las manos y se encoge de hombros—. No hay pruebas irrefutables, Kate. Puede que a ti o a mí no nos guste ese hecho. Puede que ni siquiera nos parezca correcto. Pero como científico me han educado para seguir la pista de las pruebas y fiarme de ellas.

—Le enseñé una fotografía de Zack —explico, tranquila—. Junto con otra fotografía de un segundo chico. —No le digo que era Daniel Radcliffe—. ¿A que no adivinas cuál dijo que era?

Neil duda:

—No lo sé. Diría que es más probable que eligiera a Zack; pero, aun así, es una suposición al cincuenta por ciento.

Su respuesta quita dramatismo a mi revelación, pero se lo digo de todos modos.

—Eligió a Zack. —Neil vuelve a encogerse de hombros. Es como si le hubiera dado la razón—. Pero fue la forma en que eligió a Zack —continúo; en ese instante me siento animada. Estoy hablando con mi marido, mi compañero de vida, y creo que nunca ha habido un momento tan importante en nuestra relación—. Tendrías que haberlo visto. Parecía tan contento de ver la fotografía y, a la vez, tan desconcertado. Era como si lo estuvieran validando.

«Por favor, Neil, por favor, ve lo jodidamente importante que es esto para mí».

—Kate... —Neil vuelve a respirar hondo. Parece sopesar su respuesta—. No pretendo saber al detalle cómo funciona esto, pero Jack nació en una familia que había sufrido una terrible tragedia poco antes. La muerte de Zack nos afectó a todos, pero a ti y a tus hermanas aún más. —Hace una pausa, dándose tiempo para elegir sus palabras con cuidado—. Con la marcha de Bea, se podría decir que habéis perdido a una hermana, además de a un sobrino. Y ella, por supuesto, lo ha perdido casi todo. —Mira a Jack mientras dice esto, y yo también. Nuestro hijo está sentado viendo dibujos animados, ajeno a todo, y la idea de perderlo es sencillamente insoportable—. Estas circunstancias, un niño nacido en una familia que ha sufrido la trágica muerte de un hijo, por no mencionar la forma en que falleció tu padre… —Guarda silencio, como si no estuviera satisfecho con su forma de decirlo—. Esas son justo las circunstancias idóneas para que el siguiente hijo crea, o diga, que antes era ese hijo anterior.

No le contesto. Supongo que intento escucharle. No quiero parecer tonta ni ser una de esas personas crédulas que se dejan arrastrar por teorías sin sentido. Pero también me viene el recuerdo de mi padre. ¿Estará ahí arriba escuchando esta conversación en la que Neil dice que no existe? Es demasiado.

—Parece una coincidencia demasiado loca para ser verdad, ¿no? —continúa Neil—. Una familia no solo pierde a un hijo, sino que luego tiene otro hijo que dice tener recuerdos de una vida anterior. ¿Qué probabilidades hay de que se produzcan dos hechos tan insólitos? Sin embargo, el hecho es que las probabilidades del segundo suceso son mucho mayores para una familia que ha sufrido el primero. La tragedia anterior es lo que produce el segundo suceso.

Tengo que separarme. Me acerco a Jack y me siento a su lado. Me observa, vuelve a mirar la tele, y no puedo contenerme. Lo atraigo hacia mí y lo abrazo fuerte, demasiado fuerte. Por un segundo se resiste, pero luego se funde conmigo. Mi hijo. Mi precioso hijo.

—¿Tú antes eras Zack? —le pregunto en voz baja.

No espero que responda, parece absorto en el programa de televisión. Pero responde de todos modos:

—Sí. —Me dedica una media sonrisa.

Es tan solo un buen chico que responde a mi pregunta.

Vuelvo a sentir el peso de la situación en la que nos encontramos.

Lo aprieto un momento más, inspiro el olor de su pelo, y luego vuelvo a donde está Neil, sentado a la mesa, mirándonos.

—¿Qué hacemos entonces? —le pregunto. No es que esté convencida, pero casi. Casi segura de que, aunque lo que Neil me está diciendo no me parece verdad, de alguna manera debe de serlo, porque él es más listo que yo, y sabe más que yo (sabe más que casi cualquier otra persona que yo conozca)—. ¿Qué hacemos cuando diga cosas así?

Neil se queda callado un rato. No sé qué está pensando en esos momentos: ¿comprobando lo que va a decir con alguna base de datos de pruebas almacenada en su mente? Si es así, la respuesta es más segura de lo que anticipaba.

—Tenemos que decirle la verdad. —Mi cara debe de decirle que no le entiendo, o tal vez que no me gusta lo que ha dicho—. No tenemos que usar palabras como «reencarnación» o «alma», pero deberíamos decirle que él no es Zack, y que nunca lo fue. —Hace una pausa, suavizando sus palabras—. Lo peor que podemos hacer es animarle a seguir.

—¿Y si sigue diciéndolo? —Mientras hablo sé que estoy deseando que lo haga, y no sé de dónde viene aquel sentimiento. ¿Por qué es algo que yo querría? ¿Quizá soy una loca a la que le van las teorías conspirativas?

—Tenemos que ser amables con él —responde Neil. Parece no darse cuenta de cómo se agolpan sus palabras en mi mente y siembran el caos a su paso—. Y, al mismo tiempo, debemos ponerle en su sitio. No creo que vaya a ser un problema grave para él. Por lo que he leído, los niños que hacen afirmaciones de este tipo solo lo hacen durante unos años, y luego los supuestos «recuerdos» se desvanecen. Es muy posible que todos empecemos la vida con pensamientos similares, y que con el tiempo nos olvidemos de ellos.

Hay algo en esta última afirmación que me chirría, y tardo un momento en darme cuenta de lo que es. Si todos empezamos la vida con recuerdos de vidas pasadas, ¿no deberíamos tomarnos el tema más en serio? ¿Mucho más en serio? Pero no puedo decirlo porque mi lento cerebro ha dado por fin con la respuesta a mi pregunta anterior. Ahora sé por qué no quiero que Jack deje de decir que antes era Zack: porque es parte de lo que Jack es. Y amo cada parte de mi hijo.

No obstante, eso no hace que lo que dice sea real.

Capítulo 20

—¿A quién creyó en ese momento? —preguntó McGee—. ¿A su marido o a su hijo?

—No sé; quería estar de acuerdo con Neil en que era una locura, pero me sentía dividida.

—¿Cómo es eso?

Kate negó con la cabeza.

—Pasaba mucho más tiempo con Jack que con Neil. Neil era inteligente; tenía respuestas para todo. Pero cambió un poco cuando hice la conexión con…

McGee frunció el ceño.

—¿Con qué?

—Ya dije que no le dábamos baños de verdad por lo mucho que gritaba, y por entonces nos parecía hasta normal. Pero no lo era, de verdad que no. Supongo que fue entonces cuando por fin lo conecté todo.

—Venga, peque, es hora de ir a la cama. —Neil coge a Jack en brazos y se lo lleva arriba.

Le llevará una hora bañar a Jack y conseguir que se duerma, y por un momento me siento perdida. La mayoría de las noches esta es mi rutina y estoy acostumbrada a ella. Cuando a veces Neil toma el relevo, no sé qué hacer con esta hora extra, vacía, casi inoportuna. Una idea me asalta: hace mucho que no hablo con Bea, y me planteo llamarla por teléfono; pero algo me detiene, así que, en cambio, subo a leer, me tumbo en la cama y escucho a medias el sonido de Neil mientras baña a Jack.

He de admitir una cosa: cuando hablamos de bañar a Jack, no nos referimos a lo que hace la mayoría de los padres. No lo metemos en el agua. Ni siquiera llenamos la bañera; tan solo le desvestimos y le limpiamos con toallitas para bebés. Neil tiene la idea de que podemos acostumbrarlo poco a poco al agua, primero aseándole en el cuarto de baño, donde puede ver la bañera, y después dejando la ducha abierta, para que se acostumbre al sonido del agua mientras lo lavamos. En eso estamos ahora.

Escucho la voz de Neil, calmada y tranquilizadora mientras desnuda a Jack, y luego el sonido de la ducha. No es que Neil intente meterlo en ella: Jack pondría el grito en el cielo y, aunque ambos saben que eso no va a ocurrir, oigo la respuesta familiar de Jack: alerta, pero sin entrar en pánico ni gritar, solo advirtiendo a Neil.

—Ak-ma-gué.

He oído esta frase tantas veces que casi no la recuerdo, pero por alguna razón esta vez, por fin, el significado aparece de la nada, como escrito en el aire, delante de mis ojos.

«Ack» = «Zack»

«Ma-gué» = «Me ahogué»

«Soy Zack. Me ahogué».

Jadeo, ahogándome en busca de aire, como si fuera yo la que está atrapada bajo el agua. Puede que Jack haya visto la foto de Zack, pero es imposible que le hayamos dicho que Zack se ahogó.

Entonces siento como si la temperatura de mi habitación hubiera caído en picado. Intento pensar y trato desesperadamente de recordar si alguien podría haberle contado a Jack cómo murió Zack. ¿Por qué iba nadie a hacerlo? Ni siquiera tiene cuatro años. Desde el baño oigo que Neil se da por vencido y cierra la ducha. Su voz suena tranquilizadora de nuevo:

—Está bien, Jack, cálmate, peque. Vamos a cerrar el grifo, ¿de acuerdo?

¿Cómo ha podido saberlo? ¿Cómo puede saber Jack que Zack se había ahogado? En cuanto me hago la pregunta, me asaltan las dudas. ¿Podría Bea haber dicho algo? Todavía le gusta hablar de Zack, y sé que le ha hablado a Jack de él, de que antes tenía un primo y de que le habría caído bien. ¿Podría haber dicho algo sobre la muerte de Zack?

Entonces pienso en los primeros momentos con Jack y se me vuelven a poner blancos los nudillos mientras me aferro al libro. En el hospital nos dijeron que no lo bañáramos hasta que se le cayera el cordón umbilical, así que lo intentamos por primera vez… ¿Cuándo, unas tres semanas después de traerlo a casa? Y ese fue el comienzo. Fue la primera vez que supimos que odiaba el agua. Lloraba, peleaba, cerraba sus pequeños puños. Aunque Bea le hubiera dicho que Zack se ahogó, y por alguna razón se le quedó grabado en la cabeza, eso debió de ocurrir más tarde. Sin embargo, Jack tenía miedo del agua desde que nació. Miedo, no; lo que le tenía era terror.

Siento un impulso urgente y furioso de irrumpir en el baño y enfrentarme a Neil, pero no lo hago. Porque enseguida me vuelven las dudas, en una nueva oleada. Sé lo que va a decir Neil. Es solo una coincidencia, una casualidad, que tenga miedo del agua; es una casualidad que el pobre Zack se ahogara. Y, si encima Bea se lo dijo, entonces no es de extrañar que el miedo de Jack empeorara. Hay una explicación natural. Siempre hay una respuesta racional. Siempre hay una razón para concluir que nuestro hijo no nos está diciendo la verdad.

Vuelvo a pensar en llamar a Bea. Esta vez pienso en cómo se lo preguntaría. «Hola, hermana, me preguntaba… ¿Le has contado a Jack que Zack se ahogó? ¿Que por qué lo pregunto? No, por nada. Es que Jack dice que es el espíritu reencarnado de tu hijo muerto, ya sabes, aquel cuya muerte seguramente nunca superes». Dejo caer el libro y escondo la cabeza entre las manos. Esto es… Esto es demasiado.

—¡Ak-ma-gué! —le recuerda Jack a Neil por enésima vez, mientras mi marido le frota con una toallita húmeda.

—Ya basta —responde Neil—. No digas esas tonterías.

Un nuevo pensamiento se cristaliza en mi mente y, aunque estoy agotada, este se me queda grabado. Bea sabe cosas. Cosas sobre Zack que yo no sé, cosas que yo no podría haberle transmitido a Jack de ninguna de las formas que Neil me ha contado. Así que, si pudiera preguntarle, tal vez podría encontrar algo que me diera certeza, una forma de decidir si debo creer a mi marido científico o a mi hijo pequeño. Pero no puedo ir a mi hermana con esas preguntas. No puedo decirle lo que Jack está diciendo. La destrozaría.

Respiro hondo, sin dejar de escuchar los sonidos de mi marido no creyente y de mi sobrino reencarnado terminando en el baño y a punto de venir aquí a por su libro, como si fuéramos una familia normal y corriente acostando a su hijo. Entonces pienso en otra cosa. Hay otra persona. Alguien con quien puedo hablar, que sabría cosas sobre Zack que Jack no podría.

Tristan.

Capítulo 21

Tengo suerte: Tris está en un descanso de su última gira. Dentro de unos días vuela a Asia durante seis semanas.

—¿Dónde vas a tocar? —le pregunto mientras se sienta frente a mí en una mesa del Starbucks. Hubiera preferido verlo en su apartamento, pero no me ha invitado.

Suspira, como si se cansara solo de pensarlo:

—Vamos a dar un par de conciertos en Japón: en Tokio y en Osaka. Luego en Singapur, Bangkok, Kuala Lumpur, Yakarta…

Creí que había terminado, pero está pensando.

—Luego en Manila, la India (Bombay y Nueva Deli). —Se detiene de nuevo—. Hay más sitios, pero se me han olvidado.

—Guau.

—Sí. —Levanta las cejas—. Me alegro de hacer solo el tramo de Asia. Me estoy haciendo demasiado viejo para esto.

—¿Cómo es? —pregunto, sin nombrar a la artista a la que acompaña.

Tris nos ha contado a menudo lo importante que es la discreción en su trabajo, incluso con la familia. Antes lo interpretaba como que no quería que le preguntáramos, y me enorgullecía no hacerlo. Pero ahora es un tema más fácil que el que he venido a tratar hoy.

—Es agradable —responde, y supongo que eso es todo lo que me va a decir, pero parece confundir mi silencio con que quiera más información—. Soy uno más de la gira, así que no la conozco muy bien. Pero es simpática. —Se encoge de hombros con cierta torpeza—. Bueno, cuéntame, ¿de qué va esto? —continúa, su voz con un tono alegre un poco falso—. ¿Me dijiste que querías preguntarme acerca de Zack?

Al oír estas palabras, mis ojos se desvían, como si fuera un perro de Pávlov, hacia Jack. Está dormido en su sillita, lo cual, por cierto, no es casualidad. Organicé esta cita de manera que mi hijo primero hubiera tenido una sesión doble en el gimnasio, donde corrió, persiguió pelotas e hizo equilibrios en las barras durante una hora, y luego, en lugar de ir a la cafetería, repitió una vez más. Ahora está derrotado, y yo voy a poder concentrarme mejor en lo que me diga Tris.

—Sí. —Me fuerzo a sonreír.

Con toda mi preparación, de alguna manera me había engañado a mí misma diciéndome que esto sería fácil. Ahora que estoy aquí, veo que estaba equivocada.

—Vale.

Su sonrisa al pensar en su hijo se desvanece en una mirada de tristeza al recordar que el pobre Zack está muerto. Es una expresión que conozco muy bien de la cara de mi hermana. Aunque en Bea es más intensa, más pronunciada, y nunca la abandona. O puede que Tris sepa disimularlo mejor.

—Solo quería… No sé… Esto va a sonar un poco… tonto —empiezo con mi excusa preparada de antemano—, pero Jack está creciendo tan rápido que ello ha hecho que me dé cuenta de cuánto de los primeros años de Zack no llegué a ver… —Ahora que lo digo en voz alta suena tonto, así que continúo sin parar, rezando para que mi argumento mejore—: Solo quería saber un poco más sobre él. —La poca fuerza de mis palabras queda de algún modo resaltada por el bullicio de la cafetería, envuelta en una conversación normal. Tris me mira, aún sin saber qué pensar. Lo intento de nuevo—: Estuvo con nosotros tan poco tiempo… y era primo de Jack y yo quería… —Hago una pausa en la que evalúo lo que quiero decir y doy un sutil giro—: Quería recordar cómo era él de verdad.

Tris se lo piensa un rato, removiendo el líquido en su taza con la cuchara, mientras yo me maldigo por haberle pedido que viniera. ¿En qué estaría pensando? ¿Qué espero conseguir en realidad, aparte de hacerlo sentir como una mierda?

—¿Hablas con Bea a menudo? —me pregunta al cabo de un rato.

Vuelvo a centrarme en el aquí y ahora. Sacudo la cabeza.

—Sí, pero no tanto como debería —confieso mientras intento que todo esto suene menos raro de lo que es—. No es fácil hablar con ella.

Y en ese instante tenemos algo en común.

—Dímelo a mí. —Sonríe, solo un poco. Luego se encoge de hombros—. Bueno, dispara, ¿qué quieres saber?

Me inclino hacia delante, luego me recuesto en la silla. Informal, quiero parecer informal. He preparado una lista de preguntas, cosas que creo que Jack recordaría si de verdad fuera Zack, aunque suene absurdo.

—¿Tenía algún juguete favorito cuando era pequeño? ¿Algo concreto que recuerdes? —comienzo.

Me mira raro, pero intento disimular con una sonrisa. No hay nada raro en esto, solo una conversación normal que cualquiera podría tener con su cuñado acerca de su hijo, que murió hace siete años. Me contesta con cierta lentitud:

—Tenía un tren. Lo recuerdas, ¿verdad? —Me mira interrogante y lo veo en mi mente de inmediato. No solo a Zack con su tren, sino a Jack, hace ahora casi un año, en casa de Bea, con las manos extendidas para cogerlo.

—Sí, creo que sí. —Frunzo el ceño, como si acabara de recordármelo, y vuelvo a centrarme—. Pero me preguntaba si, quizá, ¿tuvo otro? ¿Antes de ese?

Tris me mira de nuevo como si me estuviera comportando de forma muy extraña, pero responde a la pregunta:

—Supongo que cuando era un poco más pequeño tenía un oso que le gustaba mucho. ¿Igual era el oso Paddington? No lo sé, tenía un... —piensa de nuevo— un abriguito azul.

—¿Tienes alguna foto? —Cuando le envié un mensaje a Tris pidiéndole que quedáramos, le dije que estaría bien que trajera fotos de Zack.

—Yo... lo dudo, no —responde—. Ya te dije que Bea tiene más fotos de Zack que yo, ya que yo pasaba mucho tiempo fuera. Además, me robaron el móvil aquella vez en Berlín, ¿te acuerdas?

—Ah, sí. —Es curioso que me acuerde de eso, el más leve de los minidramas que Bea convirtió en tragedia antes de aprender lo que esa palabra significaba en realidad—. ¿Tienes alguna foto? —le pregunto, porque la idea me inquieta un poco.

—Sí, tengo algunas, solo... —Se calla y suelta una falsa carcajada, porque no tiene gracia—. No tengo tantas como me gustaría. —La risa da lugar a la sonrisa triste, que parece tan dolorosa que me apresuro a seguir adelante:

—¿Qué hay de la comida? ¿Tenía Zack alguna comida que no soportara en absoluto, o alguna que le encantara de verdad? —Vuelvo a forzar mi sonrisa, ante la reacción confusa de Tris, y continúo a pesar de todo—: Los niños son tan quisquillosos a veces. Me preguntaba si Zack lo era también.

Suspira y mira hacia otro lado. Durante unos instantes me pregunto si va a responder.

—Le encantaba el queso —dice Tris entonces—. El de verdad, el *cheddar* inglés, que Bea compraba en una tienda especializada. No el queso ese de plástico que tenemos aquí en los Estados Unidos. —Me devuelve la mirada con una sonrisa. Y siento una punzada de… ¿qué? De algo. A Jack le encanta el queso *cheddar*, se lo pongo a todo—. También le gustaba el kétchup… —continúa, pero luego se encoge de hombros—. Escucha, Kate, no sé qué quieres que diga. De verdad que no entiendo de qué va esto…

Hago oídos sordos a sus preocupaciones, dispuesta a ignorar el hecho de que a Jack también le encanta el kétchup.

—¿Qué me dices de los deportes o las aficiones? Tengo curiosidad por saber qué le gustaba hacer, a qué le gustaba jugar.

Pero Tris ya ha llegado a su límite.

—Kate, ¿qué es esto? ¿Por qué me haces todas estas preguntas?

Me mira a los ojos y sé que no va a responder a menos que me sincere con él. Siento una oleada de estrés, dividida en dos direcciones. ¿Qué estoy haciendo? ¿De verdad creo que mi hijo podría ser la reencarnación del suyo? Por un instante, la idea me desconecta un poco de la realidad. Siento la necesidad de agarrarme al borde de la mesa para anclarme a esta realidad. Lo hago sutilmente para que Tris no lo vea, y noto que me ayuda. Me siento como si estuviera suspendida sobre un vasto y oscuro espacio que existiese por debajo de nuestra realidad cotidiana. No es más que un pensamiento loco, pero me asusta, y noto que el miedo se refleja en mi cara. No es mi intención, pero ello hace que Tris eche marcha atrás.

—Bueno, no pasa nada. No me importa, solo estaba… —Se encoge de hombros y mira hacia otro lado. Es como si no pudiera soportar mirarme a la cara—. Entiendo que puede ser duro, cuando eres tú la que está sola con un niño, y te sientes como aislada. —Vacila, y por un momento no entiendo lo que me intenta decir—. Yo estuve mucho tiempo fuera, pero sé lo duro que fue para Bea. Y eso que ella tenía a vuestro padre para ayudarla. Y a tu madre también, al menos hasta que enfermó. Mientras que tú… —Su voz se apaga—. Lo entiendo. Sé que se te puede hacer cuesta arriba.

No digo nada; por un momento no estoy segura de poder hablar. La sensación de vacío sigue ahí, pero ha cambiado de forma; se ha trasladado a otra dimensión.

—Gracias, Tris —digo, sintiéndome en una realidad paralela—. Eres muy amable.

Tris hincha el pecho, meditando aún cómo responder a una pregunta que casi he olvidado que formulé.

—Entonces, a ver, ¿qué más…? No se le daban muy bien los deportes. Traté de jugar a la pelota con él un par de veces, pero nunca llegó a nada.

Me muerdo el labio, arrastrada de nuevo a mi misión. Vuelvo a comparar, porque a Jack tampoco le gustan los deportes. Un par de veces Neil ha intentado enseñarle a jugar a la pelota, y no estoy segura de cuál de los dos lo hace peor. Por un segundo añado esto a las preguntas sobre la comida y siento como si estuviera ganando, como si esto fuera un juego al que estoy jugando y voy 3-0 en el marcador. Pero me recuerdo que solo quiero saber; no tengo que demostrar nada.

—¡Espaguetis! —suelta Tris, con la sonrisa más grande que le he visto en la cara en mucho tiempo—. A Zack le encantaban los espaguetis. Se ponía hecho un desastre mientras se los comía, pero no se saciaba.

—¿Le gustaban con salsa o solos?

—Por favor, qué pregunta. Con queso *cheddar*. —Tris sonríe—. Queso y kétchup.

Me viene a la cabeza una imagen de Jack, con un cuenco de espaguetis retorcidos delante de él. A su izquierda, otro cuenco con queso rallado. A la derecha, siempre el bote de kétchup. Siento una oleada de vértigo, al igual que me pasó en la cafetería Flagstaff con Jan. Me tomo un segundo y vuelvo a la carga:

—¿Hay algún lugar que podrías describir como un sitio al que a Zack le gustaba mucho ir? —El cambio de tema es demasiado brusco, e intento suavizarlo—: Estoy pensando en hacer un viaje con Jack y… me vendrían bien algunas ideas.

La rareza de la pregunta casi vuelve a desconcertar a Tris, pero hace todo lo posible por responder.

—Le encantaba la casa del lago, por supuesto, con sus primos. —Agita una mano, pero exhala con fuerza; es incuestionable que la sola mención del lugar aún le afecta. Pero lo aparta—. Le gustaba la playa. Le gustaba mucho. Estoy bastante seguro de que por eso Bea se ha mudado allí.

Casi paso a mi siguiente pregunta, pero entonces le encuentro sentido a lo que me acaba de decir.

—¿Fuiste allí con Zack? ¿Adonde vive Bea ahora?

—Estuvimos unas semanas; la última vez fue, no sé, seis meses antes de que él… —No termina la frase—. ¿No lo sabías?

—No. No sabía nada. Bea nunca me lo ha contado. —Mi mente se arremolina ante las implicaciones y las posibilidades que lo que me está diciendo tiene—. ¿Dónde os alojasteis? ¿Dirías que era un sitio que significó mucho para él?

En respuesta, Tris rebusca en el bolsillo de sus vaqueros y saca su teléfono.

—Tengo fotos de nuestro viaje; aparecieron en mi historia de Facebook hace un tiempo, ya sabes, una de esas memorias que te muestran… —Toca la pantalla mientras habla, y, durante unos instantes, mientras contengo la respiración, su atención se centra en el teléfono. Entonces, levanta la vista—: Aquí están. —Se inclina hacia delante y me enseña el móvil.

La pantalla muestra a un Zack pequeño, de unos seis años, construyendo un castillo de arena, con la marea rozando el borde.

—Solíamos quedarnos en una casa increíble —dice Tris; su voz vuelve a sonar distante, como si con su cabeza estuviera en otro sitio, pero yo también lo estoy.

Veo que hay otras fotos en la misma historia y deslizo el dedo para verlas. Veo una imagen de mi hermana, sonriente, agachándose para abrazar a Zack en un impresionante balcón con el océano de fondo. No hay nada entre la casa y la playa, ni carreteras ni otros edificios, sino tan solo unos escalones que dan directamente a la arena.

—Es de un amigo. —La voz de Tris me devuelve a la realidad.

Hay algo en su forma de decir «amigo» que me hace deducir que se refiere a una persona famosa. Y al instante comprendo por qué Bea no me lo contó en su momento. Tris debió de tener que mantenerlo en secreto.

—Es una casa preciosa. A Zack le encantaba. —Con cuidado, me quita el teléfono y creo que no va a enseñarme nada más, pero entonces desliza la pantalla un par de veces y me lo devuelve.

Ahora veo toda la casa, situada justo en la playa. Bea y Zack comparten el columpio suspendido del balcón superior. Es como si hubieran dejado de luchar un momento por el control de la silla con el fin de sonreír para la foto.

—Vaya sitio.

—Sí, es de… —La voz de Tris se apaga, como si estuviera a punto de decirme cuál de sus amigos que son estrellas del *rock* es el dueño, pero es demasiado sensato para cometer ese error.

A mí eso no me interesa. Solo quiero saber si es algo que Zack habría encontrado memorable.

—¿Ibais mucho por allí?

Parece un poco tenso.

—Varias veces, a lo largo de los años. ¿Tres, quizá cuatro vcccs?

—¿Podrías enviarme estas fotos?

Se me queda mirando. Se ve que le incomoda la idea. Pero no ha dicho a quién pertenece la casa. Y, de todos modos, se fía de mí. Somos familia, más o menos.

—Bueno, vale…

Capítulo 22

A Tristan le lleva un tiempo mandarme las fotos de la casa de la playa, y se lo tengo que recordar varias veces por mensaje de texto. Para cuando lo hace, yo ya he averiguado dónde está y de quién es. No ha sido difícil. Sé que está en el pueblo donde vive ahora Bea y que es una casa grande que hay a pie de playa. Además, tengo una idea bastante precisa de todas las bandas con las que Tris ha trabajado como acompañante a lo largo de los años. No voy a decir quién exactamente, y de hecho no pertenece a nadie de la banda en sí, pero voy a dejar caer el nombre de Coldplay.

En cualquier caso, lo busqué en Google y en un santiamén conseguí mis propias fotos. Creo que este detalle es importante, porque así tengo imágenes de la casa sin Bea ni Zack en ellas; de lo contrario, le estaría dando a Jack una pista importante sobre qué imagen elegir. Después vuelvo a Google y busco otras casas de playa: algunas son de esas sobre pilotes típicas de California, y un par de ellas, de Los Hamptons, una grande, y la otra, una auténtica mansión. Las imprimo todas y las meto en una carpeta, junto con otras fotos que me ha enviado Tris y otras cosas que creo que serán útiles. Dejo la carpeta en la habitación de Jack. No quiero intentarlo cuando no esté preparado, pero quiero pillarlo cuando esté de buen humor, cuando parezca estar recordando.

Pasan un par de días antes de que sienta que es el momento adecuado. Neil juega al *squash* los miércoles por la tarde, así que soy yo quien le prepara el baño a Jack, pero no le pongo la ducha, como hace Neil, porque sé que todavía le afecta. Quizá eso le pone de mejor humor, y después de asearle y ponerle el pijama está parloteando y pidiéndome su libro favorito, así que entonces es cuando le hago la pregunta:

—Jack, cariño, ¿tenías un libro favorito cuando eras Zack?

Me gira para mirarme al percibir el cambio en nuestra interacción. Su cuerpo se pone un poco rígido al tocar el mío en la cama. Entonces se encoge de hombros.

—¿No lo sabes o no te acuerdas?

Sacude la cabeza, como si lamentara algo.

—No pasa nada, cariño. Solo me lo preguntaba.

Cojo como si nada la carpeta que había colocado bajo su almohada. No la abro, no le doy importancia, pero aun así noto que la mira.

—¿Y los juguetes? ¿Tenías algún juguete que te gustara?

Asiente ahora, en terreno más seguro.

—«En» —responde, y luego se esfuerza un poco más; está trabajando en el comienzo de sus palabras—: T-r-en.

—¿Tren? ¿Tenías un tren grande?

Feliz ahora, asiente.

—Yo también me acuerdo del tren grande. ¿Había algo más? ¿Un peluche, quizá, que te gustara cuando Zack era pequeño? —Mi voz es casual y suave, y añado—: ¿Cuando tú eras pequeño?

Ahora parece pensativo.

—¿Un peluche? —añado, y por fin asiente.

—Luche. Luche azu.

—¿Un peluche azul? —Siento que se me acelera el pulso y abro la carpeta.

Las tres primeras fotografías son imágenes de diferentes osos de peluche. Dos de ellos no llevan ropa, aunque uno es azul. El último es el oso Paddington, con su famosa trenca azul.

Dejo las tres fotos en la cama delante de Jack. Sus ojos se dirigen al instante a Paddington. Casi no tengo ni que preguntar.

—¿Alguno de estos osos se parece al peluche azul? —le pregunto—. ¿El que recuerdas de cuando eras Zack?

Vuelve a asentir y su dedo meñique se clava en la imagen de Paddington. Lo aprieta tan fuerte que el papel se dobla y me mira con los ojos redondos de sorpresa.

—Luche azu —repite.

No es, incluso yo misma lo admito, del todo convincente. Después de todo, el oso Paddington es famoso y es muy probable que Jack lo haya visto antes; de hecho, es casi imposible que no lo haya visto. Así que espero unos instantes y luego, con calma, recojo las tres fotografías y le muestro tres libros. Los dos primeros los tenemos desde hace tiempo: *Donde viven los monstruos*, de Maurice Sendak, y *La pequeña oruga glotona*, de Eric Carle. De hecho, estos ejemplares eran de Zack; Bea nos los regaló junto con muchos otros cuando Jack era un bebé. El tercer libro lo compré en Amazon. Se llama *Buenas noches, Luna*, de Margaret Wise Brown, y trata de un conejito que le da las buenas noches a todo lo que le rodea, desde la luna hasta los calcetines. Según Tristan, era el favorito de Zack. Le dije que no estaba en la caja de libros que nos dio Bea, y Tristan me respondió que sería porque ella lo había guardado, por lo importante que era para ella. En cualquier caso, Jack y yo no nos habíamos topado con él.

—Luna —dice Jack de inmediato—. ¡Luna! —Se emociona al instante.

—¿Recuerdas ese libro, cariño? —Es una pregunta innecesaria; es evidente que sí. No podría estar más claro.

—Lee Luna, mami, porfa.

—¿Lo recuerdas? —insisto en preguntar de nuevo.

Una parte de mí intenta ver dónde está el truco. Puedo ver la magia perfectamente, pero ¿cómo funciona? ¿Cómo está ocurriendo? Él se limita a asentir con entusiasmo antes de empujar los demás libros hacia los pies de la cama para ponerse cómodo con *Buenas noches, Luna*, así que se lo leo. No lo ha leído nunca, no lo ha visto nunca, estoy segura de ello, pero me detengo de vez en cuando y dejo que termine él las frases. Ni siquiera tiene cuatro años. No está leyendo, está recordando.

Al final, guardamos el libro e intento racionalizarlo. Sé que no le he leído este cuento. Sé que Neil tampoco, ya que no lo teníamos hasta que el repartidor de Amazon lo entregó aquí hace dos días. No obstante, por otro lado, lleva yendo a la guardería dos veces por semana durante más de un año. ¿No es posible que se lo hayan leído allí? Le hago la pregunta, pero no entiendo su respuesta.

—¿Lo leíste una de las veces que fuimos a la biblioteca, cariño? ¿Es ahí donde viste este libro?

Mueve la cabeza a los lados, pero al mismo tiempo dice que sí.

—Sí, i-lio-teca.

Lo que parecía una certeza total se transforma de nuevo en confusión y, con cuidado, le quito el libro. Vuelvo a coger la carpeta. Solo tengo una serie de imágenes más: las casas de la playa. Las extiendo sobre la cama frente a Jack. Esta vez me limito a mirarlo mientras las examina y luego me mira. Veo que quiere coger una, pero aún no sabe si puede, así que lo animo.

—Adelante, Jack, puedes cogerla. —Alcanza la foto, la foto correcta. La casa de la playa donde Bea y Tris llevaron a Zack, años antes de que naciera Jack—. ¿Has visto alguna vez esa casa, Jack? ¿Has estado alguna vez allí?

Jack coge la fotografía y se queda mirándola, emocionado pero confuso. Asiente con la cabeza, entusiasmado.

—Astillo darena —dice—. Hacemos astillo darena.

«Castillo de arena. Hacemos castillo de arena».

—¿Has estado ahí, Jack? Cuando eras Zack, ¿fuiste allí de vacaciones?

De nuevo, Jack hace un gesto de asentimiento, pero esta vez responde una voz diferente.

—Esa es una pregunta sugestiva, Kate. —Neil está de pie en la puerta, observándome—. John se ha torcido el tobillo, así que hemos terminado antes. —Me lanza una mirada significativa y luego, cuando parece que no entiendo lo que quiere decir, da un tirón de las asas de la bolsa de deporte que lleva, su raqueta de *squash* sobresale de la parte superior—. No te preocupes, es solo un esguince. —Sin detenerse, cambia de tono—: ¿Qué haces, peque? ¿Me das un beso de buenas noches?

Se inclina sobre mí para besar a Jack en la mejilla, luego se retira y me dice con cierta frialdad que va a ducharse.

Unos instantes después oigo el ruido del agua corriendo. Justo entonces, Jack murmura:

—Ak-ma-gué.

Capítulo 23

—¿Puedo hacer una pausa para ir al baño? —preguntó Kate.

Llevaban ya más de tres horas seguidas de interrogatorio.

—Claro. —McGee suspendió el interrogatorio y llamó a una agente para que la acompañara al aseo de señoras.

Luego fue él mismo; su vieja vejiga ya no aguantaba tanto como antes.

—Está mintiendo. Tiene que ser eso —dijo Robbins tan pronto como él regresó a la sala—. Eso o está loca. En cualquier caso, ella es nuestra principal sospechosa de iniciar el incendio, lo que la convierte en una asesina.

McGee no dijo nada; solo chasqueó la lengua contra la mejilla.

—Venga, vamos, Jim. Dime que no te lo crees. Solo tenemos su palabra de que el niño escogió las fotos correctas. Eso es todo. O se está mintiendo a sí misma.

McGee se sirvió otro café mientras lo reflexionaba.

—No lo sé.

—No puedes hablar en serio. ¿Quieres explicarle al fiscal que el hijo de esta mujer se ha reencarnado? Va a ser verdad que tienes muchas ganas de pillar la jubilación anticipada.

La más leve de las sonrisas se dibujó en los labios de McGee al pensarlo.

—No estoy diciendo eso. Solo que no veo que esté mintiendo. A ver, tal vez se está engañando a sí misma. Pero ¿de verdad ves que está mintiendo a propósito?

—Por supuesto que sí —respondió Robbins—. Creo que nos está soltando una sarta de gilipolleces para encubrir que, como fuera, fue ella quien lo hizo. Ella provocó el incendio.

McGee se puso serio:

—Sigo sin entenderlo. No entiendo cómo una cosa lleva a la otra. Digamos que tienes razón en el primer punto: pasara lo que pasara con su hijo, el niño no volvió de entre los muertos. Lo que no veo es cómo se relaciona con el segundo punto. ¿Por qué significa eso que fue ella quien provocó el incendio? ¿Cómo pasamos de una cosa a la otra?

—Muy claro: miente sobre lo de su hijo. —Robbins se inclinó hacia delante—. ¿Cómo podemos confiar en ella? A eso me refiero. ¿Cómo sabemos que no está mintiendo con lo del incendio? Y, si está loca, entonces, esto es lo que hacen los locos: putas locuras.

McGee negó con la cabeza:

—Aun así, la explicación debe tener sentido. Y, tal y como yo lo veo, nada de esto lo tiene. En primer lugar, no tengo la sensación de que nos esté mintiendo, aunque es imposible que lo que dice sea cierto. En segundo lugar, tanto si miente como si no, no entiendo por qué provocó el incendio.

Le interrumpió un golpe en la puerta y Kate entró acompañada de nuevo en la sala. Una vez se hubo sentado, Robbins se levantó y dijo que tenía que salir un momento antes de que volvieran a empezar; tal vez su vejiga tampoco aguantaba tanto, después de todo. Pero McGee apenas le oyó. Su mente seguía dándoles vueltas a las preguntas centrales del caso. ¿Había provocado ella el incendio? Si no, ¿había visto quién lo hizo? Nada en su comportamiento le decía que estaba mintiendo, pero eso no significaba mucho. Habían hablado de someterla al detector de mentiras, pero a él no le gustaba la idea; pensaba que ella se creía lo que les estaba contando. Y, si podía engañarse a sí misma pensando que su hijo se había reencarnado, sin duda podía engañarse al pensar que no había provocado el incendio cuando en realidad era la culpable. Y, si pasaba la prueba del detector de mentiras, tendrían que revelárselo a un abogado defensor.

—Yo no provoqué el incendio —anunció Kate, con los ojos fijos en los de él.

McGee se quedó helado. Robbins seguía fuera de la sala y el interrogatorio no se había reanudado; de hecho, no le había hecho la pregunta. Sin embargo, todo parecía indicar que ella acababa de responderla. Como si hubiera contestado a sus pensamientos.

—¿Cómo dice? —preguntó. Aunque la había oído a la perfección.

—Que yo no provoqué el incendio. —Esta vez hizo hincapié en la palabra «no», como si estuviera respondiendo a la pregunta del agente.

¿Así lo había dicho la primera vez? No estaba seguro.

—¿Por qué dice eso? —le preguntó él. Ya que ella no contestó, prosiguió—: ¿Por qué me lo ha dicho justo en este momento? —Se encontró con su mirada, hasta que esa vez fue ella la que apartó la vista, casi rechazándole.

Siguió mirándola fijamente hasta que su propia mirada parpadeó, como para quitarse de la cabeza la idea. Era una idea absurda.

—¿Quiere decirme quién lo empezó? —preguntó entonces.

Por la forma en que estaba sentada, con el cuerpo girado hacia un lado, ni siquiera estaba seguro de que fuera a responder. Y desde luego no esperaba que ella admitiera nada. Pero entonces ocurrió algo extraño. Durante unos segundos permaneció en silencio; después, se volvió de nuevo hacia él. Sacudió la cabeza.

—No vi quién lo empezó —dijo sin más.

Y entonces parpadeó. Tres veces seguidas. Después apareció su lengua en la comisura de sus labios por un momento, antes de desaparecer de nuevo. Por último, miró hacia otro lado, pero esta vez hacia la derecha. Un poco hacia arriba. Cada gesto era minúsculo, fácil de pasar por alto, pero no para un investigador con décadas de experiencia en el estudio de las respuestas de testigos y sospechosos. La cara de McGee no delató absolutamente nada, pero en el fondo de su cerebro las respuestas de Kate se registraron con una enorme sacudida.

Puede que hasta entonces hubiera dicho la verdad. Pero aquello seguro que era una mentira, y de las gordas.

Capítulo 24

No me cabe la menor duda de que Neil está cabreado conmigo. Meto a Jack en la cama y recojo las fotografías. Pero en lugar de esconderlas, bajo las escaleras y las pongo sobre la mesa del comedor. Los libros, las imágenes. Espero a que Neil baje.

—Hola —saluda, media hora después.

—Jack está dormido —le digo, aunque seguramente se habrá asomado a verlo.

Él asiente:

—Debes de haberlo cansado.

Me muerdo el labio; no digo nada.

—¿Qué estabas haciendo? —Sus ojos se desvían a las fotografías de la mesa.

—Fui a ver a Tristan la semana pasada. Me contó algunas cosas que no sabía sobre Zack. Cosas que le gustaban, lugares a los que fueron… Quería ver si Jack sabía algo de ellos.

Temo que Neil vaya a poner los ojos en blanco, o a suspirar, o a hacer algo para demostrarme lo tonta que estoy siendo. Pero, como siempre, me sorprende. Lo único que hace es humedecerse los labios con la lengua. Veo que está pensando, y mucho.

—¿Y?

Me entran ganas de llorar. No sé por qué. No entiendo la emoción que siento ahora mismo.

—Hay una casa en la playa a la que Bea y Tris fueron, con Zack. Nunca me habló de ella, porque tenía que ver con el trabajo de Tris. Era de una de las bandas con las que tocaba. Fueron allí tres veces. Primero cuando Zack tenía cinco años, y dos veces más después. Nunca lo supe, así que no hay forma de que yo se lo haya contado a Jack.

—Vale. Y ¿qué pasó? ¿Eligió la casa correcta?

—Sí. ¡Al instante! Neil, reconoció la casa. Estoy segura de ello. Y ya lo oíste, dijo «castillo de arena». ¿Por qué diría «castillo de arena» si no conociera la casa?

Ahora me estoy entusiasmando, y Neil viene a sentarse a mi lado. Señala la foto, la foto correcta.

—¿Es esta la casa?

Durante un breve segundo me siento desinflada, pero ni siquiera estoy segura de por qué. Asiento con la cabeza.

—Vaya. —Levanta las cejas—. Bonito sitio. —Lo estudia, mientras se pasa las manos por su espeso pelo castaño.

Lo observo, esperando a ver qué va a decir a continuación. Al cabo de un rato, deja la foto y coge la siguiente: una casa de playa en California, sobre pilotes en la arena.

—¿Qué hay de esta? ¿Quién vive aquí?

—No lo sé. La encontré en Internet. —Espero a que Neil coja la tercera foto y la estudie también con detenimiento.

Da la vuelta a todas las imágenes, comprobando el papel en el que están impresas. Al final vuelve a la primera imagen. La casa que visitó Zack.

—Elegí esta imagen, Kate, porque era la que estabas mirando. O intentando no mirar, no puedo decirlo con exactitud, pero tenía la sensación de que era esta casa. —No contesto. Tal vez la estaba mirando, o tratando de no mirarla. Pero es mucho más fácil para un adulto. Neil lo habría sabido de todos modos, por el estilo arquitectónico—. No puede reconocerla, Kate. Jack no puede reconocer una casa en la que nunca ha estado solo porque su primo estuviese allí antes de morir.

La manera en la que Neil lo explica así tan claro casi me confunde. Es como si hubiera dos realidades, y si no lo pienso demasiado puedo estar en las dos a la vez. Para Neil no es así. Él tiene esta habilidad innata de aclarar las cosas, de separar lo que es real y lo que no. O quizá sea una necesidad.

Aparto las fotos de la casa y clavo el dedo en una de los peluches.

—Tris me contó que Zack tenía un juguete favorito cuando era pequeño, antes de tener el tren. Era un oso, el oso Paddington. Lo llamaba Oso Azul. Zack lo llamaba así y Jack también lo ha hecho, ahora mismo.

De nuevo Neil estudia las imágenes antes de responder. De nuevo se decanta por la imagen correcta, la coge y la examina, aunque es indudable que esta vez le resulta más fácil, porque sabe quién es Paddington.

—Lleva un abrigo azul. ¿Quizá estaba hablando de eso?

—Ya, ¿y si no fuera por eso? —imploro—. ¿Por qué no puedes creer en esto?

Neil se toma su tiempo antes de responder. Deja la fotografía y me coge la mano con las dos suyas.

—Veo lo difícil que es esto para ti, Kate. Pero no creo que vaya a ayudarnos el que yo pierda la imparcialidad. Entiendo lo convincente que parece, pero así es como funcionan estas cosas. El fenómeno en sí ocurre por lo convincente que parece. —No digo nada y él continúa—: No sabría decirte por qué cogió esa fotografía del oso.

Pero hay todo tipo de explicaciones posibles. Quizá había visto ese oso en la tele, quizá era el que tenía más cerca. Puede que tan solo le gustara. Todas estas explicaciones son infinitamente más probables que el hecho de que lo hubiera visto en una vida anterior, algo de lo que no hay pruebas a favor, y sí muchísimas en contra.

—¡Pero esto es una prueba, si tan solo la aceptaras! No puedes descartar las pruebas que tenemos, todo lo que Jack dice, y luego concluir que, porque no hay pruebas, eso en sí mismo demuestra que no está diciendo la verdad.

Pienso en el cuento. Recuerdo cómo Jack terminó las frases como si se lo supiera de memoria, a pesar de que yo nunca se lo había leído. Pero luego recuerdo que le pregunté si lo había leído en la guardería y me dijo que sí.

—Con todo lo que haces ahora, al preguntarle a Jack sobre esto, lo que de verdad estás consiguiendo es reforzar estas ideas en su mente. Tal vez a él se le ocurrió la idea en primer lugar, es lo suficientemente inteligente como para hacerlo, pero ahora entre los dos la estáis convirtiendo en algo que no es. Él cree que quieres que sea verdad y te quiere, así que va a hacer todo lo posible para que lo sea. Aunque no sea verdad. Aunque no pueda serlo.

Me quedo mirándolo. No sé qué pensar. Otra vez.

—Bien, ¿qué hacemos, entonces? —exijo, unos momentos después.

Mi pregunta parece confundir a Neil.

—¿Con qué?

—Con Jack; ¿lo ignoramos?

Aún no sabe a qué me refiero.

—No, claro que no. Seguimos como hasta ahora. Cuidamos de él lo mejor posible.

—Me refiero a qué hacemos con las cosas que dice. ¿Lo ignoramos cuando diga cosas de ese tipo?

—No. Debemos decirle que no es verdad. Y debemos asegurarnos de que no estamos haciendo nada para alentarlo. En un par de semanas se habrá olvidado del asunto.

—¿Y si no se olvida? —le pregunto, lejos de estar convencida.

—Se olvidará. Estoy seguro de ello.

Capítulo 25

Danny cumple cuatro años. La fiesta se celebra en uno de esos parques de bolas para jugar a cubierto, con estructuras para trepar y toboganes, olor a perritos calientes y vómito de niños. Si no fuera el hijo de Jan, me habría inventado alguna excusa para no ir, pero sé que ella nunca me lo perdonaría. Ahora se acerca el final de la fiesta y la mayoría de los demás padres y madres, a los que no conozco bien, tienen cara de querer largarse de aquí cuanto antes. Pero primero tenemos que cortar la tarta.

—¡Venga, venid todos! —grita Jan al tiempo que infla las mejillas mientras sale de la pequeña sala lateral en la que estamos y que reservan para las fiestas.

Una docena de niños pegajosos y cansados regresan de la piscina de bolas y se sientan alrededor de la mesa, ansiosos por recibir su siguiente dosis de azúcar. Jan aprovecha el momento y apaga las luces.

—Aquí viene la tarta.

Saco el móvil y grabo mientras Jan entra con cuatro velas parpadeando sobre el glaseado de una tarta de los Minions comprada en la tienda. Los Minions son unos personajes amarillos con un solo ojo que protagonizan varias películas infantiles. En realidad, son bastante graciosos; al menos lo son hasta que ves la película por décima vez.

Los niños cantan el cumpleaños feliz como si les fuera la vida en ello, y yo tengo uno de esos momentos que te regala la maternidad, un momento en el que, al mismo tiempo, te sientes cínica por su naturaleza ridícula y consumista y, debido a la mirada angelical de tu propio hijo, como si estuvieras presenciando un verdadero milagro, también quieres echarte a llorar por la belleza de la vida.

Danny apaga las velas, escupiendo visiblemente sobre el glaseado, y Jan sostiene un cuchillo, fingiendo por un segundo que es una asesina enloquecida.

—Entonces, ¿quién quiere un pedazo de Minion asesinado?

La mayoría de los niños grita que sí; dos chillan. Jan no se acobarda. Apuñala al Minion en el ojo y lo divide en trozos, que pone en servilletas. Me vuelvo hacia Jack, riéndome de las ocurrencias de mi amiga. Pero mi hijo tiene una mirada extraña. Es seria. Ya la conozco bien.

—¡Comí tarta de inions! Por mi cumple. ¡Macuerdo!

Le he hecho una tarta para cada uno de sus cuatro cumpleaños. Ninguna de ellas tenía nada que ver con los Minions.

—No, cariño, tu tarta este año fue de Spiderman.

Antes de esa le hice una de Peppa Pig. Me acuerdo de que Neil bromeó con que me había salido un poco grosera. Pero Jack sacude la cabeza, molesto.

—No, inions. Mi-nions. —Hace un esfuerzo por pronunciar la eme.

—Toma, hombretón. —Jan le da un trozo de tarta, y él lo coge, pero no da las gracias, ni empieza de inmediato a metérselo en la boca como la mayoría de los niños de la mesa.

Me mira a la cara, enfadado porque no le creo. Pero no puedo hacerlo aquí, no podemos hacer esto ahora. Así que me doy la vuelta. Le digo a Jan que voy a por los abrigos del guardarropa, porque cada vez hay más padres que vienen a recoger a sus hijos.

Media hora después, todo ha terminado. Me he quedado para ayudar a Jan a recoger, y ella me recompensa con un café en vaso de cartón. Nos desplomamos en la zona principal de la sala de juegos. Holly, Jack y Danny están sentados en la piscina de bolas, perdidos en su mundo.

—Deberías preguntarle a tu hermana si Zack tomó alguna vez una tarta de los Minions —dice Jan con despreocupación antes de dar un sorbo a su café.

—No me había dado cuenta de que lo habías oído.

Ella se encoge de hombros.

—¿La tuvo?

—¿Tuvo el qué?

—¿Una tarta de los Minions?

—No, conmigo no.

Vuelve a dar un sorbo y suspira satisfecha.

—¿Vas a preguntarle a tu hermana?

De mala gana saco mi teléfono, pero luego hago una pausa.

—¿Cómo se lo pregunto sin que suene raro?

Jan abre la boca para responder, pero no parece saber qué decir.

—Pues no estoy segura.

Niego con la cabeza.

—Ni siquiera sé con seguridad si la película de *Los Minions* se había estrenado cuando Zack estaba vivo. ¿No es mucho más reciente?

Por un momento siento una oleada de esperanza, la esperanza de que eso sea como creo, que demuestre que Jack está equivocado. Si recuerda una tarta de los Minions antes de que los Minions existieran, eso demostrará que Neil tiene razón. Contengo la respiración cuando Jan saca su teléfono, lo busca en Google y al instante obtiene la respuesta.

—Los Minions aparecieron por primera vez como actores secundarios en la película *Gru: Mi villano favorito*, en 2010. ¿Cuándo murió Zack?

Hago las cuentas antes de contestar.

—En 2018. Por lo que nació en 2010.

Jan sigue leyendo de su pantalla.

—Los personajes tuvieron un gran éxito y aparecieron de forma más destacada en *Gru 2: Mi villano favorito* en 2013, y luego en su propia película en 2015. —Me lanza una mirada significativa—. Justo la edad adecuada para los primeros cumpleaños de Zack.

No contesto. No hay mucho que decir.

—Oye, mientras tengo el móvil aquí —continúa Jan—, ¿qué opinas de este tipo? —Me muestra otra pestaña de su navegador, esta vez con la imagen de un hombre, y yo la miro con el ceño fruncido, sin entender—. Es psiquiatra y está especializado en casos como el tuyo, casos en los que los niños recuerdan haber vivido antes.

Miro a mi alrededor, inquieta por lo alto que habla, pero los demás padres se han ido y es demasiado tarde para los clientes habituales.

—¿Qué pasa con él?

—¿Te acuerdas del doctor Palmer, de cuyo libro te hablé? Bueno, este tipo solía trabajar para él, y ahora se ha hecho cargo de la investigación. Dice que está buscando casos activamente, en particular en los Estados Unidos. Vendría a verte. Creo que deberías ponerte en contacto con él.

Me da el teléfono, lo miro unos instantes, se lo devuelvo y niego con la cabeza.

—No puedo. Imagínate lo que diría Neil.

Jan se queda callada un momento y sigo su mirada; mira a Jack, Holly y Danny, que están juntos en la piscina de bolas, charlando.

—Que le den por culo a Neil —dice Jan en voz baja—. Te mando la página web.

Capítulo 26

—De ninguna manera iba a hacerlo. ¿Contactar con un seudocientífico loco para hablar de Jack? Mi matrimonio valía mucho más que eso. —Kate negó con la cabeza.

McGee frunció el ceño, rebuscando entre los papeles que había traído al interrogatorio.

—Pero ¿no nos dijo que al final hablaron con el doctor Wells? ¿Qué cambió?

Kate esbozó una sonrisa cansada.

—Supongo que Neil se sintió atrapado. Atrapado y avergonzado. —McGee y Robbins esperaron a que continuara—. ¿Mencioné lo muy inglés que era Neil? ¿Lo correcto que era? Pues de verdad lo era. Estábamos intentando tener un segundo hijo. No muy a menudo, si soy honesta, por lo agotados que estábamos ambos todo el tiempo, pero queríamos dos hijos... —Se detuvo de nuevo, como si perdiera el hilo de sus pensamientos. Luego añadió, presente pero entristecida—: Jack tenía una linterna. Una de juguete, pero que funcionaba como una linterna normal. Y pensábamos que estaba dormido. Era tarde y las puertas de los dormitorios estaban cerradas. —Kate mantuvo la mirada apartada de los dos agentes—. Yo estaba… encima. Estábamos… Pues eso, intentándolo. Entonces se encendió una maldita linterna, justo al lado de la cama. —Sacude la cabeza al recordarlo.

—¿Era Jack? —preguntó McGee, con delicadeza.

—Sí. Ni siquiera me di cuenta de que estaba allí. La habitación estaba a oscuras y de repente me bañó la luz, y yo estaba… desnuda… Y grité.

Se hizo un silencio incómodo en la sala de interrogatorios.

—Y ¿qué pasó entonces? —preguntó McGee.

Dejo de gritar cuando me doy cuenta de que es Jack, pero Neil se retuerce desde debajo de mí, desde dentro de mí, como si en ese momento yo fuera tóxica. No sé cómo, se las apaña para taparnos a los dos.

—¡Jack! Hola, peque. —Su voz es ansiosa y sin aliento, falsa. Se estira y enciende la luz de la mesilla, cruza una mirada conmigo al hacerlo—. ¡Qué pasa, peque! ¿Qué haces aquí?

Ahora que la lámpara está encendida, Jack apaga la linterna y puedo verle la cara por primera vez. Por un momento deseo que, después de todo, esté dormido y sonámbulo, pero no es así: está despierto. Curioso, un poco asustado.

—Supongo que quieres saber qué estábamos haciendo —comienza Neil, y casi puedo verlo pensar.

Siempre ha sido extrañamente tímido con el sexo; creo que es su carácter inglés. No le gusta hablar de ello, pero, además, Jack es tan pequeño que no hemos necesitado explicar nada. Sabe que salió de la tripita de mamá y que papá le puso la semilla, pero nada más. No conoce los detalles.

—¿Estáis haciendo bebés? —pregunta, y ladea la cabeza, luego se nos queda mirando con esa mirada suya tan familiar.

Neil me mira de nuevo, inseguro.

—Eh, sí. De hecho, sí, eso es. ¿Cómo lo sabes?

—Mami me lo dijo.

Neil duda y me mira de nuevo.

—Ah, ¿sí?

Yo no digo nada. No he dicho nada desde que encendió la linterna.

—No mi mami de ahora. Mi mami de antes.

Neil aparta la cabeza como si no pudiera mirar, y yo pierdo mis inhibiciones. Abro los brazos y envuelvo a Jack en un fuerte abrazo.

—Vuelve a tu habitación, cariño. Estaré allí en un momento para arroparte de nuevo en la cama.

Muy obediente, vuelve a encender la linterna para recorrer el largo pasillo oscuro que lleva a su dormitorio. Me levanto de la cama y busco mi bata.

Cuarenta minutos después, salgo de la habitación de Jack. Me pregunto si Neil se habrá dormido, pero no, está despierto, con las gafas apoyadas en la nariz y un artículo académico ante él. Deja caer la página que está leyendo y yo capto el título: «Descifrando el cerebro: Cómo las redes neuronales explican la memoria humana».

—¿Se ha dormido? —me pregunta. Asiento con la cabeza—. ¿Dormido de verdad, esta vez?

—Creo que sí. ¿Por qué?, ¿quieres volver a intentarlo?

Le sonrío para mostrar que estoy bromeando, pero también que no tengo por qué estarlo, si eso es lo que quiere, pero él se pone a revolver los papeles, como si el trabajo fuera lo único que tuviera en la cabeza en ese momento.

—Quizá deberíamos ponerle un cerrojo a la puerta primero

—digo, intentando aún que se ría de lo ocurrido, porque eso me haría sentir mejor. Pero no lo consigo. Está ahí, como un tema tabú, y no tiene sentido ignorarlo—. Neil, necesito aclarar una cosa: no le he hablado de sexo. No le he hablado de hacer bebés ni de nada por el estilo.

Suspira, se quita las gafas y se frota los ojos. Me viene a la mente Jan. Jan y su seudocientífico loco.

—Creo que necesitamos ayuda —añado, antes de poder contenerme.

Tarda en responder:

—¿Con qué, exactamente?

—Con Jack, con las cosas que dice. —Me doy cuenta de que, si alguna vez se da una oportunidad de conseguir que Neil esté de acuerdo, es ahora—. Hay un tipo, un psiquiatra llamado Matthew Wells. Estudia estas cosas. He entrado en su página web y pide a la gente que se ponga en contacto con él si tienen un hijo como Jack.

—¿Qué quieres decir con «un hijo como Jack»? —La voz de Neil es fría.

—Alguien que recuerda una vida pasada. —Me detengo y me corrijo—: Un niño que dice recordar una vida pasada.

Neil se queda callado, pero detrás de sus gafas parpadea un par de veces. Nada más.

—Mira, no sé si creer a Jack —continúo. No soporto su silencio—. De verdad que no lo sé. Pero no hay duda de lo que afirma. Incluso tú debes aceptarlo. Y yo creo que él lo cree; no le encuentro otra explicación. No está… jugando. Es otra cosa.

Neil por fin se mueve, agacha la cabeza. No es un robot después de todo.

—Vale, en eso estoy de acuerdo, parece diferente a cuando está jugando.

—Exacto. —Aprovecho que Neil está de acuerdo, pero luego no

sé muy bien por dónde seguir—. He leído su página web, la del doctor Wells. Describe que ha visto a muchos padres que están en nuestra situación. Y cómo los ayuda. Consiguen entender que otras personas han afrontado la situación, incluso si no creen que sea… —No termino la frase, pero mientras hablo busco el móvil en la mesilla de noche y encuentro la página web que me envió Jan—. Toma.

—Se lo doy y espero.

Después de un rato me doy cuenta de que estoy conteniendo la respiración.

Neil lee el artículo y luego mira el resto de la página web del doctor Wells. Le lleva mucho tiempo, pero estoy acostumbrada a que mi marido sea así. Cuidadoso, metódico.

Al rato deja mi teléfono.

—No creo que esto sea buena idea.

—¿Por qué no?

—Esta gente… —empieza, luego suspira al ver mi cara.

Estamos desesperados.

—¿Qué quieres decir con «esta gente»?

Elige sus palabras con cuidado:

—Esta gente que pretenden ser científicos de verdad. A menudo disimulan muy bien lo que hacen; sin embargo, cuando se los examina en detalle, no actúan como verdaderos científicos. Tergiversan los hechos, seleccionan los datos, crean sensacionalismo… No me cabe duda de que lo hacen muy bien. Pero…

—No. —Agarro el teléfono—. Es un científico; trabaja en esta universidad del oeste. Mira aquí…

—Una universidad no controla en qué trabajan todos los miembros de su plantilla —explica Neil con paciencia—. Y tampoco están obligados a aprobarlo. Tienes que preguntarte: ¿por qué querría conocerte? ¿Qué gana con ello?

No entiendo lo que dice Neil, así que me coge el teléfono con cuidado. Con un par de clics, sale de la web del doctor Wells y entra en una página de Amazon en la que aparecen sus libros.

—Puede que trabaje para una universidad, pero así es como se está haciendo rico. Vende una falsa ciencia a gente que quiere creer. Si lo invitas aquí, eso es lo que hará con nosotros, con Jack.

—No. —Niego con la cabeza—. Garantiza el anonimato si eso es lo que quieren los padres. Lo pone aquí. —Quiero enseñárselo, pero, tratándose de Neil, sé que ya lo habrá advertido.

—Me imagino que escribe esa parte para facilitarles el primer contacto a los padres que se encuentren en esa situación. Después puede pedirles permiso para que le dejen incluirlos en un libro, una vez que hayan entablado relación y sea más difícil para ellos negarse. Y estoy seguro de que eso es lo que hará. —Neil niega con la cabeza—. Lo siento mucho, Kate, pero no creo que sea buena idea.

Capítulo 27

—Entonces, ¿qué hizo? —preguntó McGee cuando Kate se quedó callada. Aunque sonrió para sus adentros, adivinando ya la respuesta.

—Le envié un correo electrónico al doctor Wells —respondió ella, desafiante, pasando un dedo por la línea de una de sus cejas—. ¿Qué otra cosa iba a hacer? Jack no paraba de contarnos sus recuerdos.

McGee se permitió una sonrisa.

—Y ¿qué dijo Neil al respecto?

Kate se encogió de hombros.

—Neil es Neil. No se enfadaba. Quizá se mostró un poco decepcionado, pero ni siquiera le duró mucho. Creo que en el fondo él también estaba interesado. Tenía sus propias teorías sobre lo que estaba pasando, pero, incluso para alguien tan asentado en sus puntos de vista como él, era difícil explicar que todo lo que Jack decía eran falsos recuerdos implantados, o lo que fuera la teoría de Neil.

—Muy bien. ¿Cómo sucedió, entonces, lo del investigador? ¿Estaba interesado? ¿Vino?

Kate asintió:

—¡Que si vino! Sí, vino en el siguiente vuelo.

* * *

—No debes manipular a Jack, deja que diga lo que quiera —me pide Jan, con las manos alrededor de una taza de café mientras espera en nuestro sofá.

No cabe duda de que eso ya lo sé yo, pero creo que lo dice porque está nerviosa, lo cual es raro en Jan.

Es viernes por la tarde y no estoy segura de quién aparecerá primero, si Neil o el doctor Wells, a quien envié un correo electrónico el miércoles, explicándole la situación en la que nos encontramos con Jack, y me contestó el mismo día. Me dijo lo importante que es para su investigación ver al niño lo antes posible, porque la mayoría de las veces no conoce a los niños hasta que han empezado a olvidar. Después de varias idas y venidas, reservó un vuelo que llega hoy a las cuatro de la tarde. Él y un asistente, todavía no sé quién es, van a estar aquí todo el fin de semana, quizá más, y quieren hacer entrevistas, no solo a Jack, sino también a Neil y a mí, y a Jan, porque ella ha oído a Jack hablar de sus recuerdos. Quizá también deseen hablar con otras personas, no lo sé.

Se tarda una hora y media en llegar desde el aeropuerto, así que deberían aparecer más o menos a la misma hora que Neil vuelve del trabajo. Así que sí, estoy un poco nerviosa.

—Por supuesto que no voy a manipularlo —respondo—. Solo quiero averiguar la verdad.

—Ya. —Jan me dedica una sonrisa tonta—. Lo siento, es que… —No termina la frase, pero sé lo que quiere decir.

Cuando solo era Jack diciendo cosas raras, era extraño, pero era posible engañarse pensando que no lo era tanto. Pero ahora que un investigador paranormal, que es como a veces se describe al doctor Wells, va a acudir tan pronto como puede, parece que hemos pasado a otro nivel. Somos una emergencia científica literal. Una emergencia seudocientífica.

—¿Sabes qué sería gracioso? —continúa, sin rastro de humor en su voz—. Que Jack no diga nada cuando lleguen estos. Que finja no recordar nada durante todo el tiempo que estén aquí.

La miro. Y por unos instantes me doy cuenta de que tal vez se siente culpable por todo esto. Igual piensa que ella tuvo algo que ver al animarme, y tal vez de alguna manera eso provocó que Jack dijera lo que dijo. No sé, no sé qué pensar. Ya no sé qué pensar. Pero lo mismo sea bueno que así sea porque ya no tengo tiempo para pensar. Suena el timbre.

Oímos a Holly gritar: «¡La puerta!». Está enseñando a Jack y a Danny a acampar bajo una manta en el dormitorio de mi hijo. Pero yo ya estoy levantada, intentando calmar los nervios que tengo en el estómago. Jan también se levanta, lista para desempeñar su papel secundario. Salimos juntas al pasillo. Abro la puerta de la casa.

—¿Katherine Marshall? —En la vida real es más alto de lo que parecía en su foto. Casi larguirucho. Sus ojos azules me sonríen a través de unas gafas de carey—. Soy Matthew Wells, llámeme Matt. —Me tiende la mano y se la estrecho—. Esta es mi asistente Charlotte Dean. —Señala a la joven que está a su lado, que también me estrecha la mano—. Ambos le estamos muy agradecidos por permitirnos la visita.

Percibo el perfume de Charlotte. Me doy cuenta de que es muy guapa.

—Pasen —digo, aunque ahora mismo no los quiero aquí, pero menos aún los quiero en mi puerta, por lo que puedan pensar los vecinos.

Agradezco que Jan se haya ofrecido a estar presente. No solo como apoyo moral, sino también para ayudarme a echarlos si resultan ser los *hippies* raros que Neil cree que son.

—¿Qué tal el vuelo? —pregunto tras preparar las bebidas.

Wells toma un té. La guapa ayudante ha pedido agua caliente, supongo que se va a echar algo ella misma, pero no lo hace.

—Muy bien, muy tranquilo —responde el doctor Wells a la vez que echa un vistazo a la sala.

Charlotte bebe un sorbo de agua y nadie parece saber qué decir. Por un momento me sorprenden sus dudas. Luego lo entiendo: se preguntan dónde está el objeto de su investigación. O quizá incluso si existe.

—Jack está arriba.

—Muy bien —responde el doctor Wells—. Nos gusta tomarnos nuestro tiempo cuando conocemos a una familia nueva. Es una situación extraña; por eso intentamos que sea lo más natural posible.

Vuelve a echar un vistazo a la habitación y me doy cuenta de que en realidad no está nervioso, sino que solo está estudiando el entorno. Juzgando la estancia. Lo entiendo; igual que yo me pregunto si él es un loco por el tema en el que se especializa, él se preguntará si yo estoy loca por las afirmaciones que hago.

—Solemos actuar como si fuéramos parientes lejanos —continúa el doctor Wells, sonriendo con franqueza—. Venimos a hacer una visita familiar. O algo así.

—Mi marido llegará en cualquier momento —respondo estúpidamente.

Ya le he dicho cuándo llega Neil a casa, pero me parece desleal no recordárselo.

—Sí, ya me lo comentó. —Vacila y parece adivinar lo que voy a decir a continuación—. ¿Mencionó que era científico? ¿Un biólogo evolutivo? —Sus cejas se levantan, como si esto fuera una novedad para él—. Estoy deseando conocerlo. Va a ser muy interesante saber cuál es su punto de vista sobre la situación. —El doctor Wells

206

sonríe de nuevo y siento un aleteo de ansiedad, como si yo hubiera tergiversado las cosas en mis correos electrónicos.

—En realidad, él no… —Me muerdo el labio—. No cree en lo que dice Jack.

Temo que se muestre enfadado, decepcionado o algo parecido, pero vuelve a esbozar esa sonrisa fácil.

—Por favor, no se preocupe. Es muy común que los padres en estas situaciones no estén de acuerdo sobre lo que está pasando en realidad.

—¿Qué cree que está pasando? —pregunta Jan, pero él la rechaza sin esfuerzo, y tengo la sensación de que no va a decírnoslo, por lo menos, no hasta que tenga lo que necesita.

—Esperamos formarnos una idea más concreta durante nuestra estancia. —Otra vez la sonrisa, y otra vez sorbe su té.

En ese momento oigo la llave de Neil en la puerta, lo que es una especie de alivio. Nos levantamos todos de nuevo cuando entra en la sala.

Hago las presentaciones y se dan la mano, luego traemos a los niños abajo, para que Jack pueda conocer a sus «parientes lejanos». No le decimos eso en realidad; solo que el doctor Wells y Charlotte son unas personas a las que les gustaría hablar con él. Es evidente que Wells se siente cómodo con los niños, pero no hace ningún esfuerzo especial con Jack y muestra un nivel de interés parecido con los tres niños. Entonces, dado que Neil ya está conmigo, Jan recoge sus cosas para llevarse a sus dos niños a casa. Sé que el doctor Wells y Charlotte también se irán pronto. El plan es hacer las primeras entrevistas mañana; esta tarde solo se trataba de conocernos y romper el hielo, dada la forma tan precipitada en que nos hemos reunido.

—Gracias de nuevo a los dos por aceptar reuniros con nosotros con tan poca antelación —empieza el doctor Wells, cuando solo quedamos nosotros—. Y gracias a ti también, Jack. Debo decir que es un placer conocerte.

Jack no dice nada ahora que sus amigos se han ido, pero mira al hombre alto con desconfianza. En respuesta, el doctor Wells se agacha y saca algo del bolsillo de su chaqueta.

—Espero que a tus padres no les moleste —comienza a decir, mira hacia arriba y nos sonríe de forma tranquilizadora—, pero me he tomado la libertad de traerte un regalito. Es poca cosa. —Le entrega un paquete envuelto en papel rojo y dorado.

Jack me mira para preguntarme si puede. Sonrío y le doy permiso con la cabeza, aunque sus bracitos ya estaban intentando coger el regalo. Lo agarra y rasga el papel con cuidado. Dentro hay un coche de juguete. Nada demasiado caro, pero tampoco muy barato. A Jack se le abren los ojos de la emoción y al instante empieza a empujarlo por el lateral del sofá. El doctor Wells lo observa un momento y luego vuelve a ponerse en pie.

—Quería empezar explicándoles cómo funcionamos. Nos gustaría llevar a cabo una serie de entrevistas con cada uno de ustedes, por separado si es posible, de modo que podamos reducir el riesgo de que se influyan uno al otro en sus respuestas. Con Jack puede que tengamos que trabajar un poco para que se sienta cómodo con la idea, pero eso es normal. Grabaremos las entrevistas para tener un registro de lo que se dijo y cómo se dijo. ¿Les parece bien a los dos?

—¿Qué pasará con esas grabaciones? —pregunta Neil con voz despreocupada—. Le dio a Kate la garantía de que nada de lo que le dijéramos acabaría en ninguno de sus libros. Hemos guardado una copia del documento firmado. —Aunque la advertencia es clara, el doctor la recibe con una sonrisa amable.

—Sí, eso es absolutamente cierto, doctor Reynolds. Puede estar tranquilo al respecto.

Neil se toma un segundo, y luego asiente con la cabeza.

—Por favor, llámeme Neil.

El doctor Wells sonríe y también hace un gesto de asentimiento.

—Estupendo. El aspecto más importante de esto desde nuestro punto de vista — señala a Charlotte mientras habla— es la investigación. Preferiríamos incluirlos en el registro, pero es mejor tener datos anónimos que no tener ningún dato en absoluto.

En ese momento, Neil mira a la asistente, Charlotte. Noto que está desconcertado por su aspecto. Tal vez quería ser más duro con Wells, pero siente que no debe delante de una joven tan hermosa. A veces él es así.

—Oye, Jack, ¿eso de ahí es un tambor? —Charlotte llama la atención de mi hijo y señala una pila de juguetes en un lado de la habitación—. Me encantan los tambores. ¿Sabes tocar?

Jack asiente con la cabeza y no necesita que le animen mucho para coger el tambor y aporrearlo, momento en el que Charlotte aplaude fingiendo estar encantada. Así que durante unos cinco minutos nos quedamos todos sentados, sin decir nada y complaciendo a Jack mientras toca el tambor y le dice a Charlotte una y otra vez lo guapa que es y que tiene un pelo precioso.

Al final me harto y le digo que es hora de irse a la cama. En un principio monta un escándalo, pero se tranquiliza cuando se entera de que mañana va a volver a ver a Charlotte, que le va a hacer una entrevista de verdad. Me pregunto si el doctor Wells va a pedirnos ver su rutina de acostarse, porque ya le he contado que es cuando Jack tiende a hablar más sobre sus recuerdos, pero parece que esto es todo para el primer encuentro. Se marchan camino a su hotel, con la promesa de volver a primera hora del día siguiente.

Capítulo 28

Fieles a su palabra, se presentan a las nueve en punto con todo su equipo. Instalan la cámara en un trípode en el salón. Jack está tan entusiasmado que acordamos empezar con él, con el plan de pasar a entrevistarme a mí, o a Neil, cuando Jack se canse. Es todo muy informal, pero también hay algo de profesionalidad, y tienen cuidado de evitar ejercer la más mínima presión para que demos determinadas respuestas. Ya veo por qué el doctor Wells necesita una ayudante: porque hay muchas cosas que gestionar y han venido preparados para todo; han traído hasta una nevera portátil con comida que supongo que será para que no tengamos que proporcionarles nada mientras convierten nuestra casa en su laboratorio.

—Entonces, Jack —comienza el doctor Wells cuando tenemos al niño sentado en el sofá, listo para su entrevista—, ¿te parece bien que te haga unas preguntas? —El doctor está sentado en una silla que ha cogido del comedor, y Jack y yo estamos en el sofá.

Jack asiente, contento y con seguridad en sí mismo.

—Vale.

—¡Estupendo! —exclama entusiasmado—. Empecemos con esto. ¿Tienes algún recuerdo de haber tenido otra vida? ¿Antes de esta?

Jack hace otro gesto de asentimiento.

—¿Me lo contarías? Me gustaría mucho oírlo.

Jack me mira y yo me encojo de hombros y asiento con la cabeza. No quiero que parezca que lo estoy incitando; entiendo lo importante que es la objetividad para la ciencia. Sin embargo, también soy su madre y quiero que sepa que lo está haciendo bien. Como el niño valiente que es, mira directo a la cámara.

—Rande. Antes.

—Qué interesante. ¿Puedes contarme más de ello?

—¿De qué?

—De cómo eras antes.

—Vale, yo era más rande. Hacía más cosas.

—¿Qué tipo de cosas?

Jack parece un poco perplejo ante esta pregunta y tarda un rato en responder. No es algo que yo le haya preguntado nunca.

—Ontar en ici. Iba al cole.

—¿Montabas en bici?

Jack asiente.

—¿Te acuerdas de tu bici? ¿Cómo era? ¿Podrías describírmela?

Jack frunce un poco el ceño y niega con la cabeza.

—Vale. —El doctor Wells parece pensárselo—. ¿Recuerdas cuántas ruedas tenía? Algunas bicis tienen dos ruedas, otras tienen tres. Algunas tienen esas ruedecitas en la parte de atrás... ¿Recuerdas cuántas ruedas tenía tu bici?

Veo que se muerde el labio, se lo piensa y hace otro gesto negativo con la cabeza.

—¿Y el color? ¿Recuerdas de qué color era?

Aquí se queda callado unos segundos, parece pensativo, y vuelve a decir que no con la cabeza.

—No pasa nada. —El doctor Wells sonríe de manera alentadora—.

¿Y los pedales? —pregunta como si tuviera curiosidad por este detalle—. ¿Tenía pedales o era de esas que se empujan con los pies?

—Edales —responde Jack de inmediato. Esta vez no necesita pensar.

—Muy bien. —El doctor Wells asiente, como complacido—. Entonces tenía pedales. ¿Recuerdas ir a montar a algún sitio en especial? ¿Hay algún lugar que puedas describirme?

—En el osque.

—¿En el bosque? Eso está genial. —Parece que al doctor Wells se le da bastante bien entender lo que dice Jack—. ¿Qué recuerdas de ese bosque?

Jack se queda perplejo, como si fuera una pregunta extraña.

—¿Tenía nombre? ¿Eran solo árboles, o había algo más?

—¿Como qué?

—No lo sé. ¿Algo que puedas recordar?

—No macuerdo.

—Vale, está bien. Sin problema, Jack. ¿Recuerdas cómo llegaste al bosque? ¿Fuiste en bici, o solo montaste en la bici cuando estabas allí?

Esta vez Jack no contesta. En lugar de ello, se pone a jugar con el coche de juguete que el doctor le regaló ayer. Y así seguimos durante media hora más o menos. Con Jack diciendo algunas cosas aquí y allá, pero en realidad no mucho, al menos, a mí no me parece que sea mucho. Luego hacemos una pausa. Charlotte lleva a Jack a la cocina para darle algo de su nevera, aunque antes me pregunta si me parece bien. Asiento, pero me siento un poco frustrada.

—Siento que no esté diciendo mucho. Creo que le da un poco de vergüenza.

—En absoluto. Lo está haciendo muy bien. Esto funciona de la siguiente forma: queremos grabar a Jack dando tantos detalles como pueda sobre lo que recuerda. Después intentaremos comprobar si coincide con la persona cuya vida parece recordar.

—No estoy segura de que esté dando mucha información.

—Nos ha dicho que se acuerda de una bici y de que iba al colegio. Eso es importante.

—Aun así, no es nada específico —objeta Neil, con cautela. Es la primera cosa que ha dicho en toda la mañana; casi todo el rato se ha limitado a observar—. Después de todo, ¿qué niño no va a la escuela o monta en bicicleta? Si se está imaginando todo esto, ¿no es justo eso lo que nos esperaríamos que dijera?

Sé que Neil dice esto, sobre todo, para calibrar la respuesta del doctor Wells, y siento el deseo de advertir al doctor de lo listo que es mi marido. Pero no hace falta.

—Tal vez —responde el doctor—. Pero la idea es completar tantos detalles como sea posible sobre lo que recuerda, o dice recordar, y luego veremos si algo puede vincularse a alguna persona en particular.

—A mí me parece que no recuerda nada —puntualiza Neil.

El doctor Wells no se deja arrastrar. Sonríe a Neil y luego se vuelve hacia mí:

—Kate, ¿qué tal si le hacemos unas preguntas a usted mientras Charlotte y Neil se quedan con Jack en la cocina?

Capítulo 29

Mi entrevista dura mucho tiempo. Le cuento todo lo que recuerdo de lo que Jack ha dicho, desde sus primeras palabras. Él también se interesa por otros detalles, como las pesadillas de Jack, su miedo al agua y si tiene alguna marca de nacimiento. Hacemos una pausa a medio camino para que pueda intentarlo de nuevo con Jack. Esta vez están solos el doctor Wells y Charlotte con él, pero parece que Jack lo disfruta.

Y entonces me toca de nuevo. Estoy sentada en el sofá. El doctor está recostado en una silla del comedor, junto a la cámara, y me hace todo tipo de preguntas; algunas parecen relevantes y muchas otras no. Me pregunta si Jack tiene bicicleta, y le explico que tiene una, una bicicleta de empujar, sin pedales. Me pide que la coja y la enseñe delante de la cámara. Por fin, después de lo que parecen mil preguntas más, parece que hemos terminado y me sorprende ver que son las cinco de la tarde. Llevamos todo el día hablando.

Vuelven al día siguiente, de nuevo a las nueve de la mañana, y seguimos. Entrevistan a Jack, a Neil, me entrevistan a mí otra vez, y también a Jan, que en esta ocasión llega sin Holly ni Daniel, ya que Jack nunca les ha contado nada a ellos de sus recuerdos. Esta vez el día se me hace un poco largo, supongo que porque estoy cansada. Cuando llegan las cinco, el doctor Wells me pregunta si tengo alguna objeción en que presencie y filme la rutina de Jack a la hora de acostarse. Hemos llegado hasta aquí, así que le decimos que sí, pero Neil insiste en que antes hagamos un descanso, y nos llevamos a Jack a dar un paseo mientras el doctor y su ayudante colocan su equipo. Después prometen invitarnos a una cena de comida para llevar. El doctor Wells dice que es lo menos que pueden ofrecer después del tiempo que les hemos dedicado.

Cuando regresamos, el doctor se queda detrás de mí mientras lavo a Jack con las toallitas húmedas. Le interesa saber qué pasaría si metiera a Jack en el agua, pero no me presiona para que se lo enseñe. Graba el cuento de antes de dormir. Para entonces creo que Jack insistiría en que lo grabaran incluso si nadie lo hubiera sugerido; parece que se ha dado cuenta de lo importante que es la cámara. Cuando terminamos (Jack había pedido *Buenas Noches, Luna*), el doctor me anima a preguntarle a Jack si tiene algún recuerdo nuevo, pues Wells dice que a veces el acto de entrevistar a los niños les hace recordar más detalles, o al menos los ayuda a afirmar que los recuerdan. Sin embargo, aunque Jack repite con gusto mucho de lo que ya ha dicho, no añade nada nuevo. Al final, arropo a Jack y el doctor Wells y yo bajamos. Charlotte acaba de bajar, a su vez, con la comida.

En cierto modo, aunque no hemos hecho más que hablar durante todo el fin de semana, en realidad, no hemos hablado nada. Y ahora siento que estamos entrando en una fase diferente. También lo noto en Neil, que durante el fin de semana se ha mantenido al margen y ha observado lo que pasaba, pero ahora quiere dar su opinión. Pongo la mesa y nos sentamos a comer.

—Entonces —empiezo, con tono de alegría fingida mientras quito las tapas de los recipientes de plástico—, ¿qué pasa ahora?

El doctor Wells también parece percibir que algo ha cambiado. Asiente, aparentemente para sí mismo, antes de responder:

—Hemos llevado a cabo nuestras entrevistas preliminares, pero queda mucho trabajo por hacer. Por todo lo que me han contado, Jack parece tener lo que llamamos un caso «resuelto», es decir, uno en el que somos capaces de identificar a un individuo concreto cuyos recuerdos parece poder evocar. Está claro que me refiero a su primo Zack. Por eso me gustaría hablar con los padres de Zack sobre él. La forma en que murió Zack también será un tema importante…

Interrumpo, sorprendida de no haber visto esto venir:

—No va a ser posible. —El doctor Wells levanta la vista, extrañado—. Bea, mi hermana, la madre de Zack, no sabe nada de esto. Ella no tiene constancia de lo que Jack está diciendo.

Pillo al doctor Wells intercambiando una mirada con su ayudante, y luego habla, con cautela:

—Hemos documentado que Jack hizo varias declaraciones específicas sobre sus recuerdos como Zack. Es fundamental para el caso que podamos verificar si coinciden o no con la vida de Zack.

Me muerdo el labio. ¡Qué tonta he sido! Considero por un instante decírselo a Bea. Pero ha sufrido mucho, sigue sufriendo, y decirle que Zack ha vuelto, en cierto modo, solo va a abrir esas heridas. Y decírselo después de involucrar a alguien como el doctor Wells me parece imposible.

—No. No puedo meter a Bea en esto. —Se me presenta una solución; siento que es un salvavidas—. Yo puedo verificar la mayor parte de lo que ha dicho. Ya le hablé de las fotografías de la casa de la playa donde se quedó Zack.

De nuevo, el doctor Wells y Charlotte se miran.

—Eso sería útil, por supuesto, pero aun así necesitaríamos verificarlo de manera independiente… —prosigue el doctor.

—No, no quiero molestar a Bea con esto. —Soy firme.

—Señora Marshall, Kate... —Wells comienza, pero Neil le interrumpe.

—Creo que Kate ha tomado su decisión. —Su voz es fría, autoritaria.

Wells abre la boca, mira a Neil y luego se vuelve hacia mí. Quizá piense que será más fácil convencerme a mí.

—Su hermana, la madre de Zack, es la persona más adecuada, con mucha diferencia, para juzgar si lo que dice Jack se corresponde con la vida de su hijo. Será casi imposible continuar con este caso si no se nos da acceso a ella...

—No obstante, Kate le ha comunicado su decisión. —Neil vuelve a interrumpir a Wells y lo mira fijamente, como retándolo a pedirlo de nuevo.

Wells estudia la mesa durante unos instantes y luego me mira a mí. Tengo la sensación de que va a intentarlo por tercera vez, pero entonces vuelve a mirar a Neil y asiente.

—Lo entiendo —dice por fin—. Es su decisión.

Siento una lucha interna. Una sensación de alivio, como si hubiera esquivado una bala, pero también me invade la culpa por haber hecho perder el tiempo al doctor. Y un sentimiento de que también he defraudado a Jack al no agotar todas las vías para averiguar la verdad.

—Lo siento mucho —le digo. Y enseguida Neil me dice que no tengo nada por lo que disculparme, pero no le hago caso—. ¿Hay algo más que usted pueda hacer? ¿Sin Bea?

Wells se lo piensa un momento antes de responder. Vuelve a mirar a Neil y levanta una mano, como para refrenarlo.

—Aún me gustaría hablar con Jack de lo que cree recordar, si es que recuerda algo, de la muerte de Zack. Hemos descubierto que los

217

niños con estos recuerdos a menudo tienen imágenes vívidas de cómo murieron. Incluso sin la ayuda de su hermana, podría ser posible cotejar algunos detalles con los expedientes oficiales.

Levanta las manos en un gesto de decepción. Sin embargo, para mí es algo. Quizá aún pueda llegar a la verdad.

Capítulo 30

Neil se va a trabajar antes de que lleguen el doctor y Charlotte, así que cuando ellos vienen estamos solo los cuatro en casa. Wells quería entrevistar a Jack por su cuenta, pero, dada la naturaleza de las preguntas que piensa hacerle, le dije que prefería estar presente. No obstante, estoy aquí solo para observar y debo guardar silencio. El doctor comienza repasando algunas de las preguntas que hizo ayer, solo para que Jack se suelte a charlar. Luego cambia el tono.

—Jack, has dicho que recuerdas que te ahogaste. Antes, cuando eras más grande. —Mantiene la voz suave, pero no demasiado; no finge que esta sea una pregunta fácil—. ¿Puedes hablarme de eso?

Jack no contesta, pero noto lo grave que es el tema para él en su rostro. También muestra decepción, como si esperase que fuese a ser otro día de diversión con Charlotte y, en vez de eso, se ha encontrado con esto.

—Sé que no es fácil, pero cualquier cosa que puedas recordar sería útil. ¿Sabes dónde estabas?

Niega con la cabeza muy deprisa, casi como si le hubiera entrado un escalofrío.

—¿No lo sabes?

—No —interrumpo desde detrás de la cámara—. Quiere decir que no quiere hablar de ello.

El doctor Wells se vuelve hacia mí, con una sonrisa forzada en los labios.

—Kate, gracias. Pero, si pudiera pedirle, por favor, que se limite a observar, sería de gran ayuda. —Él asiente, y yo levanto las manos para disculparme, pero él ya se ha dado la vuelta—. ¿Jack? ¿Te acuerdas? Está bien si lo recuerdas y también está bien si no te acuerdas. Solo nos gustaría entender lo que puedes recordar y cómo te sientes al recordarlo.

Jack tiene un cojín en el regazo y está jugueteando con la cremallera, sin abrirla, pero moviendo el pequeño tirador de un lado a otro.

—¿Jack?

—La asa de los buelos —dice Jack.

Esto es algo que nunca le había oído decir antes. La casa de los abuelos. La voz del doctor Wells se suaviza un poco, como si percibiera este hecho.

—¿Qué hacías allí? ¿Te acuerdas?

Jack se encoge de hombros.

—¿Recuerdas quién más estaba allí?

—Mami. Buelo. No buela. —Vuelve a decir que no con la cabeza.

—¿Por qué la abuela no, Jack? ¿Lo recuerdas?

Otra vez sacude la cabeza.

—Mi madre estaba en el hospital cuando Zack murió —digo, casi como un susurro.

—¡Kate! —Oigo una voz cantarina. Esta vez el doctor Wells no le quita los ojos de encima a Jack—. Por favor.

—Lo siento —digo de inmediato, y resuelvo sentarme en silencio, pase lo que pase.

—¿Te acuerdas, Jack? ¿Por qué no estaba tu abuela allí?

Esta vez el pequeño movimiento de cabeza va acompañado de un encogimiento de hombros.

—No pasa nada si no te acuerdas. Solo intentamos entender lo que recuerdas y lo que no. Las dos cosas están absolutamente bien. ¿De acuerdo?

Jack asiente con la cabeza.

—¿Recuerdas si había alguien más allí?

—Ron. —Contengo la respiración. Nunca le conté a Jack los detalles de la muerte de Zack. No sé cómo puede saber que Aaron estaba allí—. Ron y Eva. Mis p-rimos.

—¿Ron y Eva? Tus primos —comprueba el doctor, y Jack vuelve a negar con la cabeza, solo que esta vez por la frustración.

—Ron no. A-ron. —Se esfuerza en pronunciar esa primera letra.

—¿Aaron? —Wells me mira ahora, con las cejas enarcadas. Hago un pequeño gesto con la cabeza y se vuelve—. Vale. ¿Hay alguien más que recuerdes? ¿Que estuviera en la casa de tus abuelos aquel día?

Jack levanta los ojos, mira alrededor de la habitación, solo que en realidad no lo hace; está intentando recordar. Pero, de nuevo, niega con la cabeza.

—¿Nadie más?

Dice que no con la cabeza.

—Está bien, Jack, sigamos adelante. ¿Puedes recordar qué época del año era? ¿Había nieve en el suelo? ¿Había hojas en los árboles? Ese tipo de cosas. ¿Llevabas pantalones cortos?

Jack piensa un rato.

—Añando.

—¿Te estabas bañando? ¿Dónde? ¿Recuerdas una piscina?

Niega de nuevo.

—¿No había piscina? ¿Dónde nadabas, Jack? ¿Recuerdas el mar?

Me muero por ayudarle, por contarle que Zack y los primos, Aaron y Eva, se bañaron en el lago todos los días de aquella semana hasta que ocurrió la tragedia. Pero no lo hago. Me muerdo la lengua.

—Lago —susurra Jack, tan bajo que casi no se le oye.

—¿Podrías repetirlo? —pregunta el doctor.

—Añamos en el lago —repite Jack—. Todos los ías, añamos en el lago.

—Eso está muy bien, Jack. —El doctor Wells le sonríe—. Eso es muy útil, de verdad. Y ¿recuerdas esto tú mismo, o alguien te lo ha contado? ¿Te han contado que Zack estaba bañándose en el lago? ¿Que tú estabas bañándote allí?

No sé qué va a contestar a esto y noto que me tenso. Me inclino hacia delante, pero lo único que hace Jack es volver a decir que no con la cabeza. El doctor Wells vuelve a la línea anterior del interrogatorio.

—¿Qué recuerdas sobre lo que te pasó?

Jack vuelve a mirar hacia abajo, reanuda el juego con la cremallera. Murmura algo en voz baja.

—¿Qué ha sido eso, Jack? ¿Has dicho algo?

Medio se encoge de hombros, medio mueve la cabeza, pero el doctor Wells insiste:

—No pasa nada, Jack. Lo que sea que tengas que decir está bien. Si puedes recordarlo está bien; si no puedes recordarlo, también está bien.

Se me ocurre una idea: aparte de sus recuerdos, Jack es un niño normal y corriente, con su propia personalidad. Y parte de esa personalidad es que odia que le regañen. Así que siempre se esfuerza por hacer lo correcto. Dada la forma en que Zack murió, alejándose demasiado y no regresando cuando se le dijo, ¿significa eso que está agobiado por esta carga de culpa? Después de todo, él sabe cuánto daño les hizo a todos. Y para colmo él mismo perdió la vida, cuando era Zack. «¿Quizá por eso volvió a mí? ¿Para intentar arreglarlo de alguna manera? Y, al mismo tiempo —pienso—, ¿podría su deseo de "hacer lo correcto" volverlo más propenso a inventar algo ahora, para complacer al doctor Wells?». Estoy paralizada, atrapada entre dos versiones diferentes de la realidad.

Vuelve a murmurar. Un poco más alto, pero aún demasiado bajo para que yo lo capte.

—¿Qué has dicho, Jack? —le pregunta el doctor con paciencia.

—Alo.

—¿Alo? ¿Qué significa eso, Jack? ¿Qué es esa palabra? —La voz de Wells es aún suave, interrogante, pero yo entiendo lo que dice de inmediato.

—Alo. Ron era alo —continúa Jack, más alto esta vez.

—¿Ron era malo? ¿Aaron era malo?

Jack se queda quieto un momento, luego asiente una vez y sus ojos vuelven a posarse en el cojín. El doctor Wells se vuelve de nuevo hacia mí, con una mirada interrogante, pero, antes de que yo pueda responder, levanta una mano para hacerme callar. Se vuelve hacia Jack.

—¿Recuerdas que tu primo Aaron era malo, Jack? ¿Es eso lo que estás diciendo?

Jack asiente y el doctor Wells hace una pausa, pensando.

—¿En qué sentido era malo? ¿Qué recuerdas de él?

Es a mí a quien Jack mira ahora, con una mirada suplicante. Creo que quiere parar y se lo digo. Las palabras salen de mi boca antes de que pueda parar, pero el doctor Wells me interrumpe.

—Solo unas pocas preguntas más, y luego haremos un descanso.

Jack, tu madre me ha contado que a veces tienes pesadillas. ¿Son sobre lo que pasó, cuando moriste?

Jack se queda paralizado, pero al final vuelve a asentir. Ahora no mira al doctor. Parece muy infeliz y más pequeño, como si el sofá hubiera crecido o él se hubiera encogido.

—¿Las pesadillas son sobre tu muerte? ¿De cuando eras Zack?

Asiente.

—Está bien, Jack, eso no puede hacerte daño ahora. Solo queremos saberlo. Solo queremos entender.

Jack no dice nada, pero asiente con la cabeza.

—Jack, ¿qué hizo Aaron que fuera malo, cuando moriste? ¿Lo recuerdas?

Siento una ardiente necesidad de detener esto ya. Aaron no hizo nada. Fue Zack, que se alejó demasiado nadando…

—A-o-gaillas. —La voz de Jack se interpone en mis pensamientos—. Ron me hizo a-o-gaillas.

La tensión en la voz del doctor Wells es incuestionable.

—¿Aaron te hizo ahogadillas? ¿Eso recuerdas? ¿O es un sueño?

—Macuerdo. No espiraba. Otra vez, y otra.

—¿Lo hizo una y otra vez?

Asiente. Mucho más animado esta vez.

—Otra vez. No respiraba. Me dolía aquí. —Se lleva una mano al pecho—. No respiraba.

A Jack se le escapa una lágrima y se detiene el tiempo suficiente para secársela, como si no se hubiera dado cuenta de que está llorando.

—No respiraba. Ron me pone la abeza bajo el agua. Duele. No respiraba.

Está sentado, mirando fijamente al doctor Wells, con la mano aún apoyada en el pecho, que le sube y baja, como si incluso ahora agradeciera poder aspirar oxígeno del aire y no el agua fría y turbia del lago.

—No fue así como ocurrió —le digo al doctor Wells, unos minutos después. Jack está en la cocina con Charlotte, y el doctor está recogiendo el equipo en el salón. Tienen que irse ya si quieren coger el vuelo, pero no puedo dejar que se vayan quedándose las cosas así—. No sé de dónde habrá sacado Jack eso, pero no fue culpa de Aaron que Zack muriera. Zack se alejó demasiado de la orilla del lago. Mi hermana lo vio todo; intentó avisarle.

Sigue trabajando; evita mirarme; entonces se detiene.

—Me contó que tenía dos hermanas. ¿Esta era la otra, no la madre de Zack?

—Así es. Era mi hermana mayor, Amber. Bea estaba conmigo en el hospital cuando ocurrió el accidente. Pero Amber lo vio todo. No fue culpa de Aaron, sino de Zack.

El doctor Wells parece preocupado, pero vuelve a ponerse con lo que estaba haciendo, plegando su trípode.

—¿No puede preguntárselo otra vez, a ver si esta vez acierta? —le imploro.

Se detiene de nuevo, sacude la cabeza.

—No hay una respuesta correcta o incorrecta, Kate. Lo único que podemos hacer es documentar lo que Jack recuerda y ver hasta qué punto coincide con la vida y la muerte de quien dice recordar.

—¡Pero esto no coincide! —Intento pensar entre espirales de confusión, y se me presenta una idea—. ¿Significa esto que no es verdad? ¿Que en realidad no era Zack?

—No lo sé. En mi experiencia, los recuerdos de los niños sobre su muerte anterior tienden a ser los recuerdos más fuertes y precisos que tienen.

—Pero Jack está equivocado. ¿Qué significa eso entonces?

Deja de hacer lo que está haciendo y da golpecitos con el dedo en la caja del trípode.

—Mire, sin hablar con el resto de su familia, sin tener la oportunidad de investigar a fondo el caso de Jack, hay poco que podamos hacer. ¿Puede cambiar de idea y dejarnos hablar con los padres de Zack, con su hermana?

Sacudo la cabeza, pero luego me detengo e intento pensarlo esta vez. ¿Qué significaría eso? Pero lo único que puedo hacer es escuchar las palabras de Jack dentro de mi cabeza.

«Aaron me pone la cabeza bajo el agua».

Lo que pasa con Aaron es que… puedo creer que lo hiciera. No lo de matar a alguien de modo deliberado, eso es ridículo, pero ¿jugar así? ¿Zambullir a alguien bajo el agua, solo por unos segundos, para asustarlo? Ese es precisamente el tipo de cosas que habría hecho cuando era pequeño. Qué digo pequeño, es lo que haría hoy.

No. Me cuesta concentrarme en mis pensamientos. Lo recuerdo así. No en ninguna ocasión en particular, pero, en los años anteriores a la muerte de Zack, recuerdo haberlo visto haciendo justo eso: ahogadillas, tanto a Zack como a Eva, y a veces a sus amigos que venían a jugar. Recuerdo que Amber tenía que regañarle, e incluso yo misma tuve que reñirle alguna vez, cosa que nunca me gustó hacer porque, por lo general, no me obedecía y me miraba con mala cara, como preguntando quién demonios era yo para decirle lo que tenía que hacer.

Dejo de pensar, consciente de que el doctor Wells sigue hablándome y no he captado ni una palabra.

—Kate, le decía que esto podría cambiar radicalmente la dinámica de este caso, desde una perspectiva probatoria. Jack acaba de darnos una explicación muy diferente de su muerte comparada con la versión que usted ha dado de cómo murió Zack. Si Jack resulta estar en lo cierto, eso sería una prueba convincente de que está diciendo la verdad.

—No —digo, con la decisión tomada desde algún lugar fuera de mí—. Ni hablar. ¿Qué quiere que haga? ¿Que vaya a Bea y le diga que su hijo fue asesinado? ¿Y que le diga a Amber que su hijo es un asesino? Ah, y, por cierto, ¿la razón por la que sé todo esto es porque mi hijo es en realidad la reencarnación de la víctima? De ninguna manera. —Noto que la voz se me eleva, como si hubiera perdido el control sobre ella—. Todo esto es una puta locura.

Por una vez parece que el doctor Wells no sabe qué decir.

—¿Qué hago? —le pregunto. En ese instante deseo que tenga la respuesta—. Se habrá encontrado usted con este tipo de caso muchas veces. ¿Qué hago?

Tarda mucho en contestar y veo en su cara que me va a decepcionar.

—No es una situación con la que me haya encontrado antes.

Se queda callado y yo no sé qué decir, así que también me callo. Me limito a observarlo mientras termina de recoger el equipo de la cámara y llama a Charlotte, que sigue en la cocina. Mira varias veces el reloj.

—Siento que tengamos que irnos así —dice al fin—. Pero nuestro vuelo sale a las…

Le hago un gesto con la mano para detenerlo.

No quiero excusas. No sé lo que quiero. Ni siquiera sé por qué quería que viniera. Pensé que me ayudaría, pero ha hecho lo contrario. Lo ha empeorado todo. Me arriesgo a mirar a Jack. Por alguna razón espero que parezca diferente. Pero no es así. Es Jack, mi hijo, aunque parece inquieto, como si sintiera que algo no va bien.

—¿Estás lista, Charlotte? —le pregunta a su ayudante.

Ya ha comprobado su equipo varias veces. Ella asiente.

—Jack —comienza a despedirse el doctor Wells mientras se vuelve hacia mi hijo—, muchas gracias por hablar con nosotros. Espero que tengamos la oportunidad de volver a hacerlo. —Me mira, una última oportunidad para hacerme cambiar de opinión.

Pero no digo nada. No hay nada que decir. Al darse cuenta, me tiende la mano.

—Kate, gracias. Si cambia de opinión…

Los acompaño hasta la puerta de casa, y Jack y yo vemos cómo cargan sus cosas en el coche de alquiler y se marchan.

Capítulo 31

El silencio que envolvió la sala de interrogatorios se rompió con la intervención del agente Robbins.

—¿Jack afirmó que la muerte de Zack no había sido un accidente?

Kate se limitó a asentir con la cabeza.

—¿De dónde sacó la idea? ¿Había comentado usted alguna vez algo así con su marido? ¿O con sus hermanas?

—No. —Kate lo fulminó con la mirada—. Por supuesto que no.

—Pero hablarían de ello en familia. Una desgracia como esa, en la que murió un niño…

—Hablamos de ello. En los días posteriores a lo ocurrido, no hablábamos de otra cosa. Era lo único en lo que pensábamos. Pero pronto se convirtió en… Era un tema tan doloroso que dejamos de tratarlo. Para cuando nació Jack, ya no lo mencionábamos.

—Y ¿de dónde sacó la idea entonces? —Robbins se pasó una mano por el pelo, frustrado—. Porque no me voy a tragar la idea de que de verdad lo recordaba.

Kate lo miró fijamente, con un rostro imposible de leer.

—Y el tal doctor Wells, si contactamos con él, ¿corroborará la misma historia? ¿Afirmará que Jack dijo todo eso?

—No lo sé. Imagino que sí. Quizá incluso les deje oír la grabación.

Robbins enmudeció.

—¿Pudo haber sido… —intervino McGee, con voz pensativa— el hecho de que no hablaran de ello lo que influyó en Jack? Si no le contaron nada sobre la muerte de Zack, ¿podría eso haberle animado a inventarse su propia versión de los hechos?

Kate tragó saliva, pero no contestó. Al final se encogió de hombros.

—Yo qué sé. Yo ya no estoy segura de nada.

No sé si debería decírselo a Neil. Cuando vuelve del trabajo, nos sentamos en el sofá a ver la tele, sin hablar. Todavía puedo oler el perfume de Charlotte en la tapicería. Presente en el aire que nos rodea. Dejo que mi cabeza se preocupe por problemas que no tengo, porque son preferibles a los reales. Entonces me pregunto si Neil también estará pensando en ella, en la forma en que su cabello dorado le caía sobre los hombros, en las curvas de sus pechos, que incluso yo noté bajo su blusa. Pero no tengo que preocuparme por esas cosas con Neil. Tengo suerte. En cambio, sí tengo que preocuparme por lo que dijo Jack.

Por un lado, me parece desleal no contárselo. Se supone que somos compañeros de por vida, y hasta hace muy poco creía que lo éramos de verdad. Alguien en quien puedo confiar y con quien puedo compartir cualquier cosa. Entonces, ¿por qué siento que no puedo compartir esto con él? La respuesta está clara: porque Neil ni siquiera quería que viniera el doctor Wells; no cree en el trabajo que él hace. Y, a pesar de todo lo que ha visto, no cree en lo que Jack dice. Pero yo sí. Creo que sí.

Y si Jack dice la verdad, entonces, ¿nos hemos equivocado con la muerte de Zack?

—Neil —digo, sin pensarlo más—, hoy ha pasado algo.

Coge el mando a distancia y baja el volumen. No apaga del todo la tele, pero soy consciente de que su atención se centra en lo que le voy a decir.

—El doctor Wells le preguntó a Jack si tenía recuerdos de su muerte, de la muerte de Zack. Y los tenía.

Neil abre la boca para responder, pero vuelve a cerrarla. Me hace un gesto con la cabeza para que continúe. Respiro hondo.

—Nos dijo que no ocurrió como Amber siempre nos ha contado. Aaron le estaba acosando, sujetándole la cabeza bajo el agua sin parar. No podía respirar, y así es como murió.

Lo observo. Veo las emociones que invaden su rostro, como las turbulencias en el agua del río, arremolinándose. Al final se cubre la cara con las manos. Se queda así durante un buen rato. Esconde lo que siente.

—Kate, esto ha llegado demasiado lejos —dice cuando por fin vuelve a bajar las manos.

Olvidado en la pantalla, el programa de televisión pasa a una escena de persecución, un agente de policía corre despavorido tras un miembro de una banda criminal. Mis ojos se fijan en la imagen, porque no quiero mirar a mi marido; no quiero verlo mientras habla.

—Siento decir esto, pero creo que fue un error contactar con el doctor Wells, un grave error. Tienes que entender una cosa: la forma en que opera está diseñada para dar la impresión de que está estudiando un fenómeno genuino, pero no hay ninguna prueba de ello. Por el contrario, hay una abrumadora cantidad de pruebas que muestran que la recopilación de datos sirve para demostrar lo fácil que es que la gente se equivoque en este asunto.

—Pero ¿cómo iba a saber Jack nada de la muerte de Zack?

La pregunta vuelve a silenciar a Neil, pero no por mucho tiempo.

—Muy sencillo, él no lo sabe. La verdad del asunto es esa. Sabe que Zack se ahogó en el lago, porque le hemos dicho mil veces que debe tener cuidado allí. Y el resto se lo imagina. Es la forma en que le decimos que tenga cuidado, lo mucho que significa para nosotros. Eso es lo que le ha hecho imaginar estas cosas.

—Y ¿por qué Aaron? ¿Por qué se le ocurriría eso?

En la pantalla, la escena cambia a un tiroteo. Ahora solo lo veo de reojo. El agente en un extremo de un callejón de la ciudad, y varios gánsteres en el otro, protegidos detrás de un contenedor de basura, se turnan para aparecer y dispararse unos a otros. Por un momento, el cliché se hace presente. No había visto esta serie nunca, pero he contemplado esta escena miles de veces. Neil levanta las manos en señal de rendición.

—¿Quizá Jack nos oyó debatir si Aaron de verdad agredió a aquella chica? Después de todo, ya sabemos cómo es; no sería tan difícil imaginarlo comportándose así de pequeño.

Trato de encontrarle sentido a esto.

—¿Estás diciendo que es normal que Jack haya imaginado que Aaron asesinó a Zack?

—Asesinar, no. Eso es… Mira, nadie está diciendo que Aaron asesinara a Zack; eso es absurdo. Nadie sugiere que Aaron hiciera nada malo. No lo hizo. Sabemos lo que pasó cuando Zack murió, porque Amber nos lo contó. Ella estaba allí. Jack no.

Intento escucharle. Es la voz de la razón, de la cordura. Claro que Jack no estaba allí. Zack estaba, y no son la misma persona. Lo sé, y sé que ha habido demasiadas muertes en esta familia, con Zack y mamá, y luego papá. Así que, por supuesto, tengo la muerte en mi mente. Pero luego pienso en Amber.

—¿Te imaginas lo que habría hecho Amber? —le pregunto—. Si lo que Jack ha contado fuera verdad. ¿Crees que nos habría dicho la verdad si Aaron hubiera matado a Zack? —Miro a Neil. Mis ojos se abren de par en par. Sé lo que yo misma respondería a esa pregunta.

—A esto es precisamente a lo que me refiero, Kate. ¿No lo ves? ¿No notas cómo una idea descabellada te aleja cada vez más de la realidad? Es muy peligroso. Escúchame: la única prueba que tienes de que Amber pudo haber mentido son unas pocas palabras de Jack. Y él no estaba allí. Rotundamente él no estaba allí. —Neil me mira a los ojos, implorante—. Por favor, Kate, tienes que creerme.

No digo nada y mis ojos se vuelven a posar en la pantalla muda del televisor. Es más fácil mirarla y ver los disparos y las expresiones dramáticas de las caras de los actores. Estamos en un lugar donde la ficción nos es servida cada minuto de cada día. ¿Es de extrañar que sea tan difícil notar la diferencia?

Algún tiempo después, igual solo diez minutos, pero me parece que han pasado horas, vuelvo a hablar.

—Así que ¿no crees que deba hablar con ella, con Amber?

Neil resopla con una risa hueca. Se había puesto a ver el programa de nuevo, pero vuelve a silenciarlo.

—De ninguna de las maneras. Estás de coña, ¿no?

Me mira a los ojos y se da cuenta de que no bromeo.

—Ya te lo he dicho. Creo que lo que deberías hacer es olvidar todo este asunto. Los niños que hacen estas afirmaciones, como Jack, no lo hacen por mucho tiempo. Con el tiempo se dan cuenta de que ya nadie los cree y dejan de hacerlo. Igual que dejan de creer en todas las demás fantasías infantiles que aceptamos sin preguntarnos si son reales. —Suspira, pero, cuando se da cuenta de que su forma de hablar me está haciendo daño, me rodea con un brazo y me acerca a él.

Últimamente no nos abrazamos mucho. Parece que ya no encajamos como antes, antes de que todo esto empezara. Se me ocurre una idea.

—¿Por qué dijiste que fueron unas pocas palabras? ¿Lo que Jack dijo sobre Aaron?

Se suelta del abrazo y me mira. Ahora parece menos seguro.

—No te he dicho cómo lo dijo —aclaro—. No te he explicado cómo contó Jack su muerte.

—Me dijiste que cree que Aaron le hizo ahogadillas.

—Sí, pero yo no te dije que fueran solo unas palabras... ¿Por qué has dicho eso? —Una respuesta se forma en mi mente, tan clara como el día—. Él también te lo ha contado, ¿a que sí? Le has preguntado por su muerte.

—Kate, no seas ridícula. Yo no le he preguntado, y él no me lo ha dicho; aunque lo hubiera hecho, sabría que no es verdad. Solo supuse que había dicho unas palabras porque así es como habla en este momento. No habla con frases completas. —Se ha puesto rojo—. Son unas pocas palabras de él, y el noventa por ciento tú rellenando los huecos.

Durante unos instantes se queda mirando la pantalla muda del televisor. No sé quién ha sobrevivido al tiroteo, pero ahora han aparecido los investigadores de la escena del crimen, vestidos con sus monos azules. Solo que en realidad no son investigadores de la escena del crimen, porque nada de esto es real.

—Estoy cansado —anuncia Neil—. Voy a darme una ducha.

—Va a levantarse y luego duda, mirándome—: ¿Quieres que deje la tele encendida? —Levanta el mando a distancia y lo inclina hacia el televisor.

Niego con la cabeza y pulsa el botón. La ficción de la pantalla se desvanece y la realidad la sustituye.

Me invade un frío vacío.

Capítulo 32

Tengo que averiguarlo. Necesito saber la verdad. La idea de que Amber pudiera haber mentido sobre la muerte de Zack no me abandona. Esta extraña pero ahora posible realidad alternativa me hace sentir que vivo en el limbo, sin saber en qué mundo habito de verdad. Hacía mucho tiempo que no veía a mi hermana mayor. Ella estaba tan preocupada por el caso de Aaron que, una vez resuelto, se volcó de lleno en la reforma de la casa del lago, por lo que estaba demasiado ocupada para venir a verme o quedar. Nos hemos enviado mensajes y hemos hablado por teléfono, pero no la he visto en persona desde hace más de cinco meses. Creo que yo también he fomentado esta separación; ha sido mi forma de evitar que se entere de todo lo que Jack ha estado diciendo.

Sin embargo, ahora me veo en la necesidad de acercarme a ella y trazo un plan. Nos ha estado enviando a Bea y a mí informes sobre cómo marchan las obras, o sobre lo mal que van, ya que se centra sobre todo en los problemas; no obstante, hasta ahora no les he prestado mucha atención. Así que decido que le preguntaré si podemos vernos. Esta es mi idea: hablaré con ella de la casa, pero lo que de verdad quiero saber es qué le pasó a Zack hace tantos años. En mi cabeza parece una idea viable, aunque también temo estar perdiendo la capacidad de tomar buenas decisiones, o incluso de identificar cuáles son.

Le envío un mensaje para sugerirle que vayamos a la casa del lago a echar un vistazo, y me devuelve la llamada cinco minutos después. Al principio, se muestra cortante conmigo. Como si no tuviera tiempo de ir al lago o como si se hubiera acostumbrado a no vernos en persona y le gustara nuestra nueva realidad. Pero, a medida que habla, cambia de opinión. Pronto parece contenta con la idea, casi como si hubiera sido ella quien la sugirió. Sigue siendo la hermana que conozco tan bien.

No me llevo a Jack. Lo dejo en la guardería y le pido a Jan que lo recoja y se quede con él hasta que yo vuelva. No se lo digo a Neil. No quiero que sepa adónde voy.

Conduzco sola. Amber se ofreció a llevarnos a las dos, pero yo quería tiempo para pensar. O eso creía. En realidad, lo único que hago en la autopista es darle vueltas a todo lo que me va mal en la vida. Estoy frustrada porque mi marido no está de mi lado. Sigo sintiendo incertidumbre porque no sé si debo confiar en Jack, ya que solo es un niño. Y siento terror porque gran parte del mundo que conozco y entiendo se vendrá abajo si resulta que está diciendo la verdad.

La fachada de la casa del lago está cubierta por andamios y telas de plástico, por lo que es imposible ver si están cerca de terminar las obras. Aun así, a juzgar por el número de camiones aparcados en la entrada, camiones con palés de ladrillos y de pilas de tubos de plástico, aún queda bastante camino por recorrer. Veo el BMW de Amber y aparco junto a él; no está dentro del coche. Eso significa que tengo que entrar sola en la casa, cosa que me incomoda. Creo que es porque ya no me parece que sea mi casa, como si aquellos días hubieran quedado atrás. Miro mi reflejo en el espejo retrovisor e intento recomponerme. Parezco la de siempre, en un mal día.

Salgo del coche y me dirijo a la puerta principal. Del interior de la casa llegan ruidos de golpes, voces masculinas y una risa grosera. Se oye música pop exageradamente alegre (hay una radio encendida).

—¿Hola? —llamo, aunque quizá demasiado bajo para que nadie me oiga.

Casi agradezco que no parezcan haberse dado cuenta de mi presencia y guardo silencio al entrar.

La casa solía tener un pequeño porche, seguido de un pasillo bastante modesto que daba a la cocina, por un lado, y al salón y al comedor, por el otro. Parte del proyecto de Amber ha consistido en darle la vuelta a eso, de modo que la cocina se ha movido al espacio que antes ocupaban el comedor y el salón, para crear una cocina moderna mucho más grande. Al mismo tiempo, una extensión en la parte trasera hará que el nuevo salón comedor sea mucho más grande de lo que solía ser. Amber nos envió los planos y, aunque todo parecía increíble, Neil y yo nos preguntamos si no sería más fácil derribar la casa y rehacerla de nuevo entera.

Entro en la flamante cocina y percibo una nueva sensación de espacio. Parece casi terminada, pero las encimeras y los muebles están cubiertos con película protectora azul. Hay dos hornos, dos lavavajillas y una isla enorme, mayor incluso que la de la cocina de Amber, según me dijo ella misma. A lo lejos, a una distancia casi absurda de lo larga que es, a través de hermosos azulejos de piedra, veo que falta la pared del fondo, sustituida ahora por una docena de puertas correderas de cristal, que también están cubiertas con película protectora. Al otro lado, donde antes había un arriate, hay un precioso patio. En ese instante, me viene a la cabeza la imagen de mamá cuidando las plantas allí y me muerdo el labio mientras me pregunto qué pensaría ella de todo esto. Entonces el pensamiento se amplía. No se trata solo de la casa: ¿qué pensaría de Jack y de lo que pudo haberle pasado a Zack? ¿Qué pensaría papá si aún estuviera vivo? El mero hecho de pensar en ellos me confunde, como parecen hacerlo hoy en día la mayoría de los pensamientos sobre difuntos. Estoy casi agradecida cuando una voz femenina que se nota que está enfadada, sin duda la de mi hermana, me hace volver a la cocina. Antes de que pueda reaccionar, entra acompañada de un hombre mayor con mono de trabajo y un lápiz detrás de la oreja.

—No, estos no son los azulejos.

Amber me lanza una breve mirada de bienvenida al pasar, y luego se queda de pie con las manos en las caderas observando el precioso suelo nuevo.

—Señora Langford, estos son los azulejos que especificó al principio. Usted misma me envió el nombre, le di el presupuesto...

—Sí, pero los cambié. ¿No se acuerda? Hablamos por teléfono y me explicó que los que yo había elegido no permitirían una transición plana hacia el exterior con las puertas correderas abiertas, así que los cambiamos por el suelo de madera de roble. —Pone los ojos en blanco antes de continuar—: Si yo soy capaz de recordar ese detalle, estoy segura de que usted también.

—Por supuesto, recuerdo que lo hablamos, pero también recuerdo que no estaba segura con el cambio. Quedamos en que ya me lo confirmaría.

Amber niega con la cabeza.

—El caso es que ya están puestos —prosigue el hombre—, pero, si es lo que quiere, podemos quitarlos y poner la madera en su lugar...

—Por supuesto que es lo que quiero. Es lo que le dije que quería en primer lugar.

—En segundo lugar. El primer lugar fueron estos azulejos… —insiste el hombre.

Amber se encoge de hombros exasperada antes de mirar los azulejos del suelo, buscando algo.

—Aunque fueran los azulejos que pedí, la forma en que los han colocado no está a la altura. —Se dirige a la pared, allí donde se junta con el nuevo suelo. Hay un hueco de unos dos centímetros, cuidadosamente rellenado con masilla, cemento o lo que sea que utilicen. A mí me parece que está bien—. Este hueco no debería estar aquí. No se debería ver.

—Es la junta de dilatación —dice el hombre—. Hay que ponerla, o los azulejos se agrietarán en verano, cuando haga calor.

—Un hueco podría entenderlo, pero ¿un abismo? —responde Amber.

—Los frisos no están aún puestos. Una vez instalados no se verá el hueco.

—No, Bill. —Amber sacude la cabeza—. Quiero el suelo que especifiqué. ¿Es mucho pedir?

Bill levanta la mano y por primera vez me saluda.

—Como ya le dije, señora Langford, lo que usted quiera. Pero voy a tener que cobrar por ello. ¿Lo entiende?

—Ya. —Mi hermana se gira y por fin se dirige a mí—: Hola, Kate, buena idea la tuya de venir a ver cómo van las cosas. Bill, esta es mi hermana Kate.

Me limito a sonreír, sin saber qué más hacer, cómo sentirme… por la casa, por lo que ahora sé, o podría saber, de Amber. Bill, que ahora parece morderse la lengua, me asiente. Aunque ha ganado la discusión, está claro que siente que ha perdido.

—Bueno, si no hay ninguna cosa más, voy a hacer el presupuesto para el suelo nuevo —dice mientras me mira y levanta sus peludas cejas.

Amber suspira con dramatismo cuando se va. Luego sacude la cabeza.

—Qué pesadilla.

—Hola, Amber. —No sé qué más decir. Iba a decir lo increíble que está la casa, porque, a pesar de todo, de verdad que lo está, pero no estoy segura de querer hacerlo—. ¿Qué problema hay? —le pregunto en su lugar.

—¿Qué problemas hay, dirás? —responde. Luego empieza a enumerarlos—: Está el suelo. Y los cristales de la parte trasera son del color equivocado. El tejado tiene goteras, aunque de momento lo niegan. Han convertido el jardín en un barrizal. Y la madera del nuevo cobertizo para botes parece demasiado nueva; se supone que tiene que ser parecida a la antigua o tendremos problemas con la Oficina de Conservación, y ya tenemos muchos problemas con la Oficina de Conservación. —Niega con la cabeza, pero luego sonríe inesperadamente—. Venga, vamos a dar una vuelta y te enseño todo.

Amber me lleva fuera de la nueva cocina a donde estaba la antigua. Es el doble de grande de lo que recordaba; no, quizá el triple, una vez que entro en la sala y aprecio la escala de la reforma. Su humor parece haberse recuperado por completo.

—Este es el nuevo salón; está quedando muy bien, como puedes ver. Doble altura aquí, y... —me toca el hombro para que me gire y señala hacia el techo— arriba está la entreplanta, que ofrece unas vistas preciosas del lago.

—¿Una entreplanta? —No recordaba ese detalle.

—Sí, y va a haber una escalera de caracol de hierro forjado,

241

justo al lado de la pared, para acceder a ella. —Se le abren los ojos de la emoción.

—No vi eso en los planos.

Ella niega con la cabeza.

—Es que no estaba. Se nos ocurrió después. Nos costó mucho convencer al técnico de conservación de que lo aceptara, lo cual era ridículo porque ya teníamos la doble altura, y apenas se ve desde fuera. —Suspira cansada—. En serio, no te creerías lo mezquina que es esa gente. Pero lo conseguimos. —Su rostro se ilumina de nuevo con una sonrisa.

Por un momento parece manipuladora y codiciosa, pero entonces me acuerdo de que lo está haciendo por todos nosotros, luchando en estas batallas, y que la casa está quedando increíble. Decido reconocerle el mérito.

—Amber, la casa es alucinante —le digo, en serio.

—Aún no lo has visto todo.

Parece conmovida. Me coge de la mano y me lleva de vuelta al vestíbulo y luego por las viejas escaleras, la única parte del interior que reconozco, hacia los dormitorios. Por el ruido, está claro que es aquí donde se está haciendo la mayor parte del trabajo. Llegamos al antiguo dormitorio principal, la habitación de papá.

—Ventanas nuevas, suelos nuevos, vestidor nuevo, baño nuevo. —Pasa junto a un hombre que trabaja con unos cables y se gira en el centro de la habitación—. También hemos cambiado la ubicación de las ventanas para que se vea mejor la isla. Brock quería poder verla desde la cama. —Se ríe, y se queda un momento callada antes de dirigirse al nuevo cuarto de baño. Está terminado y es precioso, con el suelo y los azulejos de mármol a juego y una ducha enorme con ladrillos de cristal—. Aquí también hubo problemas, con la iluminación en este caso, pero los solucionamos.

—Amber, esto es… —Estoy a punto de decir lo impresionante que se ve, pero caigo en su comentario y me detengo—. ¿Ya habéis decidido que la antigua habitación de papá va a ser la vuestra?

Se detiene, como si presintiera problemas.

—No. Claro que no. —Luego se echa a reír—. ¡Pero de alguien tendrá que ser! —Me toca el hombro—. Todas las habitaciones están siendo reformadas. Es solo que a Brock le gustó el aspecto de esta. —Se encoge de hombros.

Después de un momento, me saca del dormitorio principal, recorremos el pasillo y me enseña los otros tres dormitorios originales, así como uno que acaban de construir en la parte nueva de la casa. La verdad es que todas las estancias son preciosas. Ha hecho un gran trabajo y no me importa cuál quedarme.

—Es preciosa, Amber, de verdad.

—Va a ser una casa preciosa —me corrige—, cuando por fin esté terminada. —La miro y me doy cuenta por primera vez de que está un poco más mayor. Como si el proyecto y los casi dos años que han pasado desde que murió papá la hubieran envejecido—. Pero mi parte favorita es el nuevo cobertizo para botes.

Su paso es ágil cuando me guía escaleras abajo, sale por la puerta trasera y entra en el jardín. La mayor parte está cubierta de un espeso barro marrón, surcado por huellas de neumáticos. Han construido una pasarela, la mitad de la cual termina en un camino de grava fina que se curva con elegancia hacia el lago, donde estaba el cobertizo para botes. El antiguo edificio pequeño y utilitario ha desaparecido, sustituido por algo irreconocible y bastante impresionante. El cobertizo estaba en la orilla, con la fachada abierta al agua, pero ahora todo el edificio se ha trasladado al lago, donde parece flotar sobre una magnífica tarima de madera. El acabado es maravilloso. La madera es densa y suave, y las vetas casi brillan a la luz del atardecer.

Subimos a la tarima, que parece sólida, debe de estar asentada sobre pilotes y no flotando, y Amber me invita a empujar las puertas dobles del cobertizo. Lo hago y se abren sobre bisagras suavemente engrasadas.

—Dios mío, ¡Amber!

La entrada de la habitación es casi sencilla. El suelo es de tablones de madera, a un lado hay una pequeña cocina y, enfrente, una zona de asientos empotrados con grandes y cómodos cojines. Unas bonitas ventanas de madera dan al agua. Un poco más atrás, el suelo desciende hasta donde el lago baña el lateral de un bote de madera. Lo reconozco enseguida: es el barco de vela de papá, amarrado dentro del cobertizo para botes. Estaba maltrecho y desgastado la última vez que lo vi; en cambio, ahora está reluciente.

—¿Cómo lo han metido ahí? —pregunto, asombrada.

—Hay puertas en la parte de atrás. Eléctricas. Solo tienes que pulsar un botón. —Me mira, ansiosa por mi reacción.

—¿De verdad ese es el barco de papá?

—Lo restauré por completo. Hay que bajar el mástil para meterlo, pero es fácil volver a izarlo. Y mira. —Me hace girar y, encima de la entrada, en un lugar privilegiado, hay un retrato de mamá y papá cogidos del brazo, como si contemplaran la habitación.

—Ojalá papá hubiera podido verlo.

Amber me mira con nostalgia un momento y vuelve a cogerme de la mano. Esta vez atravesamos el cobertizo para botes y salimos por una puerta trasera que da a más suelo de tarima, y veo que un nuevo embarcadero de madera, o quizá el antiguo, pero restaurado y ampliado, se adentra ahora en el lago.

—¡Vamos! —Amber me lleva a lo largo del embarcadero hasta que estamos a mitad de camino, el agua a ambos lados de nosotras, y luego se da la vuelta—. ¿Qué te parece? —me pregunta al tiempo que levanta el brazo para mostrarme todo lo que ha creado—. Es una pena que no haya oscurecido aún; verías los farolillos. Son de latón original, y proyectan un resplandor precioso.

—Es perfecto, Amber, de verdad que sí.

—¿Tú crees? —Se vuelve hacia mí, y puedo ver cuánto mi prepotente y quizá infravalorada hermana mayor necesita esto.

—Sí —afirmo. Y lo digo en serio—. Está genial. A papá y a mamá les habría encantado.

Capítulo 33

Nos quedamos así un rato, ella contemplando orgullosa el cobertizo para botes que de algún modo ha hecho renacer, y la casa que hay detrás, que ya era grande, y ahora es impresionante.

—Por cierto, ¿qué era lo que querías? —me pregunta entonces—. ¿Había algo que querías preguntarme?

En un instante, como cuando un vacío rompe su sello, todo vuelve a invadirme por completo: las dudas y mi preocupación por Jack y, sobre todo, lo que dijo de Aaron, la acusación de que ahogó a Zack.

—Pues… —Miro a mi izquierda, a la pequeña zona de playa donde solíamos ponernos en verano cuando íbamos a bañarnos.

Y desde allí mis ojos recorren el agua brillante del lago. Lo conozco tan bien que podría señalar el lugar exacto donde el fondo se desploma y se vuelve peligrosamente profundo incluso desde este ángulo, con la luz que rebota en la superficie del agua que hace que no se vea el fondo. De la nada, o esa es la sensación que me da, se me ocurre una idea.

—¿Qué pasa? —Amber me mira.

—Es muy bonito, pero… —vacilo, metiéndome en un

personaje que no soy del todo yo—. Es muy especial, y el retrato de mamá y papá es genial, pero… —Hago una pausa. Anticipo el efecto de la última palabra en la expresión de Amber, espero a que le aparezca el ceño fruncido.

—¿Qué?

—Es que… me preguntaba si habías planeado poner algo para Zack.

Parece perpleja.

—¿Para Zack?

—¿Un pequeño monumento?

—Ah. —Se lleva una mano a la boca y aparta la mirada.

—No hace falta que sea nada muy grande… —empiezo a insistir, pero ella me interrumpe.

—No, no. Es una buena idea. —Se queda callada un momento—. No sé cómo no se me había ocurrido.

—A mí se me acaba de ocurrir —le digo, lo cual es cierto.

Y entonces me siento mal por haber sacado el tema. Pero en realidad, es una buena idea. Ayudaría a Bea, a pesar de… toda esta locura con Jack.

—¿Qué crees que debería ser? —me pregunta Amber.

Finjo estar pensando en esto un rato, cuando en realidad estoy pensando en Jack y en lo que me dijo sobre Aaron.

—Tal vez podría ser algo en el agua —sugiero—. En el sitio donde… —Me giro, con expresión inocente—. ¿Dónde fue exactamente donde se ahogó Zack?

Amber mira hacia otro lado, hacia el agua, pero no contesta. Siento que se me calientan las mejillas al ver lo obvia que era mi pregunta.

«¿Qué leches estoy haciendo?».

—No estoy segura —responde por fin—. Pero ¿no sería mejor en tierra? ¿Quizá en uno de los patios?

—Y los mellizos —sigo; ahora que he empezado no puedo parar— ¿vieron dónde ocurrió? ¿Quizá podrían decírnoslo?

Me mira. Es indudable que le inquieten mis preguntas.

—No, los mellizos estaban en la orilla. No creo que estuvieran mirando y…

¿Que no estaban mirando? Quiero interrumpirla, gritarle que ella le chillaba a Zack para que volviera porque, si no, se iba a meter en un buen lío, luego se ahogó, y ¿pretende que me crea que no estaban mirando?

—¿Estás segura? —pregunto, en voz baja.

—¿Si estoy segura de qué?

—De que los mellizos no vieron nada.

Me mira de nuevo.

—Kate, ¿de qué va esto? ¿Qué es, un interrogatorio?

No le contesto, no sé cómo responder. Pero ella parece tomarse mi silencio como una señal de que es ella la que se ha pasado de la raya.

—Pues no, no estoy segura —intenta responder—, pero no estaban cerca cuando ocurrió. —Se le frunce el ceño; está claro que sigue sin entender mi repentino interés. O quizá esté recordando aquella horrible tarde—. Estaban en la orilla y Zack estaba… —hace una pausa, y mueve su brazo vagamente sobre el agua— por ahí, más o menos.

Quiero volver a preguntárselo, pero tengo la sensación de que ya la he presionado todo lo que podía. Vuelvo a quedarme en silencio.

—Creo que sería mejor poner un monumento conmemorativo en la playa —continúa. Casi me había olvidado de la idea del monumento. Pero ahora veo que esa sigue siendo la lente a través de la cual mi hermana está entendiendo esta conversación. Aunque ahora es casi como si hubiera sido a ella a quien se le ocurrió la idea—. Algo pequeño, de buen gusto.

Veo cómo empieza a elucubrar. Conozco a mi hermana demasiado bien.

—¿Cómo está Aaron? —pregunto entonces sin dejar de observar su rostro.

Se detiene y se vuelve hacia mí.

—Pues... está bien. ¿Por qué lo preguntas?

Pienso en cómo responder. Me pregunto si otras chicas le habrán acusado de agresión.

—¿Sigue nadando? —decido preguntar en su lugar.

Amber duda.

—Ya no tanto. No estamos seguros de que vaya a dedicarse a ello al cien por cien —empieza a explicar—. Podría conseguir plaza para el equipo olímpico, pero es un compromiso tan grande..., y está pensando en dedicarse más a los negocios que al deporte.

He oído esta cantinela tantas veces que la ignoro.

—Era tan bueno nadando cuando era pequeño, ¿verdad? —Me detengo a reflexionar. O finjo hacerlo, más bien—. Cuando Zack murió, ¿Aaron ya nadaba en competiciones?

Mi hermana se pone rígida y se aparta un poco de la balaustrada que da al lago.

—En competiciones juveniles, sí, ya había empezado.

—Recuerdo lo orgullosa que estabas de él, incluso entonces.

—¿Por qué no iba a estarlo, Kate? Es mi hijo. —Ahora pillo claramente el tono de su voz. Mi hermana también me conoce, por supuesto—. ¿Qué es esto? ¿De qué estás hablando?

Nos quedamos calladas un momento y me planteo contárselo, me pregunto si debería contarle toda la historia. Por un instante casi puedo visualizarla. Casi puedo ver la sorpresa en su cara cuando le cuente las cosas que Jack dice. Incluso podría creerlo, porque a ella nunca le gustaron las ciencias. Solía pensar que eso era lo que hacían

249

los empollones, y su negocio Rocket! gira en torno a la creatividad, como si eso triunfara sobre la ciencia de alguna manera. Pero entonces imagino la parte en la que Jack dice que el hijo de Amber ahogó a Zack, cosa que ella debe de saber y habrá encubierto durante todos estos años. Y sé que no puedo hacerlo, porque sería nuestro fin; dejaríamos de ser hermanas, nos destrozaría.

Sigue mirándome. Así que ahora tengo que decir algo.

—He estado pensando mucho en Zack últimamente. —Es lo único que se me ocurre—. Y tal vez me preguntaba por qué Aaron no fue capaz de salvarlo. ¿Me entiendes? Era tan buen nadador...

Amber me mira fijamente. Cuando responde, su voz es fría y sus palabras parecen elegidas con sumo cuidado.

—Aaron era solo un niño. Tenía once años. Y, como ya dije, estaba en la orilla, muy lejos de Zack.

Escucho, quieta y en silencio. Pero el mismo pensamiento se repite en mi mente.

—Pero era tan buen nadador, incluso entonces...

Veo que los ojos de Amber van de izquierda a derecha mientras calcula cómo responder. Al final, tan solo se da la vuelta y mira hacia el agua. Siento un choque enorme dentro de mí, como si dos grandes fuerzas se hubieran enfrentado. Por un lado, está todo lo que Jack me ha contado, que me resulta imposible no creer; por otro, mi hermana y su versión de los hechos, respaldada por todo lo que sé que es cierto sobre el mundo. Ninguna de las dos versiones puede ganar, pero tampoco puede ser derrotada, así que, en lugar de ganar una y perder la otra, solo hay una tensión furiosa, siempre presente. Una presión que no cede.

—Aaron y Eva estaban jugando en la orilla —repite Amber, ajena a mi vorágine interior—. Zack estaba... —vuelve a mover la mano hacia la parte más profunda del lago, pero no hacia ninguna zona en concreto—, estaba allí cuando ocurrió. No sé de qué va esto, y no sé qué más decirte.

—Lo siento. —Pongo mi mano sobre la suya, cálida contra el poste vertical de la barandilla tallada.

Siento los huesos de sus nudillos a través de la piel, el débil pulso de la sangre por sus venas. Mi hermana, contándome la verdad sobre la tragedia que les ocurrió tanto a ella como a nuestro sobrino. Un niño que murió a unas decenas de metros de donde estamos. Un horrible accidente que no fue culpa de nadie. Que no se pudo evitar.

Y que no tiene absolutamente nada que ver con Jack.

Capítulo 34

—Las cosas se pusieron mucho más difíciles después de la visita de Wells —continuó Kate.

Ahora tenía los ojos tristes, como si su historia estuviera llegando a su conclusión natural. McGee esperaba con las manos juntas frente al pecho, pero ella no continuó.

—¿En qué sentido?

Kate suspiró antes de contestar.

—Después de que Jack recordara cómo había muerto, cómo murió Zack, aquel se convirtió en uno de sus recuerdos más claros. Se obsesionó con ello.

—¿Por qué lo dice?

—No era solo que los recuerdos le vinieran más a menudo, cosa que sucedía. Para entonces, casi siempre recordaba la forma en que había muerto. Y estaba muy enfadado con ese tema. Cerraba los puños y me decía que quería castigarle.

—¿Quería castigar… a Aaron?

Al cabo de un momento, Kate asintió:

—Sí. Sé cómo suena. Quería enfrentarse a él, quería que yo me enfrentara a él. Que le dijera lo mal que se había portado. —Levantó la vista de pronto, con el rostro cansado—. Ni que decir tiene que no era algo que yo pudiera hacer.

McGee se acarició la mejilla.

—¿No veían a Aaron por aquel entonces?

—No, Aaron estaba en la universidad, pero estaba claro que eso no iba a durar para siempre. Ya casi ni me importaba; incluso había dejado de ver a Jan porque tenía miedo de lo que Jack pudiera decir delante de ella, a dónde podría llevar las cosas.

—¿Y sus hermanas? ¿Alguna vez lo oyeron hablar así?

—No. Bea estaba lejos, en la costa. Yo... le enviaba fotos, fingía que todo iba bien. Amber estaba cerca, pero..., como ya dije, pude mantener a Jack lejos de ella también. —Se hizo el silencio—. Sabía que no podía seguir así, no podría mantener a Jack alejado de todos para siempre. Pero pensé que... tal vez podría funcionar hasta que los recuerdos se desvanecieran. —Pareció esperanzada por un momento.

—El doctor Wells —dijo McGee pensativo— ¿ayudó en algo? —Frunció el ceño—. A ver, después de que le contara lo de la supuesta muerte de Zack, ¿le ofreció..., no sé..., algún tipo de asesoramiento o algo por el estilo? Me parece que eso sería lo menos que podía hacer.

—De hecho, sí lo hizo. Me envió algunos nombres. Pero él no conocía a nadie cercano a quien recomendarme, y yo no podía enfrentarme a ir a un desconocido y tener que explicarle todo aquello. ¿Qué iba a decir? Ni yo misma sabía qué creer. Y eso era lo peor. No sabía si mi hijo estaba loco o mi hermana me había mentido, no solo a mí, sino a todos nosotros, acerca de lo que pasó cuando murió Zack.

—¿Qué sucedió después? —preguntó McGee.

—Se me ocurrió otra idea. Una manera de probar de forma irrefutable quién decía la verdad.

Capítulo 35

Jack y yo estamos en la sala de espera de la oficina del forense estatal, un lugar que yo ni siquiera sabía que existiera. En sus manos tiene un trozo de papel con el número siete impreso. La pantalla que tenemos encima muestra que la dependienta está atendiendo al número seis, un anciano con bastón. El mostrador está lo suficientemente lejos como para que no pueda oír el motivo de su visita.

Mientras Jack balancea las piernas en la silla de plástico, repaso mis propias razones para estar aquí. Cuando había ideado el plan en mi cabeza no me pareció tan descabellado, pero ahora que estoy aquí no me siento tan segura. Tiene que ver con la muerte de Zack. Cada vez que Jack me lo cuenta, parece afectarle más. Describe cómo Aaron lo sostuvo bajo el agua, cómo se sintió cuando luchaba por volver a la superficie. Cuando me lo cuenta se mueve, como si lo estuviera reviviendo. Se retuerce y tiembla. A veces agita los brazos si está sentado, o las piernas patalean sobre la cama. Y eso es lo que me hizo pensar en esto. Recuerdo que, en los días posteriores a la muerte de Zack, se realizó una autopsia. Creo que es algo normal que ocurre en casos como este; ni siquiera lo sé seguro. Solo recuerdo que nunca vi el informe; ni siquiera llegué a enterarme de lo que decía. Excepto que confirmaba lo que todo el mundo ya sabía: que Zack se había ahogado. Pero entonces me pregunté: si Aaron de verdad sujetó a Zack bajo el agua a la fuerza y si Zack luchó por liberarse, ¿habría marcas en el cuerpo de Zack? ¿Marcas que habría visto el forense?

Por eso estamos aquí. El problema es que estaba tan obsesionada con la idea de ver el informe de la autopsia, anticipando lo que podría decir, que ni siquiera me planteé si me lo darán. Por encima de mi cabeza, la pantalla cambia, y Jack me da un codazo en el costado.

—¡El número siete! —Me mira expectante.

—El siguiente. —La mujer está sentada detrás de una gruesa pantalla de plástico, así que tengo que inclinarme hacia delante para que me oiga.

—Necesito una copia del informe de la autopsia de mi sobrino Zack Marshall. Se ahogó en un accidente hará unos ocho años.

—Tiene que rellenar este formulario. ¿Cuál es el motivo de su petición?

—¿Disculpe? —Trago saliva.

—Necesita una razón autorizada para solicitar este tipo de documento.

—Ah. —Mantengo mi mirada en ella e intento transmitirle a Jack que se quede callado—. Bueno, solo quería comprobar una cosa.

Los ojos de la mujer, ya de por sí estrechos, se vuelven aún más rasgados.

—No entregamos informes de autopsia así como así.

Me muerdo el labio, sin saber qué decir.

—Bueno, es que…

—Si es un pariente cercano tiene derecho legal a acceder al informe de la autopsia; de lo contrario, necesitará una razón válida.

Parpadeo ante la mujer antes de contestar.

—Ah, pues muy bien entonces. Soy su tía.

La mujer vuelve a decir que no con la cabeza.

—La definición de «pariente cercano» es el padre, la madre o el tutor legal. —Mira hacia la puerta, donde hay un guardia de seguridad apoyado, aburrido, contra la pared.

—¿Qué cuenta como una razón válida entonces?

La mujer parece considerar la posibilidad de llamarle, pero decide seguirme la corriente, al menos por ahora.

—Podría ser un tema legal, para resolver una reclamación al seguro, por ejemplo. —Suspira y me doy cuenta de que no está enfadada como yo pensaba, sino aburrida. He proyectado mi propia tensión en ella y me la he imaginado enfadada—. No es que haya una lista; tiene que dar su razón, y nosotros decidimos si es válida.

Durante unos segundos me planteo contarle la verdad. Estoy segura de que, si le dejara, Jack me apoyaría, le contaría a esta mujer cómo fue asesinado por su primo en su anterior vida. Pero estoy lo bastante lúcida como para saber cómo sonaría eso. No puedo ir por ese camino.

—¿Señora? —insiste.

—Sí...

—¿Tiene una razón válida?

Otra idea se me ocurre de la nada. No sé de dónde viene ni tengo tiempo de sopesarla antes de que las palabras salgan de mi boca. Me acerco y hablo en voz baja:

—Se trata de mi hijo. Su diagnóstico es... difícil —empiezo, al tiempo que pongo a Jack delante de mí para que pueda verlo mejor. No tengo ni idea de adónde voy con esto, pero, una vez que empiezo la mentira, las palabras fluyen con facilidad—. Y no sé cómo va a afrontar otra estancia en el hospital. —Me estremezco y espero mientras los ojos de la mujer se centran en mi hijo, la viva imagen de la salud—. Sin embargo, mi preocupación más profunda se refiere a una posible relación genética entre el historial médico de Zack y la enfermedad de mi hijo. Desenterrar esta relación podría ser de… —tengo que buscar las palabras, pero tener un marido que no para de hablar como si estuviera en una sala de conferencias tiene sus ventajas— de suma importancia para perfeccionar su plan de tratamiento. —Fijo en la mujer una mirada firme y espero, conteniendo la respiración.

Sus ojos se dirigen de nuevo a Jack. No sé si me lo imagino, pero ahora parece poner mala cara, como si intentara parecer enfermo. El rostro de la dependienta se suaviza. Ve lo que quiero que vea.

—Por supuesto. Lo siento mucho.

Desplaza la silla hacia un banco de cajones y abre uno. Pasa unos minutos buscando y vuelve con un formulario de tres páginas. Veo que vuelve a mirar a Jack y le dedica una sonrisa amable. Cuando se gira hacia mí, su expresión ha cambiado por completo; ahora está llena de simpatía y comprensión hacia mí y hacia mi hijo enfermo.

—Rellene esto; donde dice motivo de recuperación, ponga «consulta médica». Siempre se aceptan sin pedir más pruebas. Pero… —Se muerde el labio, como si lamentara mencionar esto último.

—¿Qué?

—Hay que pagar una tasa de cien dólares.

—No pasa nada. —Respiro de nuevo, aliviada, mientras abro mi bolso.

Incluso pagando cien dólares, tengo que esperar dos semanas hasta que recibo un correo electrónico diciéndome que el informe está listo para que vaya a recogerlo. No lo abro en ese momento, sino que Jack y yo acabamos en una cafetería, donde se queda dormido en su cochecito. Doy un sorbo al café y tardo un rato en abrir el sobre marrón de tamaño folio que contiene los detalles de la muerte de mi sobrino. Por fin lo abro con cuidado y saco un documento grapado de unas diez páginas. Leo la portada:

Informe resumido de la autopsia

Número de caso: 2018-07-15
Fallecido: Zack Marshall, 8 años
Fecha del examen: 16 de agosto de 2018
Patólogo: Dr. John Donald, patólogo forense certificado por el consejo.

Protocolo de autopsia: El examen se realizó sobre el cuerpo de Zack Marshall, un varón de 8 años de edad, en la Oficina del Médico Forense del Estado, siguiendo los protocolos estándar aplicables a las autopsias forenses. El examen externo se inició a las 09:00 horas, seguido de un examen interno exhaustivo.

Esas últimas palabras me hacen reflexionar, casi me dan asco. Miro a mi alrededor, temo ver a los demás clientes mirándome: ¿cómo puedo estar leyendo algo tan… invasivo? Pero nadie me mira. Nadie me presta la menor atención. Sigo leyendo:

La causa de la muerte se determina como asfixia por ahogamiento en agua dulce. Los pulmones mostraban claras marcas de edemas y se encontró agua en todas las vías respiratorias.

Me detengo de nuevo, esta vez para buscar en Google la palabra «edema», que resulta que significa «hinchazón blanda de una parte del cuerpo ocasionada por la infiltración o acumulación excesiva de líquido». Continúo:

Aunque se observaron lesiones externas, estas son sugestivas de, y coherentes con, esfuerzos agresivos de reanimación tras la extracción del medio acuático.

Siento un escalofrío ante estas palabras. «Lesiones externas». Pero me digo a mí misma que tengo que mantener la calma. Pienso en el día en que murió. Cuando papá, Bea y yo volvíamos de ver a mamá en el hospital, la ambulancia ya estaba en casa y habían declarado muerto a Zack. Neil nos contó a todos que había intentado reanimarlo, lo había intentado tanto que le preocupaba haberle roto las costillas de tanto sacudirle el pecho. Sin embargo, los paramédicos le elogiaron; dijeron que había hecho exactamente lo correcto, pero que no había funcionado.

¿Podría ser errónea la suposición del informe? ¿Podrían las lesiones de las que habla, las coherentes con «esfuerzos agresivos de reanimación», haber sido causadas cuando Aaron sujetaba a Zack bajo el agua? ¿Cuando Zack luchaba por liberarse? Voy rápidamente a la sección correspondiente. Estoy sin aliento, tengo la fuerte corazonada de que estoy en lo cierto. Aunque tardo un poco, al final encuentro el pasaje pertinente:

La observación inicial reveló la presencia de abrasiones superficiales y contusiones en las extremidades superiores y en la parte anterior del torso. Un hallazgo notable fue la presencia de contusiones pronunciadas y fracturas costales en la pared torácica anterior. Estas lesiones son características de compresiones enérgicas, comúnmente observadas en esfuerzos agresivos de reanimación cardiopulmonar. Las fracturas se localizan de manera predominante en la región media del esternón, con hematomas asociados en los tejidos blandos que indican una presión aplicada significativa.

Tengo que comprobar el significado de varios de estos términos, pero la sensación de esperanza dura poco. Vuelvo a leer las palabras, esta vez más despacio, y me doy cuenta de que aquí tengo el mismo problema que en todas partes. Esto podría ser una prueba de que Jack dice la verdad, o podría no serlo. Siempre hay dos explicaciones, y nadie puede elegir con certeza entre ellas. Me froto la cara y en ese instante me siento imbécil. ¿Qué esperaba? Por supuesto que el informe no va a concluir que Zack recibió heridas acordes con una lucha contra un agresor. Si hubiera sido así, la policía habría hecho más preguntas en su momento. Estoy a punto de dejar el informe, segura de que todo esto ha sido una pérdida de tiempo, cuando me fijo en la sección que hay justo debajo de donde he estado leyendo:

Además, se observó una laceración significativa en la superficie plantar del pie derecho, de aproximadamente 7 cm de longitud, con bordes dentados característicos de un corte infligido por un objeto afilado y desigual, como una botella de vidrio rota. Esta lesión parece haberse producido ante mortem, *como lo demuestra la presencia de una hemorragia mínima alrededor de los márgenes de la herida, lo que sugiere una circulación sanguínea activa en el momento de la lesión. La localización y la naturaleza de esta herida concuerdan con una lesión accidental posiblemente sufrida en un estado de pánico o agitación, como durante un forcejeo o un movimiento frenético en el agua.*

Me viene a la mente otro recuerdo, algo en lo que no había pensado en siete años. Aquel día llegamos justo antes de que se llevaran el cuerpo de Zack, de que lo metieran en una bolsa negra de plástico para cadáveres y lo subieran a la ambulancia. Pero lo vi. Vi lo encogido que tenía el pecho, vi que su piel había adquirido una horrible palidez azul mortal. Y recuerdo el corte del pie. No era muy grave, desde luego nada que hubiera contribuido a su muerte. Pero otro día, un día más feliz, se lo habríamos vendado, y quizá papá se habría quejado de los idiotas que pescaban en sus barcas frente a la casa y tiraban al agua sus botellas de cerveza vacías. Solía llevar un tubo y aletas, y en los días tranquilos, cuando la visibilidad era buena, nadaba y las recogía. Sin embargo, nunca se pueden recoger todas.

Tengo el corazón en la boca mientras rebusco entre las páginas, pasando por las fotografías de los pulmones encharcados de Zack, hasta que encuentro una imagen del corte de su pie. Su pie derecho. Una incisión en forma de Y, la carne translúcida alrededor de sus bordes. Cuando lo veo, inspiro tan fuerte que noto que la gente a mi alrededor me mira, preguntándose qué es lo que me ha afectado. Pero no puedo decírselo. No puedo decírselo a nadie.

Jack tiene una marca de nacimiento en forma de Y en el pie derecho, exactamente en el mismo lugar.

Capítulo 36

Kate se quedó callada y, al cabo de un rato, Robbins abrió las manos de manera inquisitiva.

—¿Jack tenía una marca de nacimiento en el pie? No lo entiendo. ¿Y qué?

Kate se lo quedó mirando y empezó a respirar de forma agitada al recordarlo. Parecía que McGee se hacía una idea de la importancia de lo que acababa de decir, pero él tampoco contestó.

—No lo entiendo. Mucha gente tiene marcas de nacimiento; no significan nada.

Al final Kate le contestó:

—Algunas de las pruebas más convincentes de la reencarnación, posibles pruebas, es que muchos de los niños que dicen tener estos recuerdos también tienen marcas de nacimiento o deformidades en el cuerpo que coinciden con heridas o lesiones de los cuerpos de aquellos cuyas vidas recuerdan. Hay docenas de ejemplos, y algunos de ellos son muy llamativos.

—¿El doctor Wells lo mencionó? —intervino McGee.

—En sus libros da muchos ejemplos. Hubo un caso de un niño que nació con un lado de la cabeza horriblemente deformado.

Recordaba la vida, y la muerte, de un hombre que falleció cuando le dispararon a quemarropa con una escopeta. El disparo le arrancó gran parte del mismo lado de la cara y del cráneo. Otro niño tenía una marca en el pecho que al parecer coincidía con el lugar donde la persona que recordaba fue herida en una pelea de navajas. Tengo una foto en el móvil —prosiguió Kate cuando ninguno de los agentes respondió— de la marca de nacimiento de Jack. Pensé que podría ser importante. Si me dejan mi teléfono se la puedo enseñar y luego pueden hacerse con el informe de la autopsia del forense.

—No hace falta. —McGee sonrió un instante—. Ya tenemos aquí una copia de la autopsia de Zack. —Pasó el dedo por el montón de papeles que tenía delante, pero no hizo ningún esfuerzo por sacar las páginas pertinentes.

—¿Quieres que lo coja? ¿El teléfono? —preguntó Robbins.

—Ya voy yo —respondió McGee—. Me vendría bien un descanso.

Suspendió el interrogatorio y subió al piso donde habían procesado a Kate y registrado sus pertenencias. Después de tanto tiempo sentado, le sentó bien estirar las piernas.

Cuando reanudaron el interrogatorio cinco minutos después, Kate desbloqueó su teléfono, mientras McGee buscaba la fotografía de la herida del pie de Zack. Era un primer plano, que mostraba un corte en forma de Y en horizontal.

—Aquí —dijo Kate, y, colocando el teléfono sobre la mesa, lo deslizó hacia él.

McGee estudió la herida de Zack durante unos segundos más antes de volverse hacia el teléfono. La marca del pie de Jack no era clara; solo una ligera decoloración de la piel, pero, en cuanto a ubicación, forma y tamaño, no había duda de que se parecía.

—Y ¿esto qué es?, ¿una prueba? —preguntó Robbins, la incertidumbre grabada en su voz.

—No. —Kate negó con la cabeza—. Las pruebas no existen. Ese es el problema. Podría ser solo una coincidencia. —Se encogió de hombros—. Fue más bien otra cosa más. Otra posible prueba que inclinaba la balanza hacia el lado de Jack.

—¿Cuándo fue esto? —quiso saber McGee—. ¿Cuándo solicitó el informe de la autopsia?

Kate lo miró, pero luego volvió a apartar la mirada.

—No hace mucho; hará tres o cuatro meses, quizá.

—¿Se lo comentó a alguien? ¿Se lo dijo a Neil?

—Se lo conté al doctor Wells. Pensé que debía saberlo. Dijo que podría ser importante, pero que no tenía sentido regresar al caso a menos que cambiara de opinión sobre lo de hablar con Bea.

—Y ¿había cambiado de opinión?

—No.

—No me ha contestado: ¿habló con Neil sobre la marca de nacimiento?

—No. Por aquel entonces ya no hablábamos de lo que Jack decía. De hecho, no hablábamos mucho en general.

—Vale —reflexionó McGee—, hace tres o cuatro meses. Así que estamos casi al día. Será mejor que continúe.

Capítulo 37

Hay algo curioso en la vida. Puedes estar viviendo lo que parece un día perfectamente normal, pero en realidad te estás precipitando a toda velocidad hacia una catástrofe total. Y no lo sabes. Incluso si las pistas están ahí, a tu alrededor. Expuestos a las locuras más impensables, estas acaban siendo lo normal, así que no lo ves. Y da igual quién seas, día a día, hora a hora, minuto a minuto, con cada paso que das te acercas más al final. A cualquiera que sea tu final.

Es lunes por la mañana. Hoy toca clase de natación de Jack. Puede que pienses que algo así es imposible, y hace seis meses habría estado de acuerdo contigo, pero, ahora que Jack me ha explicado por qué odia tanto el agua, he podido explicarle lo importante que es aprender a nadar, para que no le vuelva a suceder lo que le pasó antes. Así que ahora, dos veces por semana, vamos a la piscina municipal. Al principio nos limitábamos a mirar desde fuera, con la cabeza pegada a las gruesas ventanas de cristal, y a escuchar los gritos y chillidos del interior. Al cabo de un tiempo entramos, pero nos quedábamos en el banco de asientos laterales y observábamos a los demás niños y ancianos que nadaban de un lado a otro como ballenas sin gracia. Al final nos poníamos el bañador, caminábamos hasta la piscina y nos sentábamos en los bancos a mirar y a oler el cloro.

Al principio me sentía cohibida. Pensaba que la gente nos miraría y se preguntaría por qué no nos metíamos en el agua, y no dejaba de temer que Jack entrara en uno de sus estados y se pusiera a gritar. Pero nunca le sucedió. Era precavido, por supuesto, pero poco a poco se fue acercando al agua y al final se arrodilló para tocarla. Metió la mano en la piscina y la movió de un lado a otro, maravillado por la sensación. La expresión de su cara era increíble, porque uno no piensa en el agua como algo especial, pero en realidad sí lo es. A la semana siguiente lo senté en el agua, con el bañador por fin mojado, pero con el trasero firmemente apoyado en el escalón para que no hubiera peligro de que se le sumergiera el torso o el pecho.

Y luego caminamos juntos por el agua: la piscina para niños pequeños solo me llega hasta el muslo, pero a Jack le llega hasta el pecho. Hubo un par de momentos desagradables en los que otros niños se acercaron demasiado y Jack empezó a asustarse, pero, siempre y cuando llevara a Jack al borde de la piscina y les explicase a los otros niños que Jack había tenido una mala experiencia en el agua, se mantenían alejados. Al final conseguí que se tumbara en el agua, sin tocar el fondo con los pies. Y fue increíble porque, en cuanto se acostumbró, parecía saber nadar sin que nadie lo enseñara.

Una vez conquistamos la piscina, también mejoró mucho con los baños. Seguía siendo cauteloso, pero, si le prometíamos que no le hundiríamos la cabeza, no gritaba, y una vez dentro empezaba a disfrutar, jugando con sus juguetes de baño como cualquier otro niño.

Creo que este éxito me hizo bajar la guardia.

—Carta para ti. —Neil mira por encima de sus gafas mientras rebusca en el correo.

Si le dan a elegir entre recibir una factura por correo postal, por correo electrónico o por SMS, como ocurre hoy en día, siempre elige la primera opción. En parte, le gusta reducir el tiempo de exposición a las pantallas: odia las redes sociales porque cree que las empresas que están detrás de ellas utilizan la ciencia para hackear nuestros cerebros para su beneficio. No obstante, en parte, creo que lo único que sucede es que le gusta el correo. Sin embargo, últimamente ninguno de los dos recibimos nada interesante.

—¿Qué es?

—La magia de las cartas, Kate, es que tienes que abrir el sobre para averiguarlo.

Le dirijo una mirada sarcástica y se lo quito de las manos.

—Parece una invitación de boda.

La abro mientras me pregunto a quién conozco que vaya a casarse. Y por un segundo, cuando saco la tarjeta del sobre, sigo pensando que se trata de eso, porque justo eso es lo que parece la tarjeta que hay dentro. Pero cuando leo las palabras, mi esperanza, y mi calma, se evaporan.

—Ah.

—¿Qué pasa? —me pregunta Neil, un poco preocupado.

—Es de Amber —respondo, ya formando excusas en mi cabeza—. Es una invitación para la gran fiesta de reapertura de la casa del lago. —Hago una pausa—. Y de verdad parece que va a ser grandiosa.

Neil levanta la vista. Al instante sé que compartimos las mismas preocupaciones. No sé exactamente qué opina Neil sobre lo que cree Jack, y nunca vamos a estar de acuerdo en eso. Pero ambos sabemos lo incómodo que será si Jack le habla a mi familia de sus recuerdos. Y el lío que se montará si les cuenta su versión de la muerte de Zack.

—¿Ya está terminada? —me dice en un intento de continuar

con el sarcasmo, y yo reacciono riéndome por lo mucho que ha tardado Amber en terminar las obras. Pero supongo que sabía que este día llegaría. Ella me lo ha estado contando por correo electrónico, y no he querido afrontarlo—. No vamos a poder escaquearnos de esta.

—Parece como si, no sé cómo, hubiéramos hablado de esto en nuestro silencio—. No puedes seguir escondiéndote toda la vida.

—¿Quién dice que me esté escondiendo? —respondo un poco enojada.

—Yo no… —Levanta las manos en señal de rendición—. Te pido disculpas. No quería decir eso. Solo sé…

—¿Sabes el qué?

—Lo… difícil que es todo esto, con lo probable que es que Jack diga algo escandaloso en cualquier momento. —«Escandaloso». Odio la palabra que ha elegido mi marido—. ¿Quizá deberíamos intentar librarnos de esta? O no llevarlo. ¿Podría funcionar?

—¿Cómo? ¿Como si fuera un perro? ¿Lo dejamos en la perrera el fin de semana? ¿Es eso lo que quieres?

—No, claro que no. Kate, eso no es lo que estoy diciendo. —Mira el reloj; sé que tiene que ir a trabajar pronto—. ¿Lo vas a llevar a la piscina hoy?

—Sí.

—Bueno, eso demuestra que puede… mejorar, con respecto a este tema. Así que tal vez no pase nada. ¿Cómo fue como lo acostumbramos al agua? Fue introduciéndolo poco a poco, ¿no? —Neil sabe que es así, por supuesto, porque ya lo hemos hablado—. Podemos hacer lo mismo con tu familia. Introducirle poco a poco en la idea de verlos, pero que sepa que no debe contar nada de lo que dice recordar.

Vuelvo a sentir una llamarada de ira por su elección de palabras: «lo que dice recordar». Pero es un tema ya viejo, y otra pelea no nos va a llevar a ninguna parte.

—¿Cómo vamos a hacer eso? —le pregunto en su lugar.

—No lo sé. —Parece reflexionar durante un instante—. Lo conseguimos con lo del agua, así que quizá empecemos por enseñarle fotos y vídeos de ellos, y…

Su voz se apaga, quizá por la forma en que le miro. Me ha llevado más allá de un límite, una línea invisible, y una vez que la he sobrepasado no tengo más remedio que responder.

—«Lo conseguimos», ¿dices? —Frunce el ceño, inseguro de por dónde van los tiros—. ¿«Lo acostumbramos al agua»? ¿Nosotros?

Mi cabeza se llena de todo el trabajo que he hecho, yo sola. Todos los fracasos, cuando sentí que Jack iba a explotar y lo calmé, frené las cosas. Siento que tengo mucha razón al profundizar aún más en todo lo que he hecho con Jack para superar este problema, pero Neil me sorprende.

—Sí, lo hicimos, los dos juntos. Fue mi idea lo de introducirle poco a poco en el agua con la ducha abierta. Y fui yo el que le lavaba con toallitas cada vez un poco más cerca del baño. Tú no lo hiciste en absoluto. Durante mucho tiempo ni lo intentaste. No creas que no lo sé.

Siento que se me calienta la cara y tengo que apartar la mirada.

—Yo lo llevo a la piscina todas las semanas. Tú le has llevado quizá una vez.

—Porque tengo que ir a trabajar, Kate. Ya lo sabes. No puedes culparme porque tú tengas todos los días libres para hacer cosas como esa mientras yo tengo que mantener un trabajo.

Aparto la mirada; no puedo vencer en este punto, pero él sabe que no es justo. No insiste. Vuelvo a coger la invitación y le doy la vuelta entre las manos. Junto a las elegantes palabras impresas hay un dibujo a pluma y tinta de la nueva casa del lago.

—¿Quién va a ir? —me pregunta.

—No lo sé. —Es como si le hubieran quitado combustible a la discusión—. La invitación dice «Familiares y amigos».

—¿Eso significa Aaron?

Me encojo de hombros.

—Porque, si no es así, y se queda en la universidad, ¿tal vez Jack no diga nada? —Hay una nota de esperanza en su voz, y un poco de la misma se filtra en mi mente también—. Estamos a mitad de cuatrimestre, así que quizá no pueda escaparse. ¿Quizá no quiera ir? Estoy seguro de que tendrá compromisos de natación, y tal vez se sienta incómodo con todo el mundo después de lo que ha pasado con la policía.

Pienso en esto, pero de alguna manera lo dudo.

—Su universidad está a solo un par de horas en coche. Y la fiesta es en fin de semana.

De la otra habitación llega el ruido del televisor grande, en el que Jack está viendo sus dibujos animados. No sé qué está viendo en concreto, pero es Netflix para niños, así que confío en que sea seguro.

—De acuerdo. —La voz de Neil se vuelve más decidida—. Tendremos que asegurarnos de que no dice ninguna tontería; tendremos que entrenarle.

No dudo que sea la mejor idea. Estoy a punto de asentir, cuando un pensamiento irónico me golpea.

—¿No es esa tu explicación para todo esto? —le pregunto—. Los niños como Jack, que dicen recordar vidas pasadas, ¿no dices que han sido sus padres los que los han entrenado para decir esas cosas? Y ahora lo que quieres hacer tú es entrenar a Jack para que no las diga.

Lanzo una media carcajada, invitándole sinceramente a que se una a mí en la apreciación de la ironía, pero su rostro se ensombrece.

—Esto es serio, Kate. No podemos permitir que Jack acuse a

Aaron de matar a Zack. Ese es el tipo de cosas que podría destrozar a tu familia. Podría arruinar tu relación con tus hermanas.

—Sé que es serio. —Siento que he caído en una emboscada, empujada de alguna manera a decir algo que en realidad no quería decir—. Ya lo sé. Solo decía que es irónico que quieras hacer exactamente lo que acusas a los demás de hacer.

Neil no me responde.

—Me voy a trabajar. —Coge las llaves de la mesa—. Si se te ocurre una idea mejor, mándame un mensaje. Si no… —Su mirada vuelve a ser sombría.

Capítulo 38

¿Cómo se enseña a un niño de cinco años a no acusar a su primo de haberle matado en una vida pasada? En cierto modo, mi vida se ha vuelto tan rara que ni siquiera me parece una pregunta extraña, y decido comenzar antes de ir a la piscina.

Para empezar, le digo a Jack que vamos a ir a la casa del lago a pasar un fin de semana con la familia. Hoy no, pero pronto. Su primera reacción es asustarse. No está petrificado, pero sí preocupado. No ha ido desde que era pequeño, antes de la reforma. Pero le tranquilizo y le digo que no tiene por qué acercarse al lago si no quiere.

—No. —Sacude la cabeza—. No quiero ir.

—No pasa nada, cariño. —Estamos en el salón. Pienso un momento—. La cosa es que tenemos que hablar de lo que puedes decir, y lo que no, cuando veas a nuestra familia. —Frunce el ceño, concentrado en mis palabras—. Lo que no debes hacer es contarles nada de lo que recuerdas, de que eras Zack.

Percibo un enfado repentino por esto.

—¿Por qué no?

—Porque si se lo dices les harás daño, cariño. Y tú no quieres hacerles daño, ¿a que no?

De nuevo el ceño fruncido, pero esta vez acompañado de un movimiento de cabeza. Pensativo, tal vez incluso decidido.

—No.

—Vale... —Dudo un momento. ¿Ya está? ¿De verdad es tan fácil entrenar a un niño de cinco años en algo tan extraño?—. Pero papá y tú siempre me decís que tengo que decir la verdad. Y mi otra mami también. Ella decía que era importante.

—Lo es. Es importante Jack. —Hago otra pausa; se me ha ocurrido otra cosa.

Me he centrado en la familia de Amber, en Aaron en particular, preocupándome por lo que Jack pueda hacer cuando lo vea. Y no tengo ninguna duda de que esto es impulsado por su ira por lo que Aaron hizo. Pero últimamente cada vez menciona más a su otra mamá, como si ahora la recordara con bastante claridad. Y no sé si ha hecho la conexión entre su «otra mamá» y mi hermana Bea, su tía. Me doy cuenta de que yo también frunzo el ceño.

—Así que ¿tengo que decir la verdad?

—Sí. No. Esa verdad, no. —Me detengo y lo intento de nuevo—. A veces hay que decir mentirijillas, para no herir los sentimientos de los demás.

Frunce el ceño.

—¿Por qué herir los sentimientos?

Hago una pausa. Lo que quiere decir es: ¿por qué va a herir los sentimientos de los demás?

—Mira, cariño. Es difícil de explicar, pero no te van a creer.

—¿Por qué no? Tú me crees. Y Charlotte me cree. —Todavía se acuerda de la asistente del doctor Wells. Está claro que le causó buena impresión.

—Lo sé. Es que ellos…

—Papá me cree.

Me detengo, sorprendida.

—Papá no… —Me muerdo el labio—. Él cree que tú crees que tienes esos recuerdos. Sin duda lo cree. Pero no cree que sean… Para papá, no son reales.

Sacude la cabeza, está claro que no lo acepta.

—Papá me cree —vuelve a decir, seguro esta vez.

Lo intento de nuevo.

—Jack, es algo muy difícil de explicar, pero la cuestión es que no debes contárselo a nadie; es un secreto muy especial del que solo puedes hablar conmigo y con papá… ¿Lo entiendes? —Parece receloso—. ¿Ves por qué no debes contarle a nadie tus recuerdos? —Esta vez se encoge de hombros—. Vale. ¿Estás listo para la pisci?

Recibo otro encogimiento de hombros.

Unos días después lo intento de nuevo, esta vez con Neil, cuando vuelve del trabajo. Le preparo a Jack su comida favorita, *pizza* de queso, y nos la comemos juntos en el sofá, viendo en Netflix una serie de dibujos animados que sé que le gusta. Se queda mirando la pantalla, riéndose de frases tan malas que ni siquiera las reconozco como chistes. Neil se sienta rígido a mi lado en el sofá, esperando a que yo empiece.

—Jack —comienzo, al tiempo que miro a mi marido y me pregunto por qué tengo que ser yo la que se encargue de esto—. ¿Recuerdas lo que te dije el otro día, antes de ir a la piscina?

Me mira de mala gana, solo un segundo, antes de que sus ojos vuelvan a la pantalla.

—Jack, ¿puedes prestar atención? —le pregunta Neil.

Es un poco más obediente con su padre, siempre lo ha sido. Esta vez aparta la mirada de la pantalla y asiente con la cabeza. Neil coge el mando a distancia y silencia el televisor.

—Pausa —dice Jack, pero Neil no lo entiende.

—Pausa la tele —le explico a Neil—, para que no se pierda nada.

Un poco enfadado, Neil pausa los dibujos animados. Ahora se ha hecho cargo, lo quiera o no; Jack lo mira a la cara, receloso.

—¿Recuerdas lo que te dijo mamá el otro día acerca de ir a la casa del lago? —Se muerde el interior del labio, pero no dice nada—. ¿Sobre lo que puedes decir y lo que no?

Tras una pausa, Jack asiente.

—¿Puedes repetirme lo que no puedes decir?

—No puedo hablar de Zack.

—Así es —empieza a decir Neil, pero Jack aún no ha terminado.

—No puedo hablar de que yo era Zack.

Se hace el silencio.

—Vale, casi —corrige Neil—. Puedes hablar de Zack si quieres, pero no puedes decir que eras él, o que recuerdas haber sido él…, ni nada por el estilo. ¿Entiendes?

Jack medio asiente, medio se encoge de hombros. Sus ojos vuelven a mirar la pantalla del televisor.

—Hay una cosa más. —Dudo. No estoy segura de que sea buena idea decirle esto a Jack ahora, pero algo me impulsa a seguir adelante de todos modos—. Aaron también va a estar.

Su gesto cambia de inmediato; primero le invade el miedo: es visible por la forma en que sus ojos se ensanchan y se queda pálido. Pero luego parece más bien ira. El color vuelve a su rostro y cierra los puños.

—¿Cómo te sientes al respecto, Jack? —le pregunta Neil.

Los ojos de Jack recorren la habitación. Se posan en el mando a distancia del televisor.

—*Play* —es todo lo que dice.

Capítulo 39

El viaje transcurre sin incidentes, pero cuando accedemos al camino de entrada a la casa del lago, recién asfaltado, me acuerdo del fin de semana en que murió papá. Excepto que ahora todo es diferente. Es increíble lo rápido que pueden cambiar las cosas: cambios que no vemos venir. Entonces la casa parecía cansada y vieja, como el mismo papá. Y ahora él se ha ido, y en cierto modo la casa también. Supongo que por fuera es más bonita, pero también es más voluminosa. No solo se ha añadido una gran extensión a la parte trasera, sino también al lateral. Neil suelta un largo suspiro.

—Bueno, aquí estamos. —Como hace dos años, no se mueve para salir del coche.

—¿Te acuerdas de este lugar, Jack? —Me doy la vuelta para mirar a mi hijo, y él me mira, inseguro: no sabe lo que le estoy preguntando. Quizá yo tampoco lo sepa—. Quiero decir, ¿de cuándo vinimos aquí cuando eras pequeño? No de cuando...

—Está bien, Jack, puedes hablar de eso —oigo la voz de Neil a mi lado—. Puedes hablar de tus recuerdos.

Siento un arrebato de preocupación por lo confuso que debe de ser esto para Jack. Sea lo que sea lo que pensemos que está pasando, está muy claro que Jack cree que todo lo que nos cuenta son sus recuerdos. Pero ahora estamos aquí, y tenemos que sacar el mayor partido posible de ello.

—¿Te acuerdas de que cuando viniste aquí siendo Jack? —vuelvo a preguntar.

Siento los ojos de mi marido clavados en mí, están inundados de recriminación. Pero sigo mirando a Jack, que a su vez observa la casa con desagrado. No me contesta.

Hemos llegado pronto. Ese era nuestro plan: llegar pronto para que Jack pudiera asentarse antes de que llegaran Aaron o Bea y, lo más importante, para poder irnos pronto también. Asimismo, quizá para poder saltarnos la mayor parte de la fiesta, con la excusa de que tenemos que acostar a Jack antes de que empiece de verdad. Pero nos vamos a quedar a pasar la noche. Eso no hubo forma de evitarlo: estamos a tres horas en coche de casa y nos han reservado una de las habitaciones nuevas. Si todo va bien, mañana estaremos de camino a casa antes de que se levante el resto de mi familia. Ese es el plan.

Salgo, desabrocho a Jack de su asiento y, con cierta timidez, nos dirigimos hacia la puerta principal. Es una puerta nueva. Parece cara y mi llave no funciona. Así que no tengo más remedio que llamar al timbre. El ojo de cristal de una cámara me mira mientras espero.

—¡Katy! ¡Neil! ¡Y el pequeño Jack! —Amber parece explotar hacia fuera mientras la puerta se abre—. No tan pequeño ya, debo añadir —continúa, efusiva—. Vaya, has crecido un montón. —Por un momento todos miramos a Jack, como si esperáramos una respuesta, pero él no la da, solo se acerca más a mis piernas—. Pasad, pasad, no os quedéis ahí parados. Bienvenidos.

Amber da un paso atrás, lo que nos permite entrar en el pasillo. A diferencia de mi última visita, unas semanas antes, ahora está todo terminado y parece una casa de exposición, o sacada de una revista.

Una gran lámpara de araña cuelga junto a la escalera, que está casi irreconocible, con su barandilla y peldaños nuevos, y el veteado de la madera nueva resplandeciente. Un enorme aparador ocupa la otra mitad de la estancia, con jarrones llenos de flores y tarjetas.

Amber nos dice que Brock anda por ahí y se lanza a la antigua cocina en su busca, mientras Neil se vuelve hacia mí y murmura:

—Madre mía, ¿cuánto ha costado esto?

—No lo sé. —Sacudo la cabeza. Con todo lo que está pasando, no se me ha ocurrido esa pregunta—. Pero ya sabes lo bien que les ha ido el negocio últimamente.

—Gracias a Dios que no tenemos que pagar por ello. —Emite un sonido, como si ese hecho le molestara un poco.

No me da tiempo a contestar porque al momento sale Brock, con una copa en una mano y el móvil en la otra. Se lo mete en el bolsillo del pantalón y le da la mano a Neil.

—¡Chicos! Bienvenidos a nuestro nuevo hogar. —Da a la palabra «nuestro» la entonación suficiente para subrayar que se refiere a todos nosotros y luego se agacha para ver a Jack—. ¿Qué pasa, colega? ¿Te acuerdas de mí? Ha pasado tiempo, ¿no? —Le alborota el pelo, pero se levanta de nuevo antes de que Jack responda—. Entonces, ¿queréis tomar algo o hacer el recorrido?

Al final hacemos las dos cosas; Amber y Brock juntos nos muestran los cambios mientras Neil y yo tomamos un *whisky* con soda y Jack se toma un 7UP con una pajita. La casa tiene un aspecto increíble, de verdad. Cualquier resentimiento que Neil o yo pudiéramos haber sentido parece evaporarse mientras nos llevan de un lado a otro, y al poco rato ambos estamos arrullando de agradecimiento.

La verdad es que por primera vez creo que lo entiendo. Era una casa antigua y encantadora, con mucha historia, nuestra historia.

Pero no estaba exenta de problemas. Las puertas que se atascaban, la humedad en las paredes. Antes, los había visto como parte del carácter del lugar, pero en realidad eran pistas sobre los problemas subyacentes más profundos. Y Amber, con su tenacidad, y supongo que con su dinero y el de Brock, ha tenido que profundizar en la estructura del edificio para arreglarlo todo. Aun así, es la forma en que se ha recompuesto todo lo que es sorprendente de verdad. La casa sigue teniendo ese aire histórico: la reforma ha tenido en cuenta lo que fue la casa, pero la ha actualizado. Han convertido el encanto rústico en algo espectacular.

—Es impresionante, Amber, de verdad —dice Neil cuando volvemos a estar abajo, en el enorme salón de planta abierta.

Parece sincero, y ella sonríe.

—Gracias, Neil. Viniendo de ti, significa mucho.

El piso de abajo se ha vestido para la inminente fiesta. Las mesas están dispuestas en el salón, repletas de copas. Hay una docena de bandejas calefactadas de acero inoxidable, listas para ser cargadas con comida. Por todas partes cuelgan globos rojos y plateados. Brock levanta la mano y coge uno. Se lo entrega a Jack.

—¿Por qué son rojos? —pregunta Jack—. ¿Por qué no tienen otros colores?

—Porque son los colores del equipo de fútbol favorito de tu abuelo —responde Amber—. Y esta era su casa. —Luego se vuelve hacia Neil y hacia mí—: Si pensáis que la casa ha quedado bien, tenéis que venir al lago. El cobertizo para botes es superespecial.

Miro a Jack y creo percibir un destello de ansiedad en su rostro. En el lago se concentran muchos de sus recuerdos. Así que cambio de tema.

—¿Quién ha hecho todo esto? ¿Los preparativos de la fiesta?

Amber agita la mano como para quitarle importancia al asunto.

—Copiamos la idea de papá de contratar un *catering*. Eso facilita mucho las cosas, ¿no crees? —Le sonríe a Neil—. Vamos, quiero enseñaros el cobertizo para botes. —Se dirige más a Neil que a mí, pero hay algo que me resulta extraño.

Y entonces me doy cuenta de que no es lo que ha dicho, sino otra cosa. Es su comentario sobre la idea de papá de recurrir a proveedores externos. ¿Cómo es que eso es lo único que recuerdas de ese fin de semana? ¿El fin de semana en que papá se suicidó?

Neil interviene, ahorrándome la respuesta.

—En realidad, estamos un poco cansados del viaje. —Le sonríe—. Quizá mejor sacamos las maletas del coche y nos vamos a descansar un poco.

Amber parece desanimada por un instante, pero asiente:

—Vale, más tarde entonces. Brock, puedes echarles una mano, ¿no?

Brock pone los ojos en blanco, pero se frota las manos.

Una hora más tarde, volvemos a bajar y la casa está llena de gente. Hay gente que no conozco y que está preparando todo para la fiesta, que no empezará hasta dentro de un par de horas.

—¿Qué podemos hacer para ayudar? —pregunta Neil, cogiendo el brazo de Amber mientras pasa.

—Ah, nada, está todo bajo control. —Ella duda, pero luego lo mira mientras reflexiona sobre algo—. De hecho, tú eres más alto que Brock, ¿no? ¿Podrías ayudar a poner una pancarta? —Le coge de la mano y empieza a guiarle—. Kate, ¿por qué no te preparas una copa?

—Bueno, iba a llevar a Jack al cobertizo para botes —sugiero, deseando para mis adentros que nadie quiera acompañarme.

Quiero que estemos los dos solos cuando lo veamos por primera vez. Que se sienta seguro allí.

Tras un momento de duda, Amber se limita a decir:

—Claro, buena idea.

Ahora el jardín está terminado y los surcos están ocultos bajo nuevos parterres y plantas jóvenes. Pero me parece antinatural, demasiado nuevo para el entorno, y es como si aún pudiera sentir el daño que se ha hecho, la maquinaria pesada que ha arrancado las plantas y los árboles, heridas que tardarán en cicatrizar. Bajamos por el sendero hasta el lago. Las puertas del nuevo edificio están abiertas y tiene mejor aspecto que nunca. El embarcadero se adentra en el agua y es difícil imaginar que a un niño pequeño no le entren ganas de lanzarse a explorarlo. Pero el humor de Jack es muy diferente. Se queda muy cerca de mí, apretado contra mi pierna, mirando a su alrededor y mirándome a la cara para tranquilizarse. A nuestra izquierda está la pequeña playa, desde donde debieron de nadar Zack y los mellizos el día que Zack se ahogó.

Jack, a mi lado, traga saliva de forma sonora cuando llegamos al nuevo cobertizo. Subimos juntos a la cubierta de madera y nos acercamos al borde, junto al agua. Me aprieta la mano mientras miramos hacia fuera, instándome a que le devuelva el apretón. Habla en voz baja.

—Ahí es donde morí, mamá. —Jack señala una zona del lago que está junto a la playa y vuelve a cogerme la mano. Su voz suena seria, confusa y preocupada.

—Lo sé, cariño.

—Estábamos jugando allí, y Aaron era malo.

—Lo sé. Pero no vamos a hablar de ello aquí, ¿te acuerdas? No podemos hablar si hay otras personas escuchando, pero yo lo sé.

Asiente y me aprieta la mano con más fuerza.

—¿Qué te parece el nuevo cobertizo para botes? Es muy chulo, ¿eh? —Intento atraerlo para que mire—. Y ¿qué me dices del nuevo embarcadero? El viejo era mucho más pequeño y un poco enclenque.

—Ahí es donde me pusieron. —Jack está quieto, mirando ahora al césped de más allá de la playa—. Cuando estaba muerto.

Esto me detiene. Miro hacia donde está señalando, y puedo ver claramente el cuerpo de Zack tendido sobre la hierba, de una forma extraña; era como si lo hubieran abandonado, después de que lo hubieran declarado muerto. Jack está señalando ese punto exacto. Una parte de mí quiere preguntarle cómo lo sabe, pero otra parte ya conoce la respuesta. Me resigno a aceptar lo que dice Jack, aunque sepa que no tiene sentido. Pero entonces me doy cuenta de otra cosa. Lo que acaba de decir es diferente a cualquiera de las afirmaciones que ha hecho antes. Me giro hacia él y me pongo a su altura, apoyándome con una mano en la barandilla de madera para estabilizarme.

—¿Recuerdas lo que pasó después de ahogarte, Jack? ¿Recuerdas estar allí tumbado?

No responde con palabras, pero mueve suavemente la cabeza arriba y abajo. Respiro hondo y percibo el olor familiar del lago, de los árboles que rodean la orilla. La realidad.

—¿Recuerdas a dónde fuiste, después de morir?

—Sí. —Asiente con la cabeza—. Estaba en el aire, mirando.

—¿En el aire?

Asiente con la cabeza.

—Y te vi. Fue entonces cuando te elegí. Para volver como tu hijo.

Me invade una nueva ola de irrealidad. Pero dejo que me golpee, sin darme cuenta de lo que puede significar.

—Vale. Quizá podamos hablar de eso en otro momento. Pero sabes que aquí no puedes contárselo a nadie. Lo recuerdas, ¿verdad, Jack?

Vuelve a asentir y veo que su pecho se dilata mientras respira hondo.

—Lo sé.

Capítulo 40

Cuando empieza la fiesta, muchos de los invitados resultan estar relacionados con el negocio de Amber y Brock. Supongo que también son amigos (así es como funciona el mundo del *marketing*), pero yo no los conozco y casi me siento como una extraña mientras van entrando, y Brock les da refrescos y Amber se embarca en un recorrido tras otro para enseñarles la casa. Cuando terminan y se reúnen en la sala de estar, algunos incluso nos preguntan a Neil y a mí de qué conocemos a Amber y Brock. Es como si ellos creyeran que han venido a la fiesta en exclusiva de mi hermana y su marido, a la reapertura de su casa, que le dejaron a Amber cuando murió su padre.

Es más cómodo escabullirse fuera de la casa, donde Amber ha preparado un partido de cróquet en el césped nuevo, y Neil se afana en enseñar a Jack a pasar las bolas por los aros con un mazo. Aunque antes he oído a Amber decir que de pequeñas jugábamos siempre, no es cierto. Entonces veo llegar a Bea. Ha cogido un avión desde la costa y Tris la ha recogido en el aeropuerto. Siguen sin estar juntos, por supuesto, pero tienen esa extraña peculiaridad de que siguen haciendo muchas cosas juntos. Por un momento se quedan solos en la concurrida sala, con cara de sentirse tan incómodos como yo. Dejo a Jack y Neil jugando y me acerco a hablar con ellos.

—Hola, Bea, Tris. —A él le doy dos besos y abrazo a mi hermana.

Por cómo la mira Jack, siento la necesidad de aferrarme a ella, como si formara parte de todo aquello por lo que estoy pasando.

—Hola, Kate. —Me devuelve la sonrisa, pero no es cálida. Hay una distancia entre nosotras; por supuesto que la hay—. Cuánto tiempo sin vernos —dice, con un toque de ironía en las palabras.

Intento recomponerme. Actuar con normalidad. Ser normal. Miro a mi alrededor y veo que Jack y Neil siguen fuera jugando.

—¿Qué te parece la casa? —le pregunto.

—Aún no la he visto. —Mira a Tris, lo que yo interpreto como que estoy siendo demasiado impaciente, que me estoy equivocando. Pero se ablanda—. Por lo que he visto, es muy típica de Amber.

Quiero sonreír y darle la razón. Hace unos años lo habría hecho sin esfuerzo. Entonces estábamos tan unidas que a menudo parecíamos pensar lo mismo, y con frecuencia la una terminaba las frases de la otra. Pero ahora estoy demasiado estresada.

—¿Quieres que te dé un *tour*? —le pregunto, y me doy cuenta al instante de que sueno como Amber.

—Preferiría que me dieras una copa.

Tris ya se dirige a la mesa donde están dispuestas las bebidas. Allí sirve una copa de vino rosado.

—Hay champán —digo, antes de poder contenerme.

A Bea no le gusta el champán; nunca le ha gustado.

Permanecemos en silencio hasta que Tris regresa y le entrega el vino. Bea parece decidida a darme otra oportunidad.

—Se ha superado a sí misma, ¿verdad? —Bebe un sorbo de vino.

Y esta vez entiendo exactamente lo que quiere decir. Por un

segundo estamos en la misma onda, y es doloroso y agradable a la vez. Entonces oigo una interrupción detrás de mí.

—¿Mami?

Me giro, y ahí está Jack, manteniéndome la mirada muy atenta.

—¿Sí, Jack? —Tengo el corazón en la boca mientras espero a oír lo que va a decir.

—Papá dice que tienes que venir a jugar al cróquet.

—Vale. —Noto los ojos de Bea puestos en mi hijo. Quiero apartarlo, pero entonces me doy cuenta de que está esperando algo: hace más de un año que no lo ve—. Saluda a Bea, cariño. Y a Tris. Acaban de llegar.

Jack mira a mi hermana, la mujer que él cree que es su antigua madre. Veo la dificultad que le supone no poder decírselo; confusión y frustración pasan por su rostro.

—Mamá —vuelve a decir, me coge de la mano y me aparta.

Neil y yo ocupamos a Jack un rato con el cróquet en el patio y luego comemos, de platos que hemos ido apilando del bufé, los tres solos sentados mientras Bea se entretiene hablando con viejos amigos de Tris. Después se nos acerca uno de los clientes de Brock y entretiene a Jack haciendo malabares con fruta e intentando enseñarle a él a hacerlos. Entonces llega Aaron con unos amigos suyos de la universidad, y es como si una pequeña explosión se extendiera por la fiesta. O tal vez una grande. Son más ruidosos y alegres que cualquier otra cosa que esté pasando. Pillo a Jack mirándolo fijamente. Me pregunto si sabrá quién es Aaron, dado que debe de recordarlo como un niño de once años. Pero está claro que lo sabe. No podría estar más claro. Niego con la cabeza con disimulo para advertirle una vez más, y Jack me devuelve una mirada sombría.

Aaron no se queda mucho tiempo en la casa. Sus amigos y él diezman el bufé y se marchan al cobertizo para botes, llevándose la mayor parte de la bebida, y el centro de gravedad de la fiesta, con ellos. Creo que Amber probablemente lo planeó así, por el cuidado y la belleza con que ha decorado el cobertizo para botes, con luces a lo largo de la balaustrada de madera del embarcadero y farolillos colgados en el exterior del edificio. Pero en lugar de seguir a la multitud hasta la orilla del lago, aprovechamos la oportunidad para presentar nuestras excusas, diciendo que Jack está cansado y que vamos a llevarlo a nuestra habitación. Una vez allí, no volvemos a salir.

Es una pena perderse la fiesta, pero ¿qué otra opción tenemos? Me conformo con haber sobrevivido a la velada.

Capítulo 41

Jack se despierta a las siete y, aunque intento que se quede más tiempo en la habitación, se queja de que tiene hambre, así que bajamos. Busco un paquete de gofres y un poco de sirope de chocolate mientras me pongo a averiguar cómo funciona la nueva cafetera de la reluciente cocina. Me alivia saber que estamos solos: no hay cuerpos desmayados en los sofás, e incluso alguien se ha esforzado por limpiar: han guardado la comida sobrante en los dos frigoríficos y la mayor parte de la basura está en bolsas que han dejado junto a la puerta de atrás. Aun así, recojo una docena de vasos vacíos, y estoy vaciando el lavavajillas para ponerlo de nuevo cuando Amber entra en la cocina. Emite un gemido que me informa del nivel de resaca que sufre.

—Qué horror, me va a estallar la cabeza. —Se para frente al fregadero, se sirve un vaso de agua y procede a darle lentos sorbos. Va vestida con una bata de seda de aspecto asiático con flores estampadas. Jack la mira con extrañeza—. ¿Qué te pareció la fiesta? —Se gira para mirarme. No es una pregunta, sino una invitación a un cumplido.

—Estuvo estupenda —le digo, pero veo que no está del todo

satisfecha—. Tuve que llevar a Jack a dormir un poco antes de que acabara —le explico, y ella lo mira, un poco decepcionada, pero también apaciguada.

—Claro. —Sonríe a Jack y le pregunta, un poco condescendiente—: Y tú, Jack, ¿te lo pasaste bien?

Jack me mira antes de contestar, como si aún no estuviera seguro de lo que puede decir y lo que no en estas extrañas circunstancias. Le sonrío para decirle que puede contestar.

—Aprendí a hacer malabares.

—Ah, sí. —Se le ilumina la cara a Amber—. Guy Trone y sus famosos malabares. Estamos cambiando la marca de su cadena de gimnasios. —Vuelve a dar un sorbo al agua—. ¿Conoces UltraGym? Creo que tienen unas doscientas cincuenta sucursales en todo el país. —Está claro que este comentario va dirigido a mí, porque entonces Amber se acerca a Jack—. Quizá puedas enseñármelo más tarde, cuando se me haya pasado un poco el dolor de cabeza. —Pone los ojos en blanco—. ¿Tienes todo lo que necesitas? Hay más tortitas en la nevera. Y sirope de arce.

Me muerdo el labio; este es mi momento para mencionar nuestro plan de escabullirnos antes de tiempo. Cuando lo comentamos en el viaje de camino aquí, no me pareció que fuera a ser incómodo, ya que habríamos asistido a la fiesta. Pero, ahora que ha llegado el momento de contárselo a Amber, preveo que no le va a hacer ninguna gracia. Aun así, no tengo otra opción.

—Estábamos pensando en ponernos ya en camino —sugiero con cierta debilidad.

Amber se indigna:

—Ah, había planeado que cenáramos juntos esta noche, solo la familia. —Me mira distraída, como si con su dolor de cabeza no pudiera entender lo que le he dicho.

Para mis adentros busco un motivo que justifique nuestra ausencia, pero, dado que ni Neil ni yo hemos pensado en ninguna excusa, no tengo nada listo.

—¿Sabes?, después de un evento social tan grande —continúa Amber, haciendo comillas en el aire—, estaría bien hacer algo un poco más íntimo, ¿no te parece?

Le respondo que por supuesto que estaría bien, antes de darme cuenta de que es una trampa.

—Genial. —Se le ilumina el rostro al instante—. Me alegro mucho. —Luego le echa una mirada significativa a la puerta—. En realidad, hay otra razón por la que necesito que te quedes. —Espero su respuesta, mientras acepto que ya he perdido—. ¿Recuerdas la idea que tuviste de poner un pequeño monumento para el pobre Zack?

Al oír su nombre, Jack levanta la cabeza del plato. Amber también lo nota, pero no parece darse cuenta.

—Me acuerdo…

—No me pareció bien hacer esto ayer con tanta gente alrededor. Por eso he organizado una cosa para esta tarde, ya que estaremos todos aquí. —Me sonríe.

—¿El qué?

—Vamos a plantar un árbol. Y he mandado hacer una roca con una placa… Las dos cosas van a llegar hoy. —Me mira, un poco ansiosa ahora, como si supiera que no es la mejor para estas cosas—. Quería que fuera una sorpresa.

Asiento con la cabeza. Siento un nudo en la garganta, como si estuviera atrapada en una red, una trampa que yo misma me he tendido y de la que no puedo hacer nada por escapar.

—Claro. Eso suena… muy bien. Buena idea.

—Así que ¿os quedáis?

—Por supuesto. —Sonrío, tan alegremente como puedo, y mantengo la mirada fija en Jack.

Tiene la frente fruncida. Amber se entretiene un buen rato en prepararse un café, bebérselo y hablar de la fiesta. Al parecer, todo el mundo se concentró alrededor de la nueva barbacoa que Amber ha instalado en la parte de atrás, y Aaron y sus amigos han estado allí al menos hasta las seis de la mañana. Eso me consuela un poco: hasta el mediodía, como pronto, no se levantará.

Cuando se termina el café, Amber se va a duchar y Neil baja las escaleras, todavía creyendo que nos vamos hoy, así que le doy la mala noticia. Se lo toma a mal, y aún está discutiendo si todavía podemos irnos cuando Tristan se pasea descalzo por la cocina, y luego Brock. Antes de que nos demos cuenta, casi toda la casa está levantada.

Aún es pronto, y aunque todavía no es verano, el día ya es caluroso y Brock sugiere que vayamos a bañarnos. No parece establecer ninguna conexión entre el monumento planeado para Zack y emprender la misma actividad que lo mató, pero tal vez eso sea injusto. En cualquier caso, la resaca empuja al mayor número posible de miembros de la familia al agua, y Brock no para de insistir hasta que Neil cede. Me preguntan varias veces si Jack y yo queremos bañarnos, pero les recuerdo a todos que Jack aún no se siente cómodo en el agua.

Así que nos dirigimos al cobertizo para botes. La parte trasera, que da al embarcadero y al lago, se abre y Amber desliza la puerta de cristal para que la zona de asientos quede bañada por el sol de la fresca mañana.

—¡Vamos, competición de saltos! —grita Brock.

Ya está en bañador, con el vientre bronceado y depilado. Neil también lleva puesto el bañador, pero con una camisa por encima, y parece que le da un poco de vergüenza cuando se desabrocha los botones. Eva también va a bañarse, y me sorprende lo poco que queda de la niña que siempre he conocido. Ahora tiene la figura de una mujer, ágil y de piel tersa. Cuando Amber se desviste, su cuerpo parece hinchado y flácido en comparación, y me alegro de nuevo, aunque sea por otra razón, de no tener que ir con ellos. Brock, Neil, Eva, Amber y Tristan se alinean en el embarcadero y, a la de tres, saltan y se zambullen a la vez. Jack me agarra la mano con fuerza mientras chapotean en el agua. Cuando salgan a la superficie, Bea, Jack y yo debemos juzgarlos.

—¿Qué te parece, Jack? —Bea se ríe cuando están en el agua y asoman cabezas mojadas a diestro y siniestro.

Vuelve a mirarme. Está claro que se siente incómodo. Asiento con la cabeza para decirle que no pasa nada, para intentar que se relaje.

—A mí me parece que Eva tiene muy buena pinta —dice Bea, y no estoy segura de si lo dice en general o refiriéndose a su inmersión.

Jack asiente y Bea grita:

—¡Primera ronda para Eva!

Brock gime y salpica de agua en simulacro de frustración.

—¡Vamos, otra vez! —Se dirige a la escalera y se descuelga.

Unos instantes después, están todos en fila de nuevo, esta vez con el agua goteando de sus cabellos y trajes de baño.

—¿Preparados? ¿Listos? ¡Ya! —grita Bea.

De nuevo se zambullen, y esta vez Brock intenta subir la apuesta realizando un salto mortal. No es especialmente elegante y causa un gran salpicón, pero cuando salen a la superficie Bea le anuncia como ganador y, aunque exige una tercera ronda, los demás se niegan y empiezan a nadar. Me alegro de que la atención de la gente esté centrada en otras cosas y me relajo un poco en el nuevo sofá. Una pregunta va tomando forma en mi mente.

—¿Te han…? —Me detengo en ese instante, insegura de cómo continuar—. ¿Ha mencionado Amber lo que tiene planeado para más tarde?

Bea me mira con cierta brusquedad. Asiente en silencio.

—¿El árbol de Zack?

—Sí. ¿Qué te parece? Espero que no te lo haya soltado hoy… —empiezo, pero ella niega con la cabeza.

—No. Lo hablamos hace tiempo. Tris y yo elegimos el árbol. Creo que es buena idea.

Por la tirantez de su voz, me arrepiento de haber sacado el tema. Está claro que va a ser difícil para ella. O presiente que lo va a ser.

—Vale. Sí, es buena idea. —Le muestro una sonrisa alentadora y doy por terminada la conversación, por lo que a mí respecta.

Pero ella me sorprende.

—Amber me dijo que fue idea tuya, por si te lo estás preguntando. —Siento una oleada de calor, como si me acusara de estar buscando cumplidos, pero, antes de que pueda replicar, niega con la cabeza—. No pasa nada, Kate. Ya me lo imaginaba. —Me sonríe con amabilidad y me agarra la mano—. Gracias.

Y entonces tengo que apartar la mirada, hacia donde siguen chapoteando en el agua, y me pregunto qué demonios me pasa. ¿Por qué me siento tan extraña en presencia de mi propia familia? ¿Por qué no puedo relajarme aquí, en la casa donde crecí y que Amber ha reconstruido para todos nosotros? Entonces mis ojos se posan en Jack, que mantiene la mirada fija en mí, pero de vez en cuando echa un vistazo furtivo a su otra madre, Bea.

Por eso.

Capítulo 42

Los nadadores salen del agua y Amber se pone a repartir toallas nuevas que ha cogido de una taquilla.

—¿Te quieres montar en la lancha fueraborda? —le oigo decir a Jack en un momento dado.

El comentario no solo me afecta a mí, porque Bea responde.

—¿De qué lancha hablas? —pregunta—. No habrás comprado una de esas también.

Amber le dirige una mirada irritada y niega con la cabeza.

—No, Aaron se la ha pedido prestada a un amigo hoy. ¿Te acuerdas de Martin? ¿El hijo de Jim?

Yo sí. Tienen una casa a unos pocos kilómetros, también en la orilla del lago.

—Dijo que iban a hacer esquí acuático —le explica Amber a Jack—. No creo que tengas edad para eso, pero tienen unos flotadores que son muy divertidos. —Al no responder Jack, ella continúa—: Son unos aros hinchables que se amarran al barco. Son superdivertidos. Seguro que a Aaron le encantaría darte un paseo.

—No lo creo —respondo por él—. Ya te dije que no le gusta mucho el agua.

—Sí, Kate, pero tienes que animarle un poco. Tienes que empujarlo. —Me mira con su típica mirada de hermana mayor (ella lo sabe todo). Intento indicarle a mi hermana que no es el momento ni el lugar, pero me malinterpreta—. Es muy callado, Kate. ¿No crees? —Mientras habla, Jack se aprieta más contra mi pierna—. Bea, ¿te has dado cuenta de lo callado que es Jack?

Pero Bea no se pone de su parte.

—¿Quizá él es así? ¿Un poco más parecido a Eva que a Aaron?

El comentario detiene a Amber, y en ese momento Eva pasa por delante de nosotras en el embarcadero, usando la toalla para secarse el pelo. Percibo que las tres hermanas miramos su figura, la figura que todas tuvimos una vez. Tris está sentado a nuestro lado, y me doy cuenta de que también levanta la vista cuando ella pasa.

—Bueno, a ver si luego cambias de opinión, Jack. —Amber le toca el hombro y nos mira a Bea y a mí—. Vamos a plantar el árbol a las doce.

El árbol es más pequeño de lo que me imaginaba. Llega en la parte trasera de un camión, que también transporta una miniexcavadora mecánica. Dos hombres salen de la cabina y lo bajan al suelo, y luego, siguiendo las instrucciones de Amber, trasladan el árbol al lugar que ella ha elegido, justo encima de donde la arena de la playa da paso al césped. La excavadora vuelve al camión y hace un segundo viaje; esta vez carga una gran roca de granito envuelta en celofán. Raspan la tierra para formar una base y colocan la roca, con la inscripción mirando hacia el agua. Neil y Brock ayudan a desenvolver la roca mientras los obreros cavan un hoyo para el árbol; la cuchara metálica de la excavadora corta fácilmente la tierra, que se amontona a un lado. Luego llevan la excavadora de vuelta a la entrada, pero no la cargan de nuevo en el camión. Amber nos explica que, una vez hayamos plantado el árbol durante nuestra pequeña ceremonia, volverán y lo harán como es debido. Nos dejan media docena de palas.

A las doce estamos todos reunidos esperando a que empiece Amber, pero ella parece ansiosa. Tardo un momento en entender por qué, y entonces me doy cuenta de que Aaron aún no ha llegado. Lo llama al móvil, pero no obtiene respuesta. Entonces no importa, porque desde el lago un zumbido lejano se ha convertido en un rugido cercano. Nos giramos todos a la vez y vemos una gran lancha rápida roja y blanca que surca las aguas en dirección al embarcadero, sin duda superando el límite de velocidad que rige en la parte del lago cercana a la orilla. El sonido del motor cambia y baja la ola de proa.

—Ay, gracias a Dios —dice Amber.

Aaron pilota, sus amigos parecen cómodos sentados en los asientos de popa. Dirige la embarcación hacia el embarcadero, la amarra con destreza y acelera el motor unas cuantas veces en punto muerto antes de apagarlo del todo. El apacible silencio de la orilla del lago vuelve a instalarse. Aaron salta con agilidad al embarcadero, y debe de vernos, reunidos a su alrededor, esperándole, pero no se da prisa; en su lugar, charla con sus amigos durante un rato, aunque está demasiado lejos para que podamos oír lo que dicen. Al final, los deja allí y se acerca con toda tranquilidad. Lleva una gorra de béisbol al revés y, mientras camina, saca unas gafas de sol de aviador y se las pone.

—¿Has oído ese motor? —le dice a Brock cuando llega hasta nosotros—. Cuatrocientos cincuenta caballos de fuerza. Es una puta bestia...

Pero Amber impide que la conversación vaya más allá.

—Aaron, cariño, vamos a hacer lo que te conté.

—Claro, mamá. Por eso estoy aquí. —Le sonríe, dientes blancos perfectos, y finalmente nos mira al resto de los que estamos allí de pie esperándole—. Vamos allá.

Amber se ha convertido en la maestra de ceremonias. Empieza recordándonos por qué estamos todos aquí reunidos, y da las gracias a Tris y Bea por ayudar a elegir el árbol, un arce azucarero, que al parecer tendrá hermosos colores rojos en otoño. También bromea diciendo que, como el sirope de arce proviene del arce azucarero, a Zack le habría gustado. Miro a Bea mientras dice esto y me sorprende ver que está llorando, porque lo hace en silencio. Una de sus manos agarra con fuerza la de Tristan. Su rostro está fijo y tenso.

—¿Mamá? —me pregunta Jack con una vocecita.

—¿Qué? —susurro.

—No me gusta el sirope de arce.

—No pasa nada, Jack. —Alzo un poco la voz, por si alguien le ha oído—: Está hablando de Zack, no de ti. —Luego le aprieto la mano para recordarle su promesa.

—De hecho, Amber —Tristan se aclara la garganta torpemente—, si me permites una interrupción, hemos elegido este árbol por los colores. Zack fue siempre más de sirope de chocolate. —Se encoge de hombros, y ella le responde con una sonrisa tensa.

—Claro. Por supuesto.

Amber sigue con la ceremonia y dirige un minuto de silencio, que Jack hace muy bien, y luego todos cogemos una pala, excepto Brock, que levanta el árbol en el agujero para que todos juntos rellenemos el hoyo de tierra. Jack no coge su propia pala, pero le dejo usar la mía, y Neil le ayuda, diciéndole que tenga cuidado con las raíces.

Después, la idea era que Bea y Tristan dijeran unas palabras. Tris lo hace, habla de lo estupendo que era Zack como hijo y de que su pérdida es la peor tragedia de su vida, y supongo que resulta demasiado para Bea porque, cuando Amber la llama para que se adelante a leer, niega con la cabeza y vuelve corriendo a la casa, seguida rápidamente por Tris.

Miro la tarjetita que me dio Amber para el servicio; el siguiente punto después del homenaje de Bea es una lectura de Aaron. Se acerca con confianza y mira divertido a Tris, que sigue corriendo por el césped detrás de Bea.

—Bueno… —dice Aaron. Se golpea la tarjeta contra el muslo, pensativo, y luego mira esperanzado a su padre—. ¿Por qué no nos olvidamos de esto y nos vamos a hacer esquí acuático?

Capítulo 43

—¿Cómo estás, Jack? —le pregunto cuando volvemos a estar solos.

Me he inventado una excusa para llevarlo arriba, lejos de los demás.

Como respuesta, hincha el pecho en un gran suspiro. Cuando termina, asiente con la cabeza.

—¿Se te hace raro? ¿Ver el monumento?

Jack combina un encogimiento de hombros con otro gesto de asentimiento.

—¿Te ha gustado el árbol?

Se lo piensa antes de encogerse de hombros por segunda vez.

—Es solo un árbol.

—Bueno. Yo creo que lo estás haciendo muy bien. Solo unas horas más y nos iremos a casa, y no tendrás que preocuparte de nada de esto, al menos, por un tiempo.

Hace una pausa, pero acaba asintiendo de nuevo.

—¿De verdad no podemos decirle nada a mi otra mami? ¿Solo un poquito?

—No, cariño. No es buena idea.

Baja la cabeza y se sienta en la cama.

—¿Te acuerdas de Tris? —le pregunto entonces. Nunca me lo había planteado—. ¿Lo recuerdas como tu papá?

Jack se muerde el interior de la mejilla y sacude un poco la cabeza.

—A lo mejor. Pero solo un poco. No lo recuerdo tan claro como a mamá.

—Estaba mucho fuera. Tenía que viajar por su trabajo. ¿Quizá es por eso?

—Tal vez.

Sonrío al ver lo serio que está.

—¿Era Bea una buena madre?

—Sí —me responde muy serio—, muy buena.

—¿Mejor que yo?

Su cabeza se inclina hacia un lado, sopesando la respuesta.

—Era diferente —dice al cabo de un momento—. Pero yo era diferente, también.

Sonrío de nuevo, esta vez ante la sabiduría de mi pequeño. Entonces algo me hace levantarme y acercarme a la ventana. A lo lejos, en el lago, afortunadamente muy lejos, veo a Aaron y a sus amigos haciendo esquí acuático. Mucho más cerca, el embarcadero y la cubierta que rodea el cobertizo para botes están ahora bañados por un cálido sol. Eva y Amber están tomando el sol, tumbadas, con bikinis blancos casi iguales, aunque uno es minúsculo, y el otro, mucho más grande, intenta contener a mi cada vez más oronda hermana mayor. Justo al lado del embarcadero veo que Tristan y Bea han sacado el viejo velero de papá, aunque apenas hay viento para ponerlo en marcha. Me alegro de que Amber lo haya reformado; a papá le habría gustado ese detalle. No sé qué le habría parecido el resto de la casa, pero ver el velero como nuevo le habría gustado.

Seguimos mirando un rato, pero pronto Bea y Tris se dan por

vencidos y se ponen a remar para acercar el velero al embarcadero, donde Tris arría la vela mayor y tira de la cuerda que enrolla rápidamente el foque. Lo dejan así; supongo que porque piensan volver a salir si el viento aumenta un poco.

Yo solía navegar aquí cuando era pequeña. Siempre supuse que mis hijos también lo harían, igual que los de Amber y... Me detengo; de pronto me doy cuenta de por dónde van mis pensamientos. Ver a Bea y a Tris juntos así en el barco de papá me ha traído un recuerdo. Los he visto navegar a los dos con Zack, antes de que muriera. Me vuelvo hacia mi hijo.

—¿Te gustaba navegar?, ¿cuando eras Zack?

—Sí —responde, no con muchas ganas, pero es un claro sí.

—¿Te gustaría ir a navegar ahora?

Se baja de la cama y camina descalzo hasta la ventana. Luego se queda mirando el mundo que se abre ante él.

—¿Te acuerdas de ese barco? ¿El que estaba amarrado en el embarcadero?

Esta vez asiente, observando la escena.

—¿Te gustaría dar una vuelta en él ahora, conmigo?

Se hace una larga pausa.

—¿Qué pasa con el agua? ¿Y si me caigo?

—No te vas a caer, cariño. Te lo prometo. —Pero, mientras hablo, me pregunto si puedo asegurarlo de verdad. Incluso en un día tranquilo como este, si estoy navegando necesitaré una mano en el timón y otra en la escota, controlando la vela. Se me ocurre una idea—. Bea no se ha quitado aún el salvavidas. ¿Quizá a ella también le gustaría venir? ¿Te gustaría, Jack? —No acabo de entender la expresión de su cara; quizá él tampoco. Pero entonces, ¿qué extraño debe de ser pensar en salir a navegar con tu madre, y con tu madre de tu anterior vida? Espero, intentando ver qué emoción gana la batalla—. ¿Te gustaría? Te pondremos un chaleco salvavidas, así que, aunque te cayeras, flotarías. Pero Bea no te dejará caer. Te sujetará todo el tiempo.

—¿De verdad puedo ir? ¿Con mi otra mamá?

Intento analizar lo que estoy haciendo. Siento que es algo más que una mera salida en el viejo velero de papá. Es algo mucho más grande que eso. Pero no me enfrento a ello. Me digo a mí misma que es una buena idea.

—Tienes que prometer que no le dirás nada sobre Zack. Si me lo prometes, puedes ir.

—Ya te lo prometí —me recuerda Jack.

Vuelvo a morderme el labio.

—Sí, es verdad. Lo prometiste.

—Lo prometo otra vez —dice Jack a la vez que hincha el pecho.

Intercepto a Bea y le pregunto si puedo hablar con ella. Tris parece intuir que no es necesario en la conversación y nos deja a solas.

—¿Qué? —me pregunta Bea, y le lanza una mirada a Jack.

Tiene una forma particular de mirarlo. De la nada me viene a la mente una palabra para describirla: «maternal».

Eso debería servir de advertencia, pero continúo de todos modos.

—Sé que acabas de salir del agua, pero le he preguntado a Jack si quería ir a navegar en el velero de papá. Y ha dicho que sí.

Su cabeza se inclina hacia un lado, como si no lo entendiera.

—Necesito que alguien experimentado vaya con nosotros. Para asegurarse de que Jack no se caiga.

Se da cuenta de lo que le estoy pidiendo y me sonríe.

—¿Yo? ¿Quieres que vaya con vosotros? —Se inclina hacia Jack.

—Si no te importa. Será solo un rato. Todavía está un poco receloso del agua.

—¿Que si me importa? Al revés, me encantaría llevarte, capitán Jack. Y cuidaré de ti, te lo prometo.

Se da la vuelta enseguida y procede a ignorarme mientras habla con Jack.

—Vamos a ver si encontramos un chaleco salvavidas. Hay algunos en el cobertizo para botes. A lo mejor hay uno en algún lugar que Zack usó que te sirva.

Se lo lleva, sin mirarme, y yo me quedo ahí de pie, preguntándome si es una buena idea o no.

Tardan un tiempo bastante largo en encontrar el chaleco salvavidas y yo bajo al cobertizo para botes. Amber y Eva siguen tomando el sol, y Eva está escuchando música en su teléfono, un horrible sonido metálico sale del pequeño altavoz del móvil. Supongo que es para enmascarar el zumbido del agua, el zumbido y el chirrido del gran motor de la lancha motora, que, aunque esté justo en medio del lago, retumba por todos lados. Los chalecos salvavidas de Bea y Tris se están secando en la barandilla donde los dejaron, aunque cuando toco uno con la mano no está muy mojado. Mientras me lo pongo, Neil me ve desde el interior del cobertizo para botes, donde está sentado leyendo, probablemente uno de sus trabajos académicos. Se levanta, se acerca y me toca el hombro.

—¿Qué pasa? ¿Vas a navegar?

—Sí —digo, y me pregunto si debería haberle pedido a Neil que viniera.

No es un marinero nato, pero podría haber ayudado a sujetar a Jack.

Antes de que pueda decir nada más, Bea y Jack regresan, ella todavía charlando con él mientras tira del cuello de espuma de un chaleco salvavidas naranja brillante. Veo la expresión de Neil. De sorpresa y preocupación, pero no digo nada. Los cuatro subimos por el embarcadero hasta donde está amarrado el pequeño velero.

Cuando llegamos, me subo al barco para izar la vela mayor. Conozco este barco como la palma de mi mano. Yo misma navegué en él cientos de veces cuando era más joven, y mis acciones son automáticas mientras escucho a Bea decirle a Jack lo que estoy haciendo, dónde debe sentarse y cómo debe mantener la cabeza agachada cuando la botavara se acerca si viramos o trasluchamos. Pero no vamos a trasluchar, sino que vamos a mantener el velero firme y seguro. Va a ser una travesía fácil.

Tiro de la vela por la driza, y el viento es tan flojo que apenas ondea y solo flota lentamente sobre nuestras cabezas. Entonces ayudo a Jack a subir a la barca, con cuidado de mantener mi peso a bordo. Lo siento delante de la caja de la orza. Entonces Bea sube también y se concentra en Jack, asegurándose de que esté cómodo y explicándole dónde puede agarrarse.

—¡Neil, ¿puedes desatarnos?! —grita Bea.

Neil duda un momento, pero luego hace lo que ella le pide.

—Eso es, pon el arco alrededor. —Bea le aprieta el hombro a Jack—. ¿Listo, capitán? Hoy eres el capitán Jack.

En el embarcadero, Neil se agacha para desenrollar la cuerda de la cornamusa y empuja la parte delantera del barco para dirigir la proa hacia el lago. La vela se llena y nos alejamos. Bea sigue hablando con Jack y le pide que saque el pequeño foque. La suave estela hace espuma detrás de nosotros y, cuando me giro, veo la cara inquieta de mi marido.

Capítulo 44

—¿Hacia dónde quieres dirigirte? —pregunto, mis ojos en la vela y no en mi hermana ni en Jack.

Podríamos dirigirnos hacia la ciudad e incluso amarrar y tomar un helado. O podríamos navegar hacia el oeste, donde el lago se estrecha y hay una serie de pequeñas bahías. Es divertido explorarlas.

—¡Quiero ir a la isla! —grita Jack, interrumpiendo mis pensamientos. Señala delante de nosotros la pequeña isla que hay frente a la casa de papá—. Hay un castillo. —Parece feliz, emocionado.

—Es verdad —contesta Bea, y hay un poco de confusión en su voz; supongo que porque no se ve desde la orilla y hace siglos que no hablamos del castillo.

Es el único edificio que hay y está escondido detrás de la espina dorsal de la isla.

—¡No es un castillo de verdad, pero puedes entrar en él! —continúa Jack—. Hay un sitio para meter la barca debajo, por el otro lado. —Rebota en el asiento, olvidándose de sí mismo.

Por un segundo no digo nada. Solo me concentro en virar hacia la isla y ajustar la vela mayor. Entramos en una pequeña racha de buen viento y el barco responde primorosamente, ganando velocidad, con la estela borboteando detrás de nosotros. Bea ajusta el foque y lo suelta para reducir la potencia.

—¿Cómo sabes lo del castillo, Jack? ¿Te lo ha contado mamá? —le pregunta cuando termina.

Puedo oír en su tono que lo ha estado pensando mientras trabajaba. Luego se vuelve hacia mí antes de que Jack pueda responder:

—Porque vendieron el castillo. Hay una pareja que vive allí ahora. Creí que lo sabías.

Empiezo a responder, con la intención de decirle que sí lo sabía. Pero decido que es mejor no hacerlo.

—Ah —digo en su lugar.

Y luego continúa explicándole a Jack:

—Hace unos años, cuando Zack estaba vivo, solíamos navegar a la isla todo el tiempo. Entonces no vivía nadie en el castillo, y ni siquiera estaba cerrado. Solíamos entrar y fingir que era un castillo de verdad. —Le sonríe y se encoge de hombros—. Tiempo después lo compraron y lo convirtieron en una casa de verdad. Así que ya no podemos entrar.

Solo puedo ver la cara de Jack de perfil, pero noto su expresión, una mezcla de decepción, confusión y esa necesidad de asimilar los cambios en el mundo que cree que una vez conoció. Entonces mira a su alrededor. Parece que volviera a notar el agua en ese instante y se sienta más erguido, como si se dijera a sí mismo que debe ser valiente al respecto.

—Hay un lugar para acampar —dice ahora—, en el otro extremo de la isla. ¿Sigue ahí?

No le he contado nada de esto, y sé que lo está recordando. Pero no puedo responder, porque en realidad no sé la respuesta. Bea me lanza una mirada extraña, antes de responder.

—No estoy segura. Hace mucho que no voy. —Se vuelve de

nuevo hacia mí—: Tris y Brock solían llevar a los niños allí, ¿te acuerdas?

Lo recuerdo. Recuerdo estar con Bea en la pequeña habitación de atrás, mirando con prismáticos para comprobar que todas las tiendas estaban levantadas en la pequeña parcela de tierra llana al sur de la isla.

—¿Quizá cuando seas mayor podrías acampar allí? —le pregunta Bea a Jack.

Pero ella parece confusa cuando a él se le ensombrece la cara ante esa idea.

Más adelante, la racha de viento que hemos estado atravesando desaparece. Así es en el lago. En algunos lugares sopla una brisa agradable, pero en otros se reduce a nada. Cuando perdemos el viento, la presión sobre las velas disminuye, pero seguimos avanzando gracias al impulso del barco. Bea y yo ajustamos nuestras posiciones casi automáticamente para mantener el equilibrio.

—Nos quedamos sin viento —anuncio.

Delante de nosotros, la isla aún está a unos cientos de metros, pero ya se ven las almenas del castillo, que se elevan sobre la cresta. También hay un mástil, lo cual es nuevo. Una bandera se mueve lentamente de un lado a otro.

—Allí hay viento —dice Bea, y tiene razón.

Si logramos atravesar esta zona de calma, podremos virar por la parte trasera de la isla. Podemos ver si el antiguo campamento sigue allí, e incluso desembarcar en la pequeña playa e investigarlo. Estoy segura de que a Jack le gustaría.

—Cuidado. —Una nota de alarma en la voz de Bea devuelve mi atención al presente.

Señala a sotavento, a un punto escondido un poco detrás de la vela mayor. Veo la pesada proa roja de la lancha de esquí acuático en la que van Aaron y sus amigos. Se dirige hacia nosotros y, aunque todavía está a una buena distancia, se mueve rápido y la proa va en alto, de modo que no podemos ver a quien la conduce.

—¿Crees que nos habrán visto? —me pregunta Bea.

—Deberían ver al menos la vela.

Mientras hablo, empujo y tiro de la caña del timón e intento cambiar de dirección, para asegurarme de que estamos fuera de su camino. Pero no sirve de nada; nuestro barco apenas se mueve, y la línea de viento de la que venimos está desapareciendo detrás de nosotros y ello nos deja inmovilizados. Con todo, no pasa nada; quienquiera que conduzca la lancha motora no dejará de ver nuestro mástil y nuestras velas. Siempre que miren. Y no pasa nada; un momento después, la lancha gira un poco para evitarnos. Aun así, pasa cerca de donde estamos.

—Qué máquinas tan horribles —oigo murmurar a Bea cuando la lancha motora pasa rugiendo.

Está a unos dos metros delante de nosotros y remolca un flotador hinchable. Dos jóvenes van sentados en él, agarrados con fuerza mientras Aaron intenta aprovechar la estela de la lancha para echarlos fuera. Veo su cara, su amplia sonrisa llena de dientes relucientes cuando la lancha pasa zumbando. En cuanto se aleja de nosotros, lanza la lancha motora en un giro profundo a la izquierda, como si nos usara de boya para virar. Esto hace que el flotador acelere al salir de la curva, derrapando sobre el agua plana y tranquila. Entonces se engancha en algo y se vuelca, arrojando a los dos jóvenes al agua. Jack lo observa todo con los ojos muy abiertos. En cuanto los chicos caen, se agarra con fuerza donde Bea le ha dicho.

—No pasa nada, Jack. Solo se están divirtiendo —le digo.

Asiente con la cabeza y veo algo que me preocupa. La estela de la lancha motora ha formado un conjunto de olas cortas y agitadas que vienen hacia nosotros. No hay tiempo para hacer nada, excepto decirle a Jack que se agarre fuerte. Entonces las olas golpean, haciendo que nuestro barco se balancee con violencia de un lado a otro. El mástil y las velas, vacías de viento, aletean y hacen ruido, y la pesada orza golpea en su carcasa cuando las olas pasan por debajo. Aaron ha detenido la embarcación y espera hasta que sus amigos vuelvan nadando al flotador.

—¡Eh! —le grita Bea—. ¡Aléjate!

Aaron no la oye, o finge no oírla. Se pasa una mano por la oreja.

—¡¿Qué dices?! —grita, sonriéndonos.

—¡Aléjate, por favor! —Bea vuelve a gritar.

Esta vez Aaron la ignora. Justo cuando los dos chicos están a punto de alcanzar el flotador, acelera el motor, lo que hace que la barca salte hacia delante en el agua y aleja de nuevo el hinchable. Mientras lo hace, ruge a carcajadas y grita a sus amigos que naden más deprisa.

—¿Cómo dices? —pregunta Aaron, mientras vuelve a frenar la lancha motora.

Ahora está cerca de nosotros, casi al costado.

—Te he dicho que te mantengas alejado —dice Bea—. Es peligroso que te acerques tanto.

—Vale. —Aaron se encoge de hombros, como si no fuera para tanto.

Pero no se aparta. En su lugar, señala a los chicos que están en el agua, como dando a entender que va a esperar a que vuelvan a subir al hinchable. Mientras tanto, nos observa (esa parece la mejor palabra para describir lo que hace), y me incomoda. Lo cómodo que está me molesta.

—Oye, Jack, ¿quieres dar una vuelta en el flotador? Es muy divertido.

—Tiene cuatro años —contesta Bea—. Es demasiado pequeño para montar en esa cosa.

—Puedo ir despacio.

—No.

Aaron le lanza una mirada prolongada a Bea, como si algo en él estuviera disfrutando de la confrontación, y luego deja caer un hombro despreocupado.

—Vale —dice—, como quieras. Hacednos una señal si cambiáis de opinión. —Mira nuestras velas, que siguen extendidas inútilmente en el aire quieto—. O si necesitáis que os remolquemos. —Luego grita hacia atrás, donde están sus amigos sentados en el flotador, casi uno encima del otro—: ¡Agarraos fuerte, colegas!

Entonces, pasa a ser temerario de verdad. Mete el acelerador a fondo y la lancha reacciona creando una empinada cuña de agua por la que procede a elevarse. Nos quedamos en medio de una nube de humo gris apestoso, y unos segundos después el flotador pasa a toda velocidad, con los chicos fuertemente agarrados y gritando. Un momento después, el velero vuelve a sacudirse, esta vez, con más violencia. Aaron se ha acercado tanto esta vez que el agua salpica los costados.

—Joder —oigo decir a Bea mientras se agarra fuerte, con un brazo alrededor de Jack. Luego murmura—: Vaya gilipollas. —Entonces se vuelve hacia mí—: Lo siento. No debería decir palabrotas delante de Jack, pero…

No respondo. Mantengo la mirada fija en Jack y le digo que no pasa nada con la voz lo más calmada posible. Tiene la cara blanca. Está muy asustado.

—¿Has visto que no lleva acompañante? —continúa Bea—. Cuando remolcas se supone que tiene que haber uno pilotando que mire por dónde van, y otro que vigile a los del flotador.

No contesto. En su lugar, observo cómo la lancha de Aaron rodea la parte trasera de la isla y se pierde de vista.

—Quiero volver —murmura Jack con una débil vocecita.

Toda la diversión y la emoción que manifestaba han desaparecido. Está asustado de verdad. Asiento de inmediato; comparto el sentimiento.

—Vamos a dar la vuelta —le digo.

Pero Bea sigue hablando de Aaron.

—Es solo una etapa por la que está pasando; eso dijo Amber el otro día. Ja, la etapa del gilipollas. Pero me pregunto: ¿cuánto va a durar? —Sacude la cabeza.

No recuerdo que haya criticado abiertamente a Aaron de esta manera antes, y no estoy segura de lo que la está haciendo soltarse ahora. Si tuviera que adivinar, diría que tiene algo que ver con Jack.

Más adelante, a unos metros de distancia, veo el comienzo de una ráfaga de viento y ondas más oscuras en la superficie del lago, que por lo demás está en calma. Una vez que nos alcance, podré aprovecharlo para ganar velocidad y virar, y quizá mantenerme dentro de él mientras nos dirigimos a la orilla. Sin embargo, antes de llegar, veo la lancha de Aaron emerger por el sur de la isla. Había pensado (más bien deseado) que se había ido detrás de la isla para remolcar allí el estúpido flotador y así no estorbarnos. Sin embargo, ahora veo que acaba de dar una vuelta completa y que la lancha motora se inclina al dar otra curva cerrada y se alinea de nuevo, de modo que se dirige enfilada hacia nosotros.

—¡Ay, joder! —suelta Bea. Parece asustada.

Agito la mano, pero no tengo ni idea de si Aaron me ve. Yo no lo veo porque la proa de la lancha motora está muy alta.

—Ve un poco más rápido, Kate —me implora—. Apártate de su camino.

Pero me resulta imposible. Solo puedo moverme si hay viento, y aquí no lo hay. Desde la parte delantera del barco oigo a Jack reaccionar a nuestra preocupación con un gemido que da dolor oír.

—Está bien, Jack. Va a dar la vuelta.

—No, no lo va a hacer —responde Jack—. Sé que no lo va a hacer. No lo va a hacer.

No deja de repetirlo, y cada vez va sonando más asustado. Mientras tanto, la maldita lancha se dirige hacia nosotros.

—¡La madre del cordero! —exclama Bea.

Agarra a Jack y tira de él hacia la parte trasera del barco, ya que parece que la lancha va a golpearnos de costado, justo delante del mástil. Lo empuja con brusquedad y vuelve a gritar, esta vez de dolor, al golpearse la espinilla desnuda contra el taco que sujeta la escota de la mayor. Veo el carmesí fresco de la sangre, pero mi atención está en otra parte, en la lancha motora, que ahora se encuentra a unos momentos de distancia. Entonces veo la cara sonriente de Aaron, que da el más mínimo giro al timón para que la enorme embarcación cambie de rumbo unos grados, lo suficiente para no chocar con nosotros y pasar volando a pocos metros de nuestra proa. Unos segundos más tarde le sigue la lancha neumática, y los chicos del flotador parecen casi tan alarmados como nosotros por el casi accidente que ha estado a punto de provocar Aaron.

Las olas nos golpean a continuación, pero como estamos de cara, el barco las soporta mejor, aunque el casco se golpea contra ellas cuando pasan por debajo de nosotros y el mástil se balancea en su escalón, como si todo el aparejo fuera a venirse abajo. Para entonces, la lancha motora casi se ha perdido de vista. Está dando otra vuelta a la isla.

Ni Bea ni yo hablamos durante unos instantes, y entonces

313

empieza a soplar la brisa. Ahora hay suficiente para que el barco vuelva a avanzar hacia la isla.

—Quiero volver —repite Jack, y yo le hago un gesto con la cabeza.

—Ya vamos, cariño. Solo tenemos que dar la vuelta. —Le digo que agache la cabeza y viro el barco para que podamos dirigirlo de nuevo a la orilla.

Mientras la vela se acerca y viramos al otro lado, sé que voy a hacerlo. No sé por qué, y no me veo capaz de detenerme.

Me vuelvo hacia Bea:

—Jack cree que era Zack.

La observo fijamente.

—¿Qué? —Me mira, no segura de haber oído bien.

—Jack cree que era Zack. Antes. Tiene recuerdos de haber sido Zack.

—¿Mi Zack?

—Sí.

Se hace el silencio. Bea pasa de mirarme a mí a mirar a Jack, que ahora parece aún más asustado. Él no sabe si puede decir algo.

—¿Qué quieres decir?

—Exactamente lo que digo. Tiene recuerdos de haber sido Zack. Habla de cuando era Zack. Habla de ello todo el tiempo. Casi nunca deja de hablar de ello. Cree que era él… antes.

Tarda un poco en contestar, pero ya lo entiende.

—¿Como en una vida pasada o algo así?

—Sí, eso es.

—Kate, eso es una locura. ¿Por qué me dices esas cosas?

Empiezo a arrepentirme. Pienso en lo mucho que me he esforzado para ocultárselo a Bea, y ¿por qué?… Por lo mucho que le dolería si lo supiera. Pero ahora se lo estoy contando. Está saliendo de mí, me guste o no.

—No quiero ocultártelo más. —Se me quiebra la voz al hablar—. He mantenido esto en secreto durante más de un año. No puedo seguir haciéndolo. Necesito que lo sepas.

Bea vuelve a quedarse callada, sin saber qué responder. Abre la boca varias veces y empieza a formar palabras, pero luego se detiene. Al final, se decide por una pregunta.

—Jack, ¿es verdad? ¿Tienes… recuerdos de ser otra persona?

Él la mira. Se le nota abatido y demasiado asustado para hablar.

—Está bien, Jack —le digo—. Puedes decírselo.

—Tú eras mi mamá.

—Dios mío. —Bea se lleva la mano a la boca y se aleja físicamente de él, como si la hubiera electrocutado o fuera a vomitar. Se vuelve hacia mí—: ¿Cuánto tiempo lleva pasando esto?

—Desde que aprendió a hablar. Solía decir «Ak-ma-gué», ¿te acuerdas? Cuando era pequeño e intentábamos bañarle. —Bea asiente con los ojos muy abiertos. Eso fue cuando aún nos veíamos con bastante regularidad—. Al final, nos dimos cuenta de que lo que quería decir era: «Soy Zack. Me ahogué».

—Pero eso no significa… —Se detiene sacudiendo la cabeza—. ¿Has…, no sé…, visto a alguien que entienda de estas cosas?

«¿Podría volver atrás? ¿Debería volver atrás? No lo sé, no tengo ni idea».

—Hay un experto en niños que recuerdan vidas pasadas. Trabaja en una universidad de la Costa Oeste. Vino a investigarlo.

—No quiero decir… —Ahora respira con dificultad, alternando entre mirarme fijamente y enviar miradas desesperadas hacia Jack—. Me refería a un psiquiatra o algo así. —El chaleco salvavidas sube y baja con su respiración—. Bueno…, ¿qué averiguó el experto ese?

—Cree que es posible que Jack viviera antes. No puede

asegurarlo, por supuesto. Pero ha visto muchos casos similares. Dice que es posible que Jack esté diciendo la verdad. Que él fuera Zack.

—Dios mío —repite Bea una vez más. Pero esta vez se queda callada después.

—Hay más —continúo. Me siento tan dura como el acero. Ahora no me importa a dónde nos lleve esto. Solo tengo que decirlo—. Dice que, cuando se ahogó, no fue un accidente. —Hago una pausa, solo un momento, para dejar que lo asimile, y luego le doy el golpe de gracia—. Fue Aaron.

Bea tiene la cara pálida, y los nudillos, agarrados al lateral del bote. Primero mira a Jack y luego a mí.

—¿Qué quieres decir? —me pregunta, y su voz se endureció al instante—. ¿Qué quieres decir con que fue Aaron?

—Aaron lo retuvo bajo el agua. Era un juego al que jugaban, solo que Zack no quería jugar. Intentó escapar, pero Aaron seguía sujetándolo. Y lo hizo durante demasiado tiempo.

Avanzamos a buen ritmo, bien adentrados en la racha de viento que tiende a correr a lo largo de la costa. Al acercarnos al embarcadero, tengo que soltar un poco la vela mayor para reducir la velocidad.

—Pero eso no es lo que pasó —me dice Bea—. Eso no es lo que Amber nos dijo que pasó.

Me muerdo el labio.

—Lo sé. —Bea se queda callada otra vez. Y nos estamos acercando—. ¿Puedes enrollar el foque? —Tengo que pedírselo, porque necesito reducir la velocidad.

Ella hace lo que le pido y yo giro un poco a favor del viento para que podamos dirigirnos hacia el embarcadero. Bea se adelanta para agarrar el cabo, lista para amarrarnos.

—¿Qué recuerdos tienes? —le pregunta ahora a Jack.

Él vuelve a mirarme antes de contestar, pero supongo que ya se ha dado cuenta de que no pasa nada, de que puede contestar.

—Recuerdo la isla. Entramos en el castillo. Y fuimos de acampada con papá y el tío Brock.

—Cuando dices papá, ¿quieres decir…?

—No le he dicho nada a Jack de esa isla. Nunca ha estado allí. Ni siquiera había estado en el lago hasta hoy.

Bea traga saliva.

—Cuando dices papá, ¿te refieres a Tris?

Jack asiente.

—A él no lo recuerdo tan bien. Te recuerdo mucho más a ti.

Es como si Bea no oyera esto.

—¿Y el día que Zack…, el día que moriste? ¿De verdad lo recuerdas?

Jack asiente de nuevo.

—¿Y fue Aaron? ¿Él te hizo ahogadillas, y no es verdad que estuvieras nadando donde no estaba permitido?

Jack sacude un poco la cabeza.

—Lo sabía —susurra Bea—. Siempre lo supe.

Capítulo 45

Bea amarra el barco y ayuda a Jack a salir al embarcadero mientras yo arrío la vela, la enrollo en la botavara y la meto en la bañera. Ninguna de las dos decimos nada; es como si llegar a tierra significara que se ha cruzado una línea divisoria. Veo que Amber y Eva siguen tomando el sol, aunque nuestra hermana mayor parece estar despertándose. Se quita el libro que le tapaba la cara y se sienta en la tumbona de forma poco elegante.

Nos observa a Bea, a Jack y a mí cuando bajamos por el embarcadero hacia ella.

—Hola. —Sonríe casi de manera condescendiente a Jack—. ¿Has ido en barco?

Él no contesta, pero Bea sí:

—Ha estado a punto de caer al agua, gracias al gilipollas de tu hijo.

—¿Qué? —La voz de Amber es aguda, sorprendida por las palabras de Bea.

—Aaron y su jodida lancha motora. Casi nos embiste. Podría habernos matado.

—Bea. —El tono de voz de Amber es recriminatorio, como si

le dijera a Bea que esta no es una conversación que debamos tener delante de un niño.

—En serio, ¿no lo has visto? Estuvo a esto de darnos un golpe.

—Beatriz —dice Amber, nuestra madre solía usar el nombre completo de Bea cuando se metía en líos, y Amber lo hace ahora—, creo que estás exagerando. Aaron es muy buen piloto y tiene mucho cuidado.

—Y una mierda. Es un peligro y alguien debería tener las malditas agallas de decirlo.

Se detiene y sus fosas nasales se agitan como las de un toro furioso. Ahora Eva también se despierta. Hay algo interesante que puede observar. Ella también se sienta y su vientre se arruga en dos líneas nítidas.

—Beatriz, te agradecería que no hablaras así de mi hijo.

Bea está a punto de explotar; lo veo en su cara.

—Ah, ¿sí? ¿Lo agradecerías? —Pero se muerde la lengua, creo que literalmente. Luego se calma lo suficiente para continuar—: Bueno, pues yo agradecería que otra vez no estuviera a punto de matarme. Ni tampoco a Kate. Ni, sobre todo, a Jack. Sabes que le tiene miedo al agua. Y Aaron también lo sabe.

Se hace el silencio. Eva lo utiliza para abrir el frasco de su crema solar. Se echa un poco en la palma de la mano y se lo aplica con cuidado en los muslos.

—Beatriz, esta es una conversación que no deberíamos tener aquí.

—¿A qué te refieres? ¿No quieres peleas en tu preciosa casa nueva? ¿Es eso?

No sé por qué lo dice, quizá porque no puede decir lo que de verdad piensa. En cualquier caso, ello hace que Amber se detenga.

—Esta es nuestra casa. —Amber parece confusa—. ¿Qué quieres decir?

Bea respira un par de veces:

—Sabes muy bien lo que quiero decir. Dices que es nuestra casa, pero luego apareces con todos tus amigos, y es como si Kate y yo fuéramos unas invitadas cualesquiera. Bienvenidas hasta que no lo somos. Está claro lo que intentas hacer, y eso tampoco me gusta.

Se hace el silencio. Me pregunto qué he desatado. Me pregunto hasta dónde llegará. Bea mira a Jack como si estuviera a punto de contarle a Amber lo que le he dicho. Pero algo la detiene.

—¿Vienes a casa? —me pregunta en lugar de ello y entiendo que quiere continuar hablando del tema allí.

No sé qué más hacer, así que asiento con la cabeza.

Nos quitamos los chalecos salvavidas en silencio, mientras Amber nos observa sentada en su tumbona, con la boca abierta de asombro. Por suerte, Neil ya no está en el cobertizo. No sé a dónde ha ido, ni qué pensará de todo esto. Luego sigo a Bea, que sube por el patio. En la casa, entra por error en la habitación que solía ser la cocina. Entonces se detiene, retrocede y entra en la nueva cocina. Sin preguntarme, enchufa la tetera eléctrica y saca dos tazas de té. Luego se agacha delante de Jack, que nos ha seguido hasta aquí en silencio.

—¿Quieres tomar algo? ¿Un zumo de naranja? —Bea piensa un momento, y la sombra de una sonrisa pasa por sus labios—. A Zack le gustaba el zumo de naranja.

—Bueno. —Jack asiente—: Sí, por favor.

Lo observa un momento, se inclina hacia delante y le planta un beso en la frente. Luego se levanta y va a la nevera.

Le cuento todo, todo lo que puedo, sobre lo que Jack ha estado diciendo, y que Jan sugirió que nos pusiéramos en contacto con el doctor Wells. Le hablo de su visita y de las pruebas que realizó. Le describo la actitud de Neil al respecto y su continua incredulidad de que Jack sea Zack de verdad. No trato de ocultar nada, y todo el tiempo

Jack está allí sentado, sorbiendo su zumo de naranja y mordisqueando un paquete de galletas de chocolate que Bea ha encontrado.

—Entonces, ¿de verdad lo crees? —me pregunta al final, cuando por fin la he puesto al día.

Hago una pausa. Sigo sin saber la respuesta.

—Creo al cien por cien que Jack se lo cree. Y no creo en las explicaciones de Neil. No le he entrenado a propósito, y la idea de que le he dado información sin querer, de que él ha sido capaz de construir una fantasía por sí mismo, no veo cómo es posible. Hay demasiadas cosas que él sabe, cosas que yo ni siquiera sé. Como lo de la zona de acampada de la isla.

Mi hermana me escucha y se queda pensando.

—¿Puedo hacerle una pregunta? ¿Sobre Zack?

Miro a Jack. Se queda muy quieto, mirándome.

—¿Jack? ¿Qué te parece?

Él asiente y yo hago lo mismo con Bea.

—Vale. —Bea se para a pensar antes de preguntar—. ¿Quién era tu mejor amigo del cole?

Jack no dice nada, pero parpadea varias veces. Luego niega un poco con la cabeza.

—No macuerdo.

—¿Tenía el pelo rubio o castaño? —Lo intenta de nuevo, pero esta vez Jack se encoge un poco de hombros.

—No macuerdo. —Parece decepcionada—. Caballos… —dice Jack.

—¿Qué? —Bea frunce el ceño—. ¿Qué pasa con los caballos, Jack?

—En las paredes. Debajo de nuestra casa había caballos. Recuerdo los caballos.

No tengo ni idea de qué es a lo que se refiere Jack, pero la cara de Bea ha cambiado.

—¿Te refieres al sótano?

De nuevo se encoge de hombros.

—Recuerdo los caballos. Me asustaban un poco.

Bea se vuelve hacia mí, animada ahora.

—En nuestra antigua casa, teníamos un sótano, ¿te acuerdas? —No me da tiempo a contestar—. No creo que lo vieras nunca; era muy húmedo, así que lo bloqueamos. Pero tenía un papel pintado muy peculiar, con dibujos de caballos. —Se vuelve hacia Jack—: ¿Te refieres a eso, Jack? ¿Estás hablando del sótano?

Pero se encoge de hombros por tercera vez.

—Solo recuerdo los caballos.

—Enséñale tu mancha de nacimiento, Jack —le digo, tras un breve silencio.

Bea vuelve a fruncir el ceño, y yo continúo.

—¿Recuerdas que cuando Zack murió tenía un corte en el pie? Uno muy profundo, y pensaron que pudo haber pisado una botella rota y quizá eso podría haber contribuido a lo que pasó.

Ella asiente y observa a Jack mientras se quita el zapato y el calcetín. Levanta el interior del pie para que pueda verlo.

—El doctor Wells nos explicó que es muy común en niños como Jack, niños que dicen recordar una vida pasada, que tengan marcas en los mismos lugares en los que se lastimaron las personas que eran antes.

Bea examina la marca de Jack y luego deja caer la cara entre las manos.

—Dios mío. Esto es demasiado. Demasiado.

Entonces nos interrumpen. Oigo la voz inconfundible de Aaron, una voz segura de sí y demasiado alta, hablando con Amber. Entran los dos por las puertas traseras. Aunque él debe de ver el estado en que nos encontramos, no nos presta atención ninguna y se mete de lleno en la conversación.

—Hola, chavalas y chavalillo. Mamá me ha dicho que no estabais contentos con lo que ha pasado en el agua. Así que quiero disculparme. Solo estaba tratando de darle a Jack un poco de emoción. Un poco de diversión.

Bea abre la boca para responder, pero no dice nada.

—Y, colega —señala a Jack con el dedo—, si quieres que te lleve a dar una vuelta, solo tienes que decirlo. Tengo que devolver la lancha más tarde, pero aún hay tiempo. —Sonríe—. Va mucho más rápido que esa vieja bañera en la que ibas antes.

—Aaron… —le implora Amber.

—¿Qué pasa? En fin, tengo hambre. ¿Qué hay para cenar? —Ve el paquete de galletas junto a Jack y coge una. No ofrece una a nadie más, y su mano es tan grande que la galleta parece absurdamente pequeña en ella. Sin pausa alguna sigue con una segunda, sin llegar a llenarse la boca.

Amber suspira.

—Bueno, respecto a la comida… —interviene Amber—. Se me ha ocurrido que podríamos pedir comida para llevar. Y nos ahorramos tener que cocinar, ¿os parece bien?

Me había olvidado por completo de su plan de cenar todos juntos en familia. No tengo nada de hambre y, francamente, me da igual lo que comamos, así que me callo. Bea tampoco contesta.

—Vale, pues entonces decidido. Le diré a Eva que tome los pedidos de la gente. ¿Sobre las siete os viene bien a todos?

Aaron se acerca a la nevera, abre la puerta y se queda pensando, así que Bea y yo nos levantamos para irnos. Imagino que vamos a seguir hablando, pero cuando estamos en el pasillo me pregunta en voz baja si me importa que le cuente a Tristan lo de Jack. No tengo ni idea de qué decir, así que me limito a asentir, y ella hace lo mismo, agradecida. Luego sube la nueva escalera que lleva a su habitación.

No quiero arriesgarme a encontrarme con Amber o Aaron, así que después de unos momentos la sigo y llevo a Jack a nuestra habitación. Allí encuentro a Neil. Le pregunto qué está haciendo y me dice que ha estado haciendo las maletas, con la esperanza de poder escapar pronto.

—Cenamos a las siete —le digo—. Comida para llevar.

Suspira. Supongo que va a sugerir que nos vayamos antes, pero se limita a asentir.

—Está bien. Pero quizá podamos irnos de verdad después de la cena.

—Vale.

No le digo que se lo he dicho a Bea. Ni que ella se lo está contando a Tris en este mismo momento. Y, desde luego, no le digo que tengo un fuerte presentimiento sobre cómo va a salir la cena, la premonición de que esta familia está a punto de explotar.

Capítulo 46

Poco después, Eva llama a la puerta. Entra con un menú de un restaurante chino cercano que se llama Wok U Like.

—Mamá me ha dicho que apunte vuestros pedidos. —Nos mira insegura a los tres tumbados en la cama, como si se preguntara por qué estamos aquí arriba.

Es como si nos estuviéramos escondiendo. Entonces nos tiende el menú. Neil se levanta y lo coge.

—¿Habéis pedido comida allí antes? —pregunto, más para entablar conversación que para otra cosa.

Hay algo incómodo en la forma en que está de pie, con el rostro inexpresivo.

—Sí, unas cuantas veces.

—¿Es bueno?

Se encoge de hombros.

—No está mal.

Eva nunca ha sido muy dada a la conversación y me doy por vencida, no quiero hacerla sentir aún más incómoda. Mientras tanto, Neil examina el menú como si fuera uno de sus trabajos científicos. Le dice a Eva su pedido y me tiende el menú.

—¿Puedes pedir algo por mí? —le pregunto, antes de volverme hacia Eva—. Y no te preocupes por Jack, he visto unos *nuggets* de pollo en la cocina. Se los daré y lo llevaré a la cama.

Eva suspira, como si esto le resultara pesado. Luego, cuando Neil elige un plato para mí, lo anota y sale de la habitación sin decir palabra.

Me siento mal por quedarnos en nuestra habitación, como si estuviéramos escondiéndonos en nuestra propia casa, así que le digo a Jack que vamos a bajar a ver qué pasa. Encontramos a toda la familia de Amber en el salón principal. La propia Amber se afana en su portátil, me imagino que estará haciendo el pedido de la comida, mientras Brock y Aaron mantienen una animada discusión; deduzco enseguida que tiene que ver con si deberían comprarse su propia lancha motora o no, y no nos prestan ninguna atención ni a Jack ni a mí. Los tres están bebiendo. Amber tiene un vaso grande de vino blanco, mientras que Brock y Aaron beben cerveza. Eva es la única que levanta la vista de donde está, acurrucada en el sofá leyendo un libro. Frunce ligeramente el ceño, como para advertirnos de que no invadamos su espacio. Así que, después de quedarme allí un momento sintiéndome incómoda, llevo a Jack a la cocina y le doy la cena. Mientras los *nuggets* se cocinan, pienso que desearía con toda mi alma poder comer con él y luego, como él, dormir hasta que llegue la hora de irnos.

Cuando termina de cenar, nos sentamos un rato a la mesa de la cocina. Debería haber traído más juguetes para Jack. Durante años hubo una caja aquí, en un armario del comedor. Cuando Zack y los mellizos tenían la edad de Jack, la sacaban y se sentaban en el suelo a montar el juego de trenes o a jugar a los coches. La caja seguía allí cuando murió papá, pero desapareció durante las obras y si ha vuelto no sé dónde está.

—Podríamos hacer un rompecabezas, si quieres —le sugiero a Jack, y él asiente con la cabeza mientras Amber, que ahora está al teléfono, señala un nuevo armario y moviendo los labios sin emitir sonido dice que allí hay algunos.

Cojo el más fácil que encuentro. Cuando me doy la vuelta, Bea está de pie en la puerta. Nos mira a todos. Se está tomando un *gintonic*, y hace chocar el hielo en el vaso antes de dar un largo trago. Amber levanta la vista, pero al parecer no percibe la oscura mirada de nuestra hermana.

Durante media hora, Jack y yo jugamos con el rompecabezas, pero no avanzamos nada y tenemos que guardarlo para poder poner la mesa. Le doy las buenas noches a Jack y lo llevo arriba. Aaron también se va. Tiene que llevar la lancha de vuelta. O llevarla a repostar, o algo así. Hay un momento en que él y Amber chocan; a ella le molesta que se vaya ahora, justo cuando va a llegar la comida. Pero él le dice que se calme. Yo me alegro de que se vaya. Espero que podamos terminar de cenar antes de que vuelva.

Llega la comida. Extendemos las bandejas de plástico y nos reunimos alrededor de la mesa. Hay prisa por abrir las bandejas y servir los *noodles* y los arroces en nuestros platos.

—Bueno, no está mal —dice Amber, cuando nos hemos servido todos. Hay un olor dulce y ligeramente sulfuroso a salsa de soja en el ambiente, pero sigo sin tener mucha hambre—. ¿No os parece? —presiona.

—No mucho —contesta Bea, y yo la miro.

Quizá sea una mirada de advertencia, pero ya no lo sé. Veo cómo le tiembla la mano mientras se sirve arroz frito.

—Bueno, yo creo que sí —concluye Amber—. Estamos aquí todos juntos, como una familia. —Sonríe con dulzura.

—No, no estamos todos —dice Bea al momento.

—Bueno, vale; falta Aaron, pero no tardará. —Amber pone los ojos en blanco.

Bea la fulmina con la mirada.

—Zack no está aquí.

—Pues no, claro. —La mirada de Amber cambia, dando a entender que es un comentario estúpido, como si solo tuviera que incluir a la gente que está viva.

Y entonces Bea lo suelta. Lo dice sin más, como yo ya sabía que lo iba a decir. Aun así, todavía me cuesta creer que esto esté ocurriendo.

—¿Sabías que Jack cree que era Zack? —pregunta Bea, imitando la sonrisa de Amber.

Doy un respingo tan fuerte que mis rodillas chocan con la mesa y derramo parte de mi bebida.

—¿Qué? —Amber frunce el ceño, desconcertada—. ¿De qué estás hablando?

—¿No te lo ha contado Kate? Al parecer, Jack lleva años diciéndolo. Desde que empezó a hablar. —Me mira, una mirada que no entiendo, como si estuviera igual de enfadada conmigo por ocultárselo todo este tiempo.

Amber sigue la mirada de Bea, como si quisiera ver si voy a negarlo.

A Neil se le ha retirado toda la sangre de la cara. Se queda paralizado, con el tenedor a medio camino entre la boca y el plato.

—¿De qué está hablando Bea? —me pregunta Amber.

—¿Jack cree que es Zack? —Brock hace una media mueca, como si fuera un intento de broma que no entiende.

—Él no… —Busco una forma sencilla de explicar esto. No la hay.

—Tiene recuerdos —continúa Bea—. Y dice que son de cuando vivía antes, de cuando era Zack. —Se hace el silencio y me gustaría poder arrastrarme por el suelo para escapar. Me arriesgo a mirar enfadada a Bea, pero no me presta la menor atención—. ¿Por qué no nos cuentas más sobre ello, Kate? —continúa—. Suena verdaderamente fascinante.

Aparto el plato, la idea de llevarme comida a la boca me revuelve el estómago, y me agarro la cabeza con las manos.

—Bea… —empiezo, pero me interrumpe. Noto que está gritando, fuerte.

—¿Qué? ¿Crees que iba a guardarme esto para mí? ¿O crees que tal vez no nos concierne? ¿Que no me concierne? —Se lleva las manos a la cabeza, incrédula.

—No pensé que lo ibas a soltar así.

Vuelve a bajar las manos.

—Bueno, pues te equivocaste. —El pecho le sube y baja rápidamente.

Me doy cuenta de que todo el mundo ha dejado de comer. Todos miran a Bea. A Bea y a mí.

—Lo siento, no entiendo muy bien qué está pasando. —Amber habla despacio, rompiendo el silencio—. ¿Estás diciendo que a Jack le gusta jugar a hacer que es Zack? ¿Es eso lo que quieres decir?

No contesto, así que Bea lo hace por mí.

—No. —Aprieta los labios—. Lo que quiere decir es que Jack podría ser Zack. Hizo que un especialista lo examine, un científico o algo así, el cual lo confirmó. Y eso no es todo. No solo recuerda la vida de Zack, sino también su muerte.

—Bueno, eso es absurdo —dice Amber.

—Ah, ¿sí? ¿No sería muy conveniente que así fuera?

—Pues sí, es absurdo, Bea. No hay otra palabra para definirlo. Sé que eres un poco propensa a este tipo de… ideas místicas, pero tienes que entender que no son reales.

—¡Claro que son reales! —interrumpe Bea, y me doy cuenta en un instante de lo que ha pasado aquí.

Bea me ha creído. No solo ha creído que es posible que Jack esté diciendo la verdad, sino que ha aceptado que todo lo que dice es verdad. Quizá porque por fin le ha aliviado un poco el dolor con el que vive desde la muerte de Zack, o porque su forma de vida, el hecho de que se haya estado convirtiendo en una especie de *hippie* de nueva era durante los últimos cinco años, es lo que está detrás de todo esto. El caso es que me ha creído. Y ha creído lo que Jack dijo sobre la muerte de Zack. Se lo ha tragado todo.

—¿Te gustaría saber qué más dijo Jack? —dice Bea ahora, su voz artificialmente dulce, mezclada con amargo sarcasmo.

—¿El qué? —pregunta Amber con frialdad.

—Dice que, cuando era Zack, no murió porque se alejara demasiado nadando, como tú nos has dicho siempre. —Bea sonríe de nuevo.

Está hirviendo a fuego lento, a pocos momentos de una explosión nuclear. La tensión en la sala casi ha vuelto cristalino el aire.

Amber abre la boca para responder, pero luego la cierra. Miro a mi alrededor, esperando que alguien detenga esto, pero Tris parece indefenso; tiene una mano sobre la cara como si eso fuera a protegerle. Miro implorante a Neil y, bendito sea, lo intenta.

—Bea. —Levanta el tenedor, respirando con dificultad—. ¿Me permites?

Por un momento no está claro si va a dejarle hablar; de alguna manera, ella tiene todo el poder en la sala. Pero entonces hace un gesto con la mano, como una reina que suspende momentáneamente una ejecución.

Neil empieza a hablar, con una mirada desesperada en mi dirección.

—Bea, es cierto que Jack ha estado diciendo esas cosas. Y, por lo que espero sean razones obvias para ti, te lo hemos estado ocultando, a ti y a todos. —Mira alrededor de la sala—. Pero no es verdad que Jack sea la reencarnación de Zack. Rotundamente no es cierto. Desde una perspectiva científica es completamente imposible. Y, por lo tanto, no deberíamos escuchar las cosas que dice sobre…

—¿Lo es? —Oigo mi propia voz, interrumpiéndole. Me mira, desconcertado—. ¿De verdad es imposible?

—Bueno, sí. Claro que lo es…

Pero no voy a permitirlo. No voy a dejar que se salga con la suya.

—¿El problema no es solo que ello va en contra del consenso científico actual? —le pregunto.

—Kate, ese no es realmente el…

—¿Así que podría ser como cuando todo el mundo insistía en que el universo giraba alrededor de la Tierra, y cuando Galileo dijo lo contrario le cortaron la cabeza?

—Ellos no… —Neil frunce el ceño, su rostro me implora que pare—. A Galileo le aplicaron arresto domiciliario por su obra sobre el heliocentrismo; no le cortaron la cabeza… —Se detiene, con los ojos muy abiertos, un poco desorbitados—. Y, de todos modos, fue la Iglesia la que lo hizo, no…

—Pero ¿entiendes de qué va esto? —Ahora estoy enfadada. Furiosa, más furiosa de lo que recuerdo haber estado nunca en mi vida. Furiosa con Bea por traicionar la confianza que deposité en ella, con Amber y sus malcriados, desagradecidos y desagradables hijos, pero con quien más enfadada estoy es con Neil, por negarse a darle a nuestro hijo, por una sola vez, el beneficio de la duda—. Todo el mundo pensaba que era imposible, hasta que dejó de serlo.

Neil intenta recomponerse.

—No es imposible, eso es cierto. Sin embargo, la cuestión es que no hay absolutamente ninguna prueba de que sea verdad.

—Solo que tu propio hijo te está diciendo que es verdad en tu puñetero idioma, más claro que el agua, ¡UNA Y OTRA VEZ, DESDE ANTES DE QUE PUDIERA HABLAR!

Pensé que la explosión vendría de Bea; es un *shock* darme cuenta de que he sido yo la que ha dicho estas palabras. Bea extiende la mano y me la pone en el brazo. No me apetece mucho el contacto físico, pero no la aparto.

—Joder —dice Brock—. Esta noche está tomando un giro extraño.

—¿Qué tipo de cosas está diciendo Jack? —Amber ignora a su marido y me dirige a mí su pregunta.

Se lo digo sin rodeos. Le hago un resumen de cómo averiguamos cuáles eran sus primeras palabras, cómo relacionamos su odio al agua con el hecho de que Zack se ahogara. Cómo identificó la casa de la playa donde Zack había estado de vacaciones, una casa que yo ni siquiera había visto nunca. Tris me lanza una mirada en ese momento, supongo que por fin ha entendido por qué fui a verlo aquella vez.

Cuando termino, Amber se vuelve hacia Neil, que ha estado escuchando en silencio, con el rostro pálido e inmóvil.

—Y ¿tú no crees nada de esto?

Niega con la cabeza.

—No.

—Pero ¿es verdad lo que dice Kate? ¿Lo has oído todo?

Neil suspira un poco antes de responder.

—Algunas cosas, sí. Para el resto solo tengo la palabra de Kate.

—Pero ¿la crees? —Las cejas de Amber se levantan.

De nuevo, se toma un momento.

—Sí —dice al fin, aunque sin convicción—. Creo a Kate, y no me cabe duda de que Jack también cree que dice la verdad. —Suspira—. Pero hay muchos ejemplos de gente que cree cosas que sencillamente no son ciertas.

Amber mira a su alrededor un momento, como atónita por todo lo que está ocurriendo. Mientras yo hablaba, algunos miembros de mi familia habían estado picoteando su comida, casi como si algunas cosas volvieran a la normalidad.

—Vale; entonces, ¿cómo se explica que sepa todas esas cosas de la vida de Zack? —pregunta Amber.

—Es difícil dar una respuesta precisa. —Neil comienza su explicación, ya bien practicada, y siento que mi ira vuelve a burbujear.

Pero entonces hay una interrupción por parte de la fuente que uno menos se podía esperar: la normalmente silenciosa Eva.

—¿Qué dijo Jack de la muerte de Zack?

Mientras pregunta, sus fríos ojos se clavan en los míos.

Capítulo 47

Eva espera en silencio. Por un segundo, mira a Bea, pero luego se vuelve hacia mí. Solo espera. Todos los demás guardan silencio, como si Eva hubiera absorbido todo el poder de la sala. Como si lo controlase todo. Sigo sin decir nada, pero, frente a mí, Bea empieza a hablar:

—Jack dice que Zack no estaba nadando en una parte muy alejada del lago, sino… —Se detiene, da un sorbo a su bebida, otro *gin tonic*, y su mano se mantiene sorprendentemente firme—. Sino que Aaron y tú estabais jugando con él, más cerca. Aaron lo estaba sumergiendo bajo el agua, sujetándolo. —Bea hace una pausa, y hay un silencio total en el comedor—. Y Aaron lo mantuvo bajo el agua demasiado tiempo. Y por eso se ahogó.

Esta vez es Brock quien encuentra las palabras.

—Esa es una acusación terrible, Bea. Sé que aún lo estás pasando mal con todo esto, pero…

—Eso es una gilipollez —interrumpe entonces el propio Aaron.

Sorprendida, me doy la vuelta y lo veo ahí, en la puerta. Debe de haber vuelto de su recado con el barco, pero no tengo ni idea de cuánto tiempo lleva ahí ni de lo que ha oído.

—Es una puta mierda. Y no voy a aceptarlo. —Se vuelve hacia Brock. No hay duda de que está enfadado—. He traído la gasolina. La he dejado en la puerta —gruñe, y se encorva hacia la mesa y se sienta.

Coge el recipiente de comida para llevar que hay más cerca de él y se echa arroz en el plato.

—Puedes calentarlo si quieres, cariño —dice Amber.

—No te atrevas —interrumpe Bea—. No te atrevas a fingir que todo esto es normal. Que somos una puta familia feliz.

Amber se pasa la mano por el pelo. Por un momento, los tres, Bea, Amber y Brock, hablan a la vez, tres voces furiosas, hasta que Eva los interrumpe con voz tranquila y, no sé cómo, silencia al resto de su familia.

—Es verdad.

—¡¿Qué?! —exclama Amber.

—Es verdad. Lo que Bea dijo sobre Zack. Y mamá sabe que es verdad.

Amber traga saliva, pero no responde.

—¿Qué quieres decir con que es verdad? —pregunta ahora Tris. Sus ojos recorren la mesa y se posan en Eva.

—Es verdad. Estuvimos haciéndole ahogadillas a Zack. Y Aaron lo sumergió bajo el agua. Eso fue lo que pasó.

—Eva, ¿de qué coño estás hablando? —Aaron se vuelve hacia ella.

Esta vez capto algo; bajo sus palabras despreocupadas intenta enviarle algo, una mirada, una señal. También hay pánico. Sin embargo, ella se limita a negar con la cabeza, y su cara muestra una expresión cruel.

—No, Aaron. Que te jodan. Toda mi vida me he guardado esto. Toda mi vida he escondido tus sucios secretos, como lo de esa chica a la que pegaste. Sé que lo hiciste. Te vi, joder. Y no puedo hacerlo más. No estoy dispuesta. Jack lo sabe. No sé cómo lo sabe, pero lo sabe.

—Él estuvo allí —dice Bea—. Por eso lo sabe.

Están pasando tantas cosas alrededor de la mesa que es difícil estar al tanto de lo que todos piensan y dicen, pero de alguna manera mi atención recae en Tris.

—Eva, esto es muy muy importante —intenta decirle él—. ¿Estás diciendo que recuerdas la muerte de Zack de manera diferente a como fue registrada oficialmente?

—¿Crees que alguna vez podría olvidarlo? Y mamá lo sabe. Se lo dije en su momento, pero repuso que teníamos que mentir. Dijo que teníamos que hacerlo; de lo contrario, nos meteríamos en problemas. Aaron se metería en problemas.

Nos volvemos todos hacia Amber. Su rostro está completamente pálido. Su calidez de madre de familia ha desaparecido por completo.

—¿Es verdad? —le pregunta Bea.

Amber no puede responder. Por un momento intenta decir que no con la cabeza, pero no convence. Entonces deja caer la cabeza entre las manos.

—Eres una mentirosa, mamá —le gruñe Eva—. Siempre has sido una mentirosa.

—Me dijiste… —comienza Bea—. Me contaste que Zack no volvía a la orilla… Me hiciste creer que murió porque había sido desobediente.

—Pensé que era lo mejor —Amber logra decir por fin—. No pretendía…

Entonces Aaron la interrumpe. Se levanta con tanta fuerza que su silla se vuelca al empujarla hacia atrás.

—No voy a quedarme aquí sentado a escuchar esta mierda. —Está furioso. Nunca lo había visto así.

En ese momento Brock le grita, más firme de lo que nunca he visto también:

—Siéntate ahí, Aaron.

Durante unos instantes se miran fijamente. Luego Aaron vuelve a colocar la silla con rabia y se sienta de nuevo.

—¡Lo viste todo! —Bea se vuelve hacia Amber—. ¿Por qué no impediste que Aaron lo acosara? Zack murió. Mi hijo murió. —Ahora está llorando a mares—. ¿Por qué no lo detuviste?

La importancia de la pregunta hace que centremos toda nuestra atención en la respuesta de Amber. Cuando dicha respuesta llega, es calmada, con una voz antinatural, atiplada.

—No… No lo vi. No estaba mirando. Estaba… trabajando en una cosa. No estaba prestando la atención que debería haber prestado.

Bea solloza tan fuerte que le cuesta respirar. Entonces levanta una de las bandejas de *noodles*, aún casi llena. La equilibra en la mano derecha y, en un instante, le da la vuelta y la lanza contra la pared. Parte de los *noodles* caen sobre la mesa y el suelo, y una enorme mancha grasienta de *chow mein* salpica la pintura fresca. Nadie dice nada.

—Fue un accidente —dice Amber. Sus ojos siguen los *noodles* que gotean, pero es como si hubiera ocurrido en otro mundo. No es digno de mención—. Los mellizos eran solo unos niños. Pensé que era lo mejor. ¿De qué habría servido meterlos en líos?

—¿Un accidente? —repite Bea—. Aaron mantuvo a Zack bajo el agua hasta que se ahogó. ¿Eso es un accidente?

—¡Pues sí! —protesta Aaron, que sigue sonando como si nada de esto tuviera importancia, como si no pudiera creerse que estemos enfadados—. Era un juego al que estábamos jugando. No quería que se ahogara.

Bea se vuelve hacia él, luchando por mantener su dignidad:

—Pero lo mantuviste bajo el agua, hasta que se ahogó. ¿Lo mantuviste bajo el agua, mientras él entraba en pánico y pataleaba, desesperado, y tú lo mantuviste ahí? ¡Joder!

Por primera vez veo a Aaron reconocerlo con un encogimiento de hombros culpable, como si estuviera admitiendo que se ha comido una galleta a escondidas.

—Dios mío —dice Bea.

Por alguna razón, miro a Neil. Está callado, con los ojos más abiertos que nunca. Por un segundo quiero gritarle, preguntarle si ahora está dispuesto a creer a Jack, o si todavía cree que lo he preparado para que se invente todo esto. Pero no lo hago, sino que, en cambio, mis ojos se centran lentamente en la puerta que hay detrás de él. Veo que Jack está allí de pie, asustado, mirándonos a todos. Tardo un momento, pero me doy cuenta de que el ruido debe de haberlo despertado.

—¿Por qué no lo detuviste, Amber? —Bea se lamenta de nuevo. No ha visto a Jack y no cree que nada haya cambiado—. Podrías haberle parado. Deberías haberlo detenido. Aaron siempre estaba acosando a Zack y tú nunca hacías nada. ¿Por qué diablos no lo detuviste?

—Estaba trabajando —responde Amber, recuperando un poco el aplomo—. Me alejé un momento para contestar al teléfono. Era una madre trabajadora, y mira lo que te ha traído ese trabajo. —Pasea el brazo alrededor, con la intención de indicar la hermosa sala nueva, pero se detiene en seco cuando ve a Jack.

—Eso no es verdad. —La vocecita de Jack se cuela desde la puerta.

—Jack, no deberías estar aquí. Deberías estar en la cama. —Neil se levanta y avanza hacia él.

Habla con la voz que usa cuando Jack se porta mal, y tardo un momento en entender por qué suena tan extrañamente fuera de lugar. Pero Jack lo ignora.

—¿Dónde estaba Amber, Jack? —le pregunta Bea, y extiende un brazo para detenerle el paso a Neil. Este no podría pasar sin empujarla, y es demasiado inglés y educado para hacerlo. Todos se giran ahora para mirar a mi hijo—. ¿Dónde estaba Amber cuando te ahogaste?

Su carita está contraída en una expresión de dura ira, una expresión que no debería tener un niño de cinco años, que no podría tener. Y pronuncia la siguiente frase con el aplomo que se supone que solo un niño mucho mayor tendría. Sin embargo, las palabras son propias de su edad.

—Estaba arriba. Haciendo bebés.

Capítulo 48

—¿Haciendo bebés? —pregunta Brock. Su gesto se ha quedado helado y mira fijamente a Amber—. ¿Con quién demonios estaba haciendo bebés?

Como si fuera un maldito partido de tenis, todos los presentes nos volvemos hacia Jack, para ver si va a revelar este hecho crucial. Y reconozco la expresión de su cara: ha recordado. Acaba de recordar algo nuevo.

—Con papá.

—¿Con papá? —Sin pensarlo me giro hacia Tris, con los ojos muy abiertos.

Pero él abre las manos en gesto defensivo.

—Yo estaba en el hospital, con vosotros. No estaba… ¿Qué leches?

«Con papá». Mi mente se enciende con una luz blanca parpadeante y cegadora. ¿Qué quiere decir Jack con «con papá»? Muy despacio, me giro para mirar a mi marido, Neil. La imagen que espero ver, la de él preparándose para explicarse, para decirme que es imposible, una locura incluso, riéndose de lo absurdo que es… No veo nada de eso. En su lugar, tiene la boca abierta, y los ojos cansados y derrotados.

—¿Neil?…

—Mira, Kate, no fue como…

—¿Tú? ¿Te estabas acostando con Amber cuando Zack murió?

No sé qué pasa después. Debe de haber quince o veinte minutos, o quizá incluso media hora, que no recuerdo en absoluto. Veo que otro cartón de *noodles* ha acabado en la pared; puede que incluso haya sido yo quien lo haya tirado. De repente, vomito. La comida no digerida cae en parte sobre mi plato y en parte sobre la mesa, donde gotea hasta el suelo. No es gran cosa, pero lo miro con incredulidad, por lo absurdo que resulta que todos estemos aquí mientras alguien vomita en la mesa. Pero es lo menos absurdo que está pasando. Me vuelvo hacia Neil. Esto debe de ser un sueño. No puede ser real.

—Neil, ¿te estabas acostando con Amber cuando Zack murió?

En serio que he debido de perder la noción del tiempo; él ya debe de haber contestado a esta pregunta, porque ahora ya está tratando de excusarlo; no de negarlo, sino de excusarlo. En algún momento se ha debido de poner de pie, porque ahora se mueve hacia mí, sus manos marcando el camino como si quisiera impedirme físicamente que hable, que piense.

—Kate, te lo dije: fue solo un par de veces. Estaba estresado en el trabajo. ¿Recuerdas esa vez…?

—¿Como estabas estresado en el trabajo te follaste a mi hermana?

Se detiene. Vuelve a sentarse con pesadez en la silla.

—Fue un par de veces. Eso es todo.

Vuelvo a perder la noción del tiempo. Cuando vuelvo a estar presente, hasta cierto punto, en mi mente, la sala ha cambiado. Bea está sentada con Jack en el regazo, abrazándolo fuerte y meciéndolo hacia delante y hacia atrás. Amber, Aaron y Eva han desaparecido. Neil también. Solo Brock sigue sentado como antes, pero no me mira.

—¿Cómo lo supiste, Jack? —le pregunto a mi hijo—, ¿lo que estaba haciendo Amber?

En cierto modo, estoy acostumbrada a que cuando recuerda hechos nuevos puedo pedirle que me los explique. A veces es capaz de hacerlo, y a veces, no.

—No estaba espiando. Eva me dijo que podía coger prestadas sus gafas de buceo. El día que morí. Fue entonces cuando los vi en su habitación. Lo siento.

Bea le alisa el pelo, húmedo por sus lágrimas.

—No pasa nada, cariño. No es culpa tuya. No es culpa tuya en absoluto.

Capítulo 49

—Gracias —dijo McGee en voz baja—. No debe de haber sido fácil contarnos esto. —Hizo una pausa, con el pulgar y el meñique tamborileando ligeramente sobre la superficie de la mesa—. Y siento tener que presionar un poco más, pero lo necesito para comprender un posible motivo de lo que ocurrió después. Lo entiende, ¿verdad?

Kate lo miró a los ojos, con el rostro inexpresivo, pero asintió:

—La aventura entre Neil y Amber. ¿Tenía alguna idea de eso, antes de que lo dijera Jack?

Kate sacudió la cabeza:

—¿Nunca sospechó nada?

Esta vez se quedó quieta, pero su rostro contaba la misma historia.

—¿Y Neil o su hermana dieron alguna otra explicación de lo que pasó entre ellos? Ya sea en la comida, o después, antes de…

Ella negó con la cabeza.

—Si lo hicieron, no lo recuerdo.

—Ya veo. —McGee se alegró de que volviera a hablar. Eligió su siguiente pregunta con cuidado—. No es poca cosa tener una aventura, pero hacerlo con tu cuñada o tu cuñado… ¿Tiene alguna idea de por qué lo hicieron?

—No he dejado de preguntármelo desde el incendio —comenzó Kate—. Creo que tenían motivos diferentes. —Hizo una pausa y McGee esperó—. Amber es casi diez años mayor que yo. Creo que en parte es por eso. Cuando yo no era más que una mocosa, ella era una joven guapísima. Todos los chicos la perseguían por el lago, chicos guapos y ricos como Brock. Y a ella le encantaba. Siempre decía que era la más guapa de las tres, y era verdad. Al menos, hasta que dejó de serlo. Cuando tuvo los niños y con el estrés del negocio, supongo que eso empezó a cambiar. Cuando conocí a Neil, me enteré de que estaba celosa. Él tenía ese… —Kate se detuvo. Su rostro se rompió en una triste sonrisa—. Solía pensar que tenía algo de Superman. Llevaba gafas, pero cuando se las quitaba me sorprendía lo guapo que era. —La sonrisa se desvaneció—. No lo sé con seguridad, pero Bea y yo solíamos sospechar que Brock a veces engañaba a Amber. Aunque solo fuera porque parecía ser de ese tipo. El día que Zack murió estaba fuera jugando al golf en Florida con sus amigos. No sé exactamente lo que eso implicaba, pero no me sorprendería que hubiera mujeres involucradas de la manera que fuera. —Se detuvo de nuevo y negó con la cabeza—. Lo que quiero decir es que creo que estaba celosa de mí, porque yo aún conservaba mi tipo cuando ella estaba perdiendo la figura. Y estaba un poco amargada con Brock, y tal vez… tal vez solo quería ver si aún conservaba su *sex appeal*. A lo mejor quería ver si aún podía hacer que un hombre la persiguiera por el lago. —Kate se encogió de hombros—. No lo sé. Ojalá lo supiera.

McGee consideró su respuesta. Lentamente, asintió con la cabeza.

—¿Y Neil? ¿Por qué lo habría hecho?

Kate respiró hondo e hinchó las mejillas.

—Eso es un poco más difícil de entender. —Su mirada se desvió hacia Robbins, como si hubiera preferido explicárselo a McGee a solas. Este esperó. El silencio se prolongó. Dejó que ella se tomara su tiempo—. Creo que todo se reduce a cómo veía él el mundo.

—No lo entiendo.

—La creencia de Neil en la ciencia era increíblemente fuerte. Era como una religión, o incluso más. El universo comienza con el *big bang*, y todos estos elementos químicos salen volando hacia el exterior. Con el tiempo, un grupo de elementos se organizan bajo las leyes de la física en lo que termina siendo este trozo de roca que llamamos planeta Tierra. Y, en ese trozo de roca, ciertos elementos químicos se juntan de tal manera que empiezan a autorreplicarse. Eso es la vida. Una vez que tienes vida, pequeños cambios aleatorios hacen que se renueve, lo que impulsa la evolución, de modo que eventualmente tienes elefantes, ratas y a nosotros. Pero no tiene sentido. No hay razón ni motivo. Todo pasa al azar, absolutamente todo. —Se detuvo. Tragó saliva—. Neil era un ferviente creyente de esa teoría, más seguidor de la misma que nadie que haya conocido hasta ahora. —McGee no entendía adónde iba la explicación, pero confiaba en que llegaría. Esperó y agradeció que su compañero también lo hiciera—. Así que, si solo estamos aquí por suerte, entonces, ¿qué importa si tienes una aventura? Si nadie lo descubre, quiero decir. Con esa mentalidad no hay juicio desde el cielo. No hay juicio desde ninguna parte. Puedes hacer lo que quieras. Acostarte con tu cuñada, con tus alumnas…, si te lo ofrecen. —Los ojos de Kate, heridos, se dirigieron a los de McGee—. Puedes incrementar tu placer al máximo, porque no hay razón moral para no hacerlo.

—¿Cree que se acostaba con sus estudiantes, además de con Amber?

—No lo sé. —Kate negó con la cabeza—. No estoy segura. Sé que había mujeres interesadas. Pero si se las follaba, era cuidadoso.

McGee se sorprendió por su repentino uso del improperio. También percibió la sorpresa de Robbins.

—Lo que quiero decir —continuó Kate— es que nunca sospeché de él. Confiaba en él hasta que me enteré de lo de Amber. Desde entonces, lo he reconsiderado. No creo que sea imposible.

—Acostarse con su cuñada no sería mi definición de ser cuidadoso —razonó McGee.

—No. —Kate negó con la cabeza, esta vez con más fuerza—. No, no lo es. Pero, a pesar de la convicción de Neil de que su fe en la ciencia le hacía mejor que el resto de nosotros, él seguía siendo humano. Podía cometer errores.

McGee no pudo evitar que una expresión de duda se dibujara en su rostro. Finalmente la expresó.

—Pero ¿para qué correr el riesgo?

—Supongo que lo que digo es que si Amber se le insinuó, una mujer en bikini, todavía guapa, y le dejó claro que podía tenerla, sin ninguna consecuencia, entonces, sí puedo verlo lanzándose a por ello. Pensando con la polla por una vez, en vez de con el cerebro.

De nuevo McGee dejó que su mano tamborileara sobre la mesa, pensativo.

—Pero eso es… mera especulación, a falta de otra cosa mejor. ¿No lo sabe a ciencia cierta?

Kate volvió a hacer un gesto negativo de cabeza. Cuando se detuvo, se secó los ojos, aunque no tenía lágrimas.

—No lo sé. Y supongo que ahora ya nunca lo sabré.

A McGee le pareció que ella estaba zanjando la cuestión, y ahora asintió con la cabeza, más para sí mismo que para ella.

—Será mejor que termine la historia.

Capítulo 50

Ya es tarde, la casa está en silencio; en cierto modo, hay una paz inquietante. Es como imagino que debe de sentirse uno después de un terremoto o de cualquier otro desastre terrible: la violencia inicial ha terminado, pero nadie se atreve a enfrentarse a la destrucción total que ha quedado. El mundo se rompe en pedazos. Ni siquiera sé quién está en casa y quién no. Estoy en nuestra habitación, con Jack dormido a mi lado. Creo que Neil está en una de las habitaciones libres de la parte delantera de la casa. Íbamos a volver a casa después de la cena, pero por razones obvias eso no ocurrió y estamos aquí todos, esperando a ver qué puede venir después.

Oí a Brock coger un taxi. A lo mejor se ha ido a algún hotel, no lo sé. Se fue solo, así que supongo que Amber y los mellizos siguen aquí, aunque no estoy segura. Bea y Tris sí están aquí, en la habitación de al lado. Por un momento casi se me dibuja una sonrisa en los labios al pensarlo; hace tiempo que nos preguntábamos, Amber y yo, si Bea y Tris seguirían durmiendo juntos, y ahora la casa es lo bastante grande como para que Tris tenga su propia habitación, pero no la usa. Pero entonces toda la fuerza de la realidad destripa mi sonrisa. Es como un puñetazo en el estómago. Lo que Bea esté haciendo es irrelevante. Porque mi hermana mayor se acostó con mi marido. Y su sórdido descuido causó la muerte del único hijo de mi hermana mediana. Entonces, de la forma en que los pensamientos en mitad de la noche pueden retorcerse y convertirse en cosas que no son reales, que no encajan a la dura luz del día, mi mente sigue adelante. El hijo muerto de Bea se convirtió en mi hijo. Mi Jack.

Tengo calor. Empujo las mantas hacia atrás, con cuidado de no molestar a Jack, y al cabo de un rato me levanto, voy al baño y me sirvo un vaso de agua. Sin embargo, en lugar de beberla, me quedo allí de pie, mirándome en el espejo. Mis ojos siguen las arrugas que no tenía hace unos años. Las canas que aparecen en las raíces de mi pelo oscuro y brillante. No lo sé. Reflexiono sobre el significado del tiempo, sobre lo que significa estar vivo. Envejecer. Morir. Y luego... ¿volver? Creo que es la primera vez que relaciono lo que Jack me ha estado diciendo. Si él tiene recuerdos de haber vivido antes, y yo los acepto como reales, entonces se deduce, al menos a mí me lo parece, que todos hemos vivido antes. La única diferencia con los niños como Jack es que algo sale mal en el proceso de borrar los recuerdos. E incluso entonces, cuando el niño crece, tiende a olvidarlo todo. Al menos, eso es lo que me explicó el doctor Wells.

Esta vez sí que se me dibuja una sonrisa en los labios. ¿Le contaré al doctor Wells lo que ha pasado este fin de semana? Casi puedo imaginármelo a él y a su ayudante, instalando sus cámaras y entrevistándonos a todos: escuchando las pruebas de cómo Aaron asesinó a su primo; grabando a Amber mientras cuenta que fue tan descuidada que dejó que sucediera, y luego lo encubrió; la voz de Neil describiendo cómo me engañó y me mintió al respecto. La sonrisa vuelve a desaparecer, y esta vez la sustituye una visión fantasmal que me devuelve la mirada en el espejo, un calor vacío en mi cabeza. Ahora levanto el vaso y bebo un sorbo de agua, pero también está caliente. Es un calor anormal. He debido de dejar correr el agua caliente sin querer y abro el grifo hacia el otro lado, pero eso la calienta más. Confusa, vuelvo a girar el grifo hacia el marcador de frío, pero está claro que no es así. ¿Tal vez sea un problema de fontanería? Amber tiene una lista de problemas con la reforma (la llama su «lista de problemillas») y, al parecer, los contratistas van a volver en un par de semanas para arreglarlos todos... Entonces, mis fosas nasales se ensanchan al percibir un olor, como a humo de leña, pero con un toque químico. Y el ruido, el rugido dentro de mi cabeza parece haberse desplazado, de modo que ahora está fuera de mi cabeza. Fuera del cuarto de baño.

Me doy la vuelta, vuelvo al dormitorio, pero en la oscuridad no hay nada que ver. Por un momento vacilo. Aún no quiero molestar a Jack. Entonces enciendo la luz principal y, como en una pesadilla, serpentinas espirales de humo se abren paso por la rendija entre la puerta y el marco.

Parpadeo con incredulidad. Todo lo relacionado con esta noche, con mi vida, no puede ser real; esto no es más que la siguiente etapa de mi descenso a la locura. Por un momento me quedo ahí, maravillada. Pero no me quedo quieta mucho tiempo. Jack está aquí conmigo. Aunque esto no sea real, tengo que actuar, para salvarlo, o fingir que lo salvo. Para demostrar a quien sea o a lo que sea que me está observando que estoy intentando hacer lo correcto.

Me dirijo a la puerta. En ese momento me viene un recuerdo lejano, antiguo. Estoy sentada en el suelo, mis pequeños dedos trazan el dibujo en espiga de los listones de madera del suelo, mientras, en la parte delantera del aula, tres bomberos están sentados, mirándonos. Son todos hombres, con elegantes uniformes. En aquella época se les llamaba a todos bomberos. Uno de ellos nos explica que, si alguna vez nos encontramos en un incendio de una casa, debemos comprobar la temperatura de la puerta antes de abrirla. Nos enseña cómo hacerlo utilizando el dorso de la mano, porque la piel es más fina y registra el calor más rápidamente sin quemarnos. ¿Cómo soy capaz de recordarlo con tanta claridad décadas después? No tengo tiempo de buscar una respuesta. En su lugar, extiendo la mano.

¡Ay! Retiro la mano. La puerta está caliente, ardiendo. Y el humo sigue entrando silenciosamente por debajo. Estoy horrorizada, en cierto modo; aterrorizada, pero sin miedo… de momento. Sé que la única salida de la casa es por las escaleras; sé que no tengo más remedio que abrirla para enfrentarme a lo que haya al otro lado de esa puerta de madera. Me vienen más recuerdos de los bomberos y vuelvo corriendo al baño. Esta vez lleno el lavabo y sumerjo en él la toalla de manos, con la intención de empaparla. Mientras el grifo está abierto voy a despertar a Jack. Lo sacudo con suavidad al principio, pero con fuerza después, con mucha más fuerza.

—¿Qué pasa? —gime, aún medio dormido.

—Despierta Jack, tienes que despertarte.

—No quiero. —Sus ojos se cierran de nuevo.

—Jack, tenemos que irnos. La casa está en llamas.

Sigue con los ojos cerrados. Pero no me importa. Me lo llevaré en brazos si hace falta. Hago una pausa para ponerme los zapatos y vuelvo al baño. Dejo los grifos abiertos y cojo la toalla empapada, sin importarme que me empape el camisón y moje de agua el suelo. Luego paso los brazos por debajo de mi hijo, que ha vuelto a dormirse, y me lo subo al hombro. Últimamente ya pesa mucho, pero en este momento es como si no pesara nada. Lo sujeto contra mí con una mano y con la otra me envuelvo la muñeca en la toalla empapada. Me tomo un momento para asombrarme de la irrealidad de mi vida. Luego abro la puerta.

Grito. Es como si hubiera abierto la puerta del infierno. La mitad superior del pasillo está llena de humo espeso, iluminado desde abajo de un horrible color naranja por la violenta tormenta de fuego que está consumiendo, tan rápido que es visible de verdad, la parte delantera de la casa. La escalera es aterradora, completamente cubierta por las llamas. Las llamas salen de los peldaños y llegan sin interrupción hasta el humo que oscurece el techo; las barandillas ya casi han desaparecido, los postes negros carbonizados y desconectados caen hacia las oscuras llamas amarillentas. Justo cuando estoy a punto de dar un paso atrás para entrar de nuevo en mi habitación, la puerta de al lado se abre y veo a Tris, con los ojos muy abiertos y el rostro aterrorizado. Por un momento nuestras miradas se cruzan, y entonces él se mueve, choca conmigo y me empuja de nuevo a mi habitación. Con la otra mano tira de Bea y, cuando estamos todos dentro de la habitación, cierra la puerta de un portazo.

—Coge el edredón y bloquea el humo —dice Tris, pero Bea ya lo está haciendo.

—¿Qué pasa? —pregunto, una pregunta tonta.

—Un incendio —responde Tris—. Tenemos que salir de aquí.

—No podemos —replico—. La escalera está en llamas. Más que eso, está…

Tris niega con la cabeza.

—Lo he intentado. No se puede pasar por ahí. Tenemos que salir por la ventana. Hay un enrejado fuera. Bea, ten cuidado.

Bea está en la ventana. Es una de las ventanas de madera originales, restaurada por Amber. Da un par de tirones; quizá ya esté hinchada por el calor y le cuesta abrirla. Grita, un grito de frustración y rabia, y la madera cede, la ventana se levanta y deja un espacio por el que podemos escapar. Me acerco corriendo a ella. Lo que hay fuera es espantoso. El enrejado que baja hacia el techo de la terraza acristalada parece demasiado endeble y, debajo de nosotros, la ventana del comedor brilla con el calor y el parpadeo anaranjado de las llamas.

—¿Y los demás? —le pregunto a Tris.

Él duda.

—¿Quizá ya han salido? —Luego sacude la cabeza—. Si no, no podemos hacer nada. Están todos en la parte delantera de la casa; no podemos llegar allí.

Hago una pausa, intento pensar. No hay duda de que tiene razón. Oyes hablar de gente, de héroes que se abren paso entre las llamas para salvar a sus familias, y yo lo haría, de verdad que sí. Pero esta casa está hecha en su mayor parte de madera. Ya es un infierno en llamas. No hay quien pudiera abrirse paso a través de ello. Aun así, debe de haber una manera de salir de esta pesadilla.

—Los bomberos. ¿Tal vez puedan salvarlos?

—Ya los he llamado. Vienen de camino —dice Tris, y por un momento mis esperanzas se disparan. Pero su voz me devuelve a la realidad, a la horrible y aterradora realidad—. Kate, tenemos que salir. Tenemos que sacar a Jack de aquí, ahora mismo.

Sé que tiene razón. Vuelvo a por Jack: lo dejé en la cama cuando Tris nos empujó de vuelta a la habitación, y ahora está despierto, sentado, asustado y quieto.

Tiro de él hacia la ventana y miro hacia fuera. Una especie de instinto maternal se apodera de mí y veo una ruta.

—Tris, baja al tejado de la terraza acristalada. Te pasaré a Jack.

Mira el enrejado y asiente con la cabeza. Entonces sale por la ventana, con Bea suplicándole que tenga cuidado.

Hay dos ventanas en esta habitación, y Bea y yo nos acercamos a la segunda para mirar. El enrejado llega hasta la ventana por la que está descendiendo Tris, y cuando él pone su peso sobre él, con cautela al principio, se sostiene. Quizá sea más sólido de lo que esperaba. Lanza una rápida mirada a Bea y baja utilizándolo como una escalera. Segundos después está en el tejado de la terraza acristalada.

—¡Ahora baja a Jack! —nos grita.

No lo pienso mucho; tan solo lo hago.

—¿Estás preparado? —le pregunto a mi hijo.

Tiene los ojos redondos del terror. Bea retuerce una sábana hasta convertirla en una especie de cuerda que intenta atarle a la cintura, pero es demasiado gruesa. Aun así, es capaz de sacarla por la ventana para ayudar a Jack a salir. Y en realidad, es casi fácil para él. Todas esas horas que ha pasado en el gimnasio dando saltos…: sé que puede hacerlo. Y lo hace. Solo tiene que bajar unos escalones por el enrejado antes de alcanzar los brazos extendidos de Tris, y desde allí puede girar y deslizarse por el cerezo hasta el suelo.

Bea es la siguiente. La veo bajar hasta que ella también cae al suelo e inmediatamente envuelve a Jack en un abrazo, esperando y observando hasta que Tris y yo también escapemos. Él sigue en el tejado del solárium. Echo un último vistazo a mi alrededor antes de salir por la ventana. Miro a la puerta, por cuyos huecos se cuela ahora un denso humo. Para mi asombro, todo el techo ha desaparecido, oculto por una nube negra y arremolinada de humo, iluminada por la luz de la mesilla. Por última vez me planteo ser la heroína y rescatar a los demás, si es que siguen ahí. Pero sería un suicidio. Si abriera la puerta, moriría en cuestión de segundos, asfixiada por el humo o consumida por las llamas. Entonces considero quedarme aquí, y dejar que el calor me venza. Sacarme de este cuerpo y que me lleven hacia quién sabe dónde. Pero luego miro por la ventana y veo a Jack, en el suelo, ahí abajo, con la cara vuelta hacia arriba, buscándome. Y sé que hoy no voy a morir.

Paso por encima del alféizar y mi pie encuentra el sólido borde del enrejado de madera. Empiezo a descolgarme y, a través del humo, veo las luces rojas parpadeantes y oigo las sirenas de los camiones de bomberos, que avanzan a toda velocidad hacia nosotros.

Capítulo 51

Robbins se inclinó hacia delante en su silla y luego se recostó otra vez. Después se volvió hacia McGee:

—Jim, ¿te importa si me tomo un minuto para resumir lo que sabemos hasta ahora?

McGee lo miró y consideró la expresión de la cara de su compañero. Parecía que la historia de la mujer había terminado. Había dicho todo lo que tenía que decir.

—Adelante.

—A ver. —Robbins volvió a inclinarse hacia delante y tamborileó con los dedos sobre la superficie de la mesa—. Había ocho personas en la casa aquella noche. Los únicos que escaparon fueron Bea, Tris, Jack y usted. —Hizo una pausa, al parecer, sopesando esas conclusiones—. Su marido Neil, su hermana Amber y sus dos hijos, Aaron y Eva, murieron en el incendio. Cuatro personas muertas. Por el informe preliminar del jefe de bomberos, creemos que estaban todos en habitaciones separadas, arriba, en la parte delantera de la casa, justo encima del lugar donde empezó el fuego. —Aquí se detuvo y abrió las manos—. Pero quedaba tan poco de ellos que tardaremos en estar seguros.

—Intentamos decírselo… —Kate se tapó la boca con las manos; parecía estar a punto de echarse a llorar— a los bomberos que nos encontraron. Les dijimos que los demás seguían en la casa. Les rogamos que hicieran algo. Pero era imposible entrar, incluso con el equipo que tenían. La casa entera era un infierno en llamas.

—No hay ninguna duda. El jefe de bomberos ha confirmado que cuando llegó el equipo, toda la casa estaba en llamas. Había tanta madera ardiendo como si fuera una hoguera. —Se detuvo y asintió para sí mismo—. También sabemos cómo empezó el fuego.

Mientras Robbins hablaba, McGee se aseguró de observar con atención a Kate. Ella dejó caer las manos y negó con la cabeza, como si intentara deshacerse de las lágrimas. Robbins continuó:

—El jefe de bomberos dice que un gran volumen de combustible, gasolina para ser exactos, se vertió por el pasillo y luego se prendió fuego. En las escaleras se hallaron restos de dos bidones metálicos de diez galones. ¿Dijo que Aaron había salido antes esa noche para rellenar los depósitos de gasolina de la lancha motora?

—Así es. —Kate resopló al responder—. Brock le dijo que lo hiciera; habían gastado mucho combustible aquel día y se suponía que no podía devolver la lancha con el depósito vacío.

—Y ¿estoy en lo cierto en que eran bidones de metal? ¿De diez galones?

—Creo que sí. Hacía mucho que los teníamos.

—Vale. Y, cuando Aaron volvió, ha declarado que no rellenó el depósito enseguida, sino que dejó las latas junto a la puerta principal. ¿Por qué?

—No lo sé. Quizá porque no se puede bajar en coche hasta el cobertizo para botes; hay que usar una carretilla y a lo mejor Aaron iba a hacerlo el día siguiente, o después de cenar. O tal vez esperaba que Brock lo hiciera en su lugar porque él era un poco vago. No lo sé.

Se quedó callada y Robbins volvió a asentir.

—De acuerdo. Entonces, esto es lo que tenemos: Aaron deja los bidones de gasolina en la puerta principal, y todo el mundo está allí cuando lo hace, por lo que todos ustedes saben de su existencia. Todos saben dónde están. Entonces Aaron entra, ve la pelea, y se arma la marimorena. Más tarde, en mitad de la noche, cuando por fin todo está tranquilo, alguien mete los bidones dentro de la casa, los vacía en el pasillo y prende fuego al lugar. —Se acarició la barbilla—. Y ¿está segura de que no vio quién lo hizo?

—No. —Kate negó con la cabeza—. Estaba en mi habitación.

Robbins la miró, como diciendo: «Ya lo veremos».

—Vamos a repasar lo que sabemos —continuó Robbins, hablando ahora de forma casi retórica—. Tenemos ocho personas en la casa cuando comienza el incendio. —Empezó a contar los nombres con los dedos—: usted, Jack, Bea y Tris escaparon por el enrejado de la parte trasera de la propiedad. Pero Amber, Neil y los mellizos, Aaron y Eva, no lo consiguieron. —Se detuvo un momento a pensar—. Brock no estaba allí. Se fue temprano por la noche, como ya nos dijo. —Hizo una pausa—. Pero no se fue a un hotel de la zona, como se suponía. En lugar de eso, pagó quinientos dólares al taxista para que condujera las tres horas que lo separaban de su hogar familiar. Todavía estaban en la carretera, y a más de cien millas de distancia, cuando comenzó el incendio. Así que creo que podemos descartar a Brock. En cambio, en cuanto al resto de ustedes… Alguien provocó ese incendio. Alguien mató a esas cuatro personas. Todos sabían dónde se encontraban los bidones de gasolina. Con la posible excepción de Jack, cualquiera podría haberlos movido. Entonces, ¿qué hay de los motivos?

Nadie habló, así que continuó:

—Empecemos con Amber. Tiene un oscuro secreto que ha

estado guardando, que ella cree que está bajo control, y en ese instante deja de estarlo. Todo su mundo explota. No voy a decir que sé exactamente por qué, pero digamos que fue por vergüenza. Hay gente que mata por menos.

Kate se quedó callada, con la mirada baja.

—Lo mismo ocurre con Eva. Tal y como usted la ha descrito, lleva media vida guardando el secreto de que ella y su hermano mataron a su primo. Eso es mucha culpa, mucho estrés. Y ella fue la que confirmó que Jack estaba diciendo la verdad, así que, en cierto modo, quizá en su cabeza, ¿ella fue la causa de todo esto? —Una media sonrisa apareció en los labios de Robbins—. Ella fue la chispa que encendió la mecha, metafóricamente hablando, así que ¿por qué no eliminar la metáfora de la ecuación y prender fuego a la casa de verdad?

Miró a su alrededor para ver cómo caía esta explicación. McGee mantenía los ojos fijos en Kate, observándola.

—Y luego está Aaron… —continuó Robbins—. Por todo lo que hemos podido averiguar sobre el chico, la descripción que usted ha hecho de él es muy acertada. —Señaló a Kate con la cabeza—. Tenía mucha confianza en sí mismo, confianza que mucha gente ha dicho que a veces rozaba la arrogancia. Es posible que le gustara la violencia, tal y como demuestra el hecho de que casi lo acusaron de agredir a aquella chica. Y, si suponemos que la versión de los hechos que nos ha contado es cierta, lo cual debo admitir es mucho suponer, entonces también fue responsable de la muerte de su primo a una edad muy temprana. —Robbins frunció los labios. Se notaba que estaba reflexionando—. Además, sabía dónde estaba el combustible.

Pareció dejar que el pensamiento se asentara durante un rato antes de continuar.

—Bea y Tristan, después de la discusión, dicen que se fueron a la habitación que compartían, la contigua a la suya. —Señaló a Kate con la cabeza—. Y ambos dicen que se quedaron allí, hablando, hasta que el olor a humo los alertó de que la casa se estaba incendiando. Primero intentaron escapar por la escalera, pero se vieron obligados a retroceder; luego entraron en su habitación y al final escaparon por la ventana. Como nos acaba de contar. —Hizo otra pausa—. Cada uno de ellos dice que el otro nunca estuvo fuera de su vista, por lo que se han dado una coartada mutuamente. Pero podría decirse que ambos tienen un motivo; ambos se enteraron de que Aaron mató a su hijo, y de que el papel de aquel en la muerte de Zack fue encubierto por Amber y Neil.

Se inclinó hacia delante y volvió a tamborilear con los dedos sobre la mesa.

—Y luego tenemos a Neil. —Robbins hizo una pausa de nuevo, volviéndose más animado—. Al igual que Amber, ahora está avergonzado, pues su aventura se ha destapado delante de toda la familia. ¿Quizá no pudo soportarlo?

Kate negó con la cabeza, y levantó las manos encogiéndose ligeramente de hombros.

—No lo sé. Ya he dicho todo lo que sé.

—¿Y usted? —preguntó Robbins—. ¿Nos ha dicho la verdad?

Kate volvió a encogerse de hombros.

McGee los observó y se preguntó si su compañero se había perdido algo. Tardó un momento.

—Neil también se habría sentido humillado en su faceta profesional.

—¿Eh? —Robbins se volvió hacia él—: ¿Qué quieres decir?

—Neil se mantuvo firme en todo momento acerca de que Jack no podía estar diciendo la verdad. Pero en el momento final parecía que de verdad el niño estaba en lo cierto. Eso habría sido difícil de llevar. Como científico, toda su visión del mundo se desvanece en un instante.

—Un momento, espera. — Robbins levantó una mano—. ¿No estarás aceptando que es verdad?, ¿que Jack realmente era Zack, todo el tiempo? Porque no pienso aceptar eso…

—No. —McGee negó con la cabeza—. No estoy diciendo eso. Solo digo que eso es lo que habría parecido. Una vez que Eva confirmó la versión de Jack sobre la muerte de Zack, con la implicación de Aaron en ella, esa confirmación hizo que pareciera que el chiquillo decía la verdad. Ese hecho sería difícil de sobrellevar para un hombre como Neil.

Robbins guardó silencio unos segundos; luego gruñó, como si lo aceptara a regañadientes.

—No importa. En cualquier caso, queda una persona que no hemos considerado.

Kate esperó un momento y luego preguntó:

—¿Quién?

—Usted.

Durante unos segundos, Kate enterró la cara entre las manos, apretándolas con fuerza; cuando las soltó, su expresión mostraba puro agotamiento.

—¿Por qué iba a hacerlo? ¿Cuál es mi motivo?

—No lo sé. Tengo que decir que, con la historia de que su hijo se reencarnó, no me parece que sea la testigo más convincente. Pero… —se encogió de hombros— ¿qué tal por venganza? ¿Porque su marido se acostó con su hermana? Creo que muchos jurados lo considerarían un motivo.

Ella negó con la cabeza antes de preguntar:

—¿Por qué pondría a Jack en peligro?

—No es tan raro que los padres acaben con la vida de sus hijos.

¿Quizá quería matarse a sí misma y a él, pero le faltó el valor en el último momento?

Kate negó con la cabeza.

—No.

—¿O tal vez supo todo el tiempo que se podrían escapar por ese enrejado? Supo que sería demasiado notorio que había provocado el incendio si salía con Jack por la puerta principal; en cambio, al escapar por la ventana…, hizo que pareciera que estaban atrapados, pero todo el tiempo sabía que podrían salir.

—No —repitió Kate.

—¿No fue usted?

—No.

—¿Y no vio ni oyó nada? ¿No tiene ni idea de quién derramó gasolina por el pasillo y prendió fuego a la casa?

—No. Ya se lo he dicho, cientos de veces.

Robbins no había terminado.

—Señora Marshall, quiero recordarle que este es un interrogatorio formal bajo juramento. Si dice algo aquí que posteriormente se demuestre que es mentira, constituirá un delito federal. Incluso si solo se queda callada para proteger a alguien, eso podría llevarla a prisión. ¿Lo entiende?

—Sí.

—¿Y quiere confirmar que usted no provocó el incendio?

—Ya se lo he dicho.

—¿Y no tiene ni idea de quién lo hizo? Después de todo, usted estaba allí, vio cómo actuaban todos, cómo se encontraban después de que estallara la pelea…

Kate negó con la cabeza.

—No lo sé. Fue como si una bomba estallara en mi propia cabeza también.

—Entonces, ¿no tiene ni idea?

—No.

—¿Y no hay nadie a quien esté protegiendo? ¿Está segura?

Kate se quedó un momento callada, mirando fijamente a Robbins.

—No.

Robbins le devolvió la mirada. Estaba claro que se sentía frustrado. Pero por fin se encogió de hombros.

—Muy bien, entonces creo que hemos terminado. —Se volvió hacia McGee—: A menos que tú tengas alguna otra pregunta.

McGee tardó mucho en responder. Su compañero tenía razón: el interrogatorio había durado demasiado y necesitaban detenerlo para decidir qué hacer a continuación. Pero algo en su interior le decía que había algo más. Intentó pensar en todo lo que había oído y buscó en el rostro de Kate alguna pista final. Su expresión era impasible, no mostraba ninguno de los signos visibles de estar mintiendo y le devolvió la mirada, de modo que durante unos instantes estuvieron mirándose fijamente a los ojos. Y fue entonces cuando volvió a ocurrir.

Cuando sus miradas se cruzaron, fue consciente de un pensamiento, o de un sentimiento… No, no era eso. Era más bien una certeza, algo que sabía que era cierto sin saber cómo lo sabía. Frunció el ceño, e intentó agitar su mente y comprenderlo mejor. Y el enfoque se agudizó. Cuando la miró a la cara y ella le devolvió la mirada, estuvo seguro de que no le estaba viendo a él, sino que estaba visualizando de algún modo lo que había ocurrido aquella noche. Cómo había visto las llamas, el miedo que había sentido cuando abrió la puerta del dormitorio y vio que no había forma de escapar por las escaleras.

Se tocó la sien, casi como si estuviera comprobando que su

cabeza seguía igual por fuera. Por dentro se sintió alarmado por la claridad del pensamiento, y más aún, por lo poco profesional que era para él estar experimentándolo. Con todo, no podía apartar los ojos de ella. Sabía que, si lo hacía, la imagen se desvanecería. Y poco a poco la visión pareció cambiar. Las llamas se fueron apagando, como si la forma en que habían consumido la casa de madera hubiera sido grabada en vídeo, y él estuviera viendo lo que pasó hacia atrás. Oyó a su compañero decir algo, pero las palabras no le llegaron. Ahora solo se concentraba en lo que veía en su cabeza. Apareció una figura que entraba con dificultad por la puerta principal de la casa, con un pesado bidón de combustible en cada mano. Desde su punto de vista (desde el punto de vista de Kate, aquella noche, en lo alto de las escaleras), vio lo que ella vio. ¿Cómo? No lo sabía. Solo sabía lo que había visto. Una figura que forcejeaba por cruzar la puerta y luego se detenía, consciente de que la estaban observando. Y entonces la figura miró hacia arriba. Con el rostro iluminado por la luz de la luna que entraba por las nuevas ventanas.

—¿Jim? —interrumpió la voz de Robbins, urgente y preocupada—. ¿Estás bien?

En ese momento, Kate apartó la mirada, y lo que fuera que hubiera estado ocurriendo, la visión, la alucinación, lo que fuera que McGee pensara que había compartido con ella, se esfumó. Cuando ella volvió a mirar a McGee, un momento después, dicha visión ya no regresó. Además, por la expresión del rostro de Kate, estaba bastante claro, o al menos eso parecía, que, fuera lo que fuera lo que había sucedido, tanto si ella realmente había estado viendo en su mente a quienquiera que metió los bidones de combustible dentro de la casa como si no, no sabía que McGee también pudo verlo.

—Oye, Jim, ¿seguro que estás bien? —reiteró Robbins—. ¿Necesitas un trago de agua o algo?

Por fin, McGee negó con la cabeza, pero aun así cogió la botella que Robbins le tendía y frunció el ceño al ver la expresión de preocupación en el rostro de su compañero.

—Sí, estoy bien. —Tenía la voz entrecortada.

Bebió un trago de agua fría, sintiendo cómo se deslizaba por su garganta. Reconectó con la habitación, con el mundo real.

Pero al parpadear, se dio cuenta de que la visión de su mente no había desaparecido del todo. En la oscuridad de detrás de sus párpados, consiguió distinguir un rostro que lo miraba desde el pie de las escaleras. Un rostro pasivo y culpable. Un rostro que reconoció por las fotografías del expediente que estaba en el escritorio frente a él.

Capítulo 52

—Yo digo que vayamos a por ella —empezó Robbins diez minutos después, una vez que habían sacado a Kate de la sala—. No es irrefutable, pero podríamos conseguir que el fiscal se lo crea. Y los miembros de un jurado también (no sé qué van a pensar de su locura de historia, pero hay muchas posibilidades de que funcione en su contra).

McGee no dijo nada. Lo único que quedaba de aquella imagen mental era el recuerdo de que había estado allí, y la confusión sobre qué había sido aquello exactamente. Y, por supuesto, qué demonios debía hacer al respecto. Durante un rato había jugado con la idea de contárselo a su compañero, pero la desechó casi de inmediato. También trató de descartarla de su propia mente. En lugar de ello, buscó el sitio donde guardaba su confianza en la ciencia forense, su experiencia y su formación. Pero la sensación que tenía persistía, como un mal olor. Un olor extraño. Al cabo de unos instantes, se rascó lo que le quedaba de pelo.

—¿De verdad crees que tenemos suficiente para acusarla? —le preguntó a su joven compañero.

—Sí —respondió Robbins con rotundidad—. De verdad lo

creo. Los demás implicados están muertos o tienen coartada. ¿Quién más va a ser?

McGee pensó de nuevo, tratando de repasar los sospechosos uno por uno.

—Bea y Tristan podrían estar mintiendo, protegiéndose el uno al otro, ¿no?

Robbins negó con la cabeza.

—Puede. Pero ambos pasaron las pruebas del detector de mentiras.

—De acuerdo. —McGee cerró los ojos un momento, intentando dejar de ver lo que su mente seguía mostrándole. El rostro de la persona que estaba al pie de las escaleras, mirándolo—. Los cuatro que murieron ¿los descartas solo porque murieron? ¿No pudo haber sido un asesinato con suicidio?

—Podría haber sido uno de ellos. Igual que podría haber sido cualquiera que entrara por la puerta, provocara el incendio y huyera por la noche. Nunca se puede estar seguro al cien por cien.

—Vale, entonces dímelo en términos porcentuales. ¿Cómo estás de convencido de que lo hizo Kate?

Robbins se le quedó mirando como si no entendiera la pregunta.

—No puedes ponerle una cifra. No funciona así.

—Sí, pero acabas de hacerlo —insistió McGee, sin saber exactamente qué hacía, pero inclinándose hacia él. Aunque fuera solo porque lo distraía, presionó—: Vamos, sígueme la corriente. ¿Qué porcentaje le darías? ¿Si tuvieras que hacerlo? ¿Un cincuenta por ciento? ¿Un sesenta?

Robbins seguía mirando, enfadado ahora.

—Estoy… quizá al ochenta por ciento —respondió—. Cerca de esa cifra, en cualquier forma.

—Y ¿crees que eso es suficiente? —presionó McGee—. ¿Para

acusarla de asesinato? ¿Para mandarla décadas a la cárcel sin posibilidad de libertad condicional?

Robbins lo miró a los ojos. Estaba enfadado ahora.

—¡No lo sé, Jim! Puede que sí. Cuatro personas murieron aquella noche. Cuatro personas se quemaron vivas. ¿Para qué estamos aquí, si no es para hacer justicia por ellas?

McGee volvió a cerrar los ojos. En ese instante se sintió agotado, como si el esfuerzo acumulado de las docenas de casos que había llevado a lo largo de más de treinta y cinco años de servicio le pesara de repente. Los recordó ahora, casos en los que había estado seguro, en los que su ambición le había llevado a presionar con fuerza para conseguir que fueran a juicio. En estos momentos, al final de su carrera, se sentía de otra forma. O tal vez era este caso el que le parecía diferente, por la maldita incertidumbre que yacía en el meollo de todo el asunto. ¿Decía Kate la verdad sobre su hijo? No tenía motivos para dudar de ella. ¿Decía Jack la verdad? Seguramente no. Pero, entonces, ¿cómo había descubierto lo de la muerte de Zack? Y ¿la respuesta a cómo lo había hecho revelaba de algún modo la identidad de quien había provocado el incendio? El meollo del caso era desconocido, tal vez incognoscible. No tenía ningún sentido de cualquiera de las maneras.

Sacudió la cabeza. Se quedó quieto durante un largo rato, reflexionando.

—No es suficiente —anunció por fin.

—¡Venga, hombre! —Robbins golpeó el escritorio con la palma de la mano—. Jim…

—No es suficiente. —McGee habló por encima de él—. No voy a negar que hemos tenido casos en los que he estado seguro al ochenta por ciento, algunos de ellos contigo, y los hemos procesado. Pero teníamos testigos, pruebas físicas y ADN. Aquí no tenemos nada.

Esperábamos que al hablar con Kate ella se quebraría y nos daría una confesión. Pero era una posibilidad remota. Y no ha funcionado. Solo nos queda aceptarlo. No es suficiente.

—Entonces, ¿qué? —Robbins apretó los dedos contra sus ojos—. ¿Nos rendimos? ¿La dejamos en libertad? ¿Es eso lo que sugieres?

McGee volvió a pensar un momento, esta vez visualizando cómo Kate se reuniría con su hijo, que había pasado los últimos días al cuidado de los Servicios de Protección de Menores.

—Lo que digo es que no lo sabemos. Está claro que tienes razón en que Kate podría haberlo hecho. Podría haber bajado a hurtadillas y haber provocado el incendio, pero también podrían haberlo hecho Bea o Tristan; no es tan difícil superar un polígrafo. O podría haber sido Amber, o Eva, o Aaron. Podría haber sido Neil. Joder, por lo que sabemos, podría haber sido el propio Jack quien metió los bidones de gasolina en la casa arrastrándolos y le prendió fuego. —Mientras hablaba, la imagen que había visto casi se iluminó con luces de neón en su mente, la imagen de la persona a la que pudo ver haciéndolo, pero hizo todo lo posible por ignorarla. Se cuestionó a sí mismo un momento y luego continuó—: Cada una de las personas de esa casa tenía algún tipo de motivo. Al mismo tiempo, ninguno de ellos gana demasiado prendiéndole fuego. Así que, tal y como yo lo veo, nunca vamos a saber la verdad. Y lo siento si eso significa que mi último caso va a convertirse en un misterio sin resolver, de verdad. Pero así son las cosas a veces. No todo en la vida tiene sentido.

Robbins se quedó mirándolo.

—Así que eso es todo. ¿Te das por vencido?

McGee permaneció sentado casi un minuto antes de responder.

—Es un enigma quién provocó el incendio. En cualquier rompecabezas, si no tienes todas las piezas, no lo puedes terminar. Y una de las piezas, la pieza más grande, de este rompecabezas es el misterio de si Jack estaba diciendo la verdad, o si estaba... inventándoselo todo. No tenemos respuesta para esa pregunta. En mi opinión, no resolveremos el rompecabezas hasta que resolvamos el misterio. —Se detuvo—. Si quieres llamar a eso rendirse, adelante. Pero creo que es la única forma honesta de tratar este caso.

McGee se levantó y estiró los brazos. Luego reunió los documentos que tenía delante, los volvió a colocar en el archivador y se dirigió a la puerta.

Epílogo

Quince meses después

El exagente del FBI Jim McGee detuvo el coche un poco más adelante y caminó hacia la pequeña casa de campo pintada de azul y blanco por la que acababa de pasar. En lo alto, unas cuantas gaviotas revoloteaban en un cielo casi despejado. En el patio delantero de la casita había una bicicleta roja apoyada contra un tobogán de plástico amarillo; había algo agradable en aquellos dos colores primarios juntos a la pura luz brillante del sol. Se levantó las gafas de sol, entrecerró un poco los ojos y miró a su alrededor. No muy lejos se veían destellos del azul del mar, del agua del estrecho, que se detectaba a través de los huecos que había entre los edificios. El aire era fresco y salino. McGee se sentía rejuvenecido, no solo por haber dejado de trabajar, sino también por haber descansado durante unos meses y haber comenzado por fin el proceso de convertir su patio trasero en un huerto donde ahora cultivaba cebollas, lechugas y pimientos. Respiró hondo, abrió la verja, se acercó a la puerta principal y llamó al timbre.

—¿Kate? —Por un momento no reconoció a la mujer que abrió la puerta.

Llevaba el pelo más corto y su aspecto era diferente…, o tal vez era solo que no estaba amordazada por las garras de la conmoción y el miedo, como cuando la había interrogado, hacía casi año y medio.

—Agente McGee.

—En realidad, ya no —la corrigió—. Me he jubilado. Puede llamarme exagente McGee. —Le brindó una sonrisa—. ¿O tal vez Jim, a secas?

Del interior de la casa llegaba el sonido del televisor, las voces agudas de los personajes de dibujos animados y, a continuación, otra voz, en este caso, de mujer, que preguntaba:

—¿Quién es?

Kate se dio la vuelta para contestar, pero pareció pensárselo un momento.

—Es… es el FBI. Más o menos. —Le dedicó a McGee una sonrisa medio apenada, y Bea Marshall apareció a su vista.

—Ah, sí. Dijiste que vendría —dijo Bea.

—¿Les importa? Espero no interrumpir.

Ambas dudaron, pero Kate negó rápidamente con la cabeza.

—No, en absoluto. ¿De qué se trata?

McGee se lo pensó un momento antes de contestar. Estaba la excusa que ya le había dado, y luego la verdadera razón por la que se encontraba allí: la pregunta que lo había atormentado casi todos los días desde que Kate había salido libre de la comisaría. La pregunta a la que su mente había dado vueltas una y otra vez, mientras sus manos removían la tierra de su jardín. La posibilidad que parecía haber germinado y echado raíces, y que ahora parecía haber impregnado y cambiado cada parte de su ser. Se decidió por la primera razón.

—Solo quería atar unos cuantos cabos sueltos.

Al principio Kate asintió con la cabeza, como si esto le cuadrara, pero luego dudó.

—¿Cómo funciona eso, si usted ya está…? —Los ojos se le entrecerraron, más por confusión que por preocupación.

Él terminó la pregunta por ella:

—¿Jubilado? Esta no es una visita… oficial, que digamos. Solo quería hacerle unas preguntas que todavía tengo. Esperaba que usted pudiera aclararlas.

Kate parecía estar planteándose decirle que se marchara si ella no tenía ninguna obligación de hablar con él, pero al cabo de un momento se apartó de la puerta y la mantuvo abierta.

—Dudo que haya nada que yo pueda añadir, pero, ya que ha venido…

Unos minutos más tarde le servía un té de una tetera con una foto descolorida de la reina de Inglaterra.

—Era de mi madre —le dijo Kate al ver que él se fijaba en ella—. Estaba en la casa del lago cuando se quemó, en el fondo de un armario. Es increíble cómo algunas cosas quedaron aniquiladas y otras se conservaron casi intactas.

McGee no contestó, pero su mente volvió a la tarde en que le mostraron los restos carbonizados aún calientes del edificio. A las sensaciones que la casa desprendía. Sin embargo, no recordaba el olor. Este había desaparecido.

—¿Hay alguna novedad sobre el caso? —preguntó Bea.

Se quedó de pie mientras Kate y McGee se sentaban a la pequeña mesa de la cocina.

—Fue un dictamen inconcluso —respondió, aunque sabía que ya lo sabían—. Se concluyó que había sospechas de que el incendio había sido provocado, pero no tenemos suficiente información para determinar quién lo provocó. Aunque nadie está investigándolo de forma activa, en el caso de que alguna persona se presente con información adicional… —Se encogió de hombros, dejando la frase sin terminar.

—Eso no va a pasar —contestó Bea.

McGee no respondió a aquello. Se limitó a extender la taza, con el asa apuntando al ruido del televisor que provenía de la otra habitación.

—¿Cómo está Jack?

—Está bien —asintió Kate—. Nos vinimos a vivir aquí con Bea después del incendio. Es solo temporal. Aunque creo que igual nos quedamos en la zona; a Jack le encanta la playa. Ahora hasta le gusta nadar. —Hizo una mueca—. Pero no en los lagos.

Una sonrisa se formó en los labios de McGee. Miró a las dos mujeres, dos hermanas, ambas de alguna manera madres del mismo niño. Parecía apropiado que hubieran acabado los tres juntos.

—¿Todavía se acuerda?

Hubo una pausa, casi incómoda.

—Las investigaciones sobre niños como Jack muestran que empiezan a olvidar sus recuerdos de vidas pasadas alrededor de los cinco o seis años. —Fue Bea quien le contestó, y le sorprendió la naturalidad con la que hablaba de ello—. Hacia los siete u ocho años, los recuerdos se olvidan por completo. Es más o menos la misma época de la que la mayoría de los adultos conserva sus primeros recuerdos. —Se encogió de hombros, como si hubiera una relación clara entre las dos cosas.

—¿Y Jack tiene…?

—Siete años. —Bea miró a la otra habitación, donde McGee supuso que ella alcanzó a ver al niño atendiendo la televisión.

—¿Le importa si…? —McGee vaciló—. Me gustaría saludarle.

Intuyó que Bea estaba a punto de dar una excusa por la que no podía, cuando Kate contestó.

—Puede saludarle. Pero no quiero que saque el tema del incendio. No sería justo hacerle pasar por lo mismo otra vez.

—Claro —asintió McGee.

Se puso en pie y siguió a Bea, que le llevó al pequeño salón, donde Jack estaba sentado en la esquina de un sofá, con los ojos fijos en unos dibujos animados de colores. Parecía un niño normal y corriente.

—Jack, ¿puedes apagar la tele un momento? —le pidió Bea.

Hizo lo que le decían y luego miró a McGee, que se agachó y extendió un brazo para apoyarse en la mesita.

—Hola, amigo, ¿te acuerdas de mí?

No había ninguna razón para que el niño lo recordara. McGee había sido solo uno de los doce agentes que habían hablado con él durante la investigación. En cambio, todas las entrevistas centradas en Jack las habían realizado especialistas en psicología infantil. Pese a ello, el chico asintió con la cabeza.

—Tú eres el que habló con mami después del incendio.

—Así es.

Jack miró a Bea, luego a Kate y se encogió de hombros.

McGee también miró a Kate y le pidió:

—Solo un par de preguntas.

—Dos preguntas —dijo Kate—. Ni una más.

McGee asintió para sí, pensativo. Dos preguntas. Pensó en todas las preguntas que le gustaría hacerle. ¿Cómo era tener recuerdos de haber vivido antes, o pensar de verdad que los tenías? ¿Le había entrenado alguien? ¿Alguna persona le había dicho cómo había muerto Zack? Todas eran preguntas que ya le habían hecho, pero las respuestas se perdían en el enigma que había dentro de la cabeza del chico. Un enigma que se estaba desvaneciendo rápidamente.

—Solo quería preguntarte si te iba bien —dijo por fin.

Jack pareció un poco preocupado por la pregunta, pero volvió a encogerse de hombros y murmuró algo, y, cuando Bea se lo pidió, lo repitió, un poco más alto.

—Estoy bien. Gracias.

McGee sonrió por lo educado que era el pequeño y notó que sus ojos seguían a los de Jack, que se centraron en la imagen congelada en la pantalla del televisor. Aparecía un león de dibujos animados de perfil, que miraba hacia un cielo lleno de nubes de tormenta; en las nubes se veía la forma de otro león. Por alguna razón, los subtítulos estaban encendidos, y las palabras «Recuerda, yo soy tu padre...» quedaron atrapadas a mitad de frase. También se mostraba el título de la película: «*El Rey León*, de Disney».

—Mi nieta va a venir a visitarme la semana que viene —dijo McGee al tiempo que señalaba la pantalla con el pulgar—. Tiene casi cuatro años. Me preguntaba qué ver con ella. ¿Crees que le gustaría esta película?

Jack pareció considerar la pregunta con detenimiento.

—A lo mejor —dijo por fin—. O podrías probar con *Frozen*. —Se volvió para mirar a McGee—. Es bastante buena.

McGee se lo pensó un momento y se puso en pie.

—Le echaré un vistazo —dijo. Y por un segundo sintió un deseo casi irrefrenable de estar allí ahora, viendo la tele con su nieta, con su revuelto pelo rizado y dorado y los graciosos ademanes que tenía, algunos de los cuales reconocía de miembros mayores de su familia, y otros le parecían maravillosamente nuevos—. Muchas gracias, Jack. Te dejo que sigas viendo tus dibujos animados.

Vio cómo Bea se sentaba a su lado y rodeaba con un brazo la espalda del chico como si lo protegiera de cualquier otro interrogatorio. McGee sonrió de nuevo, volvió a la cocina y cogió su taza. El té ya estaba a medio terminar. Una vez que se lo hubiera bebido, no habría razón para seguir allí.

—¿Quién va a supervisar al agente Robbins ahora si no está usted? —le preguntó Kate.

—Ya se las arreglará. —McGee sonrió ante la broma. Ella le dirigió una mirada que podría significar que no se podía decir que Robbins se las hubiera arreglado en su caso—. ¿Y Tristan? —preguntó McGee—. ¿Sigue por aquí?

—Bea y Tris siguen juntos. —Kate volvió a mirar a través de la puerta abierta y bajó la voz—. Pero también siguen sin estar juntos. Como siempre.

McGee asintió.

—¿Y Brock?

—Sigue llevando el negocio. Lo pasó mal, pero ha empezado a salir adelante de nuevo, así que hay esperanza.

—Es curioso, cómo sigue la vida.

—¿A que sí?

—Para los que siguen vivos —concluyó McGee, pero una segunda parte de la frase se le cruzó por la mente.

No se sorprendió cuando Kate pronunció las palabras en voz alta.

—Y quizá para los que no. —Se hizo un largo silencio, que Kate terminó por romper—. ¿Para qué ha venido en realidad? ¿Después de tanto tiempo?

No podía seguir posponiéndolo. McGee sabía que tenía que hacerle la pregunta que le rondaba la cabeza.

—Supongo que porque tengo una idea de quién podría haber sido la persona que provocó el incendio.

Aunque Kate no dijo nada, por la expresión de su cara se notaba que la respuesta de McGee no había sido una sorpresa para ella. Kate respiró con dificultad y le preguntó:

—¿Quién?

McGee dejó que su mente se llenara de la imagen que le había provocado tantos pensamientos, tal vez por cortesía de la mente de Kate o tal vez como resultado de algún otro mecanismo (¿el cansancio?,

¿su propia imaginación?). En cualquier caso, volvió a ver las llamas consumiendo la escalera. Reprodujo las imágenes de la escena hacia atrás, esta vez sin esfuerzo, hasta que las llamas acabaron reduciéndose a un oscuro vacío. Y siguió reproduciendo la escena, centrándose ahora en la puerta principal abierta y en la figura que la atravesaba, con un pesado bidón de gasolina en cada mano.

—¿Quién provocó el incendio? —insistió Kate.

Esta vez McGee dejó que sus ojos recorrieran el cuerpo, la cintura delgada, el pelo liso hasta los hombros. El rostro juvenil, con el ceño fruncido. Infló las mejillas.

—Creo que fue Eva —dijo con bastante calma.

Y observó a Kate. Esta vez parecía sorprendida de verdad. Desvió la mirada, pareció darse cuenta de que la puerta seguía abierta y se levantó para entornarla y tener más intimidad.

—¿Cómo lo supo? —susurró.

McGee tragó saliva. Quería decírselo. Quería decirle que, sin saber cómo, lo había intuido de la mente de Kate y que estaba seguro de que ella había visto a Eva aquella noche.

En cambio, en lugar de ello, dijo:

—Cuando la interrogamos a usted, solo teníamos el informe preliminar del jefe de bomberos. Sabíamos quiénes habían muerto, pero no todos los detalles. —Esperó, en silencio—. El informe final llegó más tarde. Daba las localizaciones de los cuerpos. De Amber, Neil, Aaron y Eva.

Kate entrecerró los ojos, solo un poco.

—Continúe.

—Los restos de Neil aparecieron junto a la puerta del dormitorio. Quizá intentó escapar por ahí, pero le venció el humo. Amber y Aaron estaban en diferentes habitaciones, pero ambos junto a las ventanas. Estaba claro que habían intentado escapar también. En cambio, Eva no. Sus restos los encontraron en lo que quedaba de su cama. Parece que nunca se levantó. —Se encogió de hombros—. Quizá eso signifique que nunca se despertó. Pero también podría significar que estaba relajada. Ella misma provocó el incendio: sabía que iba a morir. Lo aceptó.

Kate evitó mirarlo a los ojos cuando por fin contestó.

—Eso no parece suficiente para reabrir el caso.

McGee negó con la cabeza.

—No lo es. —No apartó los ojos de Kate.

La vio pensando qué decir a continuación.

«¿Cómo lo supo?». Eso es lo que ella le había preguntado, unos momentos antes. No dijo «¿cómo lo ha sabido?», ni «¿por qué piensa eso?». McGee intentó respirar despacio, mantener la calma en su lenguaje corporal y no presionar demasiado a Kate. En su cabeza vagaba la visión que había compartido con ella.

—¿La vio? ¿Desde lo alto de las escaleras?

Sus ojos volvieron a posarse en los de él, interrogantes. Por un momento McGee pensó que iba a negarlo, pero pareció aceptarlo.

—Nos odiaba —dijo Kate, con cuidado, en voz baja—. Se odiaba a sí misma. Y ¿quién la culparía de ello? Tenía once años cuando Zack murió. Tuvo que crecer guardando el secreto de su hermano. Y luego estaba lo de la chica de la universidad a la que atacó Aaron. ¿A cuántas más tendría que encubrir? Creo que, después de lo que dijo Jack, ella solo quería empezar de cero.

McGee quiso preguntarle de nuevo, para que se lo confirmara, pero ahora intuía que, si lo hacía, si la presionaba, ella se limitaría a decir que no con la cabeza y solo repetiría las afirmaciones que había hecho en su momento, cuando declaró que se había quedado en su habitación y no había visto nada.

—Creo que pensó que estaba haciendo lo correcto —continuó

Kate—. Sé que parece una locura, pero quién sabe. Usted no lo entendería. No estuvo allí aquella noche. No vio que nada de lo que pasó era normal. No es justo juzgarla según las normas con las que vivimos el resto del tiempo.

Asintió con la cabeza. Entendía lo que ella quería decir, al menos hasta cierto punto.

—¿Qué va a pasar ahora? —preguntó Kate unos segundos después. Aunque no había pasado casi nada de tiempo, parecía que el momento sí había pasado—. ¿Tiene que hacerse oficial?

Él se tomó un instante y respiró hondo.

—Eso depende de usted. Evidentemente no puede haber juicio. Pero, si quisiera cambiar su testimonio y decir que vio algo que apuntaba a que Eva fue la pirómana… —las palabras le parecieron crudas—, entonces quizá se reabra el caso. —Volvió a hacer una pausa—. Si cree que eso la ayudaría, saber la verdad.

Kate echó un vistazo a través de la puerta, que continuaba entornada, y vio a su hijo sentado en el sofá, con su otra madre a su lado. Bea seguía con el brazo alrededor del hombro del chico. McGee también miró y vio cómo Bea le susurraba algo al niño y este sonreía en respuesta. Kate también sonrió. Luego negó con la cabeza.

—No creo que este mundo esté preparado para saber la verdad —respondió Kate—. ¿Y usted?

Nota del autor

Este libro es una obra de ficción. Podemos decir con absoluta certeza que Jack no era la reencarnación de Zack, porque ninguno de los dos existió en realidad. Sin embargo, numerosos elementos de la historia están basados en niños muy reales que de verdad afirman, claramente y sin ambigüedades, tener recuerdos de haber vivido antes. Antes de terminar, quiero dedicar unas páginas a explicar qué es lo que me fascinó de estos niños, por qué pensé que las historias que cuentan podrían ser un buen punto de partida para una novela de suspense y por qué creo que deberíamos prestarles un poco más de atención.

Hasta hace poco, la reencarnación no era un tema del que supiera mucho ni me interesara demasiado. Pero surgió de paso en una conversación con mi hermano, y por alguna razón me picó la curiosidad. En opinión de mi hermano, las historias de reencarnación tenían una explicación muy sencilla. Ocurren porque la mayoría de nosotros desconocemos o malinterpretamos diversos efectos psicológicos que los científicos comprenden muy bien. Por ejemplo, es normal prestar mucha más atención a los casos en los que la afirmación de alguien sobre recuerdos de vidas pasadas parece coincidir con una persona anterior y mucha menos a los casos en los que no coinciden. En su opinión, este argumento, junto con varios otros, explica casi todos los casos en los que se afirma que ha habido reencarnación. Y, cuando hay casos que parecen demasiado increíbles como para que esos factores los expliquen, podemos concluir que las personas que afirman tener esos recuerdos mienten, nos engañan de manera deliberada o bien se han convencido a sí mismas de algo que simplemente no es cierto.

Podríamos considerar la opinión de mi hermano como representativa de la corriente científica dominante, lo cual no es sorprendente porque él es una persona inteligente y bien informada que estudió Biología y Psicología en la universidad. Pero entre sus argumentos noté algo que me pareció extraño. Mi hermano afirmaba que estaba abierto a la idea de que la reencarnación fuera cierta en teoría, si eso era lo que apoyaban las pruebas. Su opinión era que las pruebas no eran convincentes. Tardé un rato en darme cuenta, pero creo que al final lo entendí. El problema era que no había estudiado los casos en detalle, y no tenía por qué hacerlo. Las explicaciones a las que recurría (los factores psicológicos o, en su defecto, el fraude descarado) abarcaban todos los casos reales e imaginables. Sabía que los niños estaban equivocados, sin necesidad siquiera de escuchar lo que tenían que decir. Porque seguramente eso no podía ser cierto.

No aceptaríamos juicios penales en los que el juez no tiene en cuenta los argumentos de la defensa antes de declarar culpable al acusado. Sin embargo, esto me pareció una clara analogía de lo que ocurría con los casos de niños que afirman recordar haber vivido antes. De acuerdo, no los meten en la cárcel, pero los científicos serios ignoran en gran medida sus afirmaciones (y, desde luego, las declaraciones que hacen no juegan ningún papel en nuestras teorías actuales de lo que es ser un ser humano). Quería entender por qué.

Debo señalar aquí que no es que yo creyera en la reencarnación. Solo pensaba que si nos basábamos en un sistema de evaluación que solo podía llegar a una conclusión (la conclusión de que no era real), entonces, eso sería problemático si luego resultaba ser cierto.

No tenía intención de escribir un libro sobre el tema, pero por alguna razón esta lógica (o lo que yo creía que era lógico) se me quedó grabada en la cabeza. Decidí investigar a fondo para averiguar en qué me había equivocado (en mi opinión, esa debe ser la solución).

Investigar sobre la reencarnación resultó todo un reto. Hay muchos libros sobre el tema, pero casi todos están escritos por quienes creen en ella. Elegí un par de libros, los más científicos que encontré, escritos por investigadores que habían estudiado a niños que hacían estas afirmaciones. Por otro lado, hay libros en los que la reencarnación se examina junto con otros temas de la llamada seudociencia, como la existencia de ovnis o fantasmas, y, en consecuencia, son desacreditados por los escépticos. Pero, para mi gran sorpresa, descubrí que hay muy poca información por ahí, desde luego nada que ofrezca una explicación completa y fácil de encontrar de por qué la ciencia rechaza la posibilidad de la existencia de la reencarnación. En cierto modo, esto coincidía con mi lógica anterior. Estos casos de verdad parecían (y siguen pareciendo) ignorados en gran medida por los científicos convencionales. Al final, encontré algunos argumentos de la comunidad científica, pero no la refutación organizada, detallada y basada en pruebas que yo había supuesto que debía existir.

Así que me puse a leer y, como era de esperar, empecé a descubrir que la situación es mucho más compleja de lo que había imaginado en un principio. Para empezar, aunque yo había supuesto que la mayoría de la gente pensaba (un poco como yo) que la reencarnación no era real, resulta que la mayoría de la gente de todo el mundo cree en ella. Grandes zonas de Extremo Oriente la aceptan casi de forma sistemática, e incluso en los países occidentales una gran parte de la población cree que podría ser real. En términos muy generales, mi idea original del tema, vista desde la perspectiva científica, no estaba muy desencaminada. La mayoría de los científicos considera que la reencarnación es manifiestamente falsa y relativamente fácil de explicar por la psicología o, en su defecto, por el fraude.

Sin embargo, la intuición que despertó mi interés no tenía nada que ver con este aspecto. La razón clave por la que la mayoría de los científicos rechaza la posibilidad de la reencarnación tiene poco que ver con las pruebas reales a favor o en contra de esta. Se trata de otro tema. Creen en el materialismo, también llamado fisicalismo. Esta es la idea de que todo en el universo puede reducirse a lo que está (o no está) físicamente allí. Es lo que, al parecer, sustenta casi toda la ciencia moderna, y explica muy bien por qué imaginarse comer un bocadillo de queso no llena tanto como comérselo de verdad.

Todo se vuelve muy filosófico muy deprisa, pero en esencia se reduce a esto: la mayoría de los científicos de hoy en día cree que la conciencia, nuestra sensación de ser «nosotros», proviene del cerebro, y de ningún otro lugar. Y, como todo puede reducirse a lo que existe físicamente, no hay ningún otro lugar del que pueda proceder. Una vez que morimos, nuestro cerebro deja de funcionar y, muy rápidamente, deja de existir. Sin cerebro, no hay conciencia. Por eso no hay mucho interés en investigar, ni siquiera en molestarse en desacreditar, las afirmaciones individuales sobre la reencarnación. Los científicos suponen que dichas afirmaciones no son ciertas porque solo somos nuestro cerebro. Una vez que el cerebro deja de existir, nosotros también. No podemos pasar de un cuerpo a otro.

En ese momento me sentí un poco decepcionado. Puede que en el fondo no creyera en la reencarnación, pero en cierto modo quería creer. Después de todo, he pensado que algún día moriré, y no me entusiasma la idea. Así que tal vez el concepto de volver sea mejor que estar muerto para toda la eternidad. (Por cierto, este es uno de esos factores psicológicos que la gente señala: como queremos que la reencarnación sea real, estamos más inclinados a pensar que lo es). Pero seamos fuertes. Seamos científicos: no es real, no puede serlo, porque la ciencia sabe que nuestra conciencia reside en el cerebro, ¿verdad?

También me decepcionó porque a estas alturas me preguntaba si habría suficiente para escribir libro sobre este tema. Algo que tal vez combinara el misterio de la reencarnación con el ritmo argumental de un buen *thriller* policiaco. Pero el fisicalismo frenó esa idea. Los científicos habían cerrado el caso. No había ningún misterio real en la reencarnación.

Por una especie de obstinada diligencia, seguí leyendo, solo para ver por qué los científicos están tan seguros de que la conciencia procede de nuestro cerebro, y no de ninguna otra parte. Y así, sin más, el libro volvió a su cauce.

* * *

Resulta que hay una serie de razones por las que la mayoría de los científicos cree que la conciencia procede del cerebro. Apuntan a un fuerte vínculo entre la actividad cerebral y las experiencias conscientes. Dicho de forma (muy) sencilla: si estimulamos una zona del cerebro de alguien, podemos predecir lo que sentirá esa persona (quizá enfado por ser estimulada, si se hace lo suficiente). En algunos casos, sabemos qué partes del cerebro están relacionadas con distintos aspectos de la conciencia. Por ejemplo, la corteza visual se activa durante la percepción visual, mientras que la corteza prefrontal interviene en la toma de decisiones y la autoconciencia. Además, las lesiones cerebrales pueden modificar o alterar drásticamente la conciencia. En mi opinión, todo ello demuestra la fuerte correlación existente entre la conciencia y el cerebro, que a su vez demuestra que la primera debe de surgir del segundo.

Pero espera. Claro que existe una correlación entre el cerebro y la conciencia. Eso nadie lo pone en duda. El peligro de asumir que correlación es lo mismo que causalidad es bien conocido. Si eres testigo de muchos incendios de casas, pronto te darías cuenta de que, cada vez que hay una casa en llamas, también hay bomberos. Si llegáramos a la conclusión de que son los bomberos los que provocan los incendios, lo habríamos entendido todo al revés. Nueve de cada diez atletas olímpicos han bebido leche cuando eran niños, así que nuestros hijos deberían beber leche para crecer igual de fuertes. Pero entonces nueve de cada diez asesinos en serie también han bebido leche... Y, no es por insistir demasiado en los peligros de esto, pero el cien por cien de la gente que confunde correlación con causalidad acaba muerto.

No es que la correlación no sea una prueba de la idea de que el cerebro produce la conciencia, es que no es una prueba definitiva. Entonces, ¿tenemos una prueba definitiva? Si existe, yo no conseguí encontrarla. Parece ser que las afirmaciones más atrevidas de los materialistas aceptan que aún no tienen esas pruebas, pero que llegarán pronto, quizá en diez años más o menos. Hasta entonces, tendremos que confiar en su palabra.

Tenía la sensación de que, cuanto más profundizaba en ello, menos seguro parecía todo el asunto. En particular, no hace falta profundizar mucho en los estudios sobre la conciencia para toparse con el famoso «difícil problema de la conciencia». Estoy seguro de que muchos lectores ya sabrán lo que es; no obstante, por si acaso eres como yo y no tenías ni idea, voy a hacer lo posible por explicártelo.

El difícil problema de la conciencia es el nombre que se da al hecho de que, por mucho que los científicos estudien el cerebro, no saben cómo esa masa húmeda y descuidada de materia gris da lugar a la sensación que todos tenemos de lo que es ser yo. En pocas palabras, no sabemos cómo lo hace el cerebro. El nombre también es un poco irónico. Hay problemas fáciles, como la forma en que el cerebro integra la información y controla nuestro comportamiento, cuya respuesta tampoco conocemos, pero que se consideran más fáciles porque parece haber un camino hacia las respuestas. Para el difícil problema de cómo crea el cerebro la sensación que todos tenemos de ser nosotros mismos, no tenemos solución. Sería un error decir que no hay teorías. Hay muchas, pero son solo eso, teorías especulativas sobre lo que podría estar ocurriendo. Ninguna de ellas está bien fundamentada y, desde luego, ninguna se ha demostrado con pruebas.

Entonces, ¿cómo es que nosotros (o en realidad ellos, los científicos que hacen este trabajo en nuestro nombre) tenemos tanta confianza en la noción de que la conciencia debe venir del cerebro, y no puede venir de ninguna otra parte? Creo que esto puede explicarse, en parte, por el tema tabú, y posiblemente el enorme agujero en el corazón de esta novela: la religión. Sean cuales sean tus opiniones o creencias sobre la religión, desde una perspectiva histórica, lleva cientos de años enfrentándose a la ciencia. Durante ese tiempo, la mayoría de la gente aceptaría que la ciencia ha ganado la batalla. La teoría de la evolución de Darwin es hoy más aceptada que la explicación bíblica de que Dios creó el mundo en siete días. La religión nos decía que la Tierra estaba en el centro del universo; la ciencia decía lo contrario. No ha sido fácil. El avance de la ciencia y el retroceso de la religión han sido duramente rebatidos, y los debates continúan hasta hoy en día (por ejemplo, en el resurgimiento de las teorías creacionistas). No se trata de comentar qué bando tiene razón, sino de entender por qué puede ser que la ciencia dominante tenga una certeza tan inquebrantable de que el cerebro crea nuestra conciencia, incluso cuando reconoce que no sabemos cómo. Lo contrario daría cabida a la noción religiosa de que la mente puede seguir viva después de la muerte del cuerpo. Suena como una referencia a que tenemos alma, y esa es una batalla que la ciencia creía haber ganado hace mucho tiempo.

¿Tiene importancia? ¿No es evidente? Aunque correlación no sea lo mismo que causalidad, todo el mundo sabe que pensamos con la cabeza y no con los pies (de lo contrario, las personas a las que les han amputado un pie no podrían jugar al ajedrez, y sí pueden). Dicho de otro modo, aunque no tengamos pruebas sólidas de que el cerebro crea la conciencia, sabemos que debe de hacerlo, porque ¿qué otra cosa podría estar ocurriendo? Bueno, existen otras teorías. Por ejemplo, algunas personas creen que el cerebro podría funcionar más como un televisor. Podría ser que reciba la conciencia de una fuente externa, del mismo modo que el televisor recibe la señal, y no cree por sí solo los programas que uno ve. Esta no es una opinión mayoritaria, pero en un modelo de este tipo seguiríamos esperando una correlación entre las partes del cerebro y la conciencia, porque diferentes partes del cerebro están trabajando para recibir nuestra conciencia.

Entonces, ¿por qué se prefiere la idea de que el cerebro produce la conciencia a este modelo? Parece reducirse al argumento de que no hay pruebas de que la conciencia exista fuera del cerebro y, por tanto, no hay razón para considerarla. Y eso nos lleva de nuevo a los niños que afirman, muy claramente, tener recuerdos de cuando estaban en otro cuerpo.

Espero que ahora el problema esté claro. Parece que estamos al mismo tiempo descartando que fenómenos como la reencarnación puedan ser ciertos porque sabemos que la conciencia proviene del cerebro, mientras que al mismo tiempo utilizamos ese conocimiento (que la reencarnación es falsa) como nuestro razonamiento para afirmar que debe ser el cerebro el que crea la conciencia (porque no hay pruebas de lo contrario).

Dicho de otro modo, la mayoría de los científicos creen que la reencarnación no puede ser cierta porque no encaja con la teoría aceptada de que la conciencia procede del cerebro. Y creen que debe ser así, al menos en parte, porque no hay pruebas que sugieran lo contrario. No es exactamente un círculo vicioso, pero está en la misma línea.

Quizá las palabras que estoy poniendo en la hipotética boca de «la mayoría de los científicos» no sean justas del todo. Quizá ante la pregunta de si es real la reencarnación darían una respuesta matizada, algo así como:

> *No creemos que la reencarnación sea probable, porque las pruebas que tenemos hasta ahora sugieren que la conciencia está en el cerebro, pero hay muchas cosas que aún no entendemos, como, por ejemplo, cómo produce realmente la conciencia el cerebro.*

Si has visto la película *Dos tontos muy tontos*, recordarás la escena en la que el personaje de Jim Carrey (uno de los tontos a los que hace referencia el título) pregunta a una bella mujer sobre las posibilidades de que acaben juntos. Ella le rechaza cortésmente diciendo: «No son buenas». Él insiste para que ella se lo aclare. Le pregunta si quiere decir «una entre cien». Ella lo rechaza de nuevo, esta vez diciendo: «Más bien, una entre un millón». En ese momento, a Jim Carrey se le ilumina la cara y le pregunta: «¿Me estás diciendo que hay una posibilidad?».

Y quizá yo estoy siendo aún más tonto, pero, por la respuesta matizada que me ha dado mi hipotético científico, parece que hay una posibilidad. Puede que sea poco probable que la reencarnación sea real. Puede que la ciencia, en los próximos años o décadas, cierre la puerta a esa posibilidad resolviendo el difícil problema de la conciencia y mostrando exactamente cómo y en qué lugar concreto del cerebro se crea la sensación de ser nosotros. Pero parece que aún no hemos llegado a ese punto, y puede que ni siquiera estemos cerca.

* * *

No tienes por qué creerme (francamente, yo no lo haría), pero resulta que, aunque hay muchos científicos de instituciones de mucho renombre que piensan que la mente procede del cerebro, hay otros que no están tan seguros. De hecho, cuanto más lees sobre el tema de la conciencia, más te das cuenta de que no hay un consenso de ideas establecido; en cierto modo, esa mayoría de científicos de la que hablaba antes en realidad no existe. En su lugar, lo que hay es un embrollo de afirmaciones, contradicciones y un montón de incertidumbre. ¿Aún no me crees? Piensa en lo siguiente. He aquí una breve lista de preguntas para las que los neurocientíficos aún distan mucho de tener respuestas definitivas: ¿De dónde vienen los sueños? ¿Por qué soñamos? ¿Por qué dormimos? ¿De dónde vienen los pensamientos? ¿Por qué los tenemos? ¿Puedo elegir qué pensamientos tengo antes de tenerlos? ¿Cómo se almacenan los recuerdos? ¿Por qué ninguno de nosotros recuerda cómo era ser un bebé? ¿Tienen conciencia los bebés? ¿Qué significa enamorarse? Son experiencias que todos tenemos y, sin embargo, desde una perspectiva neurocientífica estamos, en el mejor de los casos, en las primeras fases de su comprensión.

Y ahí es donde me di cuenta de dónde yacía la oportunidad de este libro.

Ya hay muchos libros que relatan casos reales en los que un niño afirma tener recuerdos de vidas pasadas, y son fascinantes. Pero cuando los lees, tienes que elegir si vas a creer a la persona que cuenta la historia o si vas a concluir que se está engañando a sí misma o a ti. Es el problema planteado al principio de esta nota: no podemos excluir la posibilidad de que nos estén mintiendo. En cambio, en una obra de ficción sabes que todo es inventado. ¿Quizá un libro de ese tipo nos daría el espacio para explorar el embrollo que subyace, aún sin resolver, en el corazón de la cuestión? ¿Quizá nos ayudaría a considerar cómo sería ser padre de un niño como esos? Por consiguiente, intenté escribir ese libro.

El investigador más famoso de la reencarnación fue, con diferencia, el doctor Ian Stevenson, antiguo jefe del Departamento de Psiquiatría de la Universidad de Virginia. Casi nadie duda de su rigor académico y mantuvo esa reputación incluso después de que decidiera dedicar su carrera a buscar niños que decían haber vivido antes (todo empezó cuando llevaron a su consulta a uno de esos niños). Descubrió que había miles de casos. En muchos de ellos pudo relacionar la vida que el niño parecía recordar con una persona real que había muerto. En otros, el niño parecía tener conocimientos sobre la persona fallecida que no habría obtenido de ninguna otra manera. A lo largo de su carrera, Stevenson reunió una base de datos de más de 2500 casos de niños que afirmaban recordar vidas pasadas. El trabajo continúa hoy en día, todavía en el departamento que Stevenson creó, y ya se han estudiado más de 5000 niños de este tipo.

Para mi historia intenté inventar un personaje que fuera, en la medida de lo posible, una media de esta base de datos de casos reales. Por ejemplo, en casi todos los casos de Stevenson el niño empieza a hacer las afirmaciones en cuanto es capaz de hablar. Casi siempre pierden la memoria a la edad de siete u ocho años. En aproximadamente el setenta por ciento de los casos, recuerdan que la persona anterior murió de manera repentina y de forma violenta (lo que, por cierto, es bastante ideal para un *thriller* psicológico). En una parte considerable de los casos, los niños recuerdan la vida de una persona de la misma familia, y en casi todos los casos se trata de alguien que estaba cerca tanto geográficamente (como dijo Stevenson una vez, no hace falta pasaporte) como en el tiempo. De hecho, el tiempo medio transcurrido entre la muerte de la persona anterior y el nacimiento de la nueva es de unos tres años. No es casualidad que ese sea el tiempo transcurrido entre la muerte de Zack y el nacimiento de Jack en la novela.

Quería mostrar un caso típico, pero también quería contar una buena historia. Así que decidí que Jack debía tener información sobre la muerte de su personalidad anterior, Zack, que no encajara con la historia aceptada por su familia. Eso no es típico, pero esa es la ventaja de la ficción: puedo inventar cosas sin preocuparme de ser poco científico.

Puede que ya lo hayas adivinado, pero el doctor Palmer, de cuyo libro se hace una breve mención en esta novela en una conversación que tienen Kate y Jan, está vagamente basado en el doctor Ian Stevenson, y el personaje del doctor Matthew Wells —el investigador que acude a casa de Kate para entrevistar a Jack— está más o menos inspirado en un psiquiatra llamado doctor Jim Tucker que continúa el trabajo de Stevenson. No es ni mucho menos una explicación completa de su funcionamiento, pero quería dar una idea. Si estás interesado en leer más, el doctor Stevenson publicó docenas de libros en los que detalla los niños que estudió, y los propios libros del doctor Tucker continúan el trabajo. De hecho, son los primeros libros que leí sobre el tema.

Mientras trabajaba en este libro, no estaba seguro de cómo terminarlo. A menudo escribo de esta manera, ideando un posible final, pero dejando pendiente de decidir para cuando llegue a él si de verdad es así como voy a terminar las cosas. En este caso, sin embargo, no estaba seguro de si quería que los lectores creyeran que Jack era realmente Zack.

Durante mucho tiempo, esto me molestó, y probé mis tácticas habituales de dar largos paseos para pensar, quejarme a mi familia de que escribir es muy duro y, en general, ser la persona pesada que soy en la convivencia del día a día. Al final me di cuenta de que esta era la mejor forma de acabar. Y tal vez la única manera de terminar una historia ficticia de un caso de reencarnación. No sabemos exactamente qué pasó con Jack, de la misma manera que no sabemos qué pasa en la vida real. Puede que haya investigado un poco sobre el tema, pero eso no significa que pueda decirte si la reencarnación es verdad o no. No lo sé.

Así que podría ser que Jack fuera de verdad la reencarnación de Zack, pero (al menos a mí) me parece muy difícil de aceptar en un mundo en el que los aviones se mantienen en el cielo y el microondas de mi cocina funciona siempre, porque los científicos son personas muy inteligentes y no suelen equivocarse en las cosas importantes. Así que nos vemos obligados a considerar las explicaciones ordinarias. Jack no es Zack. Pero eso es casi igual de inverosímil. Podría ser que Kate estuviera enseñando en secreto a Jack, diciéndole que fingiera ser Zack y dándole información que de otra forma no podría haber sabido. ¿Por qué Kate haría esto? ¿Qué conseguiría con ello? No lo sé.

¿Quizá Jack se lo está inventando? ¿Quizá tiene suerte y acierta cada vez que le hacen una pregunta sobre la vida de Zack? Pero, de nuevo, ¿por qué? Y ¿cuáles son las probabilidades de que eso pase?

¿O tal vez la verdad es aún más extraña? Neil sabía la verdad sobre Zack, así que tal vez fue él quien adoctrinó a Jack para que dijera lo que dijo. ¿O fue Eva? ¿Amber? ¿O incluso el propio Aaron?

Como autor, me resulta extraño, incluso poco profesional, decir que no sé lo que ocurrió realmente en mi propio libro. Es una parte muy importante del trabajo. Y, si es la primera vez que lees una de mis novelas, quiero insistir en que no me empeño en no contarte cómo encaja todo. Sin embargo, en este caso, no lo sé. ¿Cómo podría saberlo, si ninguno de nosotros sabe lo que ocurre en realidad en casos como este?

Supongo que esa es quizá una segunda razón por la que quise escribir este libro. Surgió de un sentimiento de frustración porque, aunque no sabemos si la reencarnación es real, la tratamos como si no lo fuera. Cuando surgen casos en los medios de comunicación, pueden aparecer en la prensa popular, pero son ignorados por la ciencia. El esfuerzo investigador en este campo es casi nulo, y los que muestran interés arriesgan su reputación como científicos serios. Supongo que lo que quiero decir es que yo tenía un deseo personal de saber la verdad, y, si la ciencia convencional ni siquiera mira, me parecía que tenía menos posibilidades de llegar a saber cómo acaba la historia.

Entonces, ¿qué pienso de todo esto tras escribir este libro y caer en esta particular madriguera? En última instancia, todo esto me ha hecho preguntarme si, como especie, no seremos culpables de un poco de arrogancia. Con nuestro acceso a la tecnología, nuestros viajes en avión fáciles y baratos, con las noticias repletas de avances en la exploración espacial y la inteligencia artificial, quizá sea demasiado fácil creer que dominamos la mayor parte del mundo. Pensamos que las grandes preguntas han sido respondidas y que todo lo que queda por hacer es finiquitar ciertos detalles. Pero ¿quizá sea solo una ilusión, fruto de la familiaridad? Estamos tan acostumbrados a nuestra tecnología que no vemos lo increíble que es en términos históricos, lo asombrosa que les habría parecido a nuestros antepasados. Del mismo modo, estamos acostumbrados a vivir: lo hacemos todos los días, pensamos, sentimos, y al final del día nos acostamos y nos desconectamos durante ocho horas, sin entender muy bien por qué. De modo que la mayor parte del tiempo no pensamos en lo extraño que es estar en una bola de roca fundida que gira a través del espacio, y aún más extraño es poder contemplar esos hechos. Tal vez necesitemos un poco más de humildad, aceptar que no lo tenemos todo resuelto. La vida sigue siendo un gran misterio. Quizá siempre lo sea.

Gregg Dunnett, 2024

Agradecimientos

No suelo incluir agradecimientos en mis novelas, en parte porque la sabiduría popular de la autopublicación (tal y como yo la entendía) era no incluir nada que pudiera interrumpir al lector en la búsqueda de su próximo libro, pero en realidad porque cuando llego al final de una obra estoy agotado. Siempre pensé que era una pena porque me gustaba leer los agradecimientos en otros libros, y siempre me daba un poco de envidia cuando el autor encontraba la manera de hacerlos divertidos. Así que, habiéndome preparado para fracasar, allá voy.

Me gustaría dar las gracias a mi pareja, María. Ha sido un verdadero suplicio vivir conmigo mientras investigaba y escribía este libro. Le he enseñado con entusiasmo los últimos artículos de neurociencia a las tres de la mañana, he insistido en escuchar pódcast extraños durante los largos viajes en coche y me he pasado horas explicándole el pensamiento de filósofos poco conocidos. Se lo ha tomado con muy buen humor. Al hacerlo, ha contribuido mucho a este libro y merece todo el reconocimiento si te ha gustado, y ninguna culpa si no te ha gustado. Gracias, María, y te prometo que la próxima obra será menos rara (y más corta).

También quiero dar las gracias a mi editora, Kathryn. Varias veces, con mucha diplomacia, lo apartó de los resultados de mi profunda inmersión en la ciencia y la filosofía, y lo hizo más parecido a un *thriller* psicológico. Varias veces volví a desviarlo del camino. Al final decidí confiar en ella, y espero que entre los dos hayamos conseguido el equilibrio perfecto.

Por último, tengo que dar las gracias a mi hermano, Jono. Sé que hay muchas cosas aquí que no te gustan y con las que nunca estarás de acuerdo, y espero que no te sientas tergiversado. Esa nunca fue mi intención. Y, si resulta que me he equivocado de cabo a rabo, me conformo con que es mejor arrepentirse de hacer algo que de no haberlo hecho en absoluto.